PERCHTOLDSDORFER SCHWEIGEN

Christian Schleifer, Jahrgang 1974, ist gebürtiger Perchtoldsdorfer, gefangen im Leben eines Wieners. Nach erfolgreichem Lehramtsstudium der Anglistik und Germanistik arbeitete er zwanzig Jahre lang folgerichtig als Sportjournalist bei zwei österreichischen Tageszeitungen, bevor er 2015 beschloss, sich mehr Zeit für seine Frau, die Zwillinge und das Krimi-Schreiben zu nehmen.

CHRISTIAN SCHLEIFER

PERCHTOLDSDORFER SCHWEIGEN

EIN ÖNOLOGISCHES DRAMOLETT

Kriminalroman

emons:

Bibliografische Information der Deutschen Nationalbibliothek
Die Deutsche Nationalbibliothek verzeichnet diese Publikation in der Deutschen Nationalbibliografie; detaillierte bibliografische Daten sind im Internet über http://dnb.d-nb.de abrufbar.

MIX
Papier aus verantwortungsvollen Quellen
FSC® C083411
FSC
www.fsc.org

Umschlagmotiv: mauritius images/Clinchpics/Stockimo/Alamy
Umschlaggestaltung: Nina Schäfer, nach einem Konzept von Leonardo Magrelli und Nina Schäfer
Umsetzung: Tobias Doetsch
Gestaltung Innenteil: DÜDE Satz und Grafik, Odenthal
Lektorat: Uta Rupprecht
Druck und Bindung: CPI – Clausen & Bosse, Leck
Printed in Germany 2021
ISBN 978-3-7408-1149-5
Originalausgabe

Dieser Roman wurde vermittelt durch die Semmelblond Script Agency, Dresden.

Für meine Mütter (in chronologischer Folge):
Monika, Elisabeth, Martina, Irma

Liebe dein Gold wie dich selbst!
Dagobert Duck (LTB 179)

Prolog

Zwei Wochen vor dem Hiataeinzug

Eigenartig, wie die Schritte auf den Metallstufen hallten. Es war finster. Nahezu stockdunkel. Kein Wunder, der Raum lag metertief unter der Erde. Von oben drang das Licht kaum bis hier herunter. Lampen waren ohnehin keine angedreht. Hätte noch gefehlt, dass jemand aus dem Ort mitten in der Nacht den Lichtschein hier oben in den Weinbergen sah. Die Lage war so schon exponiert genug. Eigentlich ein Wunder, dass hier noch nie Kinder eingebrochen hatten. Aber der Besitzer hatte Vorkehrungen getroffen, um genau dem vorzubeugen. Ein Königreich für eine Taschenlampe! Aber dafür war es jetzt zu spät.

Es roch modrig, wie es nun mal unter der Erde roch. Ein Geruch, den man aus Weinkellern kannte. Aber selten so intensiv. Gut, das war ja auch kein Weinkeller. Dennoch.

Die Hand glitt suchend über eine raue, jahrzehntealte Betonwand. Sie fuhr über Risse in der Wand, um die sich seit sehr langer Zeit niemand mehr gekümmert hatte. Dementsprechend schlecht war der Zustand. Weiteres Herumtasten, weiteres Suchen, immer hektischer. Hier musste er doch irgendwo sein? Erstickende Panik, ein Gefühl, eingeschlossen zu sein wie in einem Grab. Eine fast undurchdringliche, vollkommene Dunkelheit.

Die Bewegungen der Hand wurden immer hektischer. Noch mehr Tasten und Fühlen. Zentimeter um Zentimeter schob sich die Fußspitze nach vorn. Da, eine Treppe! Langsam hinunter, eine Hand am Handlauf, die andere an der Mauer. Und dann endlich – endlich! – ein alter Plastikdrehschalter. Eine halbe Umdrehung nach rechts und … nichts. Ein leiser Fluch: »Scheiße!« Noch eine halbe Umdrehung, leichter Druck auf das alte, schon ein wenig spröde Plastik und … Na also, ging ja doch! Strom floss, Neonröhren gingen an, zunächst flackernd, dann mit konstantem Licht.

Der Anblick war atemberaubend. Und das im wahrsten Sinne des Wortes, denn am Fuß der Treppe lag ein lebloser Körper. Eine Leiche. Eindeutig schon längere Zeit tot, aber erstaunlich gut erhalten, was wohl den besonderen Bedingungen hier unten geschuldet war. War das nicht die …? Ja, schaute ganz danach aus. Trotzdem keine Spur von Panik. Nicht mehr, denn jetzt war ja alles hell erleuchtet und die Beklemmung wie weggeblasen.

Noch ein paar letzte Stufen, aus der Nähe war die Leiche noch besser zu erkennen. An dem leblosen Frauenkörper waren Nagespuren zu erkennen. Die Augen waren von Würmern und anderem Getier, das in den letzten Jahren hier eingedrungen war, herausgefressen worden. Die Nager mussten über kleine Schlupflöcher gekommen sein, denn die Leiche lag am Boden eines alten Nazi-Bunkers, der ja eigentlich so konstruiert war, dass eben niemand eindringen konnte. Aber nach all den Jahrzehnten …

Neben dem Kopf der Frau lag eine zerbrochene Weinflasche. Ihr Inhalt war längst verdunstet, hatte sich aber davor noch mit dem getrockneten Blut vermischt, das wohl aus einem großen Loch am Hinterkopf der Leiche stammte. Die Frau war offensichtlich mit der Flasche erschlagen worden. Ob sie gleich tot gewesen war? Oder hatte der Mörder sie hier verbluten lassen? Sei's drum!

Weiter ging's. Die Suche nach einer Leiche war nicht der Grund für den Besuch im Bunker. Aber halt, war da nicht noch was? Wieder in die Knie gehen, nur ja keine Fingerabdrücke hinterlassen … Die Leiche würde zwar sicher nicht der Polizei gemeldet werden, aber man konnte ja nie wissen.

Ein Taschentuch, um vorsichtig die Flasche zu drehen. Jetzt war das Etikett endlich lesbar. Viel war nicht mehr zu erkennen, nachdem die Flasche so lange in einer Blut- und Weinlache gelegen hatte. Mit viel Mühe ließ sich aber noch die Aufschrift in

Frakturschrift entziffern: »Weingut Goldmann«. Soso. Kopfschütteln, abschütteln, aufstehen. Weitersuchen.

Der Bunker schien fast endlos zu sein. Er reichte gut dreißig Meter tief in die Weinhügel von Perchtoldsdorf. Hier und da war mal eine Neonröhre ausgefallen, und Verputz bröckelte von der gewölbten Decke, aber im Großen und Ganzen sah das Bauwerk noch recht intakt aus. Irgendwie hätte der Anblick dennoch spektakulärer sein können. Anders als in einem streng geheimen Regierungslagerhaus in einem »Indiana Jones«-Film stapelten sich hier gerade mal ein paar Dutzend Holzkisten. Die meisten mit einem Hakenkreuz versehen. Damit war zu rechnen gewesen.

Tiefer hinein ging es in den Bunker. Im Boden war ein riesiges Hakenkreuz eingelassen. Nicht aufgemalt oder eingeklebt. Nein, es war ein echtes Mosaik, das den Boden zieren sollte. In stundenlanger oder vielleicht sogar tagelanger Handarbeit verlegt. Keine Ahnung, wie lange man für so etwas benötigte.

Nicht draufsteigen! Vorsichtig herumgehen, den Blick abgewandt. Zu groß waren die Emotionen, die dieses Symbol hervorrief.

Immer noch tiefer hinein. Je weiter man vordrang, umso verwahrloster war das Interieur des einstigen Nazi-Verstecks. Am hinteren Ende angekommen, zeigte sich, dass an einer Stelle von der Bunkerwand nicht mehr viel übrig war. Das war weniger dem natürlichen Verfall geschuldet als vielmehr der Zerstörungswut des derzeitigen Besitzers. Auf dem Boden lagen große Hämmer, Brecheisen, Schlagbohrer und anderes schweres Werkzeug, mit dem der Bunkerwand zu Leibe gerückt worden war.

Mit Erfolg. Wo einst der Bunker in einer soliden Betonwand geendet hatte, befand sich nun ein mannsgroßes Loch, das von einer schnell zusammengenagelten Holztür nur notdürftig verschlossen wurde. Aber wieso hatte man hier überhaupt ein Loch in die Wand geschlagen?

Egal. Eine Schulter gegen die Tür, leicht angeschoben, und

schon ging sie auf. Dahinter offenbarte sich ein unterirdischer Gang, der allerdings längst keinen so stabilen Eindruck machte wie der Nazi-Bunker. Es war ein einfacher Erdtunnel, von Hand gegraben und alle paar Meter mit Holzbalken gegen einen möglichen Einsturz gesichert. Das Licht aus dem Bunker reichte ein paar Meter weit in den Tunnel hinein und ließ erkennen, dass an der Wand Vorrichtungen angebracht waren, in die man einst Kerzen oder Fackeln gesteckt hatte.

Eine leichte Brise war zu spüren. Ein noch stärkerer modriger Geruch, wieder das Gefühl, bei lebendigem Leib begraben zu sein. Schütteln, abbeuteln. Immerhin bedeutete der Luftzug, dass es irgendwo noch mindestens einen weiteren Ausgang geben musste. Kurzes Nicken. Nachdenken. Vor sich hin murmeln: »Also stimmen die Geschichten doch. Es gibt tatsächlich ein unterirdisches Tunnelnetz in den Weinbergen.«

Tür wieder zu. Die Entdeckung des Tunnelnetzes war ein weiterer Bonus, aber auch nicht das eigentliche Ziel der Suche. Also wieder zurück in den Bunker und Latexhandschuhe angezogen, jetzt ging es ans Eingemachte. Was war bloß in den Holzkisten versteckt?

Zunächst ging es den wenigen Kisten an den Kragen, die nicht mit einem Hakenkreuzsymbol versehen waren. Sonderliche Gewalt war nicht notwendig, die meisten Kisten waren vom Besitzer des Nazi-Bunkers bereits mit einem Brecheisen aufgebrochen worden. Man musste nur noch den Deckel zur Seite schieben.

Der Inhalt der ersten Kiste war eine echte Überraschung. Ein kurzer Griff, und schon war eine uralte Flasche Grüner Veltliner aus ihrem dunklen Versteck befreit. Praktisch unversehrt und nicht einmal sonderlich staubig. Diesmal war das Etikett besser lesbar. Wieder stand in Frakturschrift »Weingut Goldmann« darauf. Es war kein edler Tropfen. Ein Grüner Veltliner würde das nie sein, aber er war wohl trotzdem jede Menge Geld wert. Der Jahrgang war nämlich 1940. Und dafür würde ein Weinsammler unter Umständen sogar töten, auch wenn der Wein inzwischen wohl ungenießbar war. Aber wer wusste das schon? Er war jahrzehntelang optimal gelagert gewesen. Im schlimmsten Fall taugte er wenigstens als edler Salatessig. Vor ein paar Jahren hatten Wein-Connaisseurs das auch von den neuen Weißen im Ort behauptet. Diese Zeiten waren glücklicherweise vorüber.

Vorsichtig wurde die Flasche zurück in die Kiste gestellt. Eine stichprobenartige Prüfung der anderen Flaschen ergab, dass sie alle vom Weingut Goldmann stammten. Ein Weingut, das es seit Jahrzehnten nicht mehr gab. Angeblich sogar niemals gegeben hatte. Unter den Weinen fanden sich auch ein paar rote, die wahrscheinlich sogar noch genießbar waren. Die Versuchung war groß, eine Flasche mitzunehmen, letztlich landeten aber alle wieder in ihrem dunklen Versteck, und die Kiste wurde geschlossen.

Der große Moment, inzwischen schon über eine halbe Stunde hinausgezögert, war nun gekommen. Es ging nicht mehr anders. Jetzt wurden die Kisten geöffnet, die mit dem Nazi-Hakenkreuz gebrandmarkt waren.

Bingo! Ein sanfter goldener Schimmer leuchtete aus der Holzkiste entgegen. Ein Griff, und schon glänzte ein schwerer Goldbarren im sterilen Licht der Neonröhren. Auch er war mit einem Hakenkreuz gekennzeichnet. Offensichtlich hatte sich schon einmal jemand hier bedient, denn aus der Anordnung der Goldbarren in der Kiste war zu erkennen, dass gut ein Dutzend der wertvollen Stücke fehlte. Daneben noch eine weitere Kiste mit Goldbarren. Und noch eine. Es war ein veritabler Goldschatz, der hier unter den Perchtoldsdorfer Weinbergen versteckt war.

Weiter ging es mit der Schatzsuche. Allerdings nur in jenen Kisten, die bereits mit einem Brecheisen aufgebrochen worden waren. Nur ja keine Spuren hinterlassen!

Gold fand sich keines mehr. In erster Linie waren es alte Akten und Aufzeichnungen, die hier unten gebunkert waren, im wahrsten Sinne des Wortes. In einer der Kisten waren Wehrmachtspistolen verstaut. Ansonsten: noch mehr Akten, noch etwas Wein, Alltagsgegenstände. Am wichtigsten war jedoch das Gold gewesen. Aber war es das auch wert, um das Vorhaben in die Tat umzusetzen? Würde diese Menge Goldes die Wunden der Vergangenheit schließen? Konnte Gold das überhaupt?

Niedersetzen, durchatmen, nachdenken. Noch einmal das eigene Gewissen prüfen. Befragen. Durchkalkulieren. Das kalte Gitter der Metalltreppe drückte sich unangenehm ins Hinterteil. Ellbogen auf die Knie, Kopf in die Hände gestützt. Nachdenken, überlegen. Zwischen zwei Metallstiegen fiel der Blick auf etwas bislang Unentdecktes. Eine weitere Kiste. Versteckt unter den Metallstiegen, die von weiter oben tief ins Innere der Erde führten. Aufstehen, vorsichtig die Leiche umrunden, bücken. Mit zitternden Händen den kleinen Metallkasten hervorziehen. Er war weder versperrt noch sonst wie gesichert. Lediglich ein Klappverschluss. Schnapp, schon stand das Kistchen offen. Der Inhalt wirkte wie eine göttliche Offenbarung, in Sekundenschnelle formte sich ein Plan. Ja, das Gold allein war es wert, den Plan weiterzuverfolgen. Das Gold war ohnehin nur ein Bonus, eigentlich ging es immer noch um Rache. Und das Schicksal hatte soeben für das notwendige Werkzeug zur Umsetzung des Plans gesorgt.

In der Schatulle befand sich ein Dutzend der unter Waffenliebhabern so begehrten Nazi-Dolche.

Erster und letzter Teil

Was war,
was ist,
was sein wird.

1

Am Anfang war das Wort. Um genau zu sein, waren es diesmal sogar zwei Wörter, und das noch dazu auf Italienisch. »*Che cazzo!* – Was zum Teufel!« Ausgerufen vom Luca Bianchi, dem sechzehnjährigen italienischen Lover von Flora Nöhrer, der kleinen Schwester der Charlotte. »Oh Scheiße!«, hätten wohl die Flora oder die Charlotte gerufen, hätten sie die zweifelhafte Ehre gehabt, die entstellte Leiche mitten im Innenhof des Weinguts aufzufinden.

So aber hatte es den Luca getroffen, der mit seinem Vater die Herbstferien nutzte, um seiner Freundin im Norden wieder einmal einen Besuch abzustatten. Hatte ja niemand ahnen können, dass er nach der Geschichte im Frühsommer gleich bei seinem nächsten Besuch in Perchtoldsdorf schon wieder mit einer Leiche konfrontiert wurde.

Die morgendliche Kälte und der Schock ließen dem Luca das Blut in den Adern gefrieren, er konnte keinen Schritt mehr machen. Erst nach einigen Momenten ging er wie ferngesteuert auf den Körper zu. Es war wirklich kein schöner Anblick. Der Luca erkannte nur, dass es sich um einen Mann handeln musste. Am Hinterkopf klaffte ein riesiges Loch, das Gesicht war bis zur Unkenntlichkeit von Messerschnitten entstellt. Der Luca hielt sich die Hand vor den Mund und bemühte sich nach Kräften, das üppige Abendessen vom Vorabend bei sich zu behalten. Endlich löste sich der Krampf in seinem Bauch, er machte auf der Stelle kehrt und lief zurück ins Haus.

Laufen, laufen … Ja, er hatte eigentlich einen Morgenlauf machen wollen, aber so hatte er sich das nicht vorgestellt. Schon gar nicht gestern Abend, als er mit seinem Papa im Porsche Panamera aus Italien zu seiner Flora ins normalerweise recht beschauliche Perchtoldsdorf hinaufgedüst war.

Am frühen Samstagabend waren die beiden Italiener eingerauscht und hatten ihr Zimmer im Weingut der Familie Nöhrer bezogen. Obwohl – eigentlich hatte das nur der Papa Bianchi getan. Der Luca hatte sich schnurstracks bei seiner Flora einquartiert.

Was sollten die Eltern der beiden schon groß tun? In wenigen Tagen feierte die Kleine ihren sechzehnten Geburtstag, und dann konnten sie es sowieso nicht mehr verhindern. Für irgendwelche Ferkeleien aber war a) die Flora zu beschäftigt mit ihrem Schulprojekt und b) der Luca nach der gut neunstündigen Autofahrt zu geschlaucht (auch wenn er in seinem Alter noch nicht selbst lenken durfte). Nach einem feierlichen Willkommensabendessen (das hatte sich die Nöhrer-Mama keinesfalls nehmen lassen) waren alle todmüde ins Bett gefallen und hatten bis zum nächsten Morgen durchgeschlafen.

Der Luca war um sechs in der Früh aufgewacht und wollte sich mit einem kurzen Morgenlauf die Müdigkeit aus den Beinen schütteln. Das schien ihm passend, vor allem in der eisigen Morgenluft dieses Novembermorgens. Weit war er aber nicht gekommen. Eigentlich nur ein paar Schritte. Denn kaum hatte er den Wohntrakt des Weinguts verlassen, war ihm sofort der reglose Körper aufgefallen, der vor dem Eingang zum alten Weinkeller mitten im Innenhof des Nöhrer'schen Weinguts lag.

»Lass mich!«, murrte die Flora verschlafen, als er sie rüttelte, um sie aufzuwecken.

»Nein, nein, du musst mitkommen!« Luca beharrte darauf, dass sich seine Freundin gefälligst aus dem Bett kämpfen und anziehen sollte. Immerhin konnte er sich inzwischen halbwegs verständigen, schließlich machte der Luca seit dem Winter, in dem er die Flora im Skiurlaub kennengelernt hatte, einen Deutschkurs. Wozu einen die Liebe nicht alles trieb …

Er wusste ohnehin nicht, an wen er sich sonst hätte wenden sollen. Die Charlotte aufwecken? Nein, das traute er sich nicht. Außerdem hatte die ältere Schwester von der Flora am Vorabend bei der Hiataeinzug-Vorfeier der jungen Weinhauer mitgemacht. Und die hatte wohl mit einem gewaltigen Kater geendet.

Den Noah alarmieren? Das ebenso wenig. Der neue Mitbewohner und Ziehsohn der Nöhrers war ihm nach wie vor etwas suspekt, auch wenn sich ihr Verhältnis während der Shakespeare-Morde im Sommer etwas gebessert hatte. Ganz recht war es ihm dennoch nicht, dass da jetzt ein Siebzehnjähriger unter demselben Dach schlief wie seine Flora. Noch dazu ein ehemaliger Stricher und Junkie. Also blieb nur die Flora. Sie wusste sicher, was zu tun war. Musste es einfach wissen. Aber zuerst musste er sie erst einmal richtig wach bekommen.

»Gnnnnhmmm«, stieß die Flora aus und wehrte sich gegen das frühe Aufstehen an diesem Sonntag. In ein paar Stunden begann der Hiataeinzug, und da wollte sie voll fit sein. Der Tag würde lange dauern, mit viel Alkohol und einer Afterparty, die in der ganzen Umgebung legendär war. Weinort, Volksfest und so weiter, da nahm man es mit den Jugendschutzbestimmungen nicht immer so genau. Schon gar nicht, wenn es sich um die Tochter eines der größten Weinbauern in der Gegend handelte.

Der Luca kannte aber keine Gnade. Schwungvoll zog er seiner Freundin die Decke weg, und jetzt war die Flora endlich wach. Und stinksauer.

»Was soll das?«, stöhnte sie und rieb sich die Augen.

»Im Hof. Ein Toter!«, hechelte der Luca aufgeregt.

»Ein Toter? Du spinnst ja! Wo soll der denn herkommen?«

»Keine Ahnung«, antwortete der Luca ehrlich. »Was sollen wir machen?«

Statt einer Antwort warf sich die Flora in ihr Gewand vom Vortag. Jetzt war keine Zeit, frische Kleider herauszusuchen. Eine Minute später stand sie zitternd und bibbernd im Hof. Vielleicht hätte sie sich doch die Zeit nehmen sollen, in einen Pulli zu schlüpfen. Nur so im T-Shirt war es schon saukalt. Vor ihr lag die Leiche, auf der Leiche ein beschmierter Zettel (der dem Luca zuvor gar nicht aufgefallen war) und gleich dahinter der Eingang zum alten Weinkeller, der das neueste Projekt ihrer großen Schwester war. Über ihnen breitete sich das Astgerippe des hundertfünfzig Jahre alten Kastanienbaums aus, der den Mittelpunkt des Innenhofs markierte.

»Oh Scheiße!«, fluchte die Flora (womit auch elegant die Brücke zum Anfang geschlagen wäre). Worauf der Luca nur bestätigend nicken konnte. Dann sagte er: »Wir müssen die Charlotte holen. Das ist eine Nummer zu groß für uns.«

»Hättest du das nicht gleich machen können?«, schimpfte die Flora. »Wieso weckst du mich dann überhaupt auf?«

Der Luca druckste herum und rückte schließlich doch heraus: »Hab mich nicht getraut.«

Die Flora schüttelte den Kopf. Klar, in der Früh nach einer durchzechten Nacht war mit ihrer großen Schwester nie gut Kirschen essen. Aber ein Toter im Hof? Da hätte sie dem Luca das Aufwecken garantiert verziehen.

Die beiden eilten zurück zum Wohntrakt und eine Treppe nach oben, dann standen sie vor dem Eingang zum Wohnbereich der Charlotte und der Andrea, ihrer Freundin. Die Flora kannte in einer solchen Situation keine Gnade und klopfte ein paarmal lautstark an die Tür. Nachdem keine Antwort kam, riss sie sie einfach auf und stürmte durch das kleine Vorzimmer mitten hinein ins Schlafzimmer ihrer Schwester. Die lag noch im Tiefschlaf und in den Armen von der Andrea.

»Aufstehen!«, schrie die Flora der Charlotte ins Ohr. Die fuhr erschrocken auf, knallte der Flora eine und drehte sich wieder um.

»Ja, spinnst du?«, schimpfte die Kleine, rieb sich die Wange und machte es dann wie zuvor der Luca bei ihr: Sie zog ihrer Schwester einfach die Decke vom Körper. Der Luca lief hochrot an, als er seine potenzielle Schwägerin völlig nackt erblickte. Zum Glück (?) wurden die Brüste seiner Schwägerin in spe durch ihre langen kastanienroten Locken verdeckt. Rasch wandte er seinen Blick zur Seite. Auch nicht besser und nicht weniger peinlich, denn die Charlotte hatte sich mit der Andrea eine Decke geteilt, und die Blondine zeigte sich nun ebenfalls von ihrer – bildlich gesprochen – besten Seite. Und bei ihr fielen die blonden Haare nicht über die Brust …

Der kleine Italiener hatte schon bei seinem letzten Besuch im Frühsommer festgestellt, was für einen Riesenverlust es für den männlichen Teil der Bevölkerung bedeutete, dass ausgerechnet die Andrea bisexuell war. Und die Flora hatte ihren Bonsai-Latin-Lover nicht nur einmal dabei erwischt, wie er der Andrea gierige Blicke nachgeworfen hatte. Okay, so ein Bonsai war er inzwischen gar nicht mehr. Seit dem letzten Winter hatte er einen gewaltigen Wachstumsschub durchgemacht. Für die Charlotte würde er aber ewig der »Bonsai-Lover« bleiben.

Der Luca musste alle Kraft aufwenden, um den inneren Schweinehund niederzuringen und nicht noch einmal zur Andrea hinüberzulugen. Nach ein paar Sekunden war der Kampf beendet. Mit einem K.-o.-Sieg für den Schweinehund. Gut, dass die Flora zu beschäftigt war, um zu merken, wie ihr Freund die nackte Andrea angaffte.

Daran verschwendete die Kleine gerade eben aber keinen Gedanken. Sie wollte nur endlich ihre Schwester aus dem Bett bekommen. Und sich irgendwie für die Ohrfeige von zuvor revanchieren. Auch wenn ihr klar war, dass sie nur eine Affektreaktion gewesen war, weil ihre Schwester vom Vorabend noch so einen grauslichen Kater hatte. Also kniff sie ihrer bald nur mehr vierzehn Jahr älteren Schwester fest in den Po, und damit war auch die Charlotte endlich wach. Die Andrea zog sich derweil im Halbschlaf wieder die Decke über den Kopf.

Der Luca atmete tief durch und konzentrierte sich auf die Charlotte. Keine gute Idee, die war ja auch noch immer nackt. Er beschloss, dass es jetzt genug war, und zog sich ins Vorzimmer zurück. Sollten die *ragazze* die Sache doch unter sich ausmachen. Was sie auch taten.

Fünf Minuten später erschienen die Flora und die Charlotte im Vorzimmer. Die Charlotte sah aus wie der Tod auf zwei Beinen: Ihre kastanienroten Locken fielen in ein bleiches Gesicht, in dem nur die schwarzen Augenringe strahlten – jeder

Pandabär wäre stolz auf diesen Look gewesen. Ihre grünen Augen waren blass, die Lippen zu einem schmalen Strich zusammengekniffen. Die Flora musste ihre rauschige Schwester stützen, damit sie heil in den Hof gelangte.

Beim Anblick der Leiche war dann auch die Charlotte geschockt, aber nicht aus dem gleichen Grund wie zuvor der Luca und die Flora. Als ehemalige Polizistin war sie den Anblick eines Toten durchaus gewohnt. Was sie schockierte, war, dass die Leiche ausgerechnet in ihrem Hof lag. Noch dazu vor dem alten Weinkeller, den sie seit Kindheitstagen liebte und den sie bis zum nächsten Frühjahr zu einem modernen Showkeller für Führungen, Weinverkostungen und Firmenfeiern umbauen lassen wollte.

Der Tote kam ihr irgendwie bekannt vor – was in einem relativ kleinen Ort wie Perchtoldsdorf, wo nach wie vor fast jeder jeden kannte, wenig verwunderlich war. Aber sie konnte nicht den Finger darauf legen, an wen er sie genau erinnerte. Das Gesicht war völlig zerstört und nicht zu identifizieren. Auch sonst waren auf den ersten Blick keine Auffälligkeiten wie Tätowierungen oder Piercings zu sehen. Die Kleidung ließ ebenfalls keine Rückschlüsse zu: Sneakers, Jeans und ein schwarzes T-Shirt hatte hier im Ort schnell einmal jemand an. Es handelte sich um Dutzendware, also nichts, was einen Hinweis auf die Identität der Leiche gegeben hätte. Klar war nur, dass es sich um einen Mann handelte.

»Wir müssen den Leo rufen«, stellte die Charlotte schließlich fest und sah die Flora an. »Hast du dein Handy bei der Hand? Meins ist noch am Zimmer.« Die Flora schüttelte den Kopf. »Okay, dann hole ich es halt«, stöhnte die Charlotte und stapfte zurück in ihre Wohnung. »Nichts anrühren, verstanden?«, rief sie noch über ihre Schulter hinweg. Kurz darauf war sie wieder zurück, das Handy und ihren Cousin, den Chefinspektor des Orts, am Ohr.

»Ja, Leo. Eine Leiche. Nein, ich habe gestern nicht zu viel getrunken. Was soll das heißen, du warst ja dabei? Und? Du warst genauso hinüber! Nein, ich habe auch sonst nichts eingeworfen. Ja, spinnst du denn komplett? Hör zu, Cousin. Ich weiß, es ist früh. Ich weiß, in ein paar Stunden ist der Hiataeinzug, und da habt ihr alle Hände voll zu tun. Aber ich weiß auch, dass ich hier bei mir im Hof eine Leiche liegen habe. Also schwing deinen Polizistenarsch gefälligst zu uns herauf!« Damit beendete sie das Gespräch.

»Und jetzt?«, fragte die Flora.

»Jetzt warten wir. Was sollen wir schon groß tun? Das ist Sache der Polizei.«

»Obwohl dir jemand eine Leiche geradewegs vor die Tür gelegt hat?« Die Flora kannte ihre Schwester nur zu gut. Und wirklich, die Charlotte blinzelte ihr zu und lächelte. Ihr Blick fiel wieder auf die Leiche. Erst jetzt fiel ihr auf, dass auf der Brust ein halb zerknüllter und beschmierter Zettel lag, ein gelbes Post-it. Sie beugte sich zu dem Toten hinunter. »›Charlotte, das hast du zu verantworten‹«, las sie den hingekritzelten Text laut vor.

»Du?«, fragte die Flora erstaunt.

»Okay, jetzt wird's tatsächlich persönlich«, murmelte die Charlotte vor sich hin. Wieso sollte sie eine ihr unbekannte Leiche zu verantworten haben, die ein offenbar Irrer in ihrem Hof abgelegt hatte? Klar, seit ihrer Übernahme des Weinguts im Frühjahr hatte sie sich mit etlichen Modernisierungsmaßnahmen jede Menge Ungemach und Ärger bei den alteingesessenen Weinhauern zugezogen. Aber an einen Todfeind wollte sie einfach nicht glauben. Der alte Zaitler wäre dem noch am nächsten gekommen, aber diese Geschichte war ja seit dem Sommer auch gegessen. Und sonst war da niemand, dem sie zutraute, jemanden umzubringen, um ihr damit eine makabere Botschaft zu senden.

Ein paar Minuten später bremste sich in der Schottereinfahrt vor dem Weingut ein Polizeiwagen ein. Die Charlotte öffnete das Tor, und der Leo betrat mit einem Kollegen den Hof. »Der Rest ist auch schon unterwegs«, sagte ihr Cousin mürrisch statt einer Begrüßung und marschierte schnurstracks auf den alten Weinkeller zu. »Gäste?«, fragte er die Charlotte im Vorbeigehen.

»Ja«, antwortete die Charlotte. »Alle zehn Zimmer sind belegt. Sind wegen des Hiataeinzugs da, schlafen aber noch. Wäre also toll, wenn ihr möglichst unauffällig vorgehen könntet. Und übrigens, guten Morgen«, pflaumte sie zurück. Der Leo nickte beiläufig und sah sich die Leiche an. Ihm fiel der Zettel auf der Brust sofort auf. Er zog ein Paar Latexhandschuhe an und griff vorsichtig danach. Zwei, drei Mal musste er den Text lesen, ehe er die Nachricht vollständig verarbeitet hatte. Seinen fragenden Blick konnte die Charlotte lediglich mit einem ratlosen Schulterzucken beantworten.

Da kam auch schon der Rest der Mannschaft angerauscht, allen voran die Spurensicherung. Der Bereich rund um den Weinkeller wurde mit einem Polizeiband abgesperrt, die Leiche aus allen möglichen Winkeln abfotografiert.

»Immerhin ist klar, dass der Mann nicht hier umgebracht wurde«, meinte der Leo zur Charlotte, während er seinen Mitarbeitern zusah.

»Weil?«, fragte sie. Darüber hatte sie sich noch gar keine Gedanken gemacht.

»Weil es so gut wie keine Blutspuren gibt. Ohne dem Gerichtsmediziner vorgreifen zu wollen, ist der Typ meiner Meinung nach erschlagen worden. Dafür spricht das Loch am Hinterkopf. Aber, und jetzt wird's interessant, da ist kein Blut auf dem Boden rund um die Leiche. Er muss woanders ermordet und dann hierhergeschleppt worden sein. Ist dir das nicht aufgefallen?«

»Nein, aber ich gebe zu, dass ich nicht so drauf geachtet habe. Hallo? Irgendwer hat mir eine Leiche direkt vor die Tür gelegt. Glaubst du, da habe ich einen Kopf für solche Details?«

Der Leo ignorierte den angepissten Ton seiner Cousine. »Stellt sich nur noch die Frage, wie der Täter mit der Leiche hier hereingekommen ist. Oder könnte es vielleicht einer der Gäste gewesen sein?«

Die Charlotte schüttelte entschieden den Kopf. »Nein, alle

Zimmer sind von Japanern belegt. Und der Tote ist ganz sicher kein Japaner.«

»Gut. Über die Mauer kann er die Leiche auch nicht gebracht haben. Der Tote ist ein ganz schönes Bröckerl. Den hebt man nicht so einfach mal da drüber.«

»Das können wir sogar überprüfen. Seit der Geschichte mit der zerschnittenen Leinwand im Sommer habe ich überall Bewegungsmelder und Videokameras anbringen lassen. Wenn sich in der Nacht einer dem Weingut nähert, geht Licht an, und es wird alles aufgezeichnet.«

»Können wir uns das Video von heute Nacht einmal anschauen?«

Die Charlotte führte ihren Cousin ins Innere des Weinguts und eine Treppe hinunter in den Keller. Dort war die gesamte Technik des Gutes untergebracht, darunter auch das Video-Equipment für die Überwachungskameras. Von der letzten Nacht existierte aber keine Aufzeichnung.

»Das bedeutet, dass sich niemand dem Weingut genähert hat«, erklärte die Charlotte. »Der Täter muss also irgendwie anders reingekommen sein.«

»Gilt das auch für das vordere Tor oder nur für das hintere, das zur Wiese führt?«

»Das gilt für den gesamten Hof. Alle vier Seiten werden von unserer Sicherheitsanlage abgedeckt.«

»Vielleicht hat der Täter die Aufzeichnungen gelöscht?«

Die Charlotte verneinte. »Du hast ja gesehen, dass abgesperrt war. Außer mir und dem Papa hat niemand einen Schlüssel.«

»Wie ist der Täter dann reingekommen?«

»Das ist die Frage aller Fragen«, sagte die Charlotte resignierend.

Die beiden stiegen wieder nach oben und gesellten sich zu den anderen im Hof. Dort hatte die Spurensicherung ihre Arbeit beinahe abgeschlossen.

»Was könnt ihr mir erzählen?«, fragte der Leo einen der in weiße Schutzanzüge gekleideten Spezialisten.

»Nicht viel«, antwortete der. »Die Leiche war schon kalt, als man sie hierherbrachte. Du siehst ja selbst, dass da kaum Blut ist. Durch die niedrigen Temperaturen lässt sich auf die Schnelle auch nicht sagen, wie lange der Typ schon tot ist.

»Fußabdrücke?«

»Nichts. Was nicht mit Terrakottafliesen ausgelegt ist, ist gefrorener Rasen oder Schotter, über den ein paar ganz intelligente Leute schon drübergerannt sind.« Dabei warf der Spurensicherer den Nöhrers einen bitterbösen Blick zu. Der ließ die Charlotte aber kalt. Da musste sie ausnahmsweise mal den Luca und die Flora in Schutz nehmen. Vor allem der Luca hatte in der Früh ja nicht ahnen können, dass er über eine Leiche stolpern würde.

»Wirklich keine Ahnung, wie lange der Typ schon tot ist?«

»Das muss der Gerichtsmediziner feststellen. Wie gesagt, je nachdem, wie lange die Leiche hier heraußen in der Kälte gelegen ist. Geschätzt aber ...« Der Spurensicherer blickte auf seine Armbanduhr. »Jetzt ist es sieben Uhr. Ich würde sagen, sicher schon gute neun Stunden, vielleicht ein bisschen mehr oder etwas weniger.«

»Habt ihr vielleicht eine Idee, wie die Leiche hierhergekommen sein könnte?«

»Tut mir leid, aber da bin ich überfragt. Aber nachdem sie direkt vor der Weinkellertür liegt ...«

»Charlotte?«, sagte der Leo.

»Ja?«

»Wo führt der Weinkeller hin?«

»In die Erde.«

»Sehr lustig. Und weiter?«

»Was, weiter? Er geht zwanzig Meter weit in die Erde und Schluss.«

»Scheiße!« Der Leo drehte sich um, steckte zwei Finger in den Mund und pfiff ein paar Kollegen zu sich. »Ich will das trotzdem abchecken«, erklärte er seiner Cousine und schickte die beiden Uniformierten in den Weinkeller. Die Charlotte erklärte den beiden Polizisten, wo im vorgelagerten Presshaus der Lichtschalter zu finden war. Nach ein paar Minuten kamen die beiden mit langen Gesichtern wieder zurück. »Nichts«, erklärten sie ihrem Chef. »Da unten ist nur jede Menge Gerümpel, ein paar alte Weinflaschen, kaputte Fässer und leere Kartons. Keine Tür oder irgendein Ausgang.«

»Hab ich dir ja gesagt«, meinte die Charlotte ein wenig eingeschnappt. Sie kannte doch wohl noch ihren eigenen Weinkeller. Zugegeben, sie war seit Jahren nicht mehr unten gewesen, weil er nicht mehr verwendet wurde, aber das war hier noch immer ihr Grund und Boden!

Sie ging zurück ins Haus und überließ die Polizei ihrer Arbeit. Sie musste sich um andere Sachen kümmern. Zum Glück ging ein Großteil der Hotelzimmerfenster auf die andere Seite hinaus. Die Gäste würden in den nächsten Minuten aufwachen, und das Letzte, was sie jetzt sehen sollten, war ein Großaufgebot der Polizei im Innenhof. Das Problem war eher der Frühstücksraum, durch dessen großes Panoramafenster man direkt auf den Innenhof sehen konnte.

Ihre Eltern waren bereits wach und verfolgten das Spektakel aus ebenjenem Frühstücksraum. »Wir wollten nicht stören«, erklärte die Frau Mama aufgeregt. »Wir haben gesehen, dass du draußen bist, und wussten, dass die Situation unter Kontrolle ist.« Bei so viel Lob wurde die Charlotte rot im Gesicht. »Kannst du uns vielleicht erklären, was hier los ist?«

»Wir haben eine Leiche im Hof«, erwiderte die Charlotte trocken. Hatte ja keinen Sinn, groß um den heißen Brei herumzureden. Die Mama riss erschrocken die Augen auf, der Herr Papa schüttelte entsetzt den Kopf. »Egal, erklär ich euch später genauer. Jetzt müssen wir was unternehmen, damit unsere Gäste nichts mitbekommen.«

Unerwartet rasch hatte sich die Mama wieder gefangen. Gefasst sagte sie: »Wir lassen die Jalousien runter und erklären, dass draußen gerade gearbeitet wird. Ein Wasserrohrbruch oder was Ähnliches«, schlug sie vor. Erstaunt blickte die Charlotte ihre

Mama an. So viel Kalkül hatte sie ihr in einer solchen Situation nicht zugetraut.

»Werden sie uns das glauben?«, fragte sie.

»Es sind Japaner«, erklärte die Mama. »Das ist jetzt nicht böse gemeint, aber im Urlaub glauben die doch alles, was man ihnen erzählt.« Sie ließ die Jalousien herunter, und damit war die Diskussion beendet. Gut, so viel mehr Möglichkeiten hatten sie sowieso nicht. Als die ersten fernöstlichen Gäste im Frühstücksraum eintröpfelten, setzte die Mama hochprofessionell ihr freundlichstes Gesicht auf. Die Japaner merkten gar nicht, dass es sich um übertriebene Höflichkeit handelte. Die waren das aus ihrer Heimat so gewohnt, da war eher alles, was weniger höflich war, ungewöhnlich.

Die Charlotte nützte die Gelegenheit, um sich wieder in den Hof hinauszuschleichen. Dort hatte die Polizei ihre Arbeit zum Glück bereits so gut wie beendet und packte zusammen. Nachdem es sich nicht um den Tatort handelte, war nicht viel zu finden gewesen. Auf der Leiche – ja, das schon. Rundherum nicht so viel. Wie die Leiche hergekommen war, blieb weiter ein Rätsel. Mit einem Hubschrauber hatte man sie wohl nicht abgelegt. So etwas hätte selbst die komatöse Charlotte nicht überhören können.

Als die Charlotte wieder ins Haus gehen wollte, ertönte von der Einfahrt her lautes Hupen.

»Herrgott noch mal!«, fluchte sie und eilte zum Einfahrtstor. Es war der Leichenwagen, der gekommen war, um den Toten abzutransportieren.

»Leise«, zischte sie dem Fahrer zu, »wir haben Gäste. Die müssen das nicht mitbekommen.«

Der Fahrer nickte und wartete, bis die Charlotte das Tor ganz geöffnet hatte. Dann rollte er im Schritttempo in den Hof. Die Leiche wurde in einen anonymen grauen Sarg gepackt und in den Wagen verfrachtet. Nachdenklich blickte die Charlotte dem Leichenwagen nach, als dieser sich rückwärts aus dem Hof schob.

»Ich weiß nicht«, sagte sie zu ihrem Cousin, der neben ihr

stand und dem Wagen ebenfalls nachsah. Auch er musste sich erst daran gewöhnen, dass im sonst so beschaulichen Perchtoldsdorf seit dem Sommer offenbar »das echte Leben« mit Mord und Totschlag Einzug gehalten hatte. »Irgendwie kam mir der Tote bekannt vor«, sagte sie dann nachdenklich. »Ich bin mir sicher, dass ich ihn kenne, aber es will mir nicht einfallen, wer es sein könnte.«

Der Leo schwieg ein paar Sekunden, dann sagte er: »Wir werden es schon herausfinden. Wenn er dir bekannt vorkommt, wird es wohl ein Einheimischer sein. Dann ist es nur eine Frage der Zeit, bis es eine Vermisstenanzeige gibt. Spätestens dann wissen wir mehr.«

»Habt ihr noch irgendwas an der Leiche gefunden?«

»Fehlanzeige«, schnaufte der Leo. »Keinen Ausweis, keine Geldbörse, gar nix.«

»Besondere Merkmale am Körper?

Der Leo zuckte mit den Schultern. »Wir haben die Leiche ja nicht ausgezogen, das passiert erst in der Gerichtsmedizin. Aber auf den ersten Blick konnte ich keine Tätowierungen oder Ähnliches entdecken. Falls du das gemeint hast.«

Keine Antwort der Charlotte, die auch nicht wusste, was sie sich da jetzt eigentlich erwartet hatte.

»Wie auch immer, Cousinchen«, sagte der Leo und blickte auf die Uhr. »Es wird langsam Zeit für das Spektakel. Leiche hin oder her, der Hiataeinzug findet statt. Und das bedeutet für mich, dass ich jetzt in den Ort runtermuss. Ein paar tausend Leute wollen in Zaum gehalten werden.« Er blickte nochmals auf die Stelle, wo bis vor wenigen Minuten die mysteriöse Leiche gelegen hatte. »Kommst du trotzdem?«

Die Charlotte nickte. »So etwas kann mich doch nicht abhalten. Wer weiß? Wenn der Täter eine Rechnung mit mir offen hat, lässt er sich bei so einem Ereignis vielleicht zu irgendeinem Blödsinn hinreißen. Außerdem liegen mein Dirndl und mein Gstanzl schon bereit. Das mag ich mir doch nicht entgehen lassen.«

»Du willst dem alten Zaitler unbedingt noch eine mitgeben, gell?«

Die Charlotte kniff die Augen zornig zusammen und nickte. »Ja, das muss noch sein. Nach allem, was er sich im Sommer geleistet hat, hat er sich das verdient.«

»Charlottchen, der Weinbauverein hat ihn doch schon als Obmann abgesetzt. Sein Ruf ist auch im Arsch. Was willst du noch mehr?«

»Nenn mich kleinlich, aber ich möchte ihm noch persönlich was nachrufen. Ich kann ihm ja sonst nix antun. Es mag schon sein, dass er mit seinem Leben genug geschlagen ist. Aber diese Genugtuung brauche ich einfach.«

Dem Leo war das Thema sichtlich unangenehm. »Ein Gutes hat es, wenn man beim Hiataeinzug arbeiten muss«, sagte er, um die Charlotte abzulenken. »Ich muss mir wenigstens keine Lederhose anziehen.«

»Da hast du recht.« Die Charlotte lachte laut auf. Jetzt blickte auch sie auf die Uhr. »Acht Uhr schon. Eigentlich Zeit fürs erste Gläschen. Wir haben unsere Kostproben für den Hiataeinzug hergerichtet. Willst probieren?«

»Ach, Cousine!«, stöhnte der Leo, der die Charlotte um gut einen Kopf überragte. »Ich bin doch im Dienst.«

»Leo!«

»Na gut, rück schon rüber. Nach so einem Start in den Tag kann ein kleiner Schluck nicht schaden. Außerdem ist heute sowieso Ausnahmezustand.«

Die Charlotte eilte ins Kühlhaus und kam mit einem kleinen Plastikcontainer zurück. Sie drückte dem Leo einen Pappbecher in die Hand und schenkte großzügig ein. Damit war der inoffizielle Startschuss für den Hiataeinzug gefallen.

2

Nachdem sich auch der letzte Polizist vom Acker gemacht hatte, ging die Charlotte zurück ins Haus. Im Frühstücksraum fühlte sie sich wie in »Madame Butterfly«. Wie erwartet war der Raum gerammelt voll. Kein Platz war mehr frei, die Japaner hatten alles okkupiert. Und das war auch gut so. Um diese Jahreszeit war ja sonst kaum mit Gästen zu rechnen.

Perchtoldsdorf lag an den südwestlichen Ausläufern Wiens, und Winterzeit bedeutete hier nicht Skifahren, sondern – nichts. Früher, ja früher, da war das anders gewesen. Da gab es in der Umgebung sogar noch den einen oder anderen Skilift. Aber das war schon Jahrzehnte her. Bevor der Klimawandel gnadenlos zugeschlagen und Träume von weißen Weihnachten eben dazu gemacht hatte – zu Träumen. Gut, Eislaufen konnte man heute noch. An zwei, drei Tagen im Winter vielleicht noch rodeln im Begrischpark. Aber das war's dann auch schon. Und deshalb verirrte sich im Spätherbst oder Winter normalerweise kein (Touristen-)Schwein hierher.

Nachdem der Hiataeinzug aber ins UNESCO-Weltkulturerbe aufgenommen worden war, hatte sich die Situation ein wenig geändert. Seither schafften es Touristen auch im November in den Weinort. Dank der guten Kontakte der Renate Obermayer hatte nun auch die Familie Nöhrer davon profitiert. Die Kulturmanagerin hatte eine Busladung voller Japaner, die in erster Linie wegen der Staatsoper und des Burgtheaters in Wien waren, kurzerhand umgeleitet und bei der Charlotte einquartiert. Eines von mehreren kleinen »Dankeschöns« für die Aufklärung des Mordes an ihrem Mann im Sommer.

Die Charlotte nickte ihren Gästen freundlich zu und rollte die Jalousie hoch. »*Everything okay. The workers are gone*«, säuselte sie mit einem aufgesetzten Lächeln. Die Gäste bewunderten kurz den Ausblick auf den verlassenen Hof und machten sich dann wieder über ihr Frühstück her. Es war ein witziger Anblick, denn die Japaner waren bereits komplett aufgebrezelt für den Hiataeinzug. Sprich: die Damen im Dirndl, die Männer in Lederhose. Klar, bei einem so traditionellen und jahrhundertealten Erntedankfest der Perchtoldsdorfer Weinbauern musste man sich schon passend kleiden. Da war es auch gar nicht wichtig, dass der Großteil der jungen Einheimischen auf die Tradition pfiff und sich einfach nur in Jeans in das, sind wir ehrlich, Sauffest warf. Andererseits – seitdem der Volksdodel-Rocker von Wien bis Norddeutschland Stadien und Hallen füllte, war auch in der Jugend – ländlicher *und* urbaner Natur – Tracht plötzlich wieder schwer angesagt.

Nach einem weiteren Kontrollblick wurde die Charlotte von ihrer Mama aus dem Frühstücksraum gescheucht. »Ich hab das schon im Griff. Schau lieber zu, dass du dich fertig machst«, wies sie ihre Tochter an. Die Mama war natürlich ebenfalls schon in Tracht. Aber das war nun wirklich kein Wunder. Sie war ja auch schon seit geraumer Zeit wach und hatte, im Gegensatz zu ihrer Tochter, nicht einen derartigen Kater im Nacken sitzen.

Die Aufregung des frühen Morgens fiel nun endgültig von der Charlotte ab. Plötzlich völlig geschlaucht, schleppte sie sich die Treppen hinauf in ihre Wohnung und ließ sich neben ihrer noch schlafenden Freundin ins Bett fallen. Die Ruhe hielt circa eine Minute, dann bimmelte ihr Handy. Es war die Flora.

»Was?«, seufzte die Charlotte genervt ins Telefon.

»Duhu?«

»WAS?«

»Ich bräuchte deine Hilfe, Schwesterherz. Der Luca schafft es nicht, mein Dirndl zuzuknöpfen.«

Die Charlotte stöhnte laut auf, gab aber nach. »Beim Aufmachen ist er wohl geschickter, gell? Ist schon gut, ich bin gleich bei dir.«

Sie rollte sich wieder aus dem Bett und zog dabei die Decke mit. Mit voller Absicht. Jetzt sollte gefälligst auch endlich die Andrea aufstehen.

»Gnnghhmpf«, murmelte die. Ein Klaps auf den Po, und die Blondine fuhr hoch. »Was?«, fragte sie, auch ein wenig angefressen.

»Zeit zum Aufstehen«, antwortete die Charlotte kühl. »Außerdem hatten wir heute früh schon eine Leiche im Hof.«

»Wie bitte? Das war kein Scherz vorhin?«

»Erzähl ich dir nachher. Ich muss jetzt der Flora helfen. Komm in die Gänge, wir müssen dann runter in den Ort. Der Hiataeinzug fängt bald an.«

Sie eilte hinaus, hinunter ins Erdgeschoss und ins Zimmer der Flora. Die stand recht verloren mitten in einem Kleiderhaufen. Immerhin hatte sie das Dirndl schon bis über die Schultern gezogen. Die unzähligen Knöpfe am Rücken waren aber allein schlicht und ergreifend nicht zuzuknöpfen. Vom Luca war nichts zu sehen.

»Komm schon her, Kleine«, forderte die Charlotte ihre Schwester versöhnlich auf. Die Flora schlurfte herüber und wandte ihr den Rücken zu. Mit ein paar geübten Handgriffen hatte die Charlotte das Dirndl zugeknöpft. Als Nächstes war die Schürze an der Reihe. »Auf welcher Seite willst du die Masche?«, fragte die Charlotte hämisch.

»Rechts natürlich!«, antwortete die Flora ein wenig empört. »Schließlich ist der Luca ja auch mit!«

»Als ob der eine Ahnung hätte, was die Position der Schleife bedeutet. Egal, ich hätte sie dir eh nicht links gemacht. Mir war da mehr die Mitte vorgeschwebt.«

»Charlotte!«

»Na ja, von wegen Jungfrau und so …«

»Charlotte!«

»Schon gut, schon gut. Geht mich ja nichts an. Wo ist denn dein Lover überhaupt?«

»Im Bad. Der versucht gerade, sich in seine Lederhose zu zwängen. Nachdem er gehört hat, dass du rüberkommst, wollte er sich nicht vor dir zum Kasperl machen.«

»Er hat eine Lederhose?«

»Tja, Schwesterherz, hättest du im Sommer ein bisschen mehr Zeit mit uns verbracht, statt deinem Mörder nachzujagen, hättest du gemerkt, dass sich die ganze Familie Bianchi bei einem unserer Wienausflüge mit Tracht eingedeckt hat.«

»Auch der Papa Bianchi?«

»Welchen Teil von ›die ganze Familie‹ hast du nicht verstanden? Ja, auch der Emanuele. Schade, dass die Aurora diesmal nicht mitgekommen ist.«

»Wieso eigentlich nicht?«

»Der Luca hat gemeint, dass seine Mama die Aufregung vom letzten Besuch noch nicht ganz verkraftet hat. Da bleibt sie lieber daheim und passt auf die Firma auf.«

Die Charlotte hatte die Masche der Schürze inzwischen wie gewünscht auf der rechten Seite gebunden (was anzeigte, dass ihre Schwester »vergeben« war), und die Flora stand in einem Alptraum aus Grün und Rosa vor ihr. Die Charlotte verkniff sich einen sarkastischen Kommentar. Die Kleine musste damit auf die Straße gehen, nicht sie. Im selben Moment klopfte es an der Tür des Badezimmers, es krachte drinnen, dann sprang die Tür auf, und der Luca stolperte mit halb hochgezogener Lederhose ins Zimmer. Wo er der Länge nach hinfiel und seinen blanken Po offenbarte. Der gewaltige Wachstumsschub der letzten Monate hatte sich beim Luca auch in seiner Koordinationsfähigkeit niedergeschlagen. Negativ natürlich.

»Ausgleichende Gerechtigkeit«, schmunzelte die Charlotte. Ausnahmsweise gab es dafür einmal keinen bösen Blick ihrer pubertierenden Schwester. »Ich lass euch zwei jetzt allein. Schau, dass du deinen Bonsai-Lover irgendwie in seine Hose reinbekommst. In einer halben Stunde ist Aufbruch.«

Zurück in ihrem Zimmer, hatte die Andrea gerade ihre morgendliche Dusche beendet. Die Charlotte ging ins Bad und sah ihrer Freundin zu, wie die sich trocken rieb. Auf schmutzige Gedanken kam die Charlotte dennoch nicht, dafür war sie nach dem vergangenen Abend und den Aufregungen dieses Morgens einfach noch viel zu geschafft. Stattdessen scheuchte sie die Andrea aus der Dusche. Sie wollte sich auch noch frisch machen, bevor dieser lange, lange Tag so richtig anfing.

Fünfzehn Minuten später halfen sich die beiden gegenseitig in ihre Dirndl. Die Andrea trug eines dieser neumodischen kurzen Dinger in Schwarz mit giftgrüner Schürze. Eigentlich nicht so die Sache der Charlotte, aber sie musste zugeben, dass ihre Freundin darin tatsächlich rattenscharf aussah.

»Wohin mit der Schürzenmasche?«, fragte sie zum Spaß.

»In die Mitte natürlich!«, antwortete die Andrea.

»Genau. Und ich werde heute Abend mit dem alten Zaitler Bruderschaft trinken …«

Aus Protest schnürte sich die Charlotte ihren Knoten dann selbst und brachte ihn an der linken Seite an. Was signalisiert hätte, dass sie noch zu haben sei. Da spielte aber die Andrea nicht mit. Sie schmiegte sich von hinten an die Charlotte, fummelte ein bisschen an ihrem hochgepressten Dekolleté herum und rückte die Masche dann kurzerhand auf die rechte Seite. »So nicht«, hauchte sie der Charlotte ins Ohr und gab ihr einen Klaps auf den Po.

Für ein ausgiebiges Frühstück reichte die Zeit nicht mehr. Ein Butterbrot und eine Tasse Kaffee mussten reichen. Der Frühstücksraum hatte sich inzwischen glücklicherweise geleert, die Japaner waren mit ihrem Reisebus bereits hinunter in den Ort gekarrt worden. Die Familie hatte den Raum also für sich, und die anderen waren bereits anwesend. Die Charlotte musste zugeben, dass sich der Bianchi-Papa durchaus gut in Lederhose, Lodenjanker und Haferlschuhen machte. Seinen Schnurrbart hatte er links und rechts aufgezwirbelt, da wäre sogar ein Bayer neidisch geworden. Ihr eigener Papa stand dem Besucher aus Italien natürlich in nichts nach – abgesehen vom Schnurrbart, den sich der Rudi Nöhrer auf Bitten seiner Frau schon vor Jahren abrasiert hatte. Er trug den klassischen blauen Trachtenjanker der Perchtoldsdorfer Weinbauern, dazu einen schwarzen Hut mit dunkelgrünem Hutband. Die Mama hatte ihr übliches traditionelles Dirndl an, genau wie die Omama, deren Dirndl so original war, dass es die Jahrzehnte nur durch mehrmaliges Stopfen und Ausbessern überlebt hatte. Selbst der Noah sah in seiner frisch zugelegten Tracht nicht wie ein Fremdkörper aus. Und die Charlotte? Die fiel irgendwo zwischen die Extreme ihrer Frau Mama und der Andrea. Ihr Dirndl reichte zumindest über die Knie, war aber bei Weitem nicht so lang wie das der Mama, das fast bis zum Boden ging. Die Farbe war Tannengrün, das hervorragend mit ihren kastanienroten Haaren kontrastierte.

»Gut schau ma aus«, meinte die Omama hochzufrieden und drückte dem Zimmermädchen, das an diesem Tag Dienst hatte (Kellnerinnen waren keine da, weil der Heurigenbetrieb erst demnächst wieder aufgenommen wurde), ihr Smartphone in die Hand. Die Omama mochte zwar alt sein, aber sie ging immer mit der Zeit. Oft mehr als die Frau Mama.

»Familienfoto«, quietschte sie so vergnügt wie ein kleines Kind. Keiner brachte es übers Herz, der Matriarchin diesen Wunsch abzuschlagen. Also nahm man die Omama in die Mitte, und nach einigen Fehlversuchen war es endlich geschafft: Alle lächelten, und niemand hatte die Augen geschlossen. Eine Meisterleistung, wenn man bedachte, dass da neun Leute mitspielen mussten.

Mit dem Firmenlieferwagen ging es hinunter in den Ort. Man konnte natürlich nicht bis zum Marktplatz fahren, weil wegen des Hiataeinzugs der Großteil der Straßen rund um das Ortszentrum und die Zufahrten gesperrt waren. Also lenkte der Papa den Wagen über Schleichwege (ja, zugegeben, ein breiter Gehsteig mitten durch den Park oberhalb des Marktplatzes, zwischen Sportplatz und Herzogsburg, war auch dabei) bis in den Burghof, wo vor ein paar Monaten noch die Bühne des Sommertheaters gestanden hatte. Seit August gab es im Burghof keine kulturellen Schmankerl mehr, sondern wieder gediegenen Sechs-, Acht- oder Zwölf-Zylinder-Sound. Den Rest des Jahres musste der Burghof nämlich als öffentlicher Parkplatz herhalten.

Die Familien Nöhrer und Bianchi quollen aus dem Wagen und machten sich auf den kurzen Weg hinunter zum Marktplatz. Wegen der Aufregungen des Morgens hatte man den traditionellen Umzug bereits versäumt. Der Höhepunkt stand aber sowieso noch bevor, wenn nämlich der Festzug am Marktplatz eintraf. Dann wurden von den versammelten Weinhauern Gstanzln gesungen (launige Vierzeiler, die mehr oder weniger freundlich mit den Leistungen der lokalen Politiker im letzten Jahr abrechneten), und vor allem tanzte die »Pritschn«. Die Pritschn war ein rund achtzig Kilo schweres und zweieinhalb Meter hohes Gestell aus Holz, das mit Eichenlaub und einem goldenen Herz aus Nüssen geschmückt war. Von der Form her durfte man sich das Ding in etwa wie einen ausgehöhlten Christbaum vorstellen. Ausgehöhlt deshalb, weil die Pritschn ja auch von jemandem getragen werden musste, der sie dann eben »tanzen« ließ. Natürlich machte das im Normalfall einer der jungen, kräftigen Weinhauer-Söhne. Heuer hatte sich aber der »Hiatavater« höchstpersönlich das Recht dazu genommen. Der Hiatavater wurde alljährlich aus dem Kreis der Weinhauer gekürt. Bei seinem Heurigen nahm der Festzug seinen Anfang, und auch ansonsten hatte er allerlei Aufgaben zu erledigen. Heuer fiel diese Ehre dem Herbert Zaitler zu. Nach seinem ausgeuferten Streit mit der Charlotte im Sommer hatte man ihn zwar als Weinbauverein-Obmann abgesetzt, aber man wollte ihm für die langjährige Arbeit im Verein doch noch ein passendes Abschiedsgeschenk machen.

Männerseilschaften halt. Statt in Schimpf und Schande davongejagt zu werden, durfte er also noch einmal den Hiatavater geben. Als die Charlotte von dieser Entscheidung erfuhr, hätte sie am liebsten gekotzt. Sie hatte sogar den Herrn Papa zur Rede gestellt, der bei dem ganzen Theater ja mitgestimmt hatte. Der hatte ihre Einwände aber nur abgewehrt und gemeint: »Schätzchen, du hast ja keine Ahnung, was da sonst noch dahintersteckt. Das sind ja alles auch politische Geschichten.« Mehr war ihm nicht zu entlocken, und eigentlich war es der

Charlotte auch egal. Es gab bloß keinen Grund auf der Welt, wieso dem alten Zaitler nach dem letzten Sommer noch einmal so eine Ehre zukommen sollte.

Eitel, wie der alte Zaitler nun einmal war, ließ er es sich nicht nehmen, dieses Abschiedsgeschenk auch gleich dazu zu missbrauchen, sich noch einmal so richtig ins Rampenlicht zu stellen. Und wie wäre das besser gegangen, als selbst im fortgeschrittenen Alter noch seine Männlichkeit zu beweisen und die sauschwere Pritschn tanzen zu lassen. So wie zuletzt vor vielen, vielen Jahren, als er noch grün hinter den Ohren gewesen war und unter der Fuchtel des strengen Vaters gestanden hatte.

Gut, noch war es aber nicht so weit. Als die Nöhrers und Bianchis am Marktplatz vor der großen Pfarrkirche eintrafen, kam der Erntedankzug gerade aus der Richtung von Marios Turmbar anmarschiert. Vorneweg ritten drei Weinhauer auf ihren Pferden, dahinter folgten zu Fuß die anderen Weinhauer. Normalerweise hätte da auch die Charlotte oder ihr Herr Papa mitmarschieren sollen, aber der Papa hatte wegen des Besuchs aus Italien seine Teilnahme frühzeitig abgesagt, und die Charlotte wäre selbst ohne den Toten in ihrem Hof nach der durchzechten Nacht nicht in der Lage gewesen, schon so früh durch halb Perchtoldsdorf zu marschieren.

Vor dem Rathaus war eine kleine Bühne aufgebaut. Der Charlotte stand als Juniorchefin des Familienheurigen eigentlich ein Platz auf dieser Bühne zu, sie hatte sich aber entschieden, sich mit dem Rest der Familie unter die Tausende von Zuschauern zu mischen. Das war allerdings auch ein bisschen eine Flucht, denn sie hatte ihr Gstanzl in der Hektik des verspäteten Aufbruchs daheim vergessen und konnte sich beim besten Willen einfach nicht mehr an den genauen Wortlaut ihres Vierzeilers erinnern. Was bitter war, denn eigentlich wollte sie mit dem Gstanzl dem alten Zaitler ja noch einen »gebührenden« Abschied verschaffen. Darauf musste sie nun schweren Herzens verzichten.

Das Wetter war prächtig (wenn auch saukalt) und die Stimmung ausgelassen. Letzteres vor allem deshalb, weil vom ganz jungen Wein überall am Marktplatz Gratisproben kredenzt wurden. Mit Blasmusik kam der Umzug endlich bei der Pestsäule an, die das Zentrum des Marktplatzes bildete. Von hier ging es dann noch ein paar Meter den Hügel hinauf zur Pfarrkirche, in der in wenigen Minuten die Erntedankmesse anstand. Erst wenn die Weinhauer und alle Kirchgänger wieder herausströmten, folgte das finale Highlight des Hiataeinzugs – das Gstanzlsingen. Und danach stand dann der ausgelassenste Teil des Festes auf dem Programm: von Heurigen zu Heurigen ziehen und sich ganz traditionell und gepflegt ins Koma saufen. Alle, die am Abend noch halbwegs auf zwei Beinen stehen konnten, trafen sich dann noch beim Winterbauer-Heurigen zur »Afterparty« (im Ernst, heißt heutzutage wirklich so). Dort kam man regulär allerdings nur als Weinhauer oder Angehöriger rein. Oder man nutzte den Illuminierungsgrad der Türsteher und mischte sich einfach unauffällig unters Wein produzierende Volk (was eine erstaunlich einfache Sache war).

Vor dem Kirchgang stand aber noch der erste Höhepunkt des Vormittags bevor: das Tanzen der Pritschn. Der Zaitler, einer der drei Reiter, schwang sich vom Pferd und schritt würdevoll zu dem Anhänger, auf dem die Pritschn durch den Ort transportiert worden war. Dort flüsterte ihm ein anderer Weinhauer etwas ins Ohr. Von ihrer Position aus konnte die Charlotte natürlich nicht hören, was genau da geflüstert wurde, sie nahm aber an, dass es ein letzter Versuch war, den alten Deppen von seinem Vorhaben abzuhalten. Achtzig Kilo waren schon ein ordentliches Gewicht. Die Vermutung der Charlotte wurde durch ein ärgerliches Kopfschütteln vom Zaitler bestätigt. Von zwei Hiatabuam ließ er sich die Pritschn umhängen, denn ein Ledergeschirr half dem Pritschnträger, das schwere Ding auf den Schultern zu tragen. Das untere Ende des Stocks, der im Inneren der Pritschn angebracht war, wurde in eine Halterung unterhalb des überhängenden Bauchs vom alten Zaitler gesteckt, und endlich konnte es losgehen. Der Zaitler sollte mit der Pritschn hinauf bis zur Kirche marschieren. Zugleich war es seine Aufgabe, die Holzkonstruktion zu heben und zu drehen – sie »tanzen« zu lassen.

Vielen der Zuschauer war nicht klar, was für eine körperliche Leistung der alte Zaitler da zu erbringen hatte, so schwer sah die hölzerne Pritschn nämlich gar nicht aus. Und in den ersten Minuten ließ der Zaitler das Teil auch wirklich wie einen Derwisch tanzen. Da merkte man ihm sein Alter gar nicht an. Auf halbem Weg zur Kirche passierte es dann aber: Der alte Zaitler wurde von der Pritschn praktisch verschluckt, »erschlagen« sollte es später im Polizeibericht heißen. In diesem Moment sah es aber nur so aus, als hätte sich die Pritschn einfach über ihn drübergestülpt.

Die Musik hörte auf zu spielen. Es war mucksmäuschenstill auf dem Marktplatz.

Fast schon gespenstisch, wie ruhig rund fünftausend Menschen auf einem Fleck verharren konnten. Sekunden vergingen, und die Stille wurde immer unangenehmer, erdrückender.

Einer der Hiatabuam überriss die Situation am schnellsten. Er rannte zur Unglücksstelle und bemühte sich, das schwere Teil vom alten Zaitler runterzuheben. Was ihm allein aber nicht gelang. Endlich kamen ein Zweiter und ein Dritter dazu, und zu dritt schafften sie es schließlich, den alten Zaitler von der Pritschn zu befreien. Der Vierte, der an der Unglücksstelle anlangte, war der Leo. In voller Montur bahnte er sich einen Weg durch die Menschenmenge, sein Funkgerät in der Hand. Er drängte die Hiatabuam zur Seite und beugte sich über den reglosen Körper vom Zaitler. Aus gut hundert Meter Entfernung konnte die Charlotte lediglich erkennen, dass er den Kopf schüttelte, was ihre schlimmsten Befürchtungen bestätigte. Im nächsten Moment hörte man auch schon die Sirenen eines Rettungswagens.

Die anderen Polizisten drängten die Menschenmenge so gut es ging auseinander, um eine Gasse für die Rettung zu bilden. Im Schritttempo rollte der Rettungswagen zur Unglücksstelle.

Ein Notarzt untersuchte den Zaitler an Ort und Stelle, bevor er ihn auf einer Trage abtransportieren ließ. Die Pritschn beschlagnahmte der Leo und ließ sie von zwei Kollegen in die Polizeistation ganz in der Nähe bringen. Dann wandte er sich per Megafon an die schaulustige Menge.

»Sehr geehrte Damen und Herren, liebe Gäste des Hiataeinzugs. Es tut mir leid, dass Sie Zeugen dieses Unfalls werden mussten. Herr Zaitler ist auf dem Weg ins Krankenhaus, und wir hoffen, dass es ihm in Bälde wieder gut geht.« Er schaute zu einem der Weinhauer, der ihm zunickte. Dann fuhr der Leo fort: »Die Veranstaltung geht nun wie geplant weiter. Nach dem Gottesdienst findet hier am Marktplatz wie üblich das Gstanzlsingen statt. Wir wünschen Ihnen nun trotz allem viel Vergnügen und einen unterhaltsamen Vormittag.«

Tragisch, aber wahr: *The Show must go on.* Das hatte die Charlotte schon bei den Sommerfestspielen feststellen müssen, als trotz mehrerer Morde auf offener Bühne keine einzige Vorstellung gestrichen wurde.

Allmählich kam wieder Leben in die Menge. Aus dem Fernsehen war man schlimmere Sachen gewohnt. Wie leicht man doch abstumpfte. Aber was hätte man schon groß tun können? Die Antwort lag auf der Hand: sich weiter betrinken natürlich. Die Kirche war ohnehin komplett überfüllt – so viel Begeisterung hätte sich Pfarrer Richard Kraus an jedem anderen Sonntag von seinen Schäfchen gewünscht –, also konnte man sich die Stunde, bis der Tross wieder aus der Kirche herauskam, auch mit Trinken vertreiben.

»Ich muss noch wohin«, raunte die Charlotte der Andrea ins Ohr.

Die warf ihr einen wissenden Blick zu und flüsterte zurück: »Ich kümmere mich um die Kleinen.«

Es war gar nicht so einfach für die Charlotte, sich durch die Menschenmenge einen Weg zur Polizeiinspektion zu bahnen. Für die zweihundert Meter benötigte sie fast zehn Minuten. Wie die Sardinen in der Büchse drängten sich die Tausende von

Leuten, noch dazu musste sie alle paar Meter Hände schütteln, jemanden begrüßen oder einen Schluck vom jungen Wein probieren. So war das Leben eben, wenn man den halben Ort persönlich kannte. Als die Charlotte endlich ihr Ziel erreicht hatte, war der Leo naturgemäß nur mäßig erfreut, seine Cousine schon wieder im Nacken sitzen zu haben.

»Kaum passiert was, bist du auch schon zur Stelle«, empfing er sie patzig in seinem Büro.

Die Charlotte achtete gar nicht auf seinen Tonfall. »Wie geht's dem Zaitler?«, fragte sie.

»Was interessiert dich das?«, antwortete der Leo gereizt. »Ist ja nicht so, als ob er dein Busenfreund gewesen wäre.«

»Interessiert mich halt. War ja Wahnsinn, dass er sich das überhaupt angetan hat. Also, wie geht es ihm?«

Der Leo schnaufte tief durch und spielte nervös mit dem Kugelschreiber herum, ehe er antwortete: »Würde mich wundern, wenn er den Transport bis ins Krankenhaus überlebt.«

Wie aufs Stichwort klingelte in diesem Moment sein Telefon. Er hob ab, nickte, murmelte ein paar Mal: »Ja, hm, ja«, und beendete das Gespräch dann mit einem kurzen »Danke«. Die Charlotte sah ihn gespannt an.

»Das war das Krankenhaus. Der Zaitler ist tot. Die Schädelverletzungen waren zu schwer.«

Es machte der Charlotte fast ein wenig Angst, wie kalt sie diese Nachricht ließ. Aber schließlich hatte ihr der alte Zaitler, seit sie in den Betrieb ihrer Eltern eingestiegen war und diesen mit allen erdenklichen Mitteln in die Moderne zerrte, keine Ruhe gelassen. Der damalige Weinbau-Obmann hatte ihr einen Prügel nach dem anderen zwischen die Beine geworfen und als Höhepunkt sogar die Leinwand zerstört, die sie für das Public Viewing zum EM-Finale auf der Panoramawiese hinter ihrem Weingut hatte aufstellen lassen.

»Dann kann der Robert ja jetzt endlich damit beginnen, den angestaubten Betrieb zu modernisieren«, war deshalb ihre knappe Antwort.

»Apropos: Ich habe jetzt die unangenehme Aufgabe, dem Robert die Nachricht zu überbringen, dass sein Vater tot ist. Lass uns zurückgehen und nach ihm suchen. Ich habe ihn vorhin gar nicht gesehen, aber er muss ja auch irgendwo am Marktplatz sein.«

»Oder er ist der Rettung ins Spital nachgefahren.«

Der Leo nickte und wählte auf seinem Handy die Nummer des Krankenhauses. Dort erhielt er die Auskunft, dass kein Angehöriger den alten Zaitler begleitet oder nach ihm gesucht habe.

»Eigenartig«, meinte die Charlotte, und auch der Leo konnte sich keinen Reim darauf machen. Schon bevor die Charlotte bei ihm angerauscht war, hatte er versucht, den Robert am Handy zu erreichen. Aber er war immer nur auf dessen Mailbox gelandet.

»Du«, meinte die Charlotte, als sie wieder ins Freie traten, »was ist eigentlich mit der Pritschn?«

»Die ist noch nicht untersucht worden. Soweit ich gesehen habe, sind allerdings die Träger gerissen. Deshalb ist das Ding auf den Zaitler runtergekracht.«

»Beide Träger?«, fragte die Charlotte erstaunt.

»Ja, beide. Wieso …«, stotterte der Leo. Und dann: »Scheiße!«

»Genau, Scheiße! Ist das nicht ein bisschen auffällig, dass beide Träger gleichzeitig reißen?«

»Warte kurz«, wies der Leo seine Cousine an und stürmte zurück in die Wachstube. Nach wenigen Momenten kam er wieder zurück.

»Ich habe die Kollegen von der Spurensicherung angewiesen, dass sie sich das genauer anschauen sollen.«

»Und?«

»Und? Blöde Kommentare habe ich mir eingefangen, weil das ja eh offensichtlich sei, haben s' gesagt. Wäre sowieso das Erste, was sie sich anschauen.«

Schweigend gingen die beiden hinüber zur Kirche.

»Warten wir beim Eingang«, schlug der Leo vor. Die Charlotte nickte. Es wäre keine gute Idee gewesen, jetzt die überfüllte Kirche nach dem Robert abzusuchen. Das Überbringen der traurigen Nachricht konnte noch ein paar Minuten warten. Wenn die Menge wieder aus der Kirche strömte, konnte man den Burschen immer noch zur Seite nehmen und ihn ungestört über das traurige Schicksal seines Vaters unterrichten.

»Armer Bub«, meinte die Charlotte, vor Kälte bibbernd. Der Wollmantel über ihrem Dirndl war bei diesen Temperaturen viel zu dünn. »Vor ein paar Jahren ist die Mutter spurlos verschwunden, und jetzt ist auch noch der Vater tot.«

»Na ja«, erwiderte der Leo, »›Bub‹ ist gut. Der Robert ist ja auch schon … was? Fünfundzwanzig? Dreißig? Und das Verhältnis zwischen den beiden war bekanntermaßen nicht das beste. Das mag jetzt pietätlos klingen, aber ich glaube, dass es dem Robert nicht unrecht sein wird, dass der Vater jetzt auch weg ist. Das Verschwinden seiner Mutter hat ihn da sicher viel härter getroffen.«

»Hat man von der Hertha eigentlich je wieder was gehört?«

Der Leo schüttelte den Kopf. »Nein. Sie wurde zwar europaweit als vermisst ausgeschrieben, aber es gab nirgendwo eine Spur von ihr.«

»Glaubst du, dass sie …?«

»Dass sie tot ist? Ja. Ich glaube, sie hat sich umgebracht. Kein Wunder bei dem, was ihr der Alte so hat anschauen lassen. Das, oder sie hat sich irgendwie nach Südamerika abgesetzt. Aber dafür war die Hertha nicht der Typ. Dafür war sie zu unselbstständig und dem Alten viel zu hörig. Die Hertha hätte sich ja nicht mal selbst ein Flugticket buchen können.«

Die Charlotte hatte auch immer wieder Geschichten über die Anfälle vom alten Zaitler gehört. Dass er seine Frau geschlagen habe und so weiter. Seit dem letzten Sommer und ihren persönlichen Erfahrungen mit dem Zaitler war sie geneigt, diese Geschichten zu glauben. War sein Tod tragisch? Ja, natürlich. War der Zaitler ein großer Verlust? Nein, definitiv nicht.

Als die Kirchenglocke elf schlug, verließen die ersten Leute die Kirche. Zuerst tröpfchenweise, dann in immer größeren Scharen, bis am Ende auch der Pfarrer selbst und die restlichen Weinhauer herauskamen. Aber der Robert war nirgends zu sehen.

Die Prozession zog weiter zum alten Rathaus, wo nun wie gewohnt die Gstanzln gesungen wurden. Immerhin hatte man so weit einen kühlen Kopf bewahrt, als man die ohnehin untypischen Schmähgesänge auf Hiatavater Zaitler bereits aus dem Programm genommen hatte. Die jungen Weinhauer, die für diese Gstanzln zuständig waren, standen mehr oder weniger geschlossen hinter der Charlotte und ihren Modernisierungsplänen für den Weinbau des Ortes. Angestachelt durch die Aktionen der Charlotte begannen auch sie – wenn auch friedlich – gegen ihre Eltern zu rebellieren. Von den Burschen war keiner älter als dreißig. Das war nämlich die inoffizielle Altersgrenze fürs Gstanzlsingen. Die Charlotte war heilfroh, dass sie damit im nächsten Jahr bereits nicht mehr mitmachen durfte. Musste. Ihr war es immer ein wenig peinlich gewesen, vor ein paar tausend Zuschauern schlechte, selbst gereimte Kalauer aufzusagen. Dafür war sie einfach nicht der Typ.

Eigentlich hätte auch der Robert Zaitler eines der Gstanzln vortragen sollen, aber nach wie vor war von ihm weit und breit nichts zu sehen. Nach zwanzig Minuten war auch dieser Showact vorbei, und damit war der offizielle Teil des Hiataeinzugs erledigt. Wer sich zu diesem Zeitpunkt noch keinen Platz bei einem der geöffneten Heurigen reserviert hatte, konnte nun gleich nach Hause gehen, denn freie Plätze gab es in den nächsten zwei, drei Stunden keine. Denn bevor die Sauferei so richtig losging, wurde nun erst einmal ausgiebig geschlemmt. Der Alkohol brauchte ja auch eine ordentliche Unterlage. Mitte November bedeutete dies traditionell ein Martinigansl, und das bekam man ebenfalls nur mit einer rechtzeitigen Tischreservierung.

»Kümmer dich um deine Familie«, schlug der Leo vor, nachdem der Robert noch immer nicht aufgetaucht war. Ein weiterer

Anruf war wieder direkt auf der Mailbox gelandet. »Ich werde mal zu ihm fahren. Vielleicht ist ja wenigstens die Marianne zu Hause.«

»Seine Frau?«, meinte die Charlotte. »Die hab ich hier übrigens auch nicht gesehen. Ich komme mit.«

»Charlotte!«

»Leo! Meine Familie kommt auch ganz gut ohne mich zurecht. Ich schreibe der Andrea eine Nachricht, erkläre ihr, was los ist, und verspreche, dass ich später nachkomme.«

»Wo habt ihr reserviert?«

»Beim Wurzinger. Der hat das beste Gansl.«

»Außer dem von der Omama, oder?«

»Genau!«, sagte die Charlotte und grinste.

3

Nachdem der offizielle Teil des Volksfestes vorbei war, hatte die Polizei alle Straßensperren und Parkverbote am und rund um den Marktplatz aufgehoben. Zügig steuerte der Leo seinen Dienstwagen mit der Charlotte auf dem Beifahrersitz in die eine der zwei langen Heurigengassen, in der sich der Zaitler-Heurige befand. Beide Gassen führten vom Marktplatz weg, jedoch in exakt entgegengesetzte Richtungen. Der Zaitler-Heurige befand sich in jener Gasse, die an ihrem Ende schon in einen der Außenbezirke von Wien mündete. Zu Fuß hätte man den Zaitler'schen Betrieb in zehn Minuten erreichen können. Weil er auf offizieller Mission war, wollte der Leo aber den Streifenwagen nehmen. Ganz abgesehen davon waren die Gassen und Straßen rund um den Marktplatz sowieso hoffnungslos mit Menschen verstopft. Keiner der beiden hatte große Lust, sich durch die Menschenmassen zu drängeln. Der Leo nahm einen Umweg durch weniger frequentierte Gassen (und gegen ein oder zwei Einbahnen), sodass sie letztlich aus der entgegengesetzten Richtung ihr Ziel erreichten. Er parkte den Wagen am Ende der Gasse, keine hundert Meter vom Ortsschild »Wien« entfernt. In einiger Entfernung konnten sie die Massen sehen, die sich durch die schmale Einbahnstraße wälzten. Links und rechts war beinahe jedes zweite Haus ein Heuriger, aber nur ein Teil davon hatte an diesem Sonntag auch geöffnet. Der Zaitler-Betrieb gehörte nicht dazu. Über dem schmiedeeisernen Eingangstor hing kein »Buschen«, um anzuzeigen, dass der Heurige geöffnet war. Stattdessen befand sich am Tor eine schwarze Tafel. Darauf stand: »Ausg'steckt ist wieder vom 2. bis 23. Dezember.« Bis dahin waren es fast noch drei Wochen.

Die Charlotte legte den Finger unbeeindruckt auf die Türklingel. Ein mächtiger Gong ertönte, der sie zusammenzucken ließ.

Auch den Leo hatte es gerissen, aber er bekam sich schneller wieder ein. »Passt irgendwie zu dem Alten«, flüsterte er der Charlotte zu. Ganz so, als ob sie hinter der schweren Tür jemand hören könnte.

Es dauerte ein paar Minuten, ehe das riesige Tor (das auch als Einfahrt für Traktoren funktionierte) geöffnet wurde. Als es ganz aufgeschwungen war, stand auf der Schwelle eine kleine, zierliche Frau. Dunkle, gelockte Haare umrahmten ein trotz der Jahreszeit noch immer sonnengebräuntes Gesicht. Auf ihrer Nase tanzten ein paar Sommersprossen, die auch von der Sonnenbräune des spätsommerlichen Oktobers nicht ganz verdeckt wurden. Ihre Lippen waren voll, der Blick aufgeweckt, wenngleich die Augen von tiefen schwarzen Ringen umrahmt wurden. Allerdings konnten die Augenringe nicht das blaue Auge verdecken, das stark angeschwollen war. Die Hände hatte sie unter der Schürze ihres Dirndls versteckt. Es sah aus, als würde sie das darunterliegende Kleid nervös kneten. Irgendwie wirkte die Frau in der riesigen Toreinfahrt fragil und verloren.

»Marianne, was ist denn mit dir los?«, fragte die Charlotte besorgt.

Die Angesprochene antwortete nicht. Stattdessen drehte sie sich um und bedeutete den beiden, ihr zu folgen. Der Leo zog das schwere Tor hinter sich zu und schritt langsam hinter den beiden Frauen her. Die Marianne führte sie in eine der drei Gaststuben, die durch kurze Gänge miteinander verbunden waren und den öffentlich zugänglichen Heurigenteil des Hauses bildeten. An der Schank blieb sie stehen.

»Ein Achterl? Oder einen Spritzer?«, fragte die Marianne leise, ohne aufzublicken. »Heute ist doch Hiataeinzug, oder?« Sie klang verwirrt, wie nicht ganz bei sich. Ihre Hand zitterte, als sie ihren Gästen jeweils ein Achterl von einem ganz jungen Veltliner einschenkte. Sie hatte nicht auf eine Antwort des unerwarteten Besuchs gewartet.

»Marianne«, versuchte es die Charlotte nochmals, diesmal forscher. »Was ist mit dir los? Wo hast du das blaue Auge her?«

Endlich sah die Angesprochene auf. Tränen standen in ihren Augen.

»Soll ich euch jetzt erzählen, dass ich gestolpert und gegen einen Türknauf gefallen bin?«

»Nein«, mischte sich der Leo ein. »Sag die Wahrheit. Wir sind sowieso auf der Suche nach dem Robert.«

Die Marianne schaute den Leo mit großen Augen an. »Seit wann seid ihr denn so flott? Ich habe doch die Vermisstenanzeige erst vor zehn Minuten aufgegeben.«

»Die Vermisstenanzeige?«, fragte der Leo ratlos.

»Ja, der Robert ist weg. Ich habe ihn das letzte Mal vor zwei Tagen gesehen. Zuerst habe ich mir nichts dabei gedacht, wegen des Hiataeinzugs. Da kann es schon mal passieren, dass die Mannsbilder länger unterwegs sind. Außerdem hatten einige von den Jungen heuer so eine komische Wette laufen. Von wegen ›die Hiatahütten bewachen‹ und so. So wie es früher mal war. Ich dachte, dass er halt in einem unserer Weingärten sein wird und das tatsächlich durchzieht.«

»Aber das wird doch schon ewig nicht mehr gemacht«, warf die Charlotte ein.

»Ich weiß. Das war halt so eine besoffene Geschichte. Ich bin dann gestern auch rauf zu unserer Hiatahütte, aber die war abgesperrt. Egal, ich hab mir gedacht, dass er wohl spätestens heute früh wieder auftauchen wird, um sich seine Tracht zu holen. Als Sohn des Hiatavaters hätte er ja auch das Gstanzlsingen eröffnen sollen.«

»Aber er ist nicht aufgetaucht?«

»Nein, ist er nicht. Dann habe ich gehofft, dass er vielleicht direkt zum Umzug stoßen würde. Als sie bei uns vorbeigezogen sind, habe ich rausgeschaut, aber da war er auch nicht dabei. Schon seit Tagen hat er nicht auf Anrufe reagiert, und da habe ich es langsam mit der Angst zu tun bekommen.«

»Wieso hast du dich nicht gleich bei uns gemeldet?«, wollte der Leo wissen.

Sie sah ihn lange an. »Weil ich Angst hatte, dass ihr mich

nicht ernst nehmt. Ein abgängiger Weinbauer beim Hiataeinzug! Haha. Ich hatte das Telefon ein paarmal in der Hand, habe es aber immer wieder weggelegt. Erst vor einer Viertelstunde habe ich dann den Mut aufgebracht, bei euch anzurufen. Es war, wie ich befürchtet hatte. Dein Kollege hat mich zuerst gar nicht ernst genommen. Erst als ich zu heulen angefangen habe, wollte er die Vermisstenanzeige aufnehmen.«

Der Leo schüttelte den Kopf und ließ sich den Namen seines Mitarbeiters geben. »Dem werde ich nachher ordentlich den Kopf waschen.«

»Also, wie hast du dir dann das blaue Auge eingehandelt, wenn es nicht der Robert war?«

Die Marianne senkte wieder ihren Blick. Eine Träne tropfte auf die Theke unter ihr. Lange Momente sagte sie nichts. Sie schluchzte, schnäuzte sich und tupfte sich die Augen mit einem neuen Taschentuch trocken. Als sie ihr geschwollenes Auge berührte, zuckte sie kurz zusammen. »Der Herbert war's«, sagte sie schließlich fast unhörbar.

»Wieso verpasst dir dein Schwiegervater ein Veilchen?«, fragte die Charlotte entsetzt. Im selben Moment wurde ihr bewusst, wie unnötig diese Frage eigentlich war. Der alte Zaitler war ein richtiges Häferl gewesen, schon eine Kleinigkeit hatte gereicht, um ihn ausrasten zu lassen.

»Er hatte einen Wutanfall. Dabei ist ihm die Hand ausgerutscht.« Die Marianne versteckte ihr Gesicht in einem Geschirrtuch und begann wieder laut zu schluchzen. Die Charlotte ging um die Theke herum, um sie in den Arm zu nehmen. So unangenehm der alte Zaitler auch gewesen sein mochte, mit der Marianne hatte sie nie ein Problem gehabt. Gut, sie hatten auch nie wahnsinnig viel Kontakt gehabt. Seitdem die Marianne in die Zaitler-Familie eingeheiratet hatte, war sie einfach da. Als wäre sie immer da gewesen. Sie brachte sich viel ins Gemeindeleben ein – mehr, als es die Charlotte bislang gemacht hatte. Das war natürlich kein Wunder, denn die Charlotte war ja erst im letzten Frühjahr aus ihrem selbst auferlegten Exil wieder in den Schoß ihrer Heimatgemeinde zurückgekehrt. Davor hatte sie zwar eine kleine Wohnung am Leonardiberg neben dem Begrischpark und gleich hinter dem Gymnasium gehabt, diese aber mehr oder weniger nur zum Schlafen benutzt. Gearbeitet hat sie damals als Security in einer nahe gelegenen Shoppingmall, die Abende verbrachte sie entweder in einem Wiener Lokal oder daheim auf der Couch. Ab und zu auch in der Turmbar, aber zum Stammlokal war die erst nach ihrer »Heimkehr« geworden.

Die Marianne hatte es immer geschafft, im Hintergrund zu bleiben. Sie war überall dabei, aber irgendwie blieb sie immer nahezu unsichtbar. Alle mochten sie, und alle bemitleideten sie und fragten sich, wieso sich so ein hübsches, anständiges Mädel an so einen unerträglichen Familien-Clan verschwendete. Der Robert, der Sohn vom alten Zaitler, war zwar nicht ungut, aber doch ein bisschen eigen. Und zudem auch nicht die hellste Kerze auf der Torte. Vom alten Zaitler brauchte man gar nicht erst zu reden. Spätestens seit dem Verschwinden seiner Frau vor ein paar Jahren hatte er sich komplett zurückgezogen. Für ihn gab es nur noch seinen Betrieb. Und natürlich seine »Berufung« als Obmann des Weinbauverbands, den er mit eiserner Hand führte. Wenigstens so lange, bis die Charlotte auf den Plan getreten war.

»Wieso hast du das nicht auch gleich gemeldet?«, fragte die Charlotte zornig. Sie hasste sich ein wenig dafür, aber selbst im Tod wünschte sie ihrem Erzfeind nichts Gutes.

Die Marianne lehnte sich an die Schulter der Charlotte. »Weil ich Angst hatte. Was, wenn dem Robert irgendwas passiert ist? Wer schützt mich dann vor meinem Schwiegervater?« Dass sie ohne Robert und ohne Anzeige ihrem Schwiegervater noch hilfloser ausgeliefert gewesen wäre, schien der Marianne nicht in den Sinn gekommen zu sein.

Der Leo räusperte sich. »Was das angeht … deswegen sind wir eigentlich hier. Dein Schwiegervater ist tot …« Damit war es heraußen. Die ganze Fahrt über und während der letzten Minuten hatte er überlegt, wie er die Nachricht vom Tod des alten Zaitler am schonendsten überbringen könnte. Die Erzählung der Marianne hatte das drastisch vereinfacht.

Sie sah den Leo mit großen Augen an. Der Leo wusste nicht, ob die Marianne jetzt gleich zu lachen oder zu weinen beginnen würde. Am Ende war es Letzteres.

»Tot?«, schluchzte sie fassungslos.

»Ja, von der Pritschn erschlagen. Soweit ich weiß, ist das noch nie passiert. Aber …«

»Aber jetzt hat er seine gerechte Strafe bekommen«, vollendete die Charlotte kühl den Satz. Die Marianne sah sie an, dann nickte sie langsam. Und dann kippte sie um.

Als sie fünf Minuten später wieder zu sich kam, hatten der Leo und die Charlotte die Schwiegertochter vom alten Zaitler auf zwei zusammengeschobene Heurigenbänke gelegt. Ihr Kopf war auf einen Stapel Geschirrtücher (natürlich saubere) gebettet, der von der Magda, der Bedienerin der Zaitlers, hastig herbeigeholt worden war. Als die Marianne die Augen aufschlug, zog sich die Bedienerin wieder zurück.

»Geht's wieder?«, fragte die Charlotte besorgt.

Die Marianne musste sich erst wieder orientieren. Dann richtete sie sich langsam auf und nickte. »Ja, danke. Das war jetzt vielleicht ein bisschen viel auf einmal. Könnt ihr mir erzählen, wie das passiert ist?«

»Der Leo wird's dir gleich erzählen. Er ist nur draußen, um seine Kollegen auf den Robert anzusetzen. Wir haben ihn ja auch gesucht und gehofft, dass wir ihn vielleicht daheim antreffen.«

Nachdem der Leo zurückgekommen war, fasste er der Marianne die Geschehnisse des Vormittags zusammen. Gebannt hörte sie ihm zu. Als der Leo an die Stelle kam, an welcher der alte Zaitler von dem Mordstrumm erschlagen wurde, schlug sie die Hände vor den Mund. Den leisen Entsetzensschrei konnte sie aber nicht unterdrücken.

»Das ist ja … unfassbar«, meinte sie schließlich.

»Ja, ist es«, bestätigte die Charlotte, allerdings ohne jegliches Mitleid für den alten Zaitler in der Stimme. »Auf jeden Fall brauchst du dir wegen ihm jetzt keine Sorgen mehr machen. Hat er dich öfter geschlagen?«

»Nein, nein. Das war das erste Mal. Wahrscheinlich war ihm der Stress als Hiatavater zu viel. Aber den Robert, den hat er als Kind schon geprügelt. Als Erwachsener hat er sich nicht mehr getraut. Der Robert war ja einen Kopf größer und einige Kilo schwerer als er.«

»Hat ihm der Robert das jemals verziehen?«

Die Marianne ging wieder in sich, der Blick leer. Die Charlotte hatte inzwischen einige Eiswürfel aus dem Tiefkühlfach geholt und in ein Tuch gewickelt, das sie ihr hinhielt. Die Marianne nahm das provisorische Coolpack und legte es auf ihr geschwollenes linkes Auge.

»Ich glaube nicht, aber um der Familie willen hat er das Thema auch nicht mehr angeschnitten. Streit hat es trotzdem genug gegeben. Und daran bist nicht zuletzt du schuld, Charlotte«, sagte die Marianne, allerdings ohne Groll in ihrer Stimme. Beim letzten Satz musste sie sogar ein wenig lächeln. Der Charlotte war in diesem Moment aber überhaupt nicht nach Lächeln zumute. Zum zweiten Mal innerhalb weniger Stunden wurde sie bezichtigt, Schuld an einem Streit oder einer Gewalttat zu tragen. Dabei konnte sie doch keiner Fliege etwas zuleide tun.

»Wieso ich?«, fragte sie deshalb verblüfft.

»Na, weil du den Jungen im Ort vorzeigst, wie man einen Betrieb heutzutage führt. Der Robert bewundert dich. Heimlich halt. Er würde das nie offen zugeben. Aber ich weiß, dass er unseren Betrieb auch gerne anders führen würde, als es der Schwiegervater zulässt. Das hat der Herbert halt überhaupt nicht ertragen. Aber das weißt du ja selbst am besten. Nach der Geschichte im letzten Sommer ist der Streit immer schlimmer geworden. Es hat schon gereicht, wenn der Robert neue Lampen montieren wollte, dass der Herbert völlig ausgezuckt ist.«

»Das kann er ja jetzt in aller Ruhe machen«, meinte der Leo trocken.

Die Marianne nickte. »Hat einer von euch vielleicht eine Zigarette für mich?« Der Leo schüttelte den Kopf. Die Charlotte kramte in ihrer Tasche herum und hielt der Marianne ein geöffnetes Päckchen hin.

»Danke«, sagte die Marianne, zündete die Zigarette an und inhalierte tief. »Noch ein Glas Wein?«, fragte die Marianne. Und weil es eh schon egal war, nickten sowohl die Charlotte als auch der Leo.

»Wisst ihr«, fuhr die Marianne fort, »seit die Hertha, also die Schwiegermama, nicht mehr da ist, hat sich der Herbert stark verändert. Zum Schlechteren. Ich meine, ich kenne ihn ja auch noch nicht so lange. Ich bin ja auch gar nicht von hier. Wie lange sind der Robert und ich jetzt zusammen? Sieben Jahre? Acht? Egal. Ich bin zur Familie gestoßen, kurz bevor die Hertha verschwunden ist. Der Herbert hat sich danach immer mehr zurückgezogen und ist immer eigenartiger geworden.«

»Worum ist es bei eurem Streit eigentlich gegangen? Ist ja nicht normal, dass man seiner Schwiegertochter gleich eine anschiebt.«

»Ach das«, meinte die Marianne mit einer wegwerfenden Handbewegung. »Eigentlich nichts Weltbewegendes. Ich wollte halt noch mal versuchen, ihm auszureden, dass er die Pritschn trägt. Er war ja nicht mehr der Jüngste, und das Ding ist sauschwer. Als Hiatavater hatte er zudem die Aufgabe, auf die Pritschn aufzupassen. Also ist die seit einer Woche bei uns herumgestanden. Gestern waren noch ein paar andere Hauer da und haben beim Schmücken der Pritschn geholfen. Dabei haben auch ein paar Gäste zugeschaut, und ich habe Wein ausgeschenkt. War eigentlich ganz lustig, sogar der Herbert war gut drauf. Fast schon überdreht. So hatte ich ihn schon lange nicht mehr erlebt. Der Robert ist mir halt abgegangen, aber wie gesagt, da habe ich mir noch nicht wirklich Sorgen um ihn gemacht. Ich habe mal versucht, die Pritschn anzuheben. Aber keine Chance. Ich habe sie nicht einmal ein Stückchen verrücken können.«

»Und da ist er gleich ausgezuckt?«

Die Marianne nickte. »Du kennst ihn doch, Charlotte. Wenn er sich mal was eingebildet hat, duldete er keinen Widerspruch mehr.«

»Kannst du uns zeigen, wo ihr die Pritschn gelagert hattet?«, fragte der Leo.

Die Marianne führte sie einen Raum weiter. Dort war neben einem alten dunkelgrünen Kachelofen eine Ecke freigeräumt worden. Die Heurigenbank, die sonst dort stand, war an die Wand daneben geschoben worden. Im Holz des Stubenbodens waren Kratzer. Der Leo beugte sich hinunter und strich mit den Fingern über den Boden.

»Die Kratzer sind noch frisch. Das Holz darunter ist ja ganz hell.«

»Wahrscheinlich von der Pritschn«, meinte die Marianne.

Der Leo hockte noch immer an derselben Stelle. Er schwenkte den Kopf hin und her. Dann warf er sich plötzlich der Länge nach auf den Boden und kroch unter einen der Heurigentische.

»Was ist denn jetzt los?«, fragte die Charlotte verwirrt.

»Einen ... Moment ...«, ächzte der Leo. »Könnt ihr mir bitte ein Tuch oder was Ähnliches geben?«

Die Charlotte sah sich um. Auf einem der Heurigentische lag ein Stapel Papierservietten. Sie schnappte sich eine Handvoll und reichte sie dem Leo unter den Tisch. Langsam kroch er wieder hervor. Als er aufstand, hatte er eine Art Messer in der Hand.

»Interessant«, meinte er, während er das Messer gegen das Licht hielt.

Die Marianne warf einen oberflächlichen Blick auf das Messer. »Das ist sicher keines von unseren. Wir haben in den Gaststuben nur normale Buttermesser.«

»Interessant?«, fragte die Charlotte. Sie betrachtete das Messer ebenfalls, konnte es aber nicht einordnen. War es ein Jagdmesser? Sie wusste nur, dass es überhaupt nicht in diesen Raum passte. Es war gute dreißig Zentimeter lang, der Ebenholzgriff war mit winzig kleinen Schnitzereien verziert, und die Klinge hatte einen ganz eigenartigen Schliff, was sogar für einen Laien erkennbar war.

Der Leo hielt das Messer mit einer der Papierservietten an der Spitze fest, sodass der Griff zum Boden hin baumelte. Er betrachtete es nochmals von allen Seiten, ehe er erklärte: »Das, meine Lieben, ist ein alter SS-Ehrendolch. Schaut mal.« Dabei zeigte er zuerst auf den Griff. Bei genauerer Betrachtung konnte man erkennen, dass die Verzierungen eigentlich winzig kleine Runen und Totenköpfe waren. Mittendrin war ein Hakenkreuz in den Griff geschnitzt. Der Leo wendete das Messer, und nun konnte man sehen, dass auf dieser Seite ein Schriftzug in die Klinge eingeätzt war: »Meine Ehre heißt Treue« war da in Frakturschrift zu lesen. Der Charlotte lief es kalt über den Rücken. Was hatte ein Nazi-Dolch hier verloren?

»Waren der Robert oder dein Schwiegervater verkappte Rechte?«, fragte sie die Marianne.

Die Marianne zuckte ratlos mit den Schultern. »Beim Robert kann ich das eigentlich ausschließen. Beim Herbert? Also irgendwelche Nazi-Devotionalien sind mir bei ihm nie aufgefallen. Dass er politisch grundsätzlich eher nach rechts lehnte, war jetzt kein großes Geheimnis. Der Robert hat mir erzählt, dass er vor meiner Zeit sogar für die Rechten im Gemeinderat gesessen ist. Dazu mag man stehen, wie man will, aber das ist ja per se noch nichts Verwerfliches.«

Na ja, dachte die Charlotte, das kann man auch anders sehen. Aber sie sagte lieber nichts.

Der Leo nutzte die restlichen Servietten, um den Dolch sicher zu verpacken. »Wie auch immer. Den Dolch beschlagnahme ich mal. Ich nehme an, das wird dich nicht stören, oder?« Die Marianne schüttelte den Kopf. »Nein, nein. Mach das nur. Glaubst du, der hat was mit der Geschichte zu tun?«

»Ich weiß es nicht«, seufzte der Leo. »Klar ist nur, dass solche

Waffen in Privatbesitz nichts zu suchen haben. Ich werde aber auf jeden Fall mal die Spurensicherung drüber schauen lassen. Vielleicht gibt es ja einen Zusammenhang. Würde mich auf jeden Fall interessieren, wie der Dolch hierhergekommen ist.«

»Eine Fälschung vielleicht?«, meinte die Charlotte. »Schau dir den Dolch doch mal genau an. Der ist ja nagelneu. Wenn das Ding wirklich über siebzig Jahre alt ist, sollte es doch irgendwelche Abnützungserscheinungen aufweisen oder verrostet sein oder was weiß ich.«

»Dafür haben wir Spezialisten, die werden das schon herausfinden.«

»Kommst du alleine zurecht?«, wandte sich die Charlotte wieder der Marianne zu.

»Bleibt mir ja wohl nichts anderes übrig. Außerdem habe ich noch die Magda«, antwortete diese geknickt.

»Du kannst jederzeit bei mir vorbeischauen, wenn dir danach ist.«

»Danke, das ist wirklich nett von dir. Aber ich habe gehört, ihr seid sowieso schon übervoll. Euer neuer Mitbewohner und jetzt auch noch der Besuch aus Italien …«

Herrgott, dachte die Charlotte. Wie schnell sprachen sich solche Sachen hier im Ort eigentlich herum? Der Noah hatte sich mittlerweile ja ganz gut eingegliedert, aber die Bianchis waren doch erst am Vorabend angekommen. Sie schüttelte innerlich den Kopf.

»Das ist egal«, sagte sie dann entschlossen. »Wenn du was brauchst, kommst du einfach vorbei. Oder ruf mich an.«

Die Marianne nickte nochmals dankbar und begleitete die beiden bis auf die Straße.

Bei der Verabschiedung erklärte der Leo: »Ich habe inzwischen veranlasst, dass die Vermisstenanzeige vom Robert im ganzen Bezirk ausgegeben wird. Auch die Wiener Kollegen sind verständigt. Sollte er inzwischen wieder daheim auftauchen …«

»… werde ich mich sofort bei dir melden. Das ist ja klar, Leo. Vielen Dank nochmals für deine Hilfe. Ach ja, eines noch!«

»Ja?«

»Was passiert jetzt mit dem Herbert? Soll ich mich ums Begräbnis kümmern?«

Der Leo überlegte kurz. »Die Leiche muss noch vom Gerichtsmediziner untersucht werden. Das kann ein paar Tage dauern. Aber ja, du kannst mal mit den Vorbereitungen beginnen. Ich kann dir halt noch kein genaues Datum sagen, wann er freigegeben wird.«

Nachdenklich gingen die Charlotte und der Leo Seite an Seite zurück zum Auto.

»Denkst du …?«, setzte die Charlotte an.

»Ja, klar. Liegt doch auf der Hand. Muss man doch nur eins und eins zusammenzählen. Die ›gerissenen‹ Träger der Pritschn, der Dolch, der verschwundene Robert. Das stinkt doch gewaltig.«

»Nur wonach?«, meinte die Charlotte zweifelnd. »Ist das nicht alles zu einfach?«

Der Leo sah seiner Cousine in die Augen. »Wäre das ein Krimi, würde ich sagen: Ja, da ist dem Autor nicht viel eingefallen. Aber das hier ist das wirkliche Leben. Da wird nicht immer alles bis zum Ende durchdacht. Der Robert hat ein Motiv, und er hatte Zugang zur Pritschn. Ist ja nicht anzunehmen, dass der alte Zaitler selbst an den Trägern herumgeschnitten hat. Und seien wir ehrlich: Der Robert ist auch nicht der hellste Stern am Himmel.«

»Und die Marianne?«

Der Leo schüttelte den Kopf. »Schau sie dir doch an. Wie soll sie die schwere Pritschn anheben, um an die Lederträger zu kommen? Außerdem …«, der Leo griff in eine Innentasche, zauberte noch ein Serviettenpäckchen hervor und fuhr grinsend fort: »… habe ich sicherheitshalber ihr Weinglas mitgehen lassen. Da sind ihre Fingerabdrücke drauf. Mal schauen, was sich auf dem Dolch so findet.«

»Leo!«, rief die Charlotte in gespielter Empörung.

»Deine Schuld«, lachte der Leo. »Oder besser dein schlechter

Einfluss. Irgendwie muss ich ja mit dir mithalten. Hätte ich es nicht gemacht, hättest du sicher einen Vorwand gefunden, um die Marianne noch einmal zu besuchen und dir ihre Fingerabdrücke zu besorgen.«

Die Charlotte klopfte ihm anerkennend auf die Schulter. »Was sagt man dazu? Machen wir doch noch einen richtigen Polizisten aus dir?« In diesem Moment war es ihr auch völlig egal, dass sie eben zum dritten Mal an diesem noch jungen Tag der Anstiftung zu einer Straftat bezichtigt worden war.

»Soll ich dich beim Wurzinger rauswerfen?«, fragte der Leo.

»Nein danke. Das sind ja nur ein paar hundert Meter. Außerdem ist ein Mal am Tag mit der Polizei gegen die Einbahn fahren ausreichend. Die paar Schritte zu Fuß werden mir nicht schaden. Da kann das Hirn wenigstens auslüften.« Der Leo gab ihr einen Kuss auf die Wange, stieg in seinen Wagen und fuhr allein zurück zur Polizeiinspektion.

Die Charlotte hatte Glück. Obwohl sie sich über eine Stunde verspätete, bekam sie noch ihr Gansl (mit Rotkraut und Erdäpfelknödeln). Der Heurige war gesteckt voll und die Stimmung so ausgelassen, als wäre nichts passiert. Und in gewissem Sinne war ja auch nichts passiert. Noch wusste niemand, dass der alte Zaitler tot war. Und wegen eines Unfalls ließ man sich doch die gute Stimmung nicht vermiesen. Die Verwandtschaft der Charlotte musste sich deswegen auch mit ein paar allgemeinen Floskeln begnügen. Weder wollte sie die Stimmung ruinieren, noch gab es einen Grund, die Familie noch mehr in Aufruhr zu versetzen, als es die nicht identifizierbare Leiche heute Morgen schon getan hatte.

Nur gegenüber der Andrea deutete sie an, dass mehr passiert war. Details wollte sie ihr später erzählen, wenn sie mal kurz Zeit hatten, sich ungestört unter vier Augen zu unterhalten. Lediglich der Noah ließ sich nicht an der Nase rumführen. Er warf der Charlotte einen zweifelnden Blick zu, den sie mit einem fast unmerklichen Kopfschütteln beantwortete. Ihr »neuer« kleiner Bruder war ganz schön ausgefuchst, aber das wusste sie schon länger. Was auch kein Wunder war, schließlich war der Bursche doch mehr oder weniger auf der Straße aufgewachsen. »*Street-smart*«, wie es ihre Schwester wohl ausdrücken würde.

Die Frau Mama und die Omama verabschiedeten sich am späten Nachmittag in Richtung Zuhause. Die beiden Familienväter hingegen wollten die Zeit noch mal um ein paar Jahrzehnte zurückschrauben und beschlossen, gemeinsam die einzelnen Heurigen abzuklappern. Der Rudi Nöhrer wollte seinem neuen besten Freund ja auch unbedingt die Perchtoldsdorfer Spezis vorstellen – und zugleich vor ihnen mit seinem italienischen Großauftragsgeschäftspartner angeben. Seitdem der Bianchi-Papa das Auftragsvolumen für den Nöhrer-Wein verdoppelt hatte, waren die beiden fast unzertrennlich. Ein wenig wie Zwillinge, die man bei der Geburt getrennt hatte und die sich nach Jahrzehnten wiedergefunden hatten. Der Nöhrer-Papa hatte sich sogar endlich dazu herabgelassen, zu lernen, wie man mit einem Computer umging. Nur damit er dem Bianchi-Papa persönlich E-Mails schreiben konnte. Zugleich hatte sich auch das Italo-Englisch-Deutsch der beiden sprunghaft verbessert. Inzwischen konnten die beiden ganz ohne Hilfe ihrer Kinder stundenlang miteinander plauschen. Zwar verstanden weder die Charlotte, die Flora noch der Noah oder der Luca davon ein Wort, aber Hauptsache, die beiden Väter hatten ihren Spaß. Irgendwie bekam man den Eindruck, dem Signore Bianchi sei es alles andere als unrecht, dass es die Signorina Bianchi vorgezogen hatte, daheimzubleiben.

Blieb noch die junge Generation. Die blickte den Papas amüsiert nach und machte sich dann in die entgegengesetzte Richtung auf. Es hatten ja genug Heurige offen, um sich nicht über den Weg zu laufen. Natürlich blieb es nicht bei den Heurigen. Im Laufe des Abends gab es auch noch kurze Besuche in der Turmbar und der Motte, ehe es zur legendären Afterparty beim Winterbauer-Heurigen ging. Als sie gegen dreiundzwanzig Uhr dort eintrafen, steppte bereits der Bär. Die Andrea, der Noah und der Luca erlebten dieses Spektakel zum ersten Mal, und dementsprechend groß wurden ihre Augen, als sie die versammelte Weinhauer-Brut stockbetrunken und wild feiernd auf einem Haufen sahen. In den Gaststuben gab es kaum noch ein Durchkommen, an der Buffettheke gingen langsam die Leberkässemmeln aus, und auf der kleinen Bühne in einer Ecke des Hauptraums spielte eine Hochzeitsband Rock-Hadern aus den Siebzigern und Achtzigern.

»Willkommen beim Hiatawahnsinn!« Die Charlotte lächelte und stieß die Andrea ins Gemenge.

4

Der nächste Morgen war die Hölle. Auf jeden Fall für die Flora und den Noah, die beide Schule hatten. Und auch für die Andrea. Die musste schon um neun in der Anwaltskanzlei in Wien sein, wo sie seit ein paar Wochen ihr Pflichtpraktikum absolvierte. Nur die Charlotte und der Luca konnten ausschlafen. Was die beiden auch ausgiebig taten. Die Nacht war lang gewesen. Mehr als zwei, drei Stunden Schlaf waren sich da für die drei anderen nicht ausgegangen. Dementsprechend zerstört sah die Flora in der Früh auch aus, was aber nur der Noah zu sehen bekam. Zombiehaft verschlangen sie ein schnelles Frühstück, das die Frau Mama – die diesen Morgen wie jeden anderen um halb sieben gekampelt und gewaschen in Angriff genommen hatte – liebevoll hergerichtet hatte. Auch wenn man es fast nicht glauben wollte, aber auch die Frau Mama war mal jung gewesen und konnte sich noch gut an das qualvolle Aufstehen nach dem Hiataeinzug erinnern.

Da noch kein Schnee lag, schwangen sie sich auf ihre Fahrräder und radelten die Weinberge hinunter zum Gymnasium. Trotz der harten Nacht freuten sich die beiden auf den Schultag (ja, auch so etwas soll es geben). Heute stand unter anderem eine Doppelstunde Geschichte auf dem Programm. Ein absolutes Highlight, seitdem sie heuer eine neue Lehrerin bekommen hatten. Die Neue hatte den Lehrplan gleich einmal gehörig entrümpelt – womit sie sich an ihrem neuen Arbeitsplatz unter den neuen Kollegen nur wenige Freunde gemacht hatte – und mal etwas ganz anderes auf die Tagesordnung gesetzt.

Gleich in der ersten Unterrichtsstunde im September hatte die Frau Weber keinen öden Frontalunterricht abgehalten, sondern mit den Schülern über die aktuelle politische Lage diskutiert. Dabei hatte sie auch gar kein Geheimnis daraus gemacht, dass sie mit den gegenwärtigen nationalistischen Strömungen absolut nichts anfangen konnte. In der nächsten Stunde prüfte sie das Wissen der Kinder zu der Zeit zwischen 1930 und 1945 ab. In der dritten Stunde wollte sie dann wissen, was die Kinder – okay, die Jugendlichen – über die Nazi-Zeit in ihrem Heimatort wussten. Das Ergebnis: nicht viel. Hatte ja auch keiner mit ihnen darüber geredet. Gesprächsthema war immer nur das Jahr 1683 gewesen. Damals, als die Perchtoldsdorfer sich todesmutig gegen die Türkenbelagerung gestemmt und nahezu mit Mann und Maus dahingemeuchelt worden waren. Aber die Nazis in Perchtoldsdorf? Über diese Frage war immer ein Mantel des Schweigens gebreitet worden. Im Zellpark, gleich gegenüber der Turmbar, gab es zwar eine kleine Gedenkstätte – den »Ort der Erinnerung« –, aber im Großen und Ganzen war darüber nicht viel zu erfahren.

Dem wollte die Frau Weber entgegenwirken. Daher wurde für dieses Schuljahr das Motto ausgegeben: Wir machen uns über die Vergangenheit unseres Ortes schlau. Also standen etwa gemeinsame Besuche im Gemeindearchiv auf dem Plan. Einmal gab es sogar eine Tagesexkursion ins Dokumentationsarchiv des österreichischen Widerstands und eine weitere ins Wiener Wiesenthal Institut für Holocaust-Studien. Die Flora hätte nie gedacht, dass sie dieses Thema jemals so interessieren würde. Zugegeben, viel Material zur Nazi-Zeit in Perchtoldsdorf gab es nicht. Der Flora reichte aber schon das bisschen, das sie herausfanden, um sich Gedanken über die eigene Familiengeschichte zu machen.

Darüber reden konnte sie, wenn überhaupt, dann nur mit der Omama. Das war auch ein Teilaspekt des Projekts, das ihnen von der Frau Weber letztlich aufgetragen worden war: Bis Semesterende sollte jeder Schüler, jede Schülerin eine wenigstens komprimierte Familiengeschichte zusammenstellen und die Ergebnisse zu Beginn des Frühjahrssemesters präsentieren. Schnell war klar geworden, dass einige daheim in ein Wespennest stechen mussten, um an Informationen zu gelangen. Die Frau Weber bestand aber darauf, und daran konnten auch aufgeregte Beschwerdeanrufe und E-Mails von Eltern nichts ändern. Sie war der Ansicht, dass man die Zukunft nur bewältigen konnte, wenn man die Vergangenheit verstand. Dass dies nicht immer angenehm war, war auch klar. Aber die Kinder hatten ein Recht darauf, und sie sollten ihre eigenen Schlüsse daraus ziehen.

Im Fall von der Flora blieb alterstechnisch eben nur die Omama. Die war zur Nazi-Zeit selbst noch ein kleines Kind gewesen und mochte nicht allzu viel über diese Zeit erzählen. Was die Flora aber herausfand, war, dass ihr Uropa irgendwann um das Jahr 1940 herum gestorben war. Mehr wollte die Omama dazu nicht sagen.

Beim Noah gestaltete sich die Geschichte noch schwieriger. Er hatte keine Eltern oder näheren Verwandten mehr und war im Waisenhaus aufgewachsen. Erschwerend kam hinzu, dass er in den letzten Jahren gar nicht mehr zur Schule gegangen war. Nach den Shakespeare-Morden im Sommer war zunächst alles sehr hektisch gewesen und dann – dank der Kontakte der Renate Obermayer und vom Papa Nöhrer – doch sehr schnell gegangen. Im Waisenhaus, aus dem der Noah ausgebüxt war, hatte man alle nötigen Unterlagen gefunden. Die Leitung war da überaus kooperativ gewesen. Kein Wunder, hatte man dort doch ein schlechtes Gewissen, weil man sich gar so wenig um das Verschwinden vom Noah gekümmert hatte. Am liebsten hätte das Waisenhaus den ganzen Vorfall unter den Teppich gekehrt, aber das spielte es nicht. Die Stadt Wien hatte nach dem Auffliegen des Falls eine genaue Untersuchung angeordnet, und seitdem war kein Stein auf dem anderen geblieben. All das tangierte den Noah und die Familie Nöhrer aber nur mehr peripher. Den Nöhrers wurde recht unbürokratisch das Sorgerecht für den Noah übertragen, und nach einem Schuleignungstest steckte man ihn in die Klasse der Flora. Altersmäßig musste er also nur ein Jahr wiederholen beziehungsweise aufholen. Dass man ihm die Flora zur Seite stellte, war auch kein Nachteil. Natürlich hatte sich an der Schule herumgesprochen, welches

Vorleben der Noah hatte. Ex-Stricher, Ex-Junkie und so weiter. Und das mit gerade mal siebzehn Jahren (und ganz ohne blondes Haar). Der Noah hatte sich über den Sommer alle Mühe gegeben, das Vertrauen der Charlotte nicht zu enttäuschen, was sich natürlich in einem viel geringeren Maß herumgesprochen hatte. Das Vertrauen und die Freundschaft seiner neuen Schulkollegen musste der Noah sich vorerst jeden Tag aufs Neue schwer erkämpfen und verdienen. Die meisten Lehrer waren da etwas nachsichtiger. Vor allem die Frau Weber schien es sich zur Aufgabe gemacht zu haben, den Noah in Rekordzeit in die Schulgemeinschaft zu integrieren. Vielleicht auch, weil sie selbst als Neue noch ein Fremdkörper an der Schule war.

Bei der Frau Weber bedeutete Integration: Frontalangriff. Die Lehrer waren vor Schulbeginn ausgiebig über die komplizierte Vorgeschichte ihres neuen Schützlings informiert worden. Nachdem die Frau Weber in den ersten Stunden das Wissen ihrer Klasse über die jüngere Vergangenheit abgeprüft hatte, schnappte sie sich den Noah. Sie stellte ihn vorn hin und erzählte vor versammelter Mannschaft über sein Leben. Der Noah wurde dunkelrot vor Scham. Er hatte ja kein großes Problem damit, im kleinen Kreis über sein Vorleben zu berichten und sich zu verteidigen. Aber musste das gleich vor allen Mitschülerinnen und Mitschülern sein? Die Persönlichkeit von Frau Weber war jedoch so überlebensgroß, dass niemand auch nur ein einziges blödes Wort verlor (wenigstens nicht während der Unterrichtsstunde). Und wenn die Frau Weber mal in Fahrt war, gab es kein Halten mehr. Sie zeigte der Klasse sogar die noch immer nicht ganz verheilten Einstichlöcher in seinen Armbeugen und erzählte, wie er sich sein (Über-)Leben hatte verdienen müssen. Und dann berichtete sie, wie er die Chance am Schopf gepackt hatte, die ihm die Charlotte anbot. Wie er mithalf, einen wahnsinnigen Killer zur Strecke zu bringen. Und wie er sich auf dem Weingut der Nöhrers eingelebt hatte. Mit jedem Satz der Frau Weber wurde die Klasse ruhiger. Mit jedem Satz wurden die Augen der Jugendlichen weiter, wurde der Respekt der

Klasse größer. Als die Pausenglocke die Stunde beendete, hatte sie den Noah zu sich gezogen und ihm ins Ohr geflüstert: »Tut mir leid, dass ich dich so überrumpelt habe. Aber eine herzhafte Offensive war in diesem Fall die beste Methode. Gib ihnen gar nicht erst die Chance, über dich zu tuscheln. Steh zu dem, was du warst, und sei stolz auf das, was du in den letzten Monaten aus dir gemacht hast.« Nachdem der Noah keine eigene Familie mehr hatte, die er über die Nazi-Zeit befragen konnte, durfte er der Flora bei den Recherchen zur Familie Nöhrer helfen. In dieser Hinsicht war der Noah nicht allein. In der Klasse waren auch eine Handvoll syrischer und afghanischer Jugendlicher, die mit der großen Flüchtlingswelle nach Österreich gespült worden waren. Die hatten klarerweise mit der Nazi-Zeit nichts am Hut und wurden per Losentscheid anderen Klassenkollegen als Recherchegehilfen zugeteilt. Das hatte auch den angenehmen Nebeneffekt, dass die Jugendlichen mehr übereinander erfuhren und das notwendige Kennenlernen vorangetrieben wurde. Wie auch immer, ab diesem Zeitpunkt wurde der Noah von seinen Schulkollegen jedenfalls mit anderen Augen gesehen (zumindest in seiner Klasse, der Rest der Schule musste erst noch überzeugt werden). Ein weiterer Schritt hin zu einem normalen Leben.

Um kurz vor halb acht stellten die Flora und der Noah ihre Fahrräder vor der Schule ab. Das übliche Montagmorgengewusel vor dem potthässlichen Gymnasiumsneubau, sehr malerisch am Rand des von Föhren bewachsenen Begrischparks gelegen, fiel diesmal eindeutig ruhiger aus als sonst. Kein Wunder, hatten sich doch die meisten Oberstufenschüler die vorige Nacht beim Hiataeinzug um die Ohren geschlagen. Nur die »Kleinen« aus den ersten bis vierten Klassen waren aufgedreht und laut wie immer. Der kalte Fahrtwind vom Weingut herunter zur Schule verlor bereits nach einigen Minuten seine aufmunternde Wirkung. Kaum hatten die Flora und der Noah das beheizte Schulgebäude betreten, überkam beide eine Müdigkeit wie noch selten zuvor. Sie schleppten sich in den ersten Stock, hinauf in ihr Klassenzimmer. Dem Rest der Klasse ging es nicht besser.

Einige lagen mit der Stirn auf den Tischen, andere versuchten, im Sitzen noch ein paar Momente Schlaf nachzuholen. Immerhin: Die Klasse war vollständig versammelt. Niemand wollte die Geschichte-Doppelstunde schwänzen. Wie viele dann nach der großen Pause noch anwesend sein würden, war eine ganz andere Sache.

Als die Frau Professor Augenblicke nach dem Läuten der Pausenglocke das Klassenzimmer betrat, erhoben sich die Jugendlichen langsam. Die Geschichtslehrerin ließ ihren Blick über die versammelte Klasse schweifen und konnte sich ein Lächeln nicht verkneifen. »Setzen«, sagte sie freundlich, legte das Klassenbuch auf den Tisch und ihre abgewetzte, alte Ledertasche daneben. Sie hockte sich auf die Tischkante und zählte ihre Schäfchen durch.

»Sehr schön. Alle da. Ich bin wirklich beeindruckt«, meinte sie. »Wenn ich mir euch so anschaue, dann ist das wirklich eine Leistung. Ich war ja gestern auch ein wenig unterwegs und habe den einen oder die andere von euch gesehen.« Ein paar Schüler wurden rot. Niemandem war die Frau Professor beim Hiataeinzug aufgefallen. Dementsprechend hatten die Schüler auch Party gemacht. Aber dabei von einer Lehrerin gesehen zu werden? Noch dazu von der absoluten Lieblingslehrerin? Das war dann schon ein wenig peinlich. Die Professorin lächelte nachsichtig. »Keine Sorge, das bleibt alles unter uns. Auch wenn ich neu bin, weiß ich doch schon, was es hier mit den Traditionen auf sich hat. Was auch immer ihr gestern Abend gemacht habt, ist Vergangenheit – und soll auch dort bleiben. *What happens at the Heurigen, stays at the Heurigen.* Gell?«

Sie zwinkerte und nahm an ihrem Tisch Platz, öffnete das Klassenbuch und erledigte die notwendigen Eintragungen. Die kurze Pause wurde von etlichen Schülern für einen letzten Sekundenschlaf genützt, ehe es galt, so gut wie möglich dem Unterricht zu folgen.

»Apropos Geschichte«, sagte die Frau Weber, »auch wenn ich Verständnis für euren Zustand habe – ich war ja auch mal so jung –, haben wir jetzt eine gemeinsame Doppelstunde. Die müssen wir irgendwie sinnvoll füllen. Aktive Mitarbeit von eurer Seite ist heute wohl ausgeschlossen, also werde ich euch ausnahmsweise mal zwei Stunden lang zutexten. Hat jemand ein Problem damit?«

Einmütig atmete die Klasse hörbar auf. Bitte alles, nur nicht selbst aktiv werden müssen. Dafür nahm man auch gerne mal zwei Stunden Frontalunterricht in Kauf. Ganz so schlimm sollte es aber doch nicht kommen. Die Frau Weber bereitete die beiden Stunden auf wie einen Krimi, der sich vor über siebzig Jahren abgespielt hatte.

»Ich erzähle euch heute ein paar Sachen über die Geschichte eures Heimatorts. Ich bin mir sicher, dass ihr davon noch nie gehört habt. Vielleicht ist manches davon für den einen oder anderen von euch ein Anreiz, noch ein bisschen tiefer in der eigenen Familiengeschichte zu stöbern. Zunächst eine Frage: Hat einer von euch schon mal vom Weingut Goldmann gehört?«

Die Schüler schüttelten den Kopf. So ein Weingut war niemandem bekannt. Auch nicht der Flora, und die hätte es als Winzertochter eigentlich wissen müssen.

»Dachte ich mir«, sagte die Frau Weber. »Dieses Weingut soll es bis in die frühen vierziger Jahre des vorigen Jahrhunderts hier in Perchtoldsdorf gegeben haben. Wie man bei dem Namen schon ahnt, handelt es sich dabei um eine jüdische Familie. Ja, ich weiß, das sind Stereotype. Aber die beruhen eben oft doch auf Wahrheiten.«

Mit einem Schlag war die Flora hellwach. Sie hatte sich schon immer für die Historie ihres Heimatorts interessiert, viel mehr als ihre Schwester Charlotte. »Wo genau soll denn dieses Weingut gelegen haben?«, wollte sie wissen.

»Gute Frage«, sagte die Lehrerin zufrieden, »aber ich kann dir darauf keine Antwort geben. Die alten Kataster wurden von den Nazis akribisch vernichtet. Und Zeitzeugen gibt es immer weniger. Außerdem wollen sich manche nicht mehr daran erinnern, andere hatten einfach keinen Bezug zum Weinbau.

Perchtoldsdorf hatte auch damals schon mehr als zehntausend Einwohner. Klar, dass man da nicht jeden kennen konnte oder auch nur jene, die mit Weinbau beschäftigt waren.«

»Woher wissen Sie denn von diesem Weingut?«, wollte der Noah wissen. Er hatte sich in den letzten Monaten überraschend flott in die Materie der Winzerei eingearbeitet. Ganz abgesehen davon sprach ein solches Mysterium wohl den Großteil der Klasse an.

»Noch eine gute Frage! Und die kann ich sogar beantworten. Mein Mann« – einigen Burschen entfuhr ein enttäuschtes Stöhnen, da bei der hübschen Dreißigjährigen bislang noch nie von einem Mann die Rede gewesen war – »ist Historiker und Weinsammler. Als ich ihm im Sommer erzählte, dass ich hier in Perchtoldsdorf unterrichten würde, hat er eine alte Flasche aus dem Weinkeller geholt. Es war eine Flasche vom Weingut Goldmann. Angeblich eine der letzten, die noch im Umlauf sind. Ob trinkbar oder nicht, das lässt sich nicht sagen, weil die Flaschen so viel wert sind, dass sich kein Sammler traut, sie zu öffnen. Tatsache ist, dass die letzten Flaschen im Jahr 1941 produziert wurden, danach verschwand der Name aus allen Aufzeichnungen.«

»Wie kann so etwas komplett verschwinden?«, wollte einer der Schüler wissen.

Nachdenklich legte die Frau Professor den Kopf zur Seite. »Ihr dürft nicht vergessen, dass es damals noch keine Computer gab. Das waren alles handschriftliche Unterlagen oder von mir aus auch welche, die mit Schreibmaschine geschrieben waren.« Sie fuhr fort: »Das ist aber noch nicht alles. Jetzt kommt der Clou – auch wenn er wie aus einem Groschenroman klingt. Die Weinberge sollen von einem geheimen Tunnelsystem durchzogen sein, und irgendwo, so wird gemunkelt, könnte es sogar einen alten Nazi-Goldschatz geben.«

»Gschichtl!«, klang es aus der letzten Reihe, was Gelächter der ganzen Klasse zur Folge hatte.

Auch die Frau Professor musste schmunzeln. »Das wäre

auch meine erste Reaktion gewesen, wenn ich dieses ›Gschichtl‹ nicht aus erster Hand von meinem Mann erfahren hätte.«

Ein Schüler ließ ein zweifelndes »Pfft« hören, worauf die Frau Professor ihre Geldbörse hervorkramte und ein Bild herausnahm. Sie zeigte das Bild der Klasse, was erstaunte »Ah« und »Oh« zur Folge hatte. Die Person auf dem Bild war allen Schülern aus dem Fernsehen bekannt. Es war das Porträtfoto einer der angesehensten TV-Persönlichkeiten des Landes. Der Mann auf dem Foto gab in Nachrichtensendungen und Fernsehdiskussionen fast jede Woche seinen Kommentar zur aktuellen Lage des Landes und der Welt im Allgemeinen ab.

»Das ist mein Mann«, sagte die Frau Professor, »Hubertus Weber.«

»Aber, aber …«, murmelte einer jener Burschen, die bei der erstmaligen Erwähnung eines Mannes im Leben der angebeteten Professorin enttäuscht geächzt hatte.

»Aber er ist doch zwanzig Jahre älter als ich?«, meinte sie lächelnd. »Stimmt. Aber wisst ihr, Kinder (sie betonte das Wort extra, um ihnen klarzumachen, wie viel sie noch zu lernen hatten), man weiß nie, wo die Liebe hinfällt. Wir haben uns an der Uni kennengelernt. Er war mein Professor. Und das reicht auch schon an Informationen über mein Privatleben. Also: Ist meine Quelle glaubwürdig genug?«

Natürlich nickten die Schüler eifrig. Dem legendären Professor Weber aus dem Fernsehen glaubte man immer. Und seiner jungen Ehefrau sowieso. Wäre ihr die Klasse nicht ohnehin schon seit Schulbeginn verfallen gewesen, so wäre es in diesem Moment passiert. Wer konnte schon von sich behaupten, einen Promi als Lehrer zu haben? Okay, die Frau eines Promis, aber das galt doch gerade in Österreich, wo im Supermarkt Ehefrauen von hohen Staatsbeamten, promovierten Akademikern oder Ärzten grundsätzlich als »Frau Hofrat« oder »Frau Doktor« angesprochen wurden, fast genauso viel.

Ein Mädchen aus der ersten Reihe meldete sich zu Wort: »Hat denn noch niemand versucht, dieses Tunnelsystem zu finden?«

Die Professorin wiegte den Kopf. »Ja und nein. Natürlich haben sich einige Leute auf die Suche gemacht, aber das ist nicht so einfach, wie euch die Flora bestätigen kann.«

Die Flora machte große Augen. Was hatte sie jetzt mit dem geheimen Tunnelsystem unter den Weinbergen zu tun? »Sorry, Frau Professor, aber da bin ich jetzt irgendwie ausgestiegen«, sagte sie deshalb.

»Na, was würden wohl deine Eltern oder deine große Schwester dazu sagen, wenn auf einmal jemand in eurem Weingarten zu buddeln beginnt?«

»Nichts Freundliches«, antwortete die Flora lachend.

»Aber dafür muss man doch heute nicht mehr graben«, warf der Noah ein. »Gibt es heutzutage nicht schon elektronische Geräte, die Hohlräume unter der Erde aufspüren können?«

»Doch«, bestätigte die Frau Professor. »Aber auch dazu benötigt man erst einmal das Einverständnis des Grundbesitzers. Und was, wenn man dann tatsächlich so ein Tunnelsystem findet? Dann würde man wohl erst recht wieder graben wollen. Nein, manche Dinge bleiben besser in der Vergangenheit. Wäre es spannend, dieses Tunnelsystem zu finden? Oder überhaupt festzustellen, dass es tatsächlich existiert? Ja, natürlich! Hilft es uns weiter, die Vergangenheit aufzuarbeiten? Nein, denn dieses Tunnelsystem hat mit den Nazis nichts zu tun. Laut den Geschichten, die sich darum ranken, existiert es bereits seit dem 17. Jahrhundert. Mindestens. Wenn es nicht sogar noch älter ist.«

»Die Türkenbelagerung?«, fragte eine Schülerin.

»Exakt«, antwortete die Frau Professor. »Sollte es tatsächlich existieren, haben es die Nazis vielleicht genutzt. Oder auch nicht. In keinem der bekannten Dokumente wird dieses Tunnelsystem auch nur mit einem Wort erwähnt.«

»Und der Goldschatz?«, wollte die Flora wissen.

»Der, glaube ich, gehört tatsächlich ins Reich der Phantasie. Wann immer es um Überreste der Nazis geht, wird schnell von irgendwelchen geheimen Goldschätzen phantasiert. Heerscharen von Glücksrittern haben in ganz Europa schon danach gesucht, aber bislang so gut wie nichts gefunden. Ich fürchte, da muss ich euch leider enttäuschen. ›Indiana Jones‹ spielt es im wirklichen Leben nämlich nicht.«

»Und ein ›X‹ hat noch nie einen Schatz markiert«, rief einer der Klassenkasperl aus der letzten Reihe.

Die Anspielung wurde von der Frau Professor Weber mit einem süffisanten Grinsen beantwortet, dann beendete die Pausenglocke die erste Unterrichtsstunde des Tages. Bei den meisten Schülern war die Müdigkeit der letzten Nacht inzwischen wie weggeblasen. Die Ausführungen von Frau Professor Weber hatten in allen die Neugier geweckt, und das geheime Tunnelsystem war das große Gesprächsthema in der fünfminütigen Pause. Die Flora und zwei andere Winzersprösslinge standen im Mittelpunkt. Sie wurden gelöchert, ob sie denn wirklich noch nie etwas von diesen geheimen Tunneln gehört hätten. Die Flora konnte nur verneinen. Das war auch für sie soeben das erste Mal gewesen. Als die zweite Stunde begann, war sie bereits ganz kribbelig. Sie wollte unbedingt heim und dem Geheimnis um das Tunnelsystem auf die Spur kommen. Die Flora wusste nämlich ganz genau, wen sie fragen musste, um vielleicht einen Hinweis zu bekommen.

5

Während die Flora über das geheime Tunnelsystem nachgrübelte, erwachte die Charlotte auf dem Weingut gerade aus ihrem nächtlichen Alkoholkoma. Die Sonne schien durchs Fenster. Über Wien, das am Fuß des Wienerwalds in der Ebene an Perchtoldsdorf angrenzte, hingen einige harmlose Quellwolken. Das schöne Wetter durfte aber nicht darüber hinwegtäuschen, dass die Temperaturen – wie es sich für Mitte November gehörte – im einstelligen Bereich lagen.

Die Charlotte streckte sich, erledigte ihre Morgentoilette und holte sich dann in der Küche ein schnelles Frühstück. Gerade als sie ihre erste Tasse Kaffee getrunken hatte, bimmelte ihr Handy. Eine WhatsApp-Nachricht vom Leo: »Wenn du Zeit hast, komm zu mir runter. Wir haben den Robert Zaitler gefunden.« Die Charlotte überlegte, ob sie den Leo nicht einfach anrufen sollte. Nur wegen dem Robert wollte sie nicht ins Auto steigen und in den Ort hinunterfahren, dafür spürte sie den Alkohol vom Vorabend noch zu stark. Zudem hatte sich für den Vormittag auch der Baumeister angekündigt, der mit ihr die Pläne für den Umbau des historischen Weinkellers mitten in ihrem Hof besprechen wollte.

»Ach, was soll's. Ein bisschen Bewegung schadet mir nicht«, murmelte sie schließlich nach dem zweiten Häferl Kaffee. Statt ins Auto schwang sie sich aufs Fahrrad und radelte den Weinberg hinunter in den Ort. Zehn Minuten später saß sie im Büro vom Leo.

»Also, spuck schon aus. Wo habt ihr den Robert gefunden? Ist er irgendwo besoffen herumgelegen? Oder hat er ein Gspusi, bei dem er sich versteckt hat?«, eröffnete die Charlotte das Gespräch betont gut aufgelegt.

Der Blick vom Leo ließ sie Böses ahnen. Seine Worte bestätigten die Vermutung: »Wir haben den Robert bei dir am

Weingut gefunden, Charlotte. Er war die Leiche, die man dir gestern in der Früh vor die Haustür gelegt hat.«

Die Nachricht saß. Die Charlotte vergaß für ein paar Sekunden, den Mund zu schließen. In ihrem Kopf ratterten die Gedanken dafür umso schneller: Wer zum Teufel sollte ihr den toten Robert Zaitler vor die Tür legen? Noch dazu mit so einer eigenartigen Botschaft (»Charlotte, das hast du zu verantworten!« – nur zur Erinnerung)? Sosehr sie sich auch den Kopf darüber zerbrach, es wollte ihr kein Grund einfallen, um sie für die Ermordung eines anderen Weinhauers verantwortlich zu machen.

Sie konnte auf jeden Fall zu hundert Prozent ausschließen, dass da jemand auf sie eifersüchtig war. Nie im Leben hatte sie etwas mit dem Robert am Laufen gehabt. Wie auch? Sie stand auf Frauen, und selbst wenn sie hetero gewesen wäre, der Robert wäre nie und nimmer ihr Fall gewesen. Wegen irgendeiner anderen Geschichte hatte man sie bisher auch nicht unter Druck gesetzt. Der letzte Depp, der das versucht hatte, war der alte Zaitler gewesen, und das war für ihn nicht gut ausgegangen. Von den anderen Weinhauern im Ort wurde sie mittlerweile durchaus respektiert, auch wenn nach wie vor nicht alle mit ihrem Modernisierungswahn zurechtkamen. Also: Was sollte der ganze Scheiß?

Die Charlotte schüttelte den Kopf, um ihn wieder freizubekommen. »Wie habt ihr ihn identifizieren können?«

Der Leo blätterte in seinen Unterlagen, schaute auf und sagte: »War im Endeffekt recht einfach. Seine Fingerabdrücke. Die hatten wir in unserer Datenbank.«

Das überraschte die Charlotte. »Wieso habt ihr seine Fingerabdrücke? Der hat doch, soweit ich weiß, nie was angestellt.«

»Wie du sagst: soweit du weißt. Du hast die letzten Jahre als Polizistin ja in Wien verbracht, also konntest du nicht alles mitbekommen, was sich hier so abgespielt hat. Also: Der Robert war mal in eine Schlägerei verwickelt. Ist schon eine Zeit lang her, noch bevor ich den Laden hier übernommen habe. Ich war auch überrascht, als man mir das mit den Fingerabdrücken gesagt hat. Daraufhin habe ich mir dann seinen Akt genauer angesehen. Scheinbar hatte damals der alte Zaitler seinen Einfluss geltend gemacht, und die Sache wurde unter den Tisch gekehrt.«

»Was ist denn genau passiert?«

»Ach, irgend so eine besoffene Geschichte. Witzigerweise auch rund um den Hiataeinzug. Der Robert hat sich in der Motte an die Freundin von einem anderen rangemacht, und es kam zu einer Schlägerei.«

»Was sagt der Gerichtsmediziner zur Todesursache?«

»Erschlagen. Offenbar mit einer Flasche. Die Untersuchungen sind noch im Gange, aber es dürfte sich um eine Weinflasche handeln. Passt ja irgendwie. Die Spezialisten sind sich sicher, dass sie herausfinden können, mit welcher Weinflasche der Robert erschlagen wurde. In der Wunde und am und um den Körper fanden sich noch genug Weinreste. Die müssten sich ziemlich eindeutig einem der lokalen Weine zuordnen lassen – falls der Mörder eine Flasche aus Perchtoldsdorf verwendet hat. Da hätten wir dann wenigstens einen Anhaltspunkt.«

»Und sein Gesicht?«

»Mit den Resten der zerbrochenen Flasche zerschnitten. Es haben sich noch Glassplitter in der Haut und im Fleisch gefunden. Wer auch immer das getan hat, war brutal und eiskalt.«

»Hat der Arzt auch einen Todeszeitpunkt feststellen können?«

»Ja, zwischen dreiundzwanzig und vierundzwanzig Uhr in der Nacht vor dem Hiataeinzug.«

Die Charlotte hätte jetzt nicht in der Haut der Marianne stecken wollen. Innerhalb von vierundzwanzig Stunden hatte sie ihre gesamte Familie verloren. Also, den angeheirateten Teil der Familie. Über die andere Seite wusste sie nicht Bescheid. Die Marianne war ja eine »Zuagreiste«, sprich: Auswärtige. Hatte sie überhaupt noch andere Angehörige?

»Hast du es schon der Marianne mitgeteilt?«, fragte sie ihren Cousin.

»Noch nicht. Ich mache mich jetzt gleich auf den Weg.«

»Soll ich …?«

»Nein, Charlotte, du sollst nicht. Das mache ich diesmal alleine. Wenn du so erpicht aufs Ermitteln bist, kannst du ja gerne wieder in den Polizeidienst eintreten. Da lässt sich sicher was machen. Ansonsten musst du wirklich nicht überall deine Nase reinstecken.«

Die Charlotte nahm dem Leo seine Bemerkung nicht übel. Irgendwie hatte er ja auch recht. Ihre Zeiten als Polizistin waren vorbei. Sollte es der Marianne wirklich zu viel werden, nun, sie hatte ihr ja angeboten, dass sie bei ihr jederzeit ein offenes Ohr finden würde.

Der Leo begleitete seine Cousine aus der Wachstube, stieg in seinen Wagen und machte sich auf den Weg, um die unangenehme Nachricht zu überbringen. Unangenehm, das war auch der Heimweg der Charlotte. Gute eineinhalb Kilometer immer bergauf – das ging schon ganz schön an die Kondition. Allerdings hatte die Charlotte ihren im Sommer gefassten Vorsatz tatsächlich (halbwegs) regelmäßig in die Tat umgesetzt, sie war in den letzten Monaten vermehrt mit dem Drahtesel unterwegs gewesen. Statt fünf oder sechs Pausen einlegen zu müssen, schaffte sie es mittlerweile in einem Schwung vom Marktplatz nach Hause. Ganz ohne Pause. Der Erfolg des Trainings hatte sich inzwischen auch in ihrer Jeansgröße niedergeschlagen. Die Frau Mama hatte alle Hände voll zu tun, ihre alten Jeans eine Nummer kleiner zu machen.

Am Weingut angekommen, wartete in der Schottereinfahrt vor dem geschlossenen Tor bereits ein Audi Q7. An den aufgeklebten Werbefolien war zu erkennen, dass dies nur der Baumeister sein konnte, der mit der Renovierung des Weinkellers beauftragt werden sollte. Die Charlotte rollte neben dem als Auto getarnten Panzer aus. Der Fahrer schrak hoch, als sie ans Fenster klopfte. Er war dermaßen in sein Handy vertieft gewesen, dass er ihre Ankunft gar nicht mitbekommen hatte. Hektisch suchte der korpulente Endvierziger nach dem Knopf, um das Fahrerfenster runterzulassen. Er drückte – es öffnete sich das hintere Fenster. »Verdammt«, konnte man ihn durch die noch immer geschlossene Fahrerscheibe fluchen hören. Die Charlotte schob derweil ihr Rad zum Tor, wo sie es anlehnte. Als sie sich wieder umdrehte, quälte sich der Baumeister gerade aus seinem Auto.

»Grüß Sie, Holzinger mein Name«, stellte er sich keuchend vor.

»Freut mich, Charlotte Nöhrer. Bevor Sie fragen, ja – Charlotte ohne ›e‹, bitte.« Der Baumeister nickte. »Mussten Sie lange auf mich warten?«, fragte die Charlotte, während sie ihm die Hand reichte.

»Nein, nein. Ich bin auch erst vor ein paar Minuten angekommen und musste sowieso noch ein paar E-Mails beantworten. Ich hatte noch nicht mal angeläutet. Wollen wir?«, sagte er und deutete mit dem Kopf zum Eingangstor.

»Klar, aber bitte stellen Sie Ihren Wagen zuerst noch um. Sie stehen mitten in der Einfahrt. Dort drüben haben wir die Besucherparkplätze.«

»Natürlich, natürlich«, nuschelte der Baumeister hektisch. Nachdem das Schlachtschiff von einem Auto geparkt war, führte die Charlotte den Baumeister aufs Weingut. Im großen Einfahrtstor war eine kleinere Tür eingelassen, die sie benützten, um in den alten Vierkanthof zu gelangen. Der Innenhof, der während der warmen Monate als Gastgarten diente, war bereits winterfest gemacht worden. Die Bänke und Loungemöbel, die im Sommer zum gemütlichen Verweilen einluden, waren mit Plastikplanen abgedeckt und zur Seite geschoben worden. Dadurch sah der Hof noch größer aus, als er ohnehin war. In der Mitte ragte die hundertfünfzig Jahre alte Kastanie auf, an ihren Stamm schmiegte sich das Presshaus, durch das man in den alten Weinkeller gelangte. Beides war über die letzten Jahrzehnte zwar nicht vergessen, aber doch stark vernachlässigt worden.

Ein oder zwei Wassereinbrüche hatten dem historischen Juwel schließlich den Rest gegeben.

Die Charlotte führte den Baumeister zielstrebig zum Presshauseingang. Dabei passierten sie natürlich auch die Stelle, wo vor etwas mehr als vierundzwanzig Stunden die Leiche vom Robert Zaitler gefunden worden war. Sie verzichtete wohlweislich darauf, den Baumeister darauf hinzuweisen. Vom Mord am Robert war bislang noch kein Wort an die Öffentlichkeit gedrungen. Das würde sich zwar nicht mehr lange verhindern lassen, aber die Charlotte wollte wenigstens vermeiden, dass herauskam, wo man die Leiche gefunden hatte. Auch wenn manche meinten, dass schlechte PR besser sei als gar keine, die Charlotte fand das nicht.

Mit Mühe drückte sie die verzogene grüne Holztür des Presshauses auf. Fünf Holzstufen führten hinunter ins Innere. Ihre Eltern hatten diesen Teil des Weinkellers in den letzten Jahren als Rumpelkammer genutzt. Hier lag so ziemlich alles herum, was der Herr Papa in Haus und Hof nicht mehr brauchen konnte. Sogar verbrauchte Ersatzteile ihres Traktors und anderer Landwirtschaftsmaschinen hatten hier ihre letzte Ruhe gefunden. Spinnennetze verhüllten die Ecken des etwa fünf mal fünf Meter großen Presshauses.

Die Charlotte fingerte an der Wand, bis sie schließlich den Lichtschalter fand. Eine Kellerleuchte in der Mitte der Decke flackerte zögerlich, bevor sie sich doch entschloss, ganz anzugehen. Als der Baumeister das Chaos bei vollem Licht überblickte, kamen ihm fast die Tränen. Ein Connaisseur, stellte die Charlotte zufrieden fest. Zum Baumeister sagte sie: »Es kommt noch schlimmer, Herr Holzinger. Sagen Sie nachher nicht, ich hätte Sie nicht gewarnt.«

Sie schritt die knarrenden Holzstufen hinunter und bahnte sich vorsichtig einen Weg durch das Gerümpel. Am anderen Ende des Raums war eine weitere Holztür, diesmal mit Eisenbeschlägen verstärkt. Links davon befand sich wieder einer der typischen Kellerlichtdrehschalter aus elegantem Siebziger-Jahre-Plastik. Charlotte betätigte ihn und öffnete dann die schwere Holztür. Der Baumeister war ihr gefolgt und lugte über ihre Schulter. Vor ihnen tat sich ein gut zwanzig Meter langer Gang auf, der tief in die Erde führte. Alle paar Meter war eine Kellerleuchte angebracht, und zu Charlottes Verwunderung funktionierten auch alle bis auf eine. Der Anblick, der sich den beiden bot, war noch schlimmer als im verluderten Presshaus. Hier hatten nämlich die Naturgewalten einen Heidenspaß gehabt. Die Ziegelwände waren von einer dicken Schlammschicht überzogen, die in den Boden gehauenen und mit Holzbrettern überzogenen Stufen waren glatt wie eine Rodelbahn. Man musste höllisch aufpassen, um nicht auszurutschen und auf dem Hinterteil bis hinunter in den Keller zu schlittern.

»Oh mein Gott«, entfuhr es dem Baumeister. Die Charlotte konnte nur zustimmend nicken. »Wie … wie kann man so ein Juwel nur derart verkommen lassen?«

»Och, das ist ganz leicht, Herr Holzinger. Indem man hundert andere Sachen um die Ohren hat und sich einfach nicht mehr darum kümmert. Wie bewandert sind Sie denn im Weinbau?«

»Önologie ist mein Hobby!«, erwiderte der Baumeister stolz.

»Dann werden Sie ja auch wissen, dass solche Presshäuser heutzutage nur mehr zu Showzwecken verwendet werden. Wenn überhaupt noch. So ein Presshaus und ein Weinkeller wie hier sind im modernen Weinbau einfach nicht mehr brauchbar. Ja, es wäre natürlich romantischer, aber die paar Fässer, die wir da unten lagern können? Davon könnte ich nicht mal unseren Heurigenbetrieb ein Jahr lang versorgen. Ganz zu schweigen vom Wein, den ich im Großhandel verkaufe und exportiere.«

»Wofür brauchen Sie mich dann überhaupt?«

»Hab ich doch gerade gesagt. Ich will daraus einen Showkeller machen. Für Führungen, Weinverkostungen und so weiter. Ich habe mir die Pläne unseres Weinguts angesehen. Es sollte außerdem möglich sein, dass man diesen Weinkeller mit unserem modernen Lagerhaus verbindet. Dafür müsste man aber natürlich zuerst diesen Teil wieder instand setzen.«

»Keine leichte Aufgabe«, murmelte der Baumeister, während er sich vorsichtig die nur mehr in Andeutungen vorhandenen Stufen hinunterhangelte.

Je tiefer sie in das vernachlässigte unterirdische Reich eindrangen, umso muffiger wurde die Luft. Als sie unten ankamen, tat sich vor ihnen ein rechteckiger Raum auf, der gut hundert Quadratmeter groß war. Hier unten funktionierte gerade mal eine Handvoll der Kellerleuchten, der Rest war durch einen der Wassereinbrüche zerstört worden. Auch von der sonstigen Einrichtung war nicht mehr viel übrig. Der Boden war in Wirklichkeit nur mehr steinharter Lehm. Die uralten Weinfässer, die links und rechts die Wände säumten, sahen aus wie überdimensionale, von zerlassenem braunen Wachs überzogene Flaschen. Holzkisten waren während einer der zahlreichen Überschwemmungen in den nassen Boden eingesunken und steckten nun in getrocknetem Lehm fest.

»Sehen Sie eine Möglichkeit?«, fragte die Charlotte gespannt.

»Gehen wir zuerst wieder rauf. Mir blutet das Herz, wenn ich solch ein Juwel in diesem Zustand noch länger ansehen muss. Da ist es schwierig, klar zu denken.«

Oben angekommen führte die Charlotte den Baumeister in die Küche, wo sich der Holzinger erschöpft auf einen der Stühle sinken ließ. »Kaffee mit Schuss?«, fragte die Charlotte. Der Baumeister nickte und nahm kurz darauf dankend seinen Caffè corretto entgegen.

»Also«, setzte er schließlich an, »ich sehe zwei Möglichkeiten. Beide werden Ihnen nicht gefallen, aber anders geht es nicht. Sie können gerne noch eine zweite und dritte Meinung einholen, aber die Kollegen werden Ihnen nichts anderes vorschlagen.«

»Das habe ich befürchtet«, antwortete die Charlotte. »Schießen Sie schon los.«

»Methode eins: Wir erledigen alles von innen, mit Zugang durch das Presshaus. Das bedeutet, dass fast kein Platz ist und wir auch kaum schweres Gerät benützen können. Wenige Leute, lange Bauzeit. Würde ich wirklich nicht empfehlen.«

»Okay.« Mehr fiel der Charlotte dazu nicht ein. Sie war schon auf die zweite Methode gespannt.

»Methode zwei: Wir öffnen den Keller von oben. Das geht schneller, wir können sauberer arbeiten und alles umgestalten, wie es Ihnen gefällt. Ist auch nicht wirklich teurer, weil wir viel schneller arbeiten können. Nur den Gang zwischen Presshaus und Keller müssen wir irgendwie per Hand hinbekommen. Außer Sie wollen auch den Kastanienbaum weghaben.«

»Gott bewahre!«, mischte sich da die Omama ein, die unbemerkt in die Küche geschlapft war. »Nur über meine Leiche!«

»Ist schon gut, Omama, das hätte ich sowieso nicht gemacht. Die Kastanie darf natürlich nicht angerührt werden.«

»Gut, die Kastanie bleibt also«, fuhr der Baumeister fort. In seinen Worten war ein wenig Erleichterung zu hören. Auch ihm hätte es leidgetan, den uralten Baum für die Bauarbeiten zu opfern. »Wenn ich mit meiner Schätzung richtigliege, dann befindet sich ein Teil des eigentlichen Weinkellers außerhalb der Mauern Ihres Weinguts. Das ist gut, sehr gut sogar. Damit werden die Erdaushebungsarbeiten einfacher, und wir machen hier im Hof auch nicht so viel kaputt. Das Loch wird wohl in etwa bei der Hofmauer gegraben werden. Durch die Wassereinbrüche ist das alte Ziegelmaterial sowieso unbrauchbar geworden. Wir können da also ziemlich forsch rangehen. Und dann alles neu aufbauen und mit einer neuen Kellerdecke wieder zumachen. Quasi ein Eingriff am offenen Herzen.«

Die Charlotte hatte fasziniert zugehört. Der Baumeister legte eine gehörige Portion Enthusiasmus an den Tag. Genau so jemanden hatte sie gesucht. Der Weinkeller war ihr ein Herzensanliegen. Es tat ihr weh, dass er im Laufe der Jahre so heruntergekommen war, und die Geschäftsfrau in ihr sah vor allem das brachliegende Potenzial, das ein ordentlich hergerichteter

Showkeller bieten würde. Nicht nur die japanischen Touristen würden da voll drauf abfahren.

»Sie meinen, wir könnten den Weinkeller nicht nur restaurieren, sondern auch umbauen, wenn die Erde erst ausgehoben ist?«

»Ja klar. Wenn wir schon mal gegraben und alles trockengelegt haben, können wir den Raum neu unterteilen oder so lassen, wie er jetzt ist. Oder auch noch zusätzlich Erde ausheben und mehr Platz schaffen. Ist dann alles kein großes Problem mehr. Da kann man auch ein paar Spielereien einbauen. Geräusche, Hall, Echo – was auch immer man will. Muss man halt vorher ordentlich planen.«

»Wann könnten wir starten? Falls wir uns finanziell einigen, natürlich.«

Verlegen drehte der Baumeister seine Daumen. »Eigentlich schon morgen. Ich habe mir nach den Fotos, die Sie mir geschickt haben, bereits einen ersten Eindruck gemacht. Natürlich hat's auf den Fotos nicht so schlimm ausgesehen wie in Wirklichkeit. Auch wenn es taktisch nicht klug von mir ist: Ich will diesen Auftrag unbedingt. Wie gesagt, Wein ist mein großes Hobby, und ich würde mich gerne an Ihrem Weinkeller etwas – wie soll ich sagen? – austoben? Ja, das ist das richtige Wort. Auf jeden Fall können wir ganz schnell beginnen. Kurz vor Winterbeginn ist das Geschäft in meiner Branche ohnehin flau, und meine Arbeiter wären über ein bisschen zusätzliches Geld vor Weihnachten sicher nicht unglücklich. Es hängt also ganz von Ihnen ab. Sobald Sie mir das Go geben, können wir loslegen.«

Der Charlotte schwirrte der Kopf. So viele Möglichkeiten. Und alles so schnell. Damit hatte sie nun wirklich nicht gerechnet. Und wieder ging die Phantasie mit ihr durch. Vielleicht sogar eine Glasdecke, durch die man von oben in den Weinkeller schauen konnte? Oder ... Aber halt! Der Baumeister hatte sich bislang um eine wichtige Frage gedrückt.

»Und wie sieht das nun preislich aus?«

»Tja, preislich …«

»Noch einen Schnaps?«, mischte sich die Omama ein und knallte dem Baumeister, ohne eine Antwort abzuwarten, einen Doppelten vom selbst gebrannten Marillenschnaps hin. Zwanzig Minuten später war der Baumeister abgefüllt und sein erstes, grobes Angebot so weit runtergedrückt, dass sich die Charlotte traute, es ihrem Herrn Papa vorzulegen. Der war bislang nämlich noch nicht in ihre Pläne für den alten Weinkeller eingeweiht.

6

Als die Flora und der Noah am Nachmittag von der Schule heimkamen, genoss die Charlotte gerade die spätherbstliche Sonne. Sie hatte es sich mit einem Glas ihres mittlerweile legendären »Schüttelweins« auf einem Liegestuhl in einer Ecke des Innenhofs gemütlich gemacht. Während der Rest des Hofs bereits im Schatten lag, wurde diese eine Ecke noch von der tief stehenden Sonne gewärmt. Der Wetterbericht sagte nichts Gutes voraus. In der kommenden Nacht war ein Wetterumschwung zu erwarten, die Temperaturen würden sich der Null-Grad-Grenze nähern. Die Charlotte wollte den wahrscheinlich letzten halbwegs warmen Tag des Jahres dazu nützen, um sich endlich ihres Rausches vom Vorabend zu entledigen. Dazu brauchte es, natürlich, Alkohol. Man wollte den Spiegel ja nicht gefährlich schnell sinken lassen.

Die beiden lehnten ihre Fahrräder an die Hauswand und schlenderten zur großen Schwester hinüber.

»Na, nichts zu tun heute?«, fragte die Flora.

»Nö, den Baumeister habe ich schon erledigt. Der Papa ist mit dem Signore Bianchi unterwegs, und die Mama hat ihre Damenrunde.«

»Wo?«

»Ich glaube, heute treffen sie sich beim Huber-Heurigen. Aber festnageln darfst mich darauf nicht.«

»Und die Omama?«

»Die müsste da sein. Wieso?«

»Ich muss sie was fragen.«

Die Charlotte wurde neugierig. »Frag mich, vielleicht kann ich dir helfen.«

Die Flora schüttelte den Kopf. »Du schaust heute zwar besonders alt und verbraucht aus, aber nicht so alt, als ob du den Zweiten Weltkrieg miterlebt hättest.«

»Du kleines …«, rief die Charlotte in gespielter Empörung. Zugleich holte sie mit ihrem Glas aus und schüttete den letzten Rest des perlenden Inhalts in die Richtung der kleinen Schwester. Die war aber nicht nur fünfzehn Jahre jünger, sondern auch dementsprechend agiler und vor allem reaktionsschneller als die vom Rest- und Neualkohol lädierte große Schwester. Der Noah war nicht so schnell. Er hatte das Geplänkel der beiden Schwestern mit geschlossenen Augen nur am Rande mitgehört. Sein Gesicht war zur Sonne gewandt, sein Rücken zur Charlotte. PLATSCH! Durch das Ausweichmanöver der Flora bekam er die volle Ladung Schüttelwein ab.

»Was?«, schrie er zornig. Der Schaumwein hatte ihn genau am Hintern erwischt. Ein dunkler Fleck bildete sich auf seinen Jeans, und dem Noah wurde plötzlich eiskalt um den Allerwertesten. Im Schatten hatte es inzwischen keine sechs Grad plus mehr.

»Sorry«, meinte die Charlotte, »aber wenn ich meine Schwester erwische!« Sie sprang auf, zugleich startete die Flora davon, und im nächsten Moment lag die Charlotte auch schon bäuchlings am Boden. Sie hatte sich bei ihrem Jagdversuch mit den Beinen in der Wolldecke verheddert.

»Ich glaube, solche Stunts solltest du heute lieber lassen«, sagte der Noah. Er reichte ihr eine Hand, um ihr aufzuhelfen.

Die Charlotte akzeptierte die angebotene Hilfe, putzte sich den Staub vom Gewand und brüllte ihrer Schwester nach: »Na warte nur! Du kannst mir nicht den ganzen Tag aus dem Weg gehen.«

»Kann ich doch!«, schallte es vom anderen Ende des Hofs zurück.

»So eine Frechheit!«

»Was ist denn das für ein Theater?«, erklang es jetzt von der gegenüberliegenden Seite. Obwohl schon etwas schwerhörig, war die Omama durch den Lärm geweckt worden. »Wie soll ich denn da mein Nachmittagsschläfchen halten, Kinder?«

»Omama!«, rief die Flora entzückt. »Dich habe ich gesucht!«

Damit schlang sie die Arme um die alte Frau. Derart schwungvoll, dass es sie beinahe umgeschmissen hätte.

»Flora! Was ist denn los? Du tust ja so, als hättest du mich seit Jahren nicht mehr gesehen.«

»So hat es sich für sie auch angefühlt«, kommentierte der Noah, der sich inzwischen zu den beiden gesellt hatte. »Seit der ersten Schulstunde will sie nichts anderes mehr als mit dir reden. Sie war heute richtig unerträglich!« Dabei zwinkerte er ihr zu.

»Bella! Amore!«, mischte sich nun der Luca ein. Auch er hatte das Theater im Hof mitbekommen und war hinausgeeilt, um seine Freundin in die Arme zu schließen. Die Flora ließ das ein wenig unwillig zu, schob den Luca dann aber schnell wieder weg.

»Omama, kannst du mir ein bisschen was über deine Kindheit erzählen?«

Die Omama maß ihre Enkelin mit einem ernsten Blick. »Ja sicher«, meinte sie schließlich vorsichtig. »Ich kann mich aber nicht mehr an viel erinnern. Ist ja schon lange her. Woher kommt denn auf einmal deine Neugier, und was genau willst denn wissen?«

Bevor die Flora ihre Frage stellen konnte, zogen sich alle miteinander in die warme Küche zurück. Die Sonne war mittlerweile hinter den Dächern des Weinguts verschwunden, und es war dementsprechend frostig geworden. In der Küche füllte die Omama den Wasserkocher und machte für alle einen Tee. Fast unmerklich war ihnen die Kälte in die Knochen gekrochen. Der Noah nutzte die Pause, um sich rasch eine neue Hose anzuziehen. Ein Blick aus dem Fenster zeigte, dass es sich auch schon zugezogen hatte. Es sah ganz so aus, als wäre am Abend, spätestens aber in der Nacht noch mit Regen oder gar Schnee zu rechnen.

Als endlich alle rund um den großen Tisch saßen, mit Tee und frischem Apfelstrudel, den die Omama – egal, ob gerade ausgesteckt war oder nicht – scheinbar im Zweitagesrhythmus zubereitete, konnte die Flora endlich von ihrer Geschichtsstunde erzählen. Aufmerksam hörte die Omama zu, als ihre Enkelin vom geheimnisvollen Tunnelsystem und dem legendären Goldschatz der Nazis erzählte. Alle Augen waren auf die Flora gerichtet, nur die vom Noah nicht. Er hatte die Geschichte in der Schule ja eh schon gehört. Er beobachtete das Gesicht der Omama, die sich laut Flora über ihre Kindheit bislang immer in Schweigen gehüllt hatte. Außer ein paar allgemeinen Sätzen hatte sie sich nie groß darüber ausgelassen. Bislang hatte wohl auch niemand Grund gehabt, entschlossen nachzubohren. Dass jemand in ihrem Alter so überhaupt nichts aus seiner Kindheit erzählte, fand der Noah aber doch irgendwie eigenartig.

Die Omama hörte sich die Erzählung ihrer Enkelin in aller Ruhe an. Ab und zu umspielte ein leises Schmunzeln ihre dünnen Lippen. Als die Flora schließlich von der verschollenen Familie Goldmann erzählte, nahm die Omama ein Stück Würfelzucker, ließ es in ihre Teetasse plumpsen und rührte nachdenklich um.

»Also?«, schloss die Flora ihre Ausführungen. Die Omama rührte weiter in ihrem Häferl, nahm dann einen Schluck und begann schließlich doch zu reden.

»Also? Na, wie gesagt, an viel kann ich mich nicht erinnern. Ich war damals noch ganz jung, im Kindergarten- oder Volksschulalter. So genau kann ich mich nicht mehr erinnern. Da bleibt nicht viel hängen. Die Zeit war das Erinnern auch nicht wirklich wert. Natürlich hat es immer irgendwelche Geschichten gegeben. Und in den Fünfzigern waren da auch einige Glücksritter, die in den Weinbergen nach einem Goldschatz gesucht haben. Nur gefunden hat keiner was. Das könnte aber natürlich auch damit zu tun haben, dass es keiner der Weinbauern gern gesehen hat, wenn Wildfremde in ihren Rieden herumbuddeln.« Bei diesem Gedanken verschwammen der Omama ein wenig die Augen, sie lächelte und erinnerte sich offensichtlich an eine ganz bestimmte Geschichte.

»Was war denn passiert?«, hakte die Flora nach. Auch sie spürte, dass da mehr dahintersteckte.

»Nun, ein ganzer Trupp von Engländern ist damals im Ort eingefallen. Und die wollten ausgerechnet hier in unseren Weingärten zu graben beginnen. Aber da hat ihnen dann mein Onkel ordentlich die Leviten gelesen. Die Engländer hatten sich als Mitarbeiter des Britischen Museums ausgegeben. Bei den Gemeindebeamten unten im Ort hat es ausgereicht, wenn sie mit ihren gefälschten Dokumenten herumgewachelt haben. Aber mein Onkel, der war einer der wenigen damals, die richtig gut Englisch konnten. Kein Wunder, er war ja auch Englischlehrer unten in der Hauptschule. Noch bevor sie ein Gymnasium daneben hingestellt haben. Als die Engländer dort drüben«, dabei zeigte die Omama mit der Hand aus dem Küchenfenster in Richtung der Riede direkt hinter dem Weingut, »zu graben beginnen wollten, hat er ihnen die Hölle heißgemacht. Er ließ sich die Dokumente zeigen, und die waren so schlecht gefälscht, dass er sie am liebsten ausgelacht hätte. Aber da hatten sie schon mit dem Graben begonnen und ein paar unserer Weinstöcke ausgerissen. Er hat sie dann aufgefordert, sofort das Gelände zu verlassen, aber vergeblich. Erst als er mit seiner Schrotflinte zurückgekommen ist, haben die Engländer den Ernst der Lage erkannt.«

»Wieso hat das nicht dein Papa gemacht?«, wollte die Charlotte wissen.

»Weil der zu dem Zeitpunkt schon lange tot war«, antwortete die Omama kurz angebunden und rührte wieder nachdenklich in ihrem Tee herum. »Wie auch immer«, fuhr sie schließlich fort, »es stimmt, dass es hier in den Weinbergen Tunnel gibt. Aber ob es wirklich so ein ausgedehntes Netz ist? Das kann ich mir nicht vorstellen. Aber als Kind bin ich selbst einmal über so einen Tunnel gestolpert.«

»Wo war das?«, fragte die Flora aufgeregt.

Die Omama grübelte mit geschlossenen Augen nach. Mal nickte sie, mal schüttelte sie den Kopf. Schließlich schien sie sich aber doch erinnern zu können.

»Das muss drüben am Sonnberg gewesen sein. Wir haben ja als Kinder nicht viel gehabt – außer der Natur. Aber die zur Genüge. Und das war unser Spielplatz. Von hier nach Norden hinauf bis zum Sonnberg-Viertel, das waren damals fast alles noch Rieden. Heute ist ja schon vieles verbaut. Und was damals kein Weinberg war, war verwilderte Natur. Einfach herrlich!« Ihre Augen leuchteten. Sie erzählte weiter, dass man damals stundenlang im Freien unterwegs war. Sie und ihre Freunde hatten die Weingärten und die Wälder bis hinüber zur Heide erforscht. Es gab kaum einen Winkel in der näheren Umgebung, den sie nicht kannten.

Einmal hatte es aber eine Schrecksekunde gegeben. Da war eine ihrer Freundinnen nämlich bei einer Verfolgungsjagd durchs Dickicht plötzlich weg gewesen. Erst nach einer halben Stunde hatte man sie wiedergefunden. Das Mädchen war in ein gut drei Meter tiefes Loch gefallen. Zu ihrem Glück hatte ein großer Haufen modriges Laub ihren Sturz abgefedert, sodass sie sich nichts gebrochen hatte. Um besser sehen und ihr helfen zu können, hatten die Omama und ihre Freunde das Gebüsch über dem Loch einfach ausgerissen. Die Freundin, »das war die Sophie«, lag nicht einfach in einem Loch. Links und rechts konnte man erkennen, dass sich der Tunnel weiter durch die Erde wand. Nachdem der erste Schreck überwunden war und die Sophie festgestellt hatte, dass sie sich nichts getan hatte, gewann die Neugier die Oberhand. Während die Burschen aus Ästen und Zweigen ein notdürftiges Seil bastelten, wollte die Sophie den Tunnel auf eigene Faust erforschen. Sie konnte ja sowieso nur warten, bis man sie aus ihrer misslichen Lage befreite.

»Wann war das denn?«, fragte die Flora.

»Mitten im Krieg. Also fast ein Jahrzehnt bevor die Glücksritter hier im Ort einfielen, um dem mysteriösen Goldschatz nachzujagen.«

»Und was hat die Sophie in den Tunneln gefunden?«

»Nichts! Es war ja stockfinster da unten. Und nach ein paar

Metern hatte sie die Hosen gestrichen voll. Was ich gut verstehen konnte. Niemand von uns hatte eine Taschenlampe dabei. In Wirklichkeit besaß auch keiner von uns eine. Am Hof hätten wir eine gehabt, aber wahrscheinlich hätte man mich erschlagen, wenn ich mir die einfach ausgeborgt hätte. Hatte ja niemand viel Geld damals, und so eine Taschenlampe war ein wertvolles Teil.«

»Seid ihr denn nicht mehr zurückgekommen, um den Tunnel ein anderes Mal zu erforschen?«

Die Omama lachte glockenhell auf. »Nein, mein Kind. Wir waren damals … Wie alt waren wir überhaupt? Na ja, so fünf, sechs Jahre. Maximal. Ein paar Ältere waren auch dabei. Wir hatten die Geschichte am nächsten Tag schon wieder vergessen. Hättest du mich nicht nach diesen Tunneln gefragt, hätte ich wohl mein Lebtag nicht mehr daran gedacht.«

»Aber das heißt, es gibt Tunnel hier in den Weinbergen?«

»Zumindest einen Tunnel, ja. Ob es ein ganzes System gibt? Wer weiß? Schon möglich, aber dazu, mein Schatz, kann ich dir nichts Genaues sagen.«

Da gab es aber noch eine Sache, und der war die Omama bisher geschickt ausgewichen. »Und die Familie Goldmann? Sagt dir die etwas?«

»Nein, noch nie gehört«, erwiderte die Omama. Für den Geschmack vom Noah, der sie nach wie vor genau beobachtete, kam das Dementi viel zu schnell. Er hatte sich in seiner Zeit auf der Straße eine ganz gute Menschenkenntnis angeeignet, und die sagte ihm, dass die Omama da jetzt nicht die ganze Wahrheit erzählte. Aber warum?

»Ganz sicher nicht?«, bettelte die Flora. Aber die Omama schüttelte nur resolut den Kopf, stand auf und ließ die jungen Leute in der Küche zurück.

»Ich leg mich wieder hin«, entschuldigte sie sich. »Bin ja auch nicht mehr die Jüngste.«

Minutenlang herrschte Stille in der Küche, jeder hing seinen eigenen Gedanken nach. Bis schließlich der Herr Papa und der Signore Bianchi eintraten.

»Was ist denn mit euch los?«, fragte der Papa. »So still habe ich euch ja noch nie erlebt.«

Die Flora berichtete von ihrem Gespräch mit der Omama. Der Papa hörte sich alles genau an, brummte zwischendurch wissend (na ja, mehr oder weniger) und meinte schließlich: »Na, da hat die Omama ja eh einiges rausgelassen. Ihr dürft ihr nicht böse sein, dass sie euch nicht mehr erzählt hat. Erstens ist es schon lange her, und zweitens war das damals eine harte Zeit, wie ihr euch vorstellen könnt. Es ist nicht immer leicht, in solchen Erinnerungen herumzukramen. Ich finde es ja lobenswert, dass eure Geschichtslehrerin euch diese Zeit näherbringen will, aber gewisse Sachen sollte man vielleicht besser ruhen lassen.«

»Was weißt du denn über die Nazi-Zeit?«, fragte ihn die Flora. Sie ließ nicht locker. Wenn sie Antworten wollte, würde sie die auch bekommen.

»Ich? Nicht viel. Nur das, was wir in der Schule gelernt haben. Ich bin ja erst viel später auf die Welt gekommen.«

»Hast du denn nie mit der Omama darüber geredet?«

Jetzt war es der Papa, der still wurde. Schließlich sagte er: »Doch, habe ich.«

»Und?«

»Das soll euch die Omama selbst erzählen. Ist ja ihre Geschichte.«

»Sagt dir der Name Goldmann etwas?«, hakte die Flora unerbittlich nach.

Aber der Herr Papa überhörte die letzte Frage geflissentlich. Stattdessen stand nun auch er auf und schickte sich an, die Küche zu verlassen.

»Papa!«, flehte die Flora.

»Musst du dich nicht noch um deine Geburtstagsfeier kümmern, Flora? Wird langsam Zeit, wenn wir hier eine große Party veranstalten wollen, würde ich sagen.«

»Was heißt hier ›wir‹? Ihr habt mir die Feier doch aufs Aug gedrückt«, murmelte die Flora säuerlich. Das hörte der Herr

Papa aber nicht mehr, denn er hatte die Küche mit seinem italienischen Kumpan bereits verlassen.

»Was war das denn?«, fragte die Flora schließlich verstört. Mit so einer Mauer des Schweigens hatte sie nicht gerechnet.

»Wenn du mich fragst, dann hängt das alles mit dieser Familie Goldmann zusammen«, äußerte der Noah seine Einschätzung zu diesem Thema.

Die Charlotte nickte. So war es ihr auch vorgekommen. Was ihr Sorgen machte, war die Verschlossenheit der Omama, was diese Zeit anging. Normalerweise konnte man mit ihr über alles sprechen. Egal, wie peinlich oder kompliziert eine Sache auch war.

»Wenn uns keiner helfen will«, meinte die Flora schließlich entschlossen, »dann helfe ich mir eben selber. Morgen mache ich mich mal auf die Suche nach diesem Tunnelsystem. Irgendwo muss es ja noch einen Eingang geben.«

»Hältst du das für eine gute Idee?«, fragte die Charlotte zweifelnd.

Die Flora schnaubte. »Also, wenn die Omama so was als kleines Kind gemacht hat, dann werde ich mit meinen sechzehn Jahren das wohl auch können.«

»Noch fünfzehn«, verbesserte sie die Charlotte.

»Geh sch…«, keifte die Flora, nahm den Luca an der Hand und verschwand nun ebenfalls aus der Küche.

Blieben nur mehr die Charlotte und der Noah.

»Lass schon hören«, forderte sie ihn auf. Sie hatte die ganze Zeit über gemerkt, dass er wie auf Nadeln saß und etwas loswerden wollte. Allerdings nicht unbedingt in Gegenwart der Flora.

»Die Omama hat gelogen«, begann er. »Das ist dir ja auch aufgefallen. Der Name Goldmann sagt ihr etwas. Und diese Goldmanns hatten offenbar etwas mit eurer Familie zu tun. Die Reaktion vom Papa, als er den Namen hörte, spricht ja auch Bände. Da ist irgendetwas während des Weltkriegs passiert.«

»Ist ja nicht schwer zu erraten, was im Zusammenhang mit einer jüdischen Familie da vorgefallen sein dürfte.«

Der Noah nickte, schnaufte und sagte dann: »Ist halt nur die Frage, inwiefern eure Familie da mit drinnenhängt.«

Dem konnte die Charlotte nur zustimmen, auch wenn es wehtat. Es war klar, dass es hier in der Gegend ein Weingut Goldmann gegeben haben musste, das nun spurlos verschwunden war. Und keiner wollte darüber reden.

Wenn man eins und eins zusammenzählte, kam man unweigerlich auf zwei. Auf drei nur dann, wenn man sich selbst und andere schamlos belog. Aber ihre eigene Familie? Der Gedanke ließ die Charlotte erschauern.

»Was weißt du über deine Urgroßeltern?«, fragte der Noah.

»Nicht viel«, musste die Charlotte zugeben. »Waren alle schon tot, bevor ich geboren wurde. Es ist auch nie viel über sie geredet worden. Die Reaktionen waren meistens so wie gerade eben. Als Kind ist einem das natürlich nicht so aufgefallen.«

»Ich glaube, die Frau Professor Weber hat da in ein Wespennest gestochen«, meinte der Noah leise.

»Ja, und wohl mit voller Absicht. Und zu Recht, auch wenn die Wahrheit für uns hart sein könnte.«

Plötzlich kam die Omama wieder in die Küche gestürmt.

»Der alte Zaitler ist tot? Wieso hat mir das keiner gesagt?«, schrie sie, von Müdigkeit keine Spur mehr.

»Woher weißt du das denn?«, fragte die Charlotte erstaunt. Der Leo hatte ihr versichert, dass diese Nachricht noch nicht an die Öffentlichkeit weitergegeben werden sollte.

»Von der Trude natürlich«, antwortete die Omama.

Alles klar, das Dorftratschweib hatte wieder mal von etwas Wind bekommen und nichts Besseres zu tun gehabt, als ihre Busenfreundin sofort darüber zu informieren. Immerhin war das mit dem Robert noch nicht …

Doch ihre Gedanken wurden von der Omama unterbrochen: »Und was ist überhaupt mit dem Robert los? Hat man den schon gefunden?«

Tja, was nun? Natürlich nur eines: lügen, lügen, lügen.

»Nein, Omama, den hat man noch nicht gefunden. Woher weißt du überhaupt, dass der abgängig ist? Hat dir das auch die Trude erzählt?«

»Pffft!«, schnaufte die Omama, machte auf dem Absatz kehrt und stürmte wieder hinaus. Jaja, die Omama und die Flora waren sich schon sehr, sehr ähnlich. Die zwei konnten ihre Blutsbande wirklich nicht verleugnen.

Lächelnd blickte ihr die Charlotte nach. »So, ich geh jetzt den Papa suchen. Ich muss ihm noch vom Besuch des Baumeisters erzählen. Mal schauen, was er dazu sagt.«

Der Papa sagte nicht viel dazu, außer: »Wenn du meinst.« Er hatte mittlerweile gelernt, dass es eh auf der sinnlosen Seite angesiedelt war, sich gegen seine ältere Tochter zu stellen, sobald die sich etwas in den Kopf gesetzt hatte. Allerdings hatte die Charlotte mit ihren Ideen bislang auch noch nie danebengelegen. Eine Erfolgssträhne, die früher oder später reißen musste, aber – und das musste der Herr Papa neidlos eingestehen – in ihrem ersten Jahr als Co-Chefin des Weinbaubetriebs Nöhrer hatte die Charlotte schon einiges auf die Beine gestellt. Oft erst gegen seinen Willen, am Ende aber immer mit Erfolg und zum Vorteil der Firma.

Die Kosten für die Weinkellersanierung waren außerdem dank des durch Schnaps gestärkten Verhandlungsgeschicks der Omama auch im überschaubaren Bereich geblieben. Für so ein Projekt halt, billig war es noch immer nicht. Aber der Herr Papa konnte sich schon vorstellen, dass so ein restaurierter Weinkeller durchaus den einen oder anderen Besucher anlocken könnte. Und wenn er ganz ehrlich war, störte es ihn auch schon seit Jahren, dass der alte Weinkeller so heruntergekommen war. Da hatte es wohl junges Blut gebraucht, um die Sanierung auch wirklich in Angriff zu nehmen.

Dem Herrn Papa war es auch sehr recht, wenn die Arbeiten so schnell wie möglich begannen. Im Frühjahr, wenn man wieder den Betrieb im Freien aufnehmen konnte, sollte alles fertig sein. Jetzt im Herbst und Winter würden die Baumaschinen im und hinter dem Hof nicht sonderlich stören. Trotzdem bestand er darauf, vor der Vertragsunterzeichnung selbst noch einmal mit dem Baumeister zu sprechen.

7

»Ja, geht's dir noch gut?«, entfuhr es der Charlotte, als die Andrea am frühen Abend heimkam. Sie war in Begleitung, genauer gesagt, in vierbeiniger Begleitung. »Was machst du denn mit einem Hund?«

»Ach, das ist doch nur die Jackie. Sie gehört meinem Chef, und ich darf ein paar Tage auf sie aufpassen. Und«, dabei drehte sich die Andrea dramatisch um die eigene Achse und musterte das Weingut, »außerdem dachte ich, dass das hier sowieso ein Heim für Streuner ist.«

Die Charlotte überhörte die Anspielung. »Ich frage dich noch einmal: Was soll der Hund hier?«

Die Andrea drehte eine ihrer blonden Strähnen um den Zeigefinger und schmiegte sich an ihre Freundin. Hund Jackie – das Fell des Golden Retrievers glänzte fast wie die Haare von der Andrea – schob sich zwischen die beiden. Die Andrea hauchte der Charlotte ins Ohr: »Ich hatte zwei Möglichkeiten: Entweder ich nehme den Hund bis zum Wochenende, oder ich besorg es dem Dr. Mühlberger im Doggystyle.«

»Du ... was ...?« Die Charlotte musste nach Luft schnappen.

»Ach geh, ich hab doch eh den Hund genommen«, sagte die Andrea lachend.

»Ja, aber ... trotzdem ... das ist ja ...«

Die Andrea küsste ihre Freundin sanft auf die Lippen. »Lass dich ein wenig aufziehen, Schätzchen. Der Dr. Mühlberger ist doch schon über siebzig und viel zu alt. Ich habe ihm halt einen Gefallen getan. Kann für mein Pflichtpraktikum nicht schaden. Normalerweise passt eh sein Sohn auf die Jackie auf, aber der liegt mit einem gebrochenen Bein im Spital. Und der Dr. Mühlberger musste zu einer Verhandlung nach Frankfurt. Ging halt nicht anders. Und überleg doch mal«, schloss die Andrea, »wir könnten ein paar wild-romantische Spätherbstspaziergänge durch die Weinberge machen. Die Jackie braucht viel Auslauf.«

»Und was ist mit Puschkin und Frambi? Hast du vergessen, dass wir zwei Haus- und Hofkatzen haben, die ihr Revier ziemlich unsanft verteidigen werden?« In Charlottes Stimme war zu hören, dass sie ihren Widerstand bereits aufgegeben hatte.

»Die beiden Felltiger haben den ganzen Hof, das Haus und die Umgebung. Für ein paar Tage werden sich die Viecher schon aus dem Weg gehen können. Vielleicht verstehen sie sich ja sogar.«

»Ein Hund!«, hallte es auf einmal durch den Hof. Es war die Stimme vom Noah, dem anderen »Streuner« am Nöhrer-Hof. Der ehemalige Punk/Goth/Junkie/Stricher lief durch den Innenhof, kniete sich zur Jackie nieder und drückte das gutmütige Tier fest an sich. Die Charlotte und die Andrea sahen sich überrascht an.

»Ich wollte immer schon einen Hund haben. Hab mich aber nie getraut. Ich wusste ja früher nicht, wie ich in meiner Lage für ein Tier hätte sorgen sollen.«

»Dafür sieht man aber jede Menge von diesen ... Obdachlosen immer wieder mit Hunden herumrennen«, stellte die Charlotte fest.

Der Noah nickte. »Ja, stimmt. Aber diese Tiere tun mir leid. Ich wollte einen Hund nicht ausnützen. Denn das ist ja genau das, was die meisten anderen machen: ein bisschen Mitleid schinden, um Geld zu schnorren.«

»Magst du mit ihm Gassi gehen?«, fragte die Andrea und hielt dem Noah die Leine hin.

»Ja, gerne. Wie heißt er eigentlich?«

»Er ist eine Sie«, die Andrea kicherte, »und sie heißt Jackie.«

Ganz verliebt sah Noah die Hündin an. »Bleibt sie hier bei uns?« In seiner Frage schwang Hoffnung und Sehnsucht mit.

»Tut mir leid, Noah, nur bis zum Wochenende. Ist der Hund von meinem Chef. Ich passe nur auf sie auf. Am Montag muss sie wieder heim.«

»Okay«, seufzte der Bursche enttäuscht. Im nächsten Moment hellte sich seine Miene aber sofort wieder auf. »Immerhin besser als gar nichts«, meinte er und lief mit dem Hund an der Leine zum Hoftor hinaus.

Wie auf Kommando kamen nun die zuvor angesprochenen Haus- und Hofkatzen daher. Ganz so, als hätten sie nur darauf gewartet, dass sich der ungebetene Gast endlich wieder aus dem Staub machte. Die Katzen schmiegten sich extra anlassig an die Beine der Charlotte und der Andrea.

»Machen sie sonst nie«, stellte die Andrea trocken fest.

»Das sind Katzen, die haben den Teufel in sich«, bekräftigte die Charlotte. Hand in Hand gingen die beiden in ihren Wohntrakt.

»Was sind denn das für Akten, die du da mit heimgebracht hast?«, wollte die Charlotte wissen.

»Nachdem der Dr. Mühlberger in Frankfurt ist, kann beziehungsweise darf ich alleine noch nicht so viel machen. Das sind Akten für einen Fall, der in ein paar Wochen verhandelt wird. Die soll ich in Ruhe durchgehen.«

»Heißt das …?«

»Yep, ich mache den Rest der Woche Homeoffice!«

Die Charlotte fasste die Hand ihrer Freundin noch fester, stieß die Tür zu ihrem Wohnbereich mit der Fußspitze auf und die Andrea aufs Bett.

»Ich wollte es mit dir immer schon mal im Büro machen«, schmachtete sie die Blondine auf dem Bett an. Die antwortete mit einer einladenden Bewegung ihres Zeigefingers.

Der nächste Morgen war grau im und um das Wiener Becken. Nur die Spitzen der Perchtoldsdorfer Weinberge und des Wienerwalds ragten aus der dichten Nebelsuppe, die Temperaturen lagen – wie angekündigt – im tiefen einstelligen Bereich. Die Flora und der Noah waren schon längst in der Schule, als die Charlotte und die Andrea sich in der Küche ein Frühstück machten. Mehrere Tageszeitungen verteilten sich auf dem großen Küchentisch, der locker zehn Leuten Platz bot. Es reichte ein Blick, um zu sehen, dass nicht nur die Tratsch-Trude Wind vom Tod des alten Zaitler bekommen hatte. Was die Charlotte jedoch verwunderte, war, dass die Zeitungen auch schon vom Tod des jungen Zaitler wussten. Dementsprechend reißerisch waren dann auch die Schlagzeilen der einschlägig bekannten und ebenso kleinformatigen wie kleinkarierten Boulevardblätter ausgefallen.

»Winzerfamilie in Wiener Nobelvorort ausgelöscht«, hieß es da beispielsweise. Sehr schön auch die Headline des etwas größeren Kleinformats: »Familien-Horror im Winzer-Milieu«. Und eine Gratiszeitung (von der die Charlotte sich tagtäglich fragte, wie sie sich auf ihren Hof verirren konnte, wo sie doch in erster Linie in U-Bahn-Stationen ausgelegt wurde) meinte gar: »Wein & Mord: Islamisten-Rache an Weinhauern?« Weil, eh klar, heutzutage konnte man ja den Flüchtlingen von Haus aus alles in die Schuhe schieben. Da war man in den heimischen Medien nicht besonders zimperlich.

Die Charlotte nahm ihr Handy und rief den Leo an.

»Ah, auf deinen Anruf hab ich schon gewartet«, meldete sich ihr Cousin fröhlich.

»Wieso hast du mir nicht gesagt, dass ihr die Informationen an die Presse weitergebt?«

»Liebstes Cousinchen, du bist nicht, ich wiederhole, *nicht* meine Vorgesetzte. Ich bin dir also überhaupt keine Rechenschaft schuldig. Und zweitens: Nachdem es die Trude herausgefunden hatte, wusste es sowieso schon der ganze Ort. Also haben wir sicherheitshalber eine Presseaussendung gemacht, in der wir das Ganze offensiv angegangen sind. Hast du die Berichte schon gelesen?«

»Nö«, musste die Charlotte gestehen. Sie hatte nur die Schlagzeilen überflogen, das hatte ihr gereicht.

»Das würde ich an deiner Stelle machen. Sind alles bloße Spekulationen der Medien. Wir haben nur das Notwendigste rausgegeben.«

»Woher wusste die Trude überhaupt, dass der alte Zaitler tot ist?«

Gut hörbar seufzte der Leo ins Handy. »Sie war im Spital in Mödling, um den alten Zaitler zu besuchen. Sie hatte den Unfall beim Hiataeinzug ja miterlebt. Und dort hat sich einer der Pfleger verplappert und ihr gesagt, dass er noch beim Transport gestorben ist. So ein Idiot, der hätte ihr eigentlich gar nichts sagen dürfen, sie ist ja keine Verwandte.«

»Und die Sache mit dem Robert?«

»Da hat einer von der Pathologie den Schlapfen nicht halten können. Irgendein Student, der dort ein Praktikum macht. Hat es auf Facebook gepostet. Gut, beim Robert konnte man natürlich nicht viel verheimlichen. Aber immerhin weiß ja keiner, wo und unter welchen Umständen er gefunden wurde. Wir haben nur rausgegeben, dass er erschlagen wurde. Du brauchst dir also keine Sorgen machen, dass dir die Presse jetzt die Bude einrennt.«

Tja, das war vielleicht ein bisschen voreilig vom Leo, denn als die Charlotte und die Andrea mit der Jackie am Vormittag ihren angekündigten Spaziergang durch die Weinberge machen wollten, warteten vor dem Weingut bereits gut ein Dutzend Reporter aus Wien und von den Lokalredaktionen aller großen Blätter. Die Charlotte hatte kaum die Tür geöffnet und einen Schritt hinaus gemacht, als sie auch schon von einem Blitzlichtgewitter überrascht wurde. Reflexartig hielt sie sich einen Arm vors Gesicht, was auf den Fotos später wie ein Schuldeingeständnis aussah. Und natürlich verwendeten die Zeitungen am nächsten Tag genau dieses Foto für ihre Aufmacher.

»Frau Nöhrer, was sagen Sie zum Tod Ihres Erzfeindes?«

»Frau Nöhrer, werden Sie ein Angebot für das Weingut der Familie Zaitler abgeben?«

»Frau Nöhrer, wie lange hatten Sie schon ein Verhältnis mit Robert Zaitler?«

»Frau Nöhrer, Frau Nöhrer, Frau Nöhrer …?«

Dutzende Fragen prasselten auf sie ein, ehe die Andrea

wieder die Tür zuziehen konnte und den Mob draußen stehen ließ.

»Was bitte war das?«, fragte die Charlotte verstört.

»Na ja, dein Streit mit dem alten Zaitler war ja ortsbekannt. Und weil der Leo ja kaum brauchbare Hintergrundinformationen herausgegeben hat, machen sich die Pressefritzen jetzt selbst auf die Suche nach dem Schuldigen. Oder besser: der Schuldigen. Liegt ja auf der Hand, wenn wir zwei tote Männer haben.«

»Weil sich irgendeine Frau gerade um diese beiden Mannsbilder was scheren würde.«

»Na ja«, sagte die Andrea, »die Marianne bis zu einem gewissen Grad schon.«

»Stimmt auch wieder.«

Sie gingen zum hinteren Tor. Die Charlotte öffnete es einen Spalt und sah, dass es die Pressemeute noch nicht bis hierher geschafft hatte. Alle waren vor dem vorderen Tor versammelt und wussten wahrscheinlich gar nicht, dass es auf der gegenüberliegenden Seite auch noch einen Ausgang gab. Na, da würde sich der Herr Papa freuen, wenn er den Hof verlassen wollte. So wie sie ihren Vater kannte, würde der seinen Spaß mit der Pressemeute haben. Ob das umgekehrt auch galt, da war sich die Charlotte nicht so sicher.

Die beiden schlüpften mit ihrem geborgten Golden Retriever zum Tor hinaus. Augenblicke später waren sie vom Nebel verschluckt. Und nicht nur sie, der Nebel schluckte auch jedes Geräusch. Es war ein wenig wie in einer weiß gestrichenen Geisterbahn. Zum Glück kannte die Charlotte die Gegend wie ihre Westentasche und führte die Andrea durch die Reihen von Reben den Weinberg hinauf. Die Jackie folgte mit ein paar Schritten Abstand. Für den Hund war das alles Neuland, aufgeregt beschnupperte er jeden Weinstock. Einmal machte er einen erschrockenen Sprung in die Höhe, als ein Feldhase furchtlos seinen Weg kreuzte. Spätestens da merkte man, dass die Jackie ein echter Stadthund war. Sie kannte vielleicht Eichhörnchen und Tauben, mehr aber auch nicht. Nach zwanzig Minuten begann sich der Nebel zu lichten. Am Himmel kämpfte sich die Spätherbstsonne durch die Wolkendecke. Ihren Atem konnten sie aber nach wie vor sehen. Die Zehn-Grad-Marke würden sie heute auf keinen Fall brechen.

Ohne großartig darüber nachzudenken, hatten sie ihre Füße von der Hagenau über die Lindberg-Riede nach Norden zum Sonnberg-Viertel geführt. Auf ihrem Weg hatten sie nur wenige Straßen überquert, und selbst die waren nur schmale Güterwege gewesen. Hier oben, hoch über der Ortschaft, war man tatsächlich noch mitten in der Natur. Und der Ausblick war unbezahlbar. Über unzählige Reihen von Weinreben hinweg eröffnete sich der Blick auf das Wiener Becken und die Großstadt, die im Nordosten an Perchtoldsdorf angrenzte. Weitab von jedem Verkehrslärm lag über den Weinbergen eine fast schon unheimliche Ruhe. Nachdem sich der Nebel aufgelöst und die Luft reingewaschen hatte, war die Atmosphäre glasklar, und der Blick reichte kilometerweit. Nur das aufgeregte Hecheln der Jackie störte die Stille. Der Hund hatte einen Overkill an neuen Eindrücken zu verarbeiten und wusste nicht, wohin mit seiner Neugierde. Wenn er nicht gerade in der Erde herumbuddelte, schnappte er nach den nur noch spärlich vorhandenen Insekten.

»Apportiert die Jackie?«, wollte die Charlotte wissen. Die Andrea zuckte mit den Schultern.

Im Vorbeigehen brach die Charlotte einen dürren Ast von einer Weinrebe ab.

»Na hallo, da wird sich der Besitzer aber freuen«, stellte die Andrea sarkastisch fest.

»Mir egal, das ist einer der Weingärten vom alten Zaitler. Die Marianne wird's verkraften. Wenn es sie überhaupt noch interessiert. Soweit ich weiß, hat sie keine Ahnung vom Weinbau. Sie hat sich im Betrieb um die Küche gekümmert. Da hatten die Reporter vorhin schon recht, die Weinberge vom alten Zaitler werden früher oder später unter den Hammer kommen. Auch kein schlechtes Geschäft für die Marianne.«

»Hättest du Interesse an den Rieden vom Zaitler?«

»Nicht an allen. Aber diese hier wäre schon nicht schlecht. Wir müssen expandieren, vor allem, wenn das Geschäft mit dem Signore Bianchi weiter so gut läuft. Das hat der Papa schon gut gemacht, dass er uns einen riesigen Markt in Italien geöffnet hat. Für ein paar unserer Veltliner-Sorten haben wir inzwischen auch schon Anfragen von anderen italienischen Großhändlern. Ein Grüner Veltliner ist für die ein bisschen eine Kuriosität. Aber eine, die langsam Fuß fasst. Und wenn wir zu den Ersten gehören …«

»Und die anderen Rieden?«

»Die in der Oberen Sossen ist nichts für uns. Da hat der Zaitler komplett andere Sorten angebaut als wir. Ich möchte unser Portfolio nicht unnötig vergrößern. Lieber das, was wir gut können, in größerer Menge machen. Ist meiner Meinung nach sinnvoller. Am Goldbiegl und in den Brunnerbergen hat er noch Rieden, die würden auch gut zu uns passen. Ist aber auch eine Frage des Geldes. Sollte es wirklich so weit kommen, wäre ich schon froh, wenn wir für eine von den Rieden den Zuschlag bekommen. Mal schauen, das wird sicher noch alles im Weinbauverband diskutiert werden.«

»Absprachen?«

»Ja klar!« Die Charlotte lachte so laut, dass es die Jackie vor Schreck riss. »Das ist bei uns ein bisschen wie bei der Mafia. Da wird ganz genau abgesprochen, was wer wo machen darf. Mit den Jungen wird es jetzt eh langsam besser, aber es sind noch immer viele Alte dabei. Und ich muss nicht jedes Mal mit dem Schädel durch die Wand. Manchmal ist es einfach besser, wenn man den altbekannten Weg einschlägt. Außerdem habe ich ja einen Vorteil.«

»Weil dich der alte Zaitler im Sommer so sekkiert hat?«

»Genau. Das hat den anderen Weinbauern überhaupt nicht geschmeckt. Da können sie noch so konservativ sein, aber ich denke, dass man mir eine der Rieden als Wiedergutmachung zukommen lassen wird. Am liebsten diese hier. Sie grenzt so schön an unsere Rieden an, das spart Wege und Ressourcen. Die beiden anderen Rieden sind ganz im Süden, an der Grenze zu Brunn, dort haben wir bislang gar nichts.« Damit warf sie den abgerissenen Ast. Die Jackie schlug sofort an, galoppierte durch die Weinreben und kam ein paar Sekunden später mit dem Stöckchen wieder zurück.

So bewegten sich die drei weiter nach Norden. Nach ein paar Minuten verlor die Jackie aber den Spaß am Apportieren und machte sich stattdessen auf die Jagd nach diversem Kleinvieh (das natürlich viel zu erfahren und geschickt war, um sich von dem tollpatschigen Großstadthund fangen zu lassen). Inzwischen hatten sie das Sonnberg-Viertel erreicht. Hier gingen die Weinberge langsam in die Perchtoldsdorfer Heide, eine in Europa fast einzigartige Steppen- und Naturlandschaft, über. Unter anderem durften sich hier die geschützten Ziesel – so etwas wie Murmeltiere, nur kleiner – ungehemmt vermehren. Naturgemäß blieben die Ziesel aber nicht nur auf der Heide, sondern hatten sich mittlerweile auch auf die Umgebung ausgebreitet. Einen solchen Zieselbau hatte die Jackie nun entdeckt – noch mitten in den Weingärten vom verblichenen Zaitler.

»Wir sollten den Hund jetzt anleinen«, schlug die Charlotte vor. »Es wird nicht gern gesehen, wenn man die Ziesel stört.« Die Andrea nickte und pfiff nach dem Hund, was die Jackie aber kaltließ. Ihr Jagdtrieb war geweckt. Sie buddelte wie wild weiter, links und rechts flog die Erde auf, der Kopf der Jackie war bereits komplett im Zieselbau verschwunden. Die beiden sahen sich um, und weil weit und breit kein Spaziergänger oder Wanderer zu sehen war, ließen sie den Hund gewähren. Sollte er doch auch einmal seine Freude haben. Die währte aber nicht allzu lange, denn nach fünf Minuten war er plötzlich verschwunden. Die Charlotte und die Andrea traten vorsichtig an den Rand des Lochs, das sich unter der Jackie plötzlich aufgetan und sie verschluckt hatte, und schauten hinunter.

»Schaut so aus, als müsste sich die Flora nicht mehr auf die Suche nach dem geheimnisvollen Tunnelsystem machen«, stellte die Andrea staubtrocken fest. Drei Meter unter ihnen saß die Jackie, beutelte sich die Erde aus dem goldblonden Fell und jaulte ihr temporäres Frauchen hoch über sich vorwurfsvoll an.

»Wollen wir?«, fragte die Charlotte mit einer einladenden Handbewegung.

»Du willst da runter?«

»Warum nicht? Mal schauen, wie weit wir kommen.«

»Und wie kommen wir wieder raus?«

»Irgendwo muss es ja einen Ausgang geben. Ansonsten lassen wir uns vom Leo abholen.«

»Na, der wird eine Freude haben.«

»Ganz sicher!« Damit tippte die Charlotte eine kurze Nachricht in ihr Handy und schickte die Message an ihren Cousin. Sie hatte ihm genau beschrieben, wo sie den Eingang in das Tunnelsystem gefunden hatten.

»Hältst du das für eine gute Idee?«, fragte die Andrea nochmals zweifelnd, während sich die Charlotte schon vorsichtig an den Rand des Lochs gesetzt hatte.

»Nein, aber wenn wir schon mal hier sind …«

»Der Leo wird dich dafür hassen.«

»Eben. Das macht es schon wieder zu einer guten Idee«, schmunzelte die Charlotte und glitt hinunter ins Loch. Der Andrea blieb nichts anderes übrig, als ihrer Freundin zu folgen.

Außer dem Licht, das durch das Loch über ihnen eindrang, war es hier unten stockfinster. »Gegenüber der Freundin von der Omama haben wir einen Vorteil«, sagte die Charlotte. Im nächsten Moment erleuchtete ein Taschenlampenstrahl aus ihrem Handy die Umgebung.

»Wie voll ist dein Akku?«, fragte die Andrea.

»Achtzig Prozent. Das reicht. Außerdem hast du deines auch dabei.«

Bei der Jackie war es inzwischen vorbei mit dem Jagd- und Entdeckertrieb. Ängstlich lehnte sie sich an die Beine der Andrea, was die zierliche Blondine beinahe umwarf. »Kscht!«, scheuchte die Andrea das schwere Tier weg. Die Jackie entfernte sich ein paar Zentimeter, blieb aber, den Schwanz zwischen den Beinen, immer auf Tuchfühlung mit der Andrea.

»Schöner Wachhund, den du da mitgebracht hast«, seufzte die Charlotte, während sie sich den Tunnel ansah. Sie schätzte, dass die Decke an dieser Stelle etwa einen Meter dick war. Über ihnen hatten sich die Wurzeln der Weinstöcke durch die Erde gebohrt und hingen nun wie Lianen im Dschungel zentimeterlang von der Decke. Es roch feucht und modrig, war aber deutlich wärmer als an der Oberfläche. Wer auch immer den Tunnel gegraben hatte, hatte sich nicht lange mit der Innendekoration aufgehalten. Der Boden war festgetretene Erde, und links und rechts bestanden die Wände ebenfalls aus Erde. Die Tunneldecke wurde von dicken Holzbalken gestützt. Keine Spur von elektrischen Leitungen. Lediglich alle paar Dutzend Meter eine alte verrostete Vorrichtung, in der man Kerzen oder Fackeln festmachen konnte.

»Wer hat das hier gegraben?«, fragte die Andrea laut.

»Keine Ahnung«, erwiderte die Charlotte. »So wie es aussieht, sicher nicht die Nazis. Das muss älter sein. Welche Richtung nehmen wir?«

»Egal. Okay, gehen wir nach rechts.« Dieser Weg entpuppte sich nach hundert Metern allerdings als Sackgasse. Hier war der Tunnel eingestürzt. Vielleicht durch eine Fliegerbombe im Weltkrieg, vielleicht auch einfach nur durch das Alter und die fehlende Instandhaltung. Oder die Ziesel hatten das Erdreich zu stark umgegraben und so für den Tunneleinsturz gesorgt.

Sie machten kehrt und passierten das Loch, wo die Jackie durch die Erde gestürzt war.

»Wir gehen jetzt unterirdisch wieder Richtung Weingut«, merkte die Charlotte an, um der Andrea ein Gefühl zu geben, wohin sie sich bewegten. Ein leichter Luftzug, kaum spürbar, zog ihnen ins Gesicht. Die Charlotte wertete das als gutes Zeichen. Wo ein Luftzug, da auch ein Ausgang – irgendwo. Sie blickte auf ihr Handy. Natürlich kein Empfang. Sie wusste also nicht, ob der Leo auf ihre Nachricht geantwortet hatte.

Sie waren vielleicht zweihundert Meter weit gekommen, als die Jackie plötzlich laut zu bellen begann. Das Gebell hallte in dem unterirdischen Gang laut und immer lauter wider. Der Hund hörte erst auf, als die Andrea energisch zischte. Der Retriever rührte sich aber nicht von der Stelle, sein Fell war gesträubt, er fletschte die Zähne und knurrte. Erschrocken leuchtete die Charlotte den Tunnel vor ihnen ab. Sie hatte nichts gehört, aber das musste nichts bedeuten. Die Andrea zückte ebenfalls ihr Handy und half ihrer Freundin, das Dunkel mit einem weiteren Taschenlampenstrahl auszuleuchten. Aber da war nichts. Oder doch? Ja, etwa zehn Meter entfernt funkelte etwas im Lichtstrahl. Zwei kleine Augen, nur wenige Zentimeter über dem Boden. Es raschelte und wuselte, und schließlich stellte sich heraus, dass es eine Ratte war. Allerdings eine ziemlich große. So ein Riesenvieh hatte die Charlotte überhaupt noch nie gesehen. Kein Wunder, dass die Jackie so wild angeschlagen hatte. Auch der Stadthund hatte so ein Tier ja noch nie gesehen oder erschnuppert. Die Ratte blieb ein paar Momente wie angewurzelt stehen. Anscheinend überlegte sie, ob sie die Eindringlinge in ihr unterirdisches Reich attackieren oder doch lieber den geordneten Rückzug antreten sollte. Am Ende gewann der Selbsterhaltungstrieb, und die Ratte wuselte zurück ins Dunkle. Die Jackie entspannte sich, die Andrea schaltete ihre Handytaschenlampe ab, und es konnte weitergehen.

»Was ist das?«, fragte die Andrea fünf ereignislose Minuten später. Sie hatte an der rechten Tunnelwand im Schein der Taschenlampe etwas entdeckt, eine notdürftig zusammengeflickte Tür aus Holzbrettern. Sie näherten sich vorsichtig, zwischen ihnen die Jackie. Als sie die Tür erreicht hatten, sahen sie, dass hier die Erde in eine Betonwand überging. Nachdem die Jackie kein Anzeichen von Unruhe erkennen ließ, entschloss sich die Andrea, es zu wagen.

Die Tür hatte auf dieser Seite keinen Knauf. Also schob sie ihre Finger in den Spalt zwischen den zusammengenagelten

Holzbrettern und der Wand und zog die Tür auf. Dahinter war wieder nur Finsternis. Die Charlotte richtete den Strahl ihrer Handytaschenlampe ins Innere der neuen Tunnelabzweigung. Die sich jedoch bei genauerer Betrachtung gar nicht als solche entpuppte. Sie hatten nämlich keinen weiteren Tunnel, sondern einen alten Bunker entdeckt.

8

»Bist du narrisch?«, hauchte die Andrea leise, ganz so, als ob sie hier unten jemand hören könnte. »Über was sind wir denn hier gestolpert?«

»Schauen wir doch nach«, meinte die Charlotte. Sie stieß die Tür ganz auf und betrat den Bunker. Hinter ihr folgte die Jackie, dann die Andrea. Der Bunker war dermaßen groß, dass sie mit ihrer Handytaschenlampe gar nicht bis ans andere Ende leuchten konnte. Staunend ging die Charlotte voran und lag im nächsten Moment auch schon am Boden. »Verdammt!«, fluchte sie und hielt sich das schmerzende Knie. Ihr Handy hatte sie auch verloren. Es lag ein paar Meter entfernt auf dem Betonboden. Immerhin leuchtete es noch.

»Lass sehen«, sagte die Andrea, während sie ihr eigenes Handy hervorholte. Sie leuchtete auf das Knie der Charlotte. Deren Jeans waren zerrissen, das Knie aufgeschnitten. Die Andrea leuchtete die unmittelbare Umgebung ab. Jetzt konnten sie sehen, dass die Charlotte über achtlos liegen gelassenes Werkzeug gestolpert war. Bei ihrem Sturz schien sie sich das Knie an einer alten Spitzhacke aufgeschnitten zu haben.

»Zum Glück bin ich gegen Tetanus geimpft. Glaube ich wenigstens …«, sagte sie.

»Da hat sich jemand an der Wand zu schaffen gemacht«, stellte die Andrea fest und leuchtete den Durchbruch an. »Ich bin zwar keine Expertin in Sachen Architektur, aber das schaut schon sehr amateurhaft aus.«

»Ja«, stimmte die Charlotte zu. »Das war in den ursprünglichen Bauplänen sicher nicht so vorgesehen.«

Sie ließ sich von der Andrea aufhelfen, schnappte sich ihr Handy und musste feststellen, dass bei dem Sturz das Display gebrochen war. Dutzende kleine Risse zogen sich quer über den Bildschirm, als hätte eine digitale Spinne ihr Netz gesponnen.

»Shit!«, fluchte sie. Immerhin war die Taschenlampenfunktion durch den Sturz nicht eingeschränkt, und so drangen sie weiter ins Innere des Bunkers vor. Der Bau wollte kein Ende nehmen. Dank der mickrigen Handytaschenlampen kamen sie auch nur im Schneckentempo voran. Da verlor man schon gerne mal das Gefühl für Zeit und Entfernung.

Je weiter sie kamen, umso mehr nahmen die Anzeichen zu, dass es sich hier nicht um einen privaten Luftschutzbunker handelte. Dafür war er einfach zu groß. Links und rechts stapelten sich jetzt Kisten. Dazwischen gab es Regale mit Konservendosen und Wasserkanistern, und auch das eine oder andere Stock- und Feldbett war zu sehen.

»Ein Nazi-Bunker«, meinte die Charlotte schließlich. Sie hatte eine der Kisten an der Wand angeleuchtet und das unvermeidliche Hakenkreuz erkannt.

»Die Flora wird dich hassen«, erwiderte die Andrea. »Das war doch eigentlich ihre Schatzsuche.«

Die Charlotte zuckte nur mit den Schultern und ging weiter. Was konnte sie dafür, wenn die Jackie einen auf Indiana Jones machte?

Sie passierten ein Hakenkreuz-Mosaik, das in den Boden eingelassen war, und endlich schien ein Ende des Bunkers absehbar zu sein. Vor sich meinte die Charlotte etwas metallisch Glänzendes erkannt zu haben. Sie strahlte die Stelle nochmals mit ihrer Taschenlampe an, und nun erkannte sie tatsächlich eine Metalltreppe. Sie schritten schneller voran, doch dann schlug die Jackie ohne Vorwarnung wieder an.

»Doofes Vieh«, meinte die Charlotte, allerdings nicht so lieblos, wie es klang. »Brauchst doch vor einer Ratte keine Angst zu haben.« Der Hund rührte sich aber keinen Schritt weiter.

»Bleib mal bei ihr«, forderte sie die Andrea auf. »Dort vorne muss es ja wohl irgendwo einen Lichtschalter geben.« Sie hielt den Lichtstrahl weiter auf die Metalltreppe gerichtet, die sich gut sechs, sieben Meter in die Höhe schraubte und vor einer schweren Eisentür endete. Ihre Schritte wurden schneller, die absolute Dunkelheit um sie herum machte ihr nun doch zu schaffen. Prompt fiel sie zum zweiten Mal innerhalb nur weniger Minuten der Länge nach hin. »Au *fuck*!«, schrie sie, weil sie – natürlich – genau auf ihr bereits aufgeschnittenes Knie gefallen war. Der Aufschrei löste immerhin die Schockstarre der Jackie. Der Golden Retriever galoppierte zu seinem zweiten Leihfrauchen, die Andrea hechelte hinterher. Sie musste schon wieder ihr Handy zücken, denn diesen zweiten Sturz schien das Gerät von der Charlotte nicht mehr überlebt zu haben. Bevor die Andrea ihre Taschenlampe anmachte, war der Raum in totale Finsternis getaucht.

Orientierungslos fingerte die Andrea an ihrem Handy herum, und endlich gelang es ihr, die Taschenlampenfunktion wieder einzuschalten. Sie suchte mit dem Strahl die Umgebung vor sich ab, wo sie die Charlotte vermutete. Im Gegensatz zu ihrer Freundin hatte sie den Lichtstrahl tiefer ausgerichtet, sie ließ ihn über den Boden wandern. Sie folgte dem Hecheln der Jackie, und schließlich traf der Lichtstrahl tatsächlich auf eine liegende Gestalt. Aber irgendwie sah die nicht wie die Charlotte aus. Statt Jeans trug die Person ein altes Hauskleid, das mindestens aus den siebziger Jahren stammen musste. Hatte sich ausgerechnet in diesem Moment noch jemand hier unten herumgetrieben? War die Charlotte etwa mit jemandem zusammengestoßen? Ausgerechnet da herunten? Der Lichtstrahl beleuchtete die Gestalt zunächst an den Beinen und dann am Bauch. Schließlich sah die Andrea im Lichtkegel den Kopf der Frau. Im nächsten Augenblick musste sie sich übergeben. Gut, der Anblick des eingeschlagenen Schädels war nun wirklich nicht schön. Da konnte man sich schon mal seines Mageninhalts entledigen.

Inzwischen hatte sich auch die Charlotte wieder aufgerappelt. Auf allen vieren kroch sie hinüber zur Andrea. Zärtlich schob sie ihr die Haare aus dem Gesicht, nicht im mindesten angeekelt von den Resten des Erbrochenen, die sich in den blonden Haaren verfangen hatten.

»Das ist die Hertha Zaitler«, flüsterte die Charlotte. Auch ihr stand der Schock ins Gesicht geschrieben. Allerdings weniger wegen des unappetitlichen Anblicks als wegen der Toten selbst. Man war bisher immer davon ausgegangen, dass sich die Hertha vor ein paar Jahren einfach aus dem Staub gemacht oder vielleicht sogar Selbstmord begangen hatte. Was bei diesen Familienverhältnissen kein Wunder gewesen wäre. Aber Mord? Ein paar Gerüchte in der Richtung hatte es gegeben, aber wirklich daran geglaubt hatte keiner. War ja nicht so gewesen, dass die Hertha eine Menge Feinde im Ort gehabt hatte. Ganz im Gegenteil. Man hatte wegen ihres Ehemanns eher Mitleid mit ihr gehabt. Dass ihr jemand ans Leben wollte, schien eigentlich schier unvorstellbar.

Mit einem Zipfel ihrer Daunenjacke reinigte sie Mund, Kinn und Wangen ihrer Freundin. Dann nahm sie sich das Handy – ihr eigenes lag noch irgendwo im Dunkel – und ging, diesmal etwas vorsichtiger und den Blick nach unten gerichtet, zu den Metallstufen. Wer wusste schon, über was für grausige Überraschungen man hier sonst noch stolpern konnte?

»Lass mich nicht allein hier!«, wimmerte die Andrea. Die Wanderung durch die Finsternis und der Fund der Leiche hatten ihr den Rest gegeben. Sie wollte nur noch raus hier. Raus an die frische Luft. Raus aus diesem Beton- und Erdgrab.

»Einen Moment noch!«, rief die Charlotte mit beruhigender Stimme zurück. Ihre Schritte hallten auf den kalten Metallstiegen. Langsam erklomm sie die Treppe, bis sie schließlich vor der schweren Eisentür angekommen war. Der Strahl der Taschenlampe erhellte schließlich einen Lichtschalter. Sie drehte das Plastikteil, und mit einem Flackern erstrahlte der Bunker in kaltem Neonlicht. Erst jetzt konnte die Charlotte das ganze Ausmaß des Bunkers erkennen. Er zog sich gut vierzig Meter in den Weinberg hinein. Nach ihrer Schätzung waren sie noch immer auf beziehungsweise unter dem Grund vom alten Zaitler.

»Hallo? Charlotte, seid ihr hier drin?«, erklang es plötzlich vom anderen Ende des Bunkers. Die Kavallerie war eingetroffen, in Form vom Leo. Die Charlotte atmete tief durch. Auch wenn sie es nur ungern zugab, so fiel ihr in diesem Moment doch ein großer Stein vom Herzen. Selten hatte sie sich so darüber gefreut, ihren Cousin zu sehen.

»Hier herüben!«, rief sie zurück.

Im Laufschritt durchmaß der Leo den alten Nazi-Bunker, dessen Existenz in den letzten Jahrzehnten ein gut gehütetes Geheimnis geblieben war. In der Umgebung gab es zwar noch den einen oder anderen Bunker, von diesem hatte aber selbst der Leo nichts gewusst.

Als der Leo die andere Seite des Bunkers erreicht hatte, blieb er zunächst überrascht neben der Andrea stehen. Sie hatte sich inzwischen von ihrem Schock wieder etwas erholt. Das sterilgrelle Licht verlieh der ganzen Szenerie etwas Unwirkliches. Und die tote Hertha Zaitler sah in dieser Beleuchtung mehr nach einer Wachspuppe als nach einer echten Leiche aus.

»Das ist ja …«, begann der Leo entsetzt.

»… die Hertha Zaitler. Genau«, beendete die Charlotte den Satz für ihn. »Womit dieses Wochenende für die Familie Zaitler wirklich kein gutes war. Jetzt ist nur mehr die Marianne übrig.«

Der Leo überlegte kurz, dann rief er zur Charlotte hinauf: »Was ist mit der Tür dort oben neben dir? Geht die auf?« Ein gusseisernes Drehkreuz diente als Türöffner, die Charlotte stemmte sich mit aller Kraft auf einen der Stäbe. Mit einem kreischenden Ächzen begann sich das Drehkreuz zu bewegen. Nach der ersten kompletten Umdrehung ging es leichter, und die Charlotte konnte weiterdrehen, bis es auf einmal »klack« machte und das Schloss aufsprang. Mit der Schulter stemmte sie sich gegen die schwere Tür, die sich Zentimeter für Zentimeter öffnete. Ein zweites Paar Hände stemmte sich nun ebenfalls gegen die Tür, der Leo war hinaufgeeilt, um seiner Cousine zu helfen. Im Nullkommanix war die Tür offen. Die beiden standen aber noch immer nicht im Freien. Sie befanden sich in einer Art Vorraum, vielleicht fünf Meter lang und auf allen Seiten mit Beton ausgegossen. An der gegenüberliegenden Seite befand sich eine weitere Tür.

»Das muss der Ausgang sein«, meinte die Andrea hoffnungsvoll, die sich den beiden inzwischen mit der Jackie angeschlossen hatte.

Der Leo nahm den Golden Retriever jetzt zum ersten Mal richtig wahr. »Der nächste Streuner?«, fragte er mit einem Grinsen in Richtung der Charlotte.

»Ach, gehts doch alle sch…«, antwortete diese genervt.

Die zweite Tür stellte sich schließlich als unüberwindbares Hindernis heraus. Sosehr der Leo auch daran rüttelte, zog, mit dem Fuß dagegentrat – sie wollte einfach nicht aufgehen. »Da hat jemand auf der anderen Seite ein Vorhängeschloss angebracht«, meinte er schließlich resignierend.

»Und was machen wir jetzt?«, fragte die Andrea. Sie waren so knapp daran gewesen, endlich wieder an die frische Luft zu kommen. Die Andrea konnte sie durch die geschlossene Tür fast riechen. Und jetzt war doch Endstation. So nah und doch so fern.

»Lasst mich mal schauen«, sagte der Leo beruhigend und zog sein Diensthandy aus dem Gürtel. Aber natürlich – auch hier gab es keinen Empfang. Die Tür ins Freie war vermutlich aus Blei, und die Wände daneben waren aus massivem Beton. Er schüttelte den Kopf. »Dann eben den Weg zurück, den wir gekommen sind.«

Im Gänsemarsch gingen sie die Stufen hinunter in den Bunker, durchschritten ihn und fanden sich in dem dunklen Erdtunnel wieder.

»Was ist mit der Leiche von der Hertha?«, wollte die Charlotte wissen.

»Die liegt schon so lange da herum, die wird uns jetzt auch nicht davonlaufen«, antwortete der Leo. Der Polizist war gut ausgerüstet gekommen. Vor allem hatte er eine große Stabtaschenlampe mitgebracht, und so bewältigten sie den Rückweg zum Einstiegsloch innerhalb weniger Minuten. Dort wartete bereits eine Leiter auf sie. Kaum waren sie dem Erdloch entstiegen – der Leo hatte sich mit der Jackie auf dem Rücken hinaufgehantelt, was die Andrea natürlich mit ihrem Handy festhielt und was ihr ein grummeliges »Wenn du das online stellst, bist du für mich gestorben!« vom Leo einbrachte –, verständigte er seine Kollegen. Eine Viertelstunde später stand der Einsatztrupp auch schon im Weinberg des verblichenen Zaitler. Der Leo schickte einige Polizisten mit genauen Anweisungen ins Erdloch, mit dem Rest seiner Leute wollte er den oberirdischen Eingang zum Bunker finden.

Die Charlotte und die Andrea folgten ihm mit der Jackie. Der Leo führte sein Team in die ungefähre Richtung, die der Tunnel unter ihnen nahm. Genau war das ohne die passende Gerätschaft natürlich nicht auszumachen, aber der Leo hatte genau aufgepasst, und ihm waren keine gröberen Links- oder Rechtsbiegungen im Tunnel aufgefallen. Der Weg unter der Erde hatte durchwegs einen leichten Linksdrall gehabt.

Aber alles, was sie inmitten der vielen Weinreben fanden, war eine alte Hiatahütte, die der Familie Zaitler gehörte.

»Schaut nicht nach einem Bunker aus«, stellte die Charlotte staubtrocken fest.

»Aber hier irgendwo muss der Eingang sein!«, erwiderte der Leo stur.

Also gingen sie ein Stück weiter, bis die Jackie auf einmal anschlug und an der Leine zerrte, die ihr die Andrea angelegt hatte. Die Andrea wurde von der plötzlichen Wucht überrascht und musste loslassen. Der Golden Retriever stürmte auf die Hütte zu und begann, wie verrückt an der Holztür zu kratzen. Die Beamten folgten dem Hund. Als die Andrea die Jackie erreichte, ließ der Hund von der Tür ab. Stattdessen hechelte das Tier glücklich, dass man ihm gefolgt war, und schmiegte sich an die Beine der Andrea.

Die Charlotte sah sich um. Die Hütte stand auf einer kleinen Erhöhung mitten im Weinberg, ihre Rückseite ging nahtlos in den Hügel über. Grundsätzlich waren solche »Hiatahütten« keine Seltenheit. Seit dem 16. Jahrhundert waren sie gang und gäbe, und bis vor wenigen Jahrzehnten hatte man sie noch ausgiebig genutzt. Früher waren sie in den Tagen und Wochen vor dem Hiataeinzug sogar durchgehend bewohnt gewesen, weil die sogenannten »Weinhüter«, die »Hiata«, hier traditionell von der Traubenreife bis zur Weinlese Quartier bezogen, um den Wein, nun, eben zu hüten, also zu bewachen. Heute dienten diese Hiatahütten nur mehr touristischen Zwecken oder wurden von der Weinhauerjugend für ihre ersten amourösen Abenteuer zweckentfremdet.

Die Hiatahütte vom alten Zaitler lag, das musste die Charlotte neidvoll eingestehen, besonders malerisch. Durch die sanfte Erhebung blickte man über die unzähligen Reihen von Weinreben direkt hinunter auf den Ort – Herzogsburg, Pfarrkirche, Wehrturm, ein Stück dahinter das potthässliche Kulturzentrum (das man sich mit viel Phantasie wie ein rein weißes Centre Pompidou für Geschmacksbefreite vorstellen musste), noch ein Stück dahinter weitere kleine Rieden und dann schon die Stadtgrenze von Wien. Ein alter Birnbaum wuchs neben der Hütte, der jetzt, im Spätherbst, kaum noch Schatten spendete. Das blattlose Gerippe des Baums sah eher düster und gespenstisch aus.

Die Hütte war verschlossen. Durch die Fenster sah man nichts, da sie weiß gekalkt waren. Der alte Zaitler, so nahm der Leo an, hatte an der Tür ein schweres Vorhängeschloss angebracht. »Aufmachen!«, forderte er einen seiner Kollegen auf. Der bullige Polizist kramte eine große Beißzange aus seiner schwarzen Werkzeugtasche und machte sich an die Arbeit.

Ein paar Sekunden später war das Schloss aufgebrochen. Der Leo drängte sich an seinem Kollegen vorbei und zog die Tür auf. »Bingo!«, rief er. Im Zwielicht der unbeleuchteten Hütte konnte die Charlotte über die Schulter ihres Cousins den Eingang zum Bunkervorraum sehen.

Der Leo stieg ein paar Holzstufen hinunter, durchquerte den kleinen Innenraum und stand dann vor der schweren Bleitür, die ihnen zuvor den Weg ins Freie verwehrt hatte. Hier fand sich das nächste Vorhängeschloss. »Der alte Zaitler wollte wirklich nicht, dass jemand den Bunker findet«, stellte der Leo fest, gab dem Kollegen mit der Werkzeugtasche ein Zeichen, wieder musste ein schweres Vorhängeschloss dran glauben und landete im Plastiksack der Spurensicherung. Irgendwo musste es ja auch die passenden Schlüssel zu diesen Schlössern geben.

Das Vorhängeschloss war aber nicht die einzige Sicherung, die Bleitür war noch durch ein normales Schloss gesichert. Dieses, ein hochmodernes Sicherheitsschloss, war vom alten Zaitler offenbar erst in den letzten Jahren angebracht worden. Das konnte den Spezialisten von der Polizei jedoch auch nur einige Minuten aufhalten. Nachdem es geknackt war, zeigte der Beamte dem Leo einen nach oben gestreckten Daumen.

Bevor sie die Tür öffneten, wurden an alle Anwesenden Latexhandschuhe verteilt. Auch die Charlotte und die Andrea bekamen jeweils ein Paar. Dem Leo war klar, dass er seine Cousine jetzt nicht loswurde. Außerdem hatte sie schließlich den Bunker gefunden. Also Augen zu und durch. Die Charlotte hatte ja genug Erfahrung, um keinen Blödsinn anzustellen.

Der Leo zog die Tür auf, und vor ihnen war der kleine Vorraum, durch den man in den Bunker gelangte. Die eigentliche Bunkertür stand noch immer offen, aus dem Inneren des Baus war bereits das emsige Hantieren der Spurensicherer und der anderen Beamten zu hören. Als sie die Metallstufen in den Bunker hinunterstiegen, herrschte vor ihnen eine Geschäftigkeit wie in einem Ameisenhaufen. Gut ein Dutzend Spurensicherer in weißen Schutzanzügen wuselten in erster Linie um die Leiche der Hertha Zaitler herum. Uniformierte Beamte waren damit beschäftigt, den Rest des Bunkers genauer unter die Lupe zu nehmen.

»Hallo, Chef!«, wurde der Leo von einem seiner Kollegen am Bunkerboden empfangen. »Wir haben schon Verstärkung aus dem Innenministerium angefordert. Abgesehen von der Toten ist das hier alles nämlich ein wenig zu groß für uns.«

»Ist in Ordnung, Horvath«, sagte der Leo. »Ich hätte trotzdem gerne, dass ihr euch alles anschaut, bevor die Wiener hier einfallen. Wer weiß, wofür wir das später mal brauchen können.«

»Alles klar. Hätten wir sowieso gemacht.«

»Dann schauen wir mal!« Der Leo schnaufte, krempelte seine Ärmel hoch und kniete sich neben die tote Hertha Zaitler. Der Anblick war wirklich nicht schön: Am Hinterkopf klaffte eine riesige Wunde, aus der nicht nur Blut, sondern auch Teile des Gehirns herausgequollen waren. Die graue Hirnmasse war völlig ausgetrocknet und zusammengeschrumpelt. Ein Auge war noch geöffnet und stierte ausdruckslos zur Decke. Das andere Auge fehlte. Eine Ratte oder anderes Getier hatte sich darüber hergemacht. Auch die Lippe war angeknabbert. Neben ihrem Kopf lag eine zerbrochene grüne Weinflasche. Vorsichtig drehte der Leo die Flasche, bis das Etikett zu sehen war. Viel konnte man allerdings nicht mehr erkennen. Das Etikett hatte genau in der Blutlache gelegen. Mit viel Mühe konnte man noch den Schriftzug »Weingut Goldmann« entziffern. Ein paar Schritte weiter lag eine zweite zerschlagene Flasche, ebenfalls in einer getrockneten Blutlache. An dieser Stelle war das Blut jedoch noch nicht so verblasst wie unter dem Kopf der Hertha. Das Blut musste viel frischer sein. Bei der zweiten Flasche war das Etikett noch einwandfrei zu lesen: »Weingut Goldmann«. Darunter, in kleinerer Schrift: »Perchtoldsdorf«. Schon wieder.

Der Leo sah die Charlotte fragend an. Ihm sagte dieses Weingut nichts, obwohl das Etikett verriet, dass es in Perchtoldsdorf beheimatet sein musste.

»Welcher Jahrgang?«, fragte die Charlotte.

Der Leo musterte die zerbrochene Flasche genauer und sagte dann: »1939. Das ist ein wirklich alter Jahrgang. Kein Wunder, dass ich den Weinbauern nicht kenne.«

Die Charlotte warf der Andrea einen wissenden Blick zu. Immer wieder stolperten sie über dieses mysteriöse Weingut

Goldmann. Aber immerhin: Jetzt hatte man wenigstens den Beweis in der Hand, dass es tatsächlich existiert haben musste. Zumindest bis zum Jahr 1939.

»Ich gehe jetzt einfach mal davon aus, dass der alte Zaitler seine Hertha hier getötet hat. Aber wer ist der zweite Tote, und vor allem: Wo ist die zweite Leiche? Wen hat der Zaitler hier herunten noch ermordet?« Der Leo schüttelte den Kopf und richtete sich wieder auf. »Jetzt erzählt mal. Wo seid ihr denn da wieder reingeraten? Ich meine, das hier ist ein Nazi-Bunker, von dem – mit Ausnahme der Familie Zaitler offenbar – seit Jahrzehnten niemand etwas wusste. Dann sterben der alte und der junge Zaitler, und wie durch Zufall findest du dann auch noch die vermisste Hertha. Tot, natürlich – was sonst bei dir? Ich weiß nicht, ob ich dich bewundern oder mich vor dir fürchten soll, Cousinchen.«

Die Charlotte erklärte dem Leo so kurz wie möglich, was die Flora in ihrer Geschichtsstunde gelernt hatte und dass sie auch die Omama darauf angesprochen hatte, die wiederum erzählte, dass sie einen solchen Tunnel vor langer Zeit selbst gefunden hatte. Die Charlotte (»großes Ehrenwort!«) habe sich eigentlich gar nicht einmischen wollen. Es sei lediglich ihrem Leihhund zu verdanken, dass sie und die Andrea über den Tunnel und den Bunker gestolpert waren.

Dem Leo blieb nichts anderes übrig, als den Worten seiner Cousine Glauben zu schenken. Er wandte sich wieder der Leiche zu, während die Charlotte und die Andrea sich weiter im Bunker umsahen.

Die Polizisten hatten in der Zwischenzeit schon etliche Holzkisten geöffnet. Von besonderem Interesse für die Charlotte war eine Kiste, in der sich noch mehr Bouteillen vom Weingut Goldmann befanden. Die Charlotte zog eine davon heraus und las sich das unversehrte Etikett in Ruhe durch. Dann zog sie noch eine heraus und noch eine. Alle hatten den gleichen Inhalt: Grüner Veltliner, die bis heute vorherrschende Weißweinsorte in Ost- und Südösterreich.

»Ich wusste ja, dass man sich von unserem Grünen Veltliner am nächsten Tag erschlagen fühlen kann, aber so im wahrsten Sinne des Wortes ...«

Die Andrea stieß ihre Freundin in gespielter Empörung an.

»Na ja, weil's ja wahr ist. Da, nimm!« Sie reichte der Andrea die Flasche.

Die wusste nicht, was sie damit anfangen sollte.

»Steck sie in deinen Rucksack. Die Flora wird Augen machen, wenn wir ihr die Flasche zeigen.«

»Ich halte das für keine gute Idee, hier etwas mitgehen zu lassen, Charly«, protestierte die Andrea.

»Aber geh! Sind ja noch genug Flaschen da. Außerdem haben wir den Bunker gefunden. Da wird uns doch ein kleiner Finderlohn zustehen.« Der Leo stand fassungslos daneben. Da hatten die beiden Damen eben einen Nazi-Bunker und eine Leiche gefunden, und was taten sie? Wein plündern!

»Chef!«, hallte es aufgeregt aus der Mitte des Bunkers, bevor der Leo die beiden zurechtweisen konnte.

Er sah auf und ging zu dem Kollegen, der ihn gerufen hatte. Natürlich wollten sich auch die Charlotte und die Andrea die Entdeckung nicht entgehen lassen.

Der Polizist hatte eine etwas größere Holzkiste mit einem Brecheisen öffnen wollen. Als er das Werkzeug angesetzt hatte, ließ sich der Deckel jedoch ohne Widerstand zur Seite schieben. Daran musste sich zuvor schon jemand zu schaffen gemacht haben. Wie auch immer, der Inhalt ließ alle Anwesenden staunen.

»Ich werd nicht mehr!«, sagte der Leo beim Anblick des Goldes. In den Kisten daneben fand sich noch mehr Gold.

»Die Flora wird uns wirklich hassen«, flüsterte die Charlotte entgeistert. »Jetzt haben wir nicht nur ihren Bunker und das Weingut Goldmann, sondern auch noch ihren Goldschatz gefunden.«

»Ist das alles?«, fragte der Leo.

»Ja. Sieht allerdings so aus, als würden Goldbarren fehlen –

wenn man davon ausgeht, dass die Kisten randvoll sein sollten. In den anderen Kisten sind nur Akten. In ein paar anderen haben wir auch noch Weinflaschen gefunden.« Die Charlotte errötete, was aber niemandem auffiel. »Das war's dann.«

»Nein, nicht ganz«, widersprach ein anderer Polizist. »In einigen Kisten waren Schusswaffen versteckt. Und dann haben wir auch noch das hier gefunden.« Der Polizist zog eine kleinere Metallkiste unter dem Arm hervor, streckte sie dem Leo stolz entgegen und öffnete sie. Die Metallbox war voll mit SS-Dolchen. Alle nagelneu und ungebraucht. Die Stichwaffen waren fein säuberlich geschlichtet – nur in der Mitte prangte eine unübersehbare Lücke.

Ein Dolch fehlte. Das musste jener sein, den sie am Sonntag in der Gaststube des Zaitler-Heurigen gefunden hatten. Darauf hätten der Leo und die Charlotte jeden Geldbetrag verwettet.

»Fotografiert alles ab, bevor die Wiener Kollegen sämtliche Kisten einpacken«, wies der Leo sein Team an. »Ein paar von euch sollten sich auch noch die Akten anschauen. Vielleicht ist da was Interessantes dabei.«

Inzwischen war auch der von der Polizei verständigte Gerichtsmediziner eingetroffen. Er hatte sich in aller Ruhe die Leiche der Hertha Zaitler angesehen, während die Polizisten den Goldfund bestaunten.

»Wie schaut's aus, Heinz?«

»Tot, sagt mein erster Instinkt«, antwortete der Mediziner staubtrocken.

»Depp!«

»Na, im Ernst. Du siehst ja selbst, was mit der Leiche passiert ist. Das ist die Hertha Zaitler, nicht? Aber wenn du es hochoffiziell wissen willst: erschlagen, höchstwahrscheinlich mit der daneben liegenden Glasflasche, und dann verblutet. Andere Misshandlungsspuren habe ich jetzt auf die Schnelle nicht feststellen können. Das muss ich mir dann bei der Obduktion genauer anschauen.«

»Wie lange ist sie schon tot?«

Das trug dem Leo einen bösen Blick vom Dr. Heinz Andert ein: »Ein paar Jahre, genauer kann ich's dir echt nicht sagen. Wie lange ist sie schon abgängig?«

»Circa sieben Jahre.«

»Dann hast du deinen Todeszeitpunkt.« Damit ließ der Arzt beleidigt seine Tasche zuschnappen. »Sonst noch was? Nein? Gut, dann empfehle ich mich. Ciao und einen schönen Tag noch. Ihr könnt die Leiche übrigens abtransportieren, wenn die Spurensicherung fertig ist.«

Der Leo nickte und ließ den eingeschnappten Gerichtsmediziner ziehen.

»Der hat heute aber einen besonders guten Tag«, stellte die Charlotte fest.

»Nicht nur heute«, seufzte der Leo. »Der Heinz ist eine richtige Diva. Viel schlimmer ist aber, wie er immer davon ausgeht, dass die Antworten auf unsere Fragen sowieso auf der Hand liegen. Klar, wenn man Arzt ist, dann mag das schon stimmen. Aber dafür haben wir ihn eigentlich.«

»Soso«, erklang es nun von der Metallstiege. Die Wiener Partie war eingetroffen. Der Leo stöhnte, er wusste, was jetzt auf ihn zukam.

»Jäger des verlorenen Schatzes?«, scherzte der Major, der aus der Hauptstadt entsandt worden war, um sich den Fund der »Kollegen vom Land« genauer anzuschauen.

Der Leo griff sich frustriert an die Stirn. »Das auch noch. Ausgerechnet den Keiffer schicken s'!«

»Keiffer?«, fragte die Charlotte erstaunt.

»Ja, ist ein entfernter Verwandter von dem Keiffer, mit dem du in Schladming zu tun hattest. Deinen Erzählungen nach auch mindestens so sympathisch und kompetent.«

Der Leo wandte sich dem ranghöheren Polizisten zu, setzte sein bestes »Strahler 70«-Lächeln auf und fügte sich ins Unvermeidliche: dem Wiener Snob Bericht zu erstatten und zu retten, was noch zu retten war, bevor die Hauptstädter alles an sich rissen. Die Charlotte und die Andrea verzogen sich mit der Jackie möglichst unauffällig und überließen den Profis das Feld.

Der Leo hatte schon recht. Der Charlotte hatte der eine Keiffer im steirischen Skiort gereicht. Sie musste nicht auch noch seine Verwandtschaft kennenlernen.

9

»Wie spät ist es eigentlich?«, wollte die Charlotte wissen, als sie den Bunker verlassen hatten und wieder im Freien standen. Sie trug aus Prinzip keine Uhr. Beim Hinausgehen hatte sie noch rasch das kaputte Handy eingesammelt, das bei ihrem Sturz unter die Metallstiege geschleudert worden war. Die Spurensicherer hatten das Gerät bereits als Beweisstück in ein kleines Plastiksäckchen eingetütet gehabt, und die Charlotte musste erst zum Leo petzen gehen, um es wiederzubekommen.

»Kurz vor vier«, gab die Andrea die gewünschte Antwort. »Was machen wir? Gehen wir heim?«

Die Charlotte überlegte kurz, wo sie sich gerade befanden. »Wir könnten auch die Flora und den Noah von der Schule abholen. Von hier sind wir in zwanzig Minuten beim Gymnasium, wenn wir querfeldein gehen. Dann können wir ihr die Weinflasche gleich unter die Nase halten.«

»Sie wird dich hassen. Hab ich das heute schon mal erwähnt?«

Tatsächlich standen sie etwa zwanzig Minuten später vor dem modernen Gymnasiumsbau am Rande des Begrischparks, nur einen Steinwurf von der mittelalterlichen Herzogsburg und Pfarrkirche entfernt. Die Charlotte fragte sich immer, was sich die Gemeinde dabei gedacht hatte, als sie dieses architektonische Monstrum in Auftrag gegeben hatte. Das Gymnasium schmiegte sich an die Haupt- und Volksschule, ein Gebäude, das fast hundert Jahre älter war. Man konnte es drehen und wenden, wie man wollte – das passte optisch einfach nicht zusammen.

Ein bisschen Wehmut überkam die Charlotte, weil nur zweihundert Meter entfernt ihre alte Wohnung lag, in der sie bis zum Winter gewohnt hatte. Bis zu dem Zeitpunkt, als sie sich mit ihren Eltern ausgesprochen hatte und heimgezogen war, um endlich den Weinbaubetrieb zu übernehmen.

Die Dämmerung senkte sich bereits über den Ort, als die Flora und der Noah endlich Schulschluss hatten. Die beiden waren ganz schön überrascht, die große Schwester mitsamt ihrer Freundin im Vorhof der Schule zu sehen. Allerdings hatte der Noah sowieso nur Augen für die Jackie. Er rannte auf den Golden Retriever zu, und das Tier reagierte ähnlich begeistert. Die Jackie hatte nicht vergessen, dass der Noah gestern noch zwei Stunden mit ihr spazieren gewesen war. Und dass es dabei keine so furchterregenden und erschreckenden Abenteuer gegeben hatte wie mit den beiden Leihfrauchen.

»Was macht ihr hier?«, wollte die Flora misstrauisch wissen.

»Wir haben ein Geschenk für dich«, antwortete die Charlotte.

»Nicht wir, du«, warf die Andrea ein. Sie wollte mit dem heraufdräuenden Sturm im Gesicht der Flora nichts zu tun haben.

»Ein Geschenk? Ich habe doch noch gar nicht Geburtstag.« Die Flora kniff die Augen zusammen und musterte ihre Schwester ganz genau. Irgendwas stimmte da nicht. Die Charlotte hatte sie noch nie unangekündigt von der Schule abgeholt. Eigentlich konnte sie sich nicht erinnern, dass die große Schwester sie überhaupt jemals abgeholt hatte. Wäre ja irgendwie auch peinlich, sie war ja keine Volksschülerin mehr.

»Macht nichts«, sagte die Charlotte betont fröhlich. »Wir haben das Geschenk heute in den Weinbergen gefunden.«

Die Flora verstand gar nichts mehr. Widerwillig kramte die Andrea nun in ihrem Rucksack herum und zauberte schließlich die Flasche vom Weingut Goldmann hervor, die sie der kleinen Schwester der Charlotte feierlich überreichte. Die betrachtete die Flasche, drehte sie hin und her, kniff wieder die Augen zusammen. Ihr Blick wanderte zwischen der Flasche und ihrer Schwester hin und her, und auf ihrer Stirn begann sich eine winzig kleine Zornfalte zu bilden.

»Wo hast du die denn aufgetrieben?«, fragte die Flora schließlich grantig.

»Setz dich«, forderte die Charlotte sie auf, »dann erzähl ich es dir.« Der Noah, der alles mit einem Ohr mitgehört hatte, gesellte sich zu ihnen auf die Bank, und die Jackie machte es sich zu seinen Füßen bequem. Da hatten sich zwei gefunden!

Die Charlotte fasste die Geschehnisse des Tages zusammen, immer betonend, dass sie der Flora keineswegs die Show hatten stehlen wollen, sondern wirklich nur rein zufällig auf das unterirdische Tunnelsystem und den Nazi-Bunker gestoßen waren. Und überhaupt: In Wirklichkeit war an allem sowieso der Hund schuld.

»Und das soll ich dir glauben?«, meinte die Flora schließlich misstrauisch.

»Mir egal«, erwiderte die Charlotte achselzuckend. »So ist es passiert. War halt eine glückliche Fügung, dass sich die Andrea genau jetzt um den Hund kümmern musste. Ohne die Jackie hätten wir den Tunnel und den Bunker nie gefunden.« Die Charlotte konnte gar nicht oft genug betonen, wie sehr sie selbst nicht schuld an den Geschehnissen des heutigen Tages war.

»Na gut«, sagte die Flora schließlich und ließ die Flasche in ihrem Rucksack verschwinden. »Schade um die alte Frau Zaitler, die hab ich eigentlich ganz gerne gemocht. War immer die Netteste von der Bagage.«

»Da hast du recht. Jetzt ist nur mehr die Marianne übrig.«

»Und die hat auch nur in die Familie eingeheiratet. Ich möchte echt nicht in ihrer Haut stecken, wenn ihr der Leo auch noch diese Nachricht überbringt.«

Dem Polizisten-Cousin stand tatsächlich noch die unangenehme Aufgabe bevor, der Marianne die dritte Todesmeldung innerhalb von drei Tagen zu überbringen: erst der Schwiegervater, dann der Ehemann und jetzt auch noch die Schwiegermutter. Mag schon sein, dass die beiden kein wahnsinnig inniges Verhältnis gehabt hatten, weil die Hertha ja schon kurz nachdem die Marianne in das Leben vom Robert getreten war, verschwunden war. Trotzdem …

Die Flora stand von der Bank auf und blickte sich um. »Wo steht dein Auto?«

»Daheim«, sagte die Charlotte. »Sorry, ihr müsst wieder mit dem Rad hinauffahren.«

»Und ihr?«

Die Charlotte und die Andrea schauten sich an. »Wir nehmen ein Taxi. Ich bin für meinen Geschmack heute schon genug in der Gegend herumgelatscht.«

»Diva«, zischte die Flora, nahm den Noah an der Hand und schleppte ihn zum Radabstellplatz an der Rückseite des Gymnasiumgebäudes.

»Selber Diva«, murmelte die Charlotte liebevoll, packte ihre Freundin ebenfalls bei der Hand und machte sich auf den kurzen Weg den Leonardiberg hinunter zum Marktplatz. Dort war der nächste (und einzige) Taxistandplatz der Ortschaft.

Als sie am Weingut eintrafen, waren die Flora und der Noah auch schon da. Die Kleine lief wie ein aufgescheuchtes Hendl durch den Innenhof und rief nach der Omama. Statt der kam aber nur die Frau Mama in den Hof.

»Was ist denn mit dir los?«, fragte sie erstaunt. »Die Omama ist nicht da.«

»Wo ist sie denn? Wann kommt sie zurück?«

»Am Donnerstag. Sie ist die nächsten zwei Tage mit ihren Senioren auf Bustour durchs Weinviertel. Die sind heut in der Früh noch vor euch beiden aufgebrochen.«

»Fuck!«, fluchte die Flora, die immer wieder gerne mal ein paar englische Ausdrücke einfließen ließ. Was vor allem der Charlotte irrsinnig auf den Zeiger ging.

»Passen Sie auf Ihre Sprache auf, junge Dame«, tadelte die Frau Mama. »Was ist denn so dringend, vielleicht kann ich dir helfen?«

Aber die Flora winkte nur ab. Was wiederum dazu führte, dass sich die Frau Mama beleidigt ins Haus zurückzog. Echt Superstimmung heute, dachte sich die Charlotte.

»Komm«, sagte sie zur Andrea, »das tue ich mir nicht an.

Fahren wir noch schnell shoppen. Ich brauche dringend ein neues Handy.« Die Andrea übergab die Jackie dem Noah, der heilfroh war, etwas Ablenkung zu bekommen. Wenn die Flora mal so stinkig war und die Frau Mama auch ... da war es besser, wenn man sich mal unauffällig aus dem Staub machen konnte. Sollte doch der Luca seine Dulcinea wieder auf fröhlichere Gedanken bringen.

Die Charlotte ließ sich von der Andrea in die nahe gelegene große Shoppingmall kutschieren. Es ging bereits auf achtzehn Uhr zu, und obwohl die Mall noch zwei Stunden geöffnet hatte, war sie selbst für einen späten Dienstagnachmittag im November erstaunlich leer. Ein Parkplatz im einzigen Parkhaus der Mall war kein Problem, und sie mussten – sehr zu ihrer Erleichterung – auch im Handyshop nicht lange warten. Was aber nicht automatisch bedeutete, dass sich die Charlotte nicht trotzdem ärgern musste. Wenn auch nur über sich selbst.

Der Shop-Mitarbeiter sah sich das kaputte Handy an. Sein ominöses Kopfschütteln ließ die Charlotte Böses ahnen. Der zweite Sturz hatte dem Gerät den Rest gegeben, es ließ sich nicht einmal mehr einschalten.

»Ich schau mir mal Ihren Vertrag an«, meinte er eine Spur zu zuvorkommend, nachdem die Charlotte ihm ihre Daten gegeben hatte. In seinen Augen leuchteten schon die Eurozeichen in Vorfreude auf die Provision, die er mit dem Verkauf eines neuen Handys verdienen würde.

»So!«, sagte er schließlich. »Es tut mir schrecklich leid, Frau Nöhrer, aber wie ich hier sehe, haben Sie leider keine Versicherung abgeschlossen. Es ist mir also nicht möglich, Ihnen das Gerät zu ersetzen oder das Display gratis reparieren zu lassen. Anspruch auf ein neues Gratisgerät oder ein preisreduziertes Handy haben Sie erst in einem Jahr, wenn dieser Vertrag ausläuft.«

Die Charlotte wurde blass. »Ich brauche aber jetzt ein neues Handy! Was würde mich denn das gleiche Gerät kosten?«

Der Verkäufer tippte wieder auf seinem Computer herum,

schnitt ein paar eigenartige Grimassen und nannte schließlich einen hohen dreistelligen Betrag. Darauf wurde die Charlotte noch blasser. Die Andrea hatte das Ganze mit einem Schmunzeln verfolgt. Sie wusste nur zu gut, wie ihre Freundin reagierte, wenn es um solche Sachen ging. So großzügig sie auch sonst sein mochte – sobald sie gezwungen war, »unnötig« Geld auszugeben, wurde sie zu Dagobert Duck. Die Andrea erinnerte sich noch an den Vorfall am Zentralfriedhof, als der Wagen der Charlotte abgeschleppt worden war und sie danach ein Riesentheater aufgeführt hatte, nur um am Ende doch zähneknirschend die komplette Strafe zu bezahlen.

»Kann man da nicht irgendwas machen?«, fragte die Charlotte verzweifelt. »Ich habe bis vor ein paar Monaten selbst hier gearbeitet. Quasi einen Mitarbeiterrabatt oder so?«

Der Verkäufer musterte sie. »Ich kann mich aber nicht an Sie erinnern. Und ich kenne alle Kollegen hier im Shop seit Jahren.«

»Nein, ich habe nicht hier im Shop gearbeitet. Ich war bei der Security und habe also praktisch darauf aufgepasst, dass niemand eure teure Ware stiehlt«, erklärte die Charlotte.

»Wirklich?«

»Ja, wirklich!«, bestätigte die Charlotte hoffnungsvoll.

»Ich kann Ihnen trotzdem nichts nachlassen.«

Zehn Minuten später war die Charlotte Besitzerin eines neuen iPhones. Natürlich zum vollen Preis. Den sie wie ein Rohrspatz schimpfend bezahlt hatte. Die Andrea hatte sich schwer zurückhalten müssen, um nicht lauthals in Lachen auszubrechen. Sie zerrte ihre Freundin aus dem Shop und zwang ihr in einem Kaffeehaus eine Schokotorte auf – wegen der Glückshormone.

»Schau, Schatzi …«

»Schatzi mich nicht!«, fauchte die Charlotte, bevor die Schokotorte gebracht wurde.

»Schau dir doch dein tolles neues Handy mal an.«

»Will nicht!«

»Moi, sind wir eingeschnappt?«

»Bäh!«

»Du bist ja nur angepisst, weil du zu geizig gewesen bist, eine Handyversicherung abzuschließen.«

»Hab ich ja jetzt eh.«

»Jetzt ja, aber beim letzten Handy nicht. Hoffentlich hast du deine Lektion gelernt.«

»Ja, Frau Lehrerin.«

»Lass mich das Ding mal anschauen.«

»Da hast«, sagte die Charlotte, und zum Glück kam genau in diesem Moment die Schokotorte. Es war ja wirklich unglaublich: Die Box mit dem neuen Handy war sooo winzig. Wie konnte man für so ein kleines Ding so viel Geld verlangen? »Und das kannst mir auch gleich einbauen«, schnaubte sie und schob der Andrea noch ihre alte SIM-Karte rüber. Sie hatte keine Ahnung, wie man die ins Handy einlegen sollte.

Während sich die Andrea mit dem neuen Handy beschäftigte, stopfte sich die Charlotte die Schokotorte rein. Mit jedem Biss verflog ihr Zorn (der ja in erster Linie gegen sie selbst gerichtet war) ein wenig mehr. Als sie auch die letzten Krümel aufgefuttert hatte, hatte die Andrea das Handy bereits einsatzbereit gemacht.

»Aber da ist ja gar nix drauf!«, empörte sich die Charlotte. »Wo sind meine ganzen Apps hin?«

»Dafür, Schatzi …«, (was die Andrea besonders betonte), »müssen wir daheim das Back-up von deinem Rechner rüberspielen. Wann hast du denn das letzte Back-up gemacht?«

»Puh, keine Ahnung. Letzte Woche?«

Die Andrea schüttelte den Kopf. Gut, das würde man dann daheim sehen, und ändern konnte man es jetzt auch nicht mehr.

Wie sich später herausstellte, hatte die Charlotte tatsächlich erst ein paar Tage zuvor ein Back-up gemacht. Nachdem das Handy endlich fix und fertig hergestellt war, bimmelten gleich einmal jede Menge neue Nachrichten rein. Ein paar SMS (nix Wichtiges dabei), ein gutes Dutzend E-Mails (da waren schon ein paar wichtige Sachen) und zu guter Letzt auch noch eine WhatsApp-Nachricht. Die war vom Leo und dementsprechend dringend. »Was ist los, Cousinchen? Ich lande ständig nur auf deiner Mailbox. Hätte ein paar wichtige Neuigkeiten für dich.«

Aha, sagte sich die Charlotte. Hatte sie den Leo inzwischen also doch ganz gut abgerichtet. Es hatte durchaus Vorteile, wenn man dem Polizeichef des Orts nicht mehr jede Neuigkeit aus der Nase ziehen musste. Sie rief den Leo zurück, aber jetzt war er es, der sie abwimmeln musste. Offenbar hatten sie gerade eine Lagebesprechung. Verständlich bei drei Toten in drei Tagen, so was passierte in Perchtoldsdorf halt nicht so oft. Eigentlich bisher noch nie.

Die Charlotte akzeptierte, dass der Leo ihren Anruf einfach weggedrückt hatte. Stattdessen schrieb sie ihm eine kurze Nachricht: »Bin später in der Turmbar. Komm auch vorbei.« Kurz darauf kam ein »Thumbs up«-Emoji als Antwort retour.

Der Rest des Abends verlief unspektakulär. Beim gemeinsamen Abendessen hatten sich die Flora und die Mama wieder eingekriegt und kommunizierten auf zivilisierte Art und Weise. Die Flora verhielt sich brav und erwähnte mit keinem Wort den Bunker- und Leichenfund in den Weinbergen, den die Polizei vorerst noch geheim halten wollte. Nach dem Abendessen verzog sie sich mit dem Luca auf ihr Zimmer. Allerdings hatte sie dabei auch schon mal motivierter ausgesehen. Die Charlotte führte das auf ihre Neugier bezüglich der Familie Goldmann zurück. Sie konnte es wohl kaum erwarten, dass die Omama endlich wieder heimkam und sie sie mit der Weinflasche konfrontieren konnte. Der Charlotte war bei diesem Gedanken nicht ganz wohl. Sie fürchtete sich vor dem, was bei diesem Gespräch über die Geschichte ihrer Familie herauskommen könnte.

Der Noah schnappte sich noch einmal die Jackie und ging mit ihr eine Runde durch die Weinberge. Dabei hatte die Andrea das Gefühl, dass er einen etwas traurigen Eindruck machte, was ihr in den letzten Tagen schon öfter aufgefallen war. Nämlich immer dann, wenn die Flora mit dem Luca abgehauen war. Da bahnte sich doch nicht etwa ein Eifersuchtsdrama an?

Egal, war nicht ihre Sache. Außerdem war ja sowieso nicht anzunehmen, dass die Flora mit ihren noch nicht ganz sechzehn Jahren auf immer und ewig mit ihrem italienischen Distanzlover zusammenbleiben würde.

Gemeinsam mit der Charlotte war sie heute für den Abwasch zuständig, aber die half nicht mit. Die Charlotte war nämlich mit dem Herrn Papa in ein Gespräch über den Umbau des Weinkellers vertieft. Die Andrea hörte nur mit einem Ohr zu, während sie den Geschirrspüler einräumte. Der Herr Papa, für sie inzwischen »der Rudi«, hatte dem Baumeister am Nachmittag noch einen Besuch abgestattet, um mit ihm grob über die Bau- und Grabungspläne zu gehen. Die Genehmigungen waren kein Thema. Die würde der Herr Papa auf der Gemeinde auch im Nachhinein noch durchbringen. Wozu sonst saßen dort seine ganzen Spezis? Abgesehen davon, dass ohnehin in die Tiefe gegraben wurde und er nicht vorhatte, einen Dreißig-Meter-Turm in die Landschaft zu stellen. Der Herr Papa hatte zwei Flaschen von Charlottes Schüttelwein dabeigehabt, die innerhalb kürzester Zeit den Weg alles Vergänglichen gegangen waren. Das Ergebnis der Diskussion ließ bei der Charlotte auch noch die letzten Reste der schlechten Laune verfliegen.

»Morgen? Die fangen morgen schon zu graben an?«, fragte sie begeistert.

»Ja, Schätzchen. Der Holzinger ist ja ein ganz patenter Kerl. Und einem guten Schlückchen nicht abgeneigt. Er hat nur auf die endgültige Zusage gewartet, sonst hätte er seine Bauarbeiter über den Winter schon kündigen müssen. Die Branche ist beinhart. Jetzt können s' noch ein paar Wochen was arbeiten – solange es nicht schneit. Finanziell ist er auch sehr vernünftig geblieben. Und dank der zusätzlichen Einnahmen aus unserem Weinverkauf an den Emanuele müssen wir dafür auch keinen Kredit aufnehmen.«

Die Charlotte fiel ihrem Papa um den Hals. Der Weinkeller war ihr tatsächlich ein Herzensanliegen, und jetzt sah es ganz so aus, als würde er bis zum Beginn der nächsten Gartensaison tatsächlich fertig werden. Dann schoss es ihr ein. »Und was ist mit den Hotelgästen?«

Der Papa winkte ab. »Kein Problem. Die Japaner reisen übermorgen ab, und tagsüber ist ja eh keiner hier am Hof. Die nächsten Gäste haben sich erst für Anfang Dezember angekündigt.«

»Was wollen die denn im Dezember hier?«, fragte die Andrea vom Geschirrspüler herüber, was ihr indignierte Blicke, sowohl vom Rudi als auch von ihrer Loverin, einbrachte. »Na, nicht falsch verstehen. Das war wirklich aus reinem Interesse gefragt«, rechtfertigte sie sich.

»Ende November beginnt doch die Adventmarktzeit«, erklärte die Charlotte, »da kommen auch genug Touristen, und nicht alle wollen in Wien wohnen.«

»Apropos Adventmarkt«, fiel ihr da der Herr Papa ins Wort. »Das gehört auch noch zum Deal mit dem Holzinger.«

»Was gehört zum Deal?«, fragte die Charlotte vorsichtig. Was hatte der Herr Papa denn da jetzt angestellt?

»Der Holzinger baut uns eine Punschhütte.«

»Eine Punschhütte? Wofür denn?« Die Charlotte fiel aus allen Wolken.

Mit so einer entsetzten Reaktion hatte der Herr Papa nicht gerechnet. Wo doch sonst die Charlotte diejenige war, die mit ihrem Hintern immer auf drei oder vier Hochzeiten gleichzeitig tanzte und grundsätzlich keiner noch so absurden Geschäftsidee abgeneigt war. Hilfesuchend schaute er zur Andrea, die gerade den Geschirrspüler fertig befüllt hatte. Die nahm den Ball auf, hakte sich beim Rudi ein und sagte: »Jetzt lass ihn doch mal erzählen, Charly.«

Dankbar gab der Herr Papa seiner Schwiegertochter in spe einen Kuss auf die Schläfe und legte mit seiner Erklärung los. Nämlich, dass er schon seit längerer Zeit mit dem Gedanken spielte, während des Adventmarkts einen Punschstand am Kirchenvorplatz zu machen. Die Genehmigungen hatte er sich von seinen Spezis vorausschauend schon im Sommer geholt, was nur noch die Frage offenließ, wer für die Konstruktion der Punschhütte zuständig sein würde. Und die hatte sich mit dem Baumeister Holzinger nun auch beantwortet. Der Holzinger baute die Hütte sogar gratis, wollte im Gegenzug dafür aber zehn Prozent vom Gewinn der nächsten drei Jahre. »Ich dachte, du wärst von der Idee begeistert«, schloss der Herr Papa so defensiv wie ein geprügelter Hund. Das divenhafte Gehabe schien bei den Nöhrers in der Familie zu liegen.

Die Charlotte hörte sich das alles an, rechnete die Zahlen im Kopf durch und meinte schließlich: »Ein paar Prozent weniger hättest ihm zwar bieten können, aber passt schon, Papa. Gutes Geschäft, und es wird sicher auch ein Spaß.« Der Herr Papa atmete hörbar durch, und die Andrea zwinkerte ihrer Freundin zu. »Was ich nicht verstehe, Papa«, fuhr die Charlotte fort, »das ist jetzt schon eine echt knappe Sache. Hast du dich vorher denn gar nicht drum gekümmert? Was, wenn du nicht mit dem Holzinger zusammengekommen wärst?«

Der Herr Papa drehte verlegen die Daumen, den Blick hatte er noch immer gesenkt. »Dann hätten wir heuer keinen Stand gehabt. Wäre auch keine Tragödie gewesen. Um ehrlich zu sein, hatte ich auf den Deal ganz vergessen. Erst als ich mit dem Holzinger zusammengesessen bin, ist es mir wieder eingefallen.«

Auf der Fahrt hinunter in den Ort musste die Charlotte noch immer über ihren Papa schmunzeln. »So habe ich ihn überhaupt noch nie erlebt«, sagte sie.

»Er wollte dich halt beeindrucken«, erklärte die Andrea. »Du hast heuer so viel im Betrieb umgekrempelt, und jetzt wollte er halt zeigen, dass er auch noch Ideen hat. Und, ganz ehrlich, ich finde die Sache mit dem Punschstand nicht schlecht. Das sind ja richtige Goldgruben. In Wien wenigstens. Ich bin mir sicher, dass der Rudi mit seinen Spezis im Gemeinderat auch einen vernünftigen Preis für die Standmiete bekommen hat.

Außerdem kriege ich schön langsam wieder Lust, hinter der Theke zu stehen.«

»Sag bloß, dir geht die Kellnerei ab?«, fragte die Charlotte erstaunt.

Die Andrea überlegte kurz. »Ja, ein bisschen schon. Natürlich ist es schön, mit dir gemeinsam beim Heurigen zu arbeiten, aber das ist doch etwas anderes, als hinter einer Bar zu stehen, so wie ich es während meines Studiums gemacht habe. Hey, ich bin auch nicht mehr die Jüngste, und an der Bar ist es schon gemütlicher, als den ganzen Tag herumzuhirschen.«

»Du bist noch nicht mal dreißig und stöhnst schon wegen zu viel körperlicher Tätigkeit?«

»Du nimmst mich einfach zu sehr her«, hauchte ihr die Andrea ins Ohr und begann, zärtlich am Ohrläppchen der Charlotte zu knabbern. Bevor es zu mehr kommen konnte, bremste sich das Taxi am Marktplatz ein, die Charlotte zahlte, und sie marschierten die letzten paar Meter zur Turmbar. Dort wartete bereits der Leo auf sie, ausnahmsweise nicht in Uniform, sondern in Zivil. Er saß mit einem Cuba Libre an der Bar und unterhielt sich mit Mario, dem Barkeeper und -besitzer. Ansonsten war nicht viel los. Vier, fünf Leute waren vielleicht noch da. Eher ungewöhnlich für die Bar, die sonst meist zum Bersten voll war. Was jetzt auch nicht so schwierig war, die Turmbar war ein L-förmiger Raum mit maximal siebzig Quadratmetern.

Der Mario kam hinter der Bar hervor und begrüßte die beiden Frauen mit Wangenküsschen.

»Schoko-Colada, ich brauche Glückshormone«, bestellte die Charlotte ihr Getränk.

»Tequila Sunrise, ich brauche Alkohol«, strahlte die Andrea.

Die Woche Quasi-Urlaub ohne Chef musste ja auch mal richtig gefeiert werden. Selbst der Leo war nicht so grummelig drauf wie sonst, wenn er der Charlotte über laufende Ermittlungen berichtete. Oder berichten musste. Je nachdem, wie man es sehen wollte. Auch von ihm gab's Wangenküsschen, dann ging es gleich ans Eingemachte.

»Wir haben inzwischen die Fingerabdrücke auf dem Nazi-Dolch identifiziert. Es sind die vom Robert. Die Schnitte an den Lederträgern der Pritsche passen zur Klinge des Dolchs. Der Robert hat also seinen eigenen Vater umgebracht.«

Die Charlotte nickte. »Das scheint mir stimmig. Er hatte alle nur erdenkliche Zeit, sich an der Pritsche zu schaffen zu machen, weil sie ja bei ihm im Haus gelagert wurde. Aber dass der Depp die Tatwaffe einfach so herumliegen lässt …«

»Wir wissen alle, dass er nicht der Hellste war«, wand der Leo ein, was die Charlotte nur bestätigen konnte. »Der Dolch stammte übrigens tatsächlich aus der Schatulle, die wir im Bunker gefunden haben. Selbes Modell, er hat auch genau an die Stelle gepasst, wo einer gefehlt hat.«

»Das bedeutet, dass der Robert Zugang zum Bunker hatte.«

»Davon gehen wir auch aus«, bestätigte der Leo. »Bei der Leiche vom Robert sind die Mediziner noch nicht viel weiter gekommen. Es ist nur bestätigt, dass er mit einer Flasche erschlagen worden ist. Danach hat der Täter ihm das Gesicht völlig zerschnitten und unkenntlich gemacht. Da muss wirklich jede Menge Hass dahinterstecken. Meine Leute haben den Inhalt der Flasche analysiert – können ihn aber nicht genau zuordnen. Es ist zwar eindeutig Wein, aber die chemische Zusammensetzung passt zu keinem der Weine hier im Ort oder in der Umgebung. Beziehungsweise sie entspricht nicht mehr der Art, wie man heute Wein macht. Da wirst du dich besser auskennen als ich. Auf jeden Fall sind da Substanzen drinnen, die heute eigentlich nicht mehr erlaubt sind.«

»Glykol?«, fragte die Charlotte. Ihr Interesse war geweckt.

Der Leo verneinte. »Nix so Schlimmes. Auch nichts extrem Gesundheitsgefährdendes. Tatsache ist aber, dass der Wein heute so nicht mehr in den Verkauf kommen würde. Ist auch kein Wunder, nachdem die Hertha mit einer Flasche von diesem Goldmann-Wein erschlagen wurde, der in den späten 1930er Jahren abgefüllt worden ist. Damals ist man halt noch anders vorgegangen. Die Weinspuren an ihrer Leiche sind ident mit jenen beim Robert. Wenn jetzt auch noch die Probe der Blutlache auf dem Bunkerboden mit dem Blut vom Robert übereinstimmt, hat sich diese Sache auch erledigt.«

»In beiden Fällen derselbe Mörder?«

»Schaut so aus«, sagte der Leo und saugte am Strohhalm seines Cuba Libre. »Die Probe der zweiten Blutlache wird noch heute Nacht ausgewertet. Ich würde aber eine Runde aufs Haus wetten, dass es sich um das Blut vom Robert handelt.«

»Und wer hat die beiden umgebracht? Doch nicht der …«, mischte sich die Andrea ein. Der Gedanke an die Identität des Mörders hatte sie dazu gebracht, ihren ersten Cocktail in nur wenigen Zügen zu leeren und gleich Nachschub zu bestellen.

Der Leo sah die beiden Frauen ernst an. Er machte eine bedeutungsschwangere Pause und fuhr dann fort: »Wir haben auf beiden Flaschen Fingerabdrücke gefunden. Jetzt dürft ihr ein Mal raten, wem die gehören.«

»Ein Mal nur? Normalerweise bekommt man doch drei Möglichkeiten«, empörte sich die Charlotte und leerte ihren picksüßen Cocktail mit einem großen Zug durch den Strohhalm. Den benutzte sie auch, um die cremigen Überreste der Schokosoße aus dem Glas zu schaben.

»Nein, in diesem Fall gibt's nur eine Chance. Liegt ja auf der Hand, wer es war.«

»Dann kann's nur der alte Zaitler gewesen sein. Wer sonst? Der Bunker liegt in einem seiner Weingärten.« Wie man seit dem Sommer wusste, war er auch zu mancher Schandtat bereit gewesen. Einen Mord hätte sie ihm eigentlich nicht zugetraut, aber inzwischen konnte sie nicht mehr viel überraschen.

»Genau, es sind die Fingerabdrücke vom alten Zaitler. Er hat also schon vor Jahren seine Frau umgebracht und jetzt auch noch seinen Sohn. Blödes Timing halt. Die beiden dürften ihre Mordpläne ziemlich gleichzeitig geschmiedet haben.«

Der Andrea lief es kalt über den Rücken. »Was ist das bitte für eine kranke Familie?«, flüsterte sie leise in ihren Cocktail.

»Der Robert hat also irgendwann letzte Woche die Lederträger der Pritsche angeschnitten. Am Tag oder in der Nacht vor dem Hiataeinzug hat ihn sein Vater unter irgendeinem Vorwand in den Bunker gelockt und dort erschlagen«, reimte sich die Charlotte nun den Rest der Geschichte zusammen.

»Genau. Laut Gerichtsmedizin ist der Robert am Samstag zwischen zwölf und fünfzehn Uhr gestorben.«

»Wahnsinn, haben sich die beiden Hornochsen doch tatsächlich gegenseitig umgebracht.«

»Ja, sieht ganz danach aus.«

»Weiß es die Marianne schon?«

»Die Hintergründe und wer wen umgebracht hat, noch nicht, nein. Wie gesagt, ich muss noch auf die Auswertung der zweiten Blutlache im Bunker warten. Ich muss da auf Nummer sicher gehen, dass es sich tatsächlich um das Blut vom Robert handelt.«

»Aber das mit der Hertha weiß sie schon?«

»Ja, habe ich ihr noch heute Nachmittag erzählen müssen.«

»Wie hat sie's aufgenommen?«

»Nervenzusammenbruch.«

»Auweh!«

»Ja, ihre Putzfrau, die Magda, kümmert sich um sie. Ich hab ihr auch unseren Onkel vorbeigeschickt. Der hatte Zeit und hat ihr ein paar Beruhigungsmittel verschrieben.«

»Aber warum denn das Ganze?«, stellte nun die Andrea eine nicht ganz unberechtigte Frage.

»Beim Robert würde ich sagen, dass ihm der Vater einfach auf den Arsch gegangen ist. Einerseits die Prügeleien in der Kindheit, und dann wollte er ja den Betrieb nach deinem Vorbild modernisieren, und das wollte der alte Zaitler nicht. Aus meiner Sicht ist das auch das Motiv für den Mord am Robert. Der alte Zaitler hat's ja praktisch zugegeben: Erinnere dich doch an den Zettel, den wir bei der Leiche vom Robert gefunden haben. Da hat der Mörder, also wohl der alte Zaitler, dir die Schuld daran gegeben.«

»Mehr Alkohol«, rief die Charlotte in Richtung Mario.

»Für mich auch«, schloss sich der Leo an.

»Und was ist mit der Hertha? Warum hat der Zaitler damals seine eigene Frau umgebracht?«, warf die Andrea die nächste Frage in die Runde.

»Das wird sich schwer herausfinden lassen, jetzt, wo alle tot sind«, meinte die Charlotte verdrossen. »Aber wohl auch irgendein Eifersuchtsdrama. Eheleute haben sich schon wegen weniger Sachen umgebracht. Und beim Zaitler wissen wir ja, dass er ein echtes Häferl war.«

»Was ist mit dem Gold?«, fragte die Andrea.

»Guter Punkt«, antwortete der Leo. »Da haben nämlich einige Barren gefehlt.«

»He, wir waren's nicht!« Die Charlotte machte eine abwehrende Handbewegung.

»Weiß ich schon«, beruhigte sie der Leo. »Aber das könnte natürlich auch ein Motiv gewesen sein. Vielleicht haben sich die beiden Zaitler-Männer ums Gold gestritten? Wir werden nicht umhinkommen, bei der Marianne eine Hausdurchsuchung zu machen. Ist hart für sie, muss aber sein. Irgendwo müssen ja die Schlüssel für die Vorhängeschlösser am Bunker sein. Und vielleicht findet sich ja auch noch einer der Goldbarren.«

»Glaubst du, dass beide von dem Bunker wussten?«

»Wie lässt sich die Geschichte sonst erklären?«, seufzte der Leo. »Der Robert war im Besitz eines der Dolche aus dem Bunker, und vom alten Zaitler haben wir jede Menge Fingerabdrücke auf diversen Weinflaschen, und auch sonst hat er sich im Bunker überall zu schaffen gemacht. Dazu die Leiche von der Hertha, die dort ermordet wurde. Ich weiß leider zu wenig über die Nazi-Zeit bei uns hier im Ort. Vielleicht ist der alte Zaitler irgendwann mal zufällig über den Bunker gestolpert. Oder seine Familie war früher bei den Nazis dabei und wusste davon oder was weiß ich.«

»Sprich doch mal mit der Flora. Die arbeiten diesen Stoff gerade in der Schule durch. Sie hat eine sehr interessierte und engagierte Lehrerin. Vielleicht können die dir weiterhelfen.«

»Ja, schauen wir mal. Tatsache ist, dass der Bunker in keinen behördlichen Plänen verzeichnet ist. Der war also selbst für Nazi-Verhältnisse supergeheim.«

»Im Gegensatz zu einigen anderen«, bemerkte die Charlotte. »Den unten in Liesing haben sie ja zeitweise sogar für Clubbings geöffnet, oder?«

Der Leo nickte bestätigend.

»Darf's noch was zu trinken sein?«, mischte sich der Mario ein. Er hatte möglichst unauffällig versucht, dem Gespräch zu lauschen, aber nur ein paar Wortfetzen aufgeschnappt.

»Ja, für mich!«, erklang es vom Eingang. Die Charlotte und die Andrea drehten sich überrascht um. Diese Stimme kannten sie doch!

Im Eingang stand die Renate Obermayer. Im Zuge der Ermittlungen an ihrem Ehemann war die Charlotte auch über den Noah »gestolpert«, den ehemaligen Bezahllover des ermordeten Obermayer-Gatten. Klingt nicht nur kompliziert, war es damals auch. Die Renate sah für ihre knapp fünfzig Jahre noch immer atemberaubend aus, und sie wusste um ihre Wirkung auf Männer. Sie hielt eine dünne Zigarette in der Hand und lehnte lasziv im Türrahmen. Die Charlotte beschlich das ungute Gefühl, dass sie unter ihrem Mantel kaum etwas bis gar nichts trug. Die Renate hatte die Gabe, selbst dem Wort Laszivität noch die Schamesröte ins Gesicht zu treiben.

Dem Mario fiel bei ihrem Anblick ein Cocktailglas aus der Hand. Mit einem lauten Klirren zersprang es am Steinboden in Tausende kleine Splitter. Irgendwie herzig, fand die Andrea, waren die zwei doch seit dem Sommer ein Paar. Mit getrennten Wohnungen und so, aber – wie gesagt – es war halt alles kompliziert. Aber – und da sprach die Charlotte aus Erfahrung – die Renate konnte einem nicht nur den Atem, sondern auch den Verstand rauben. Sie wusste instinktiv, welche Knöpfe sie bei anderen drücken musste, und liebte es, mit ihren Reizen zu spielen.

Als die Renate ihre beiden Freundinnen erkannte, entspannten sich ihre Gesichtszüge, und ein aufrichtiges Lächeln umspielte ihre Lippen. Hastig zog sie den Mantel ein Stück zu und stöckelte auf ihren Killer-High-Heels zur Bar, wo sie den beiden um den Hals fiel. Der Leo bekam auch noch ein Küsschen auf die Wange ab. Dem Mario, der sich über die Bar gelehnt hatte, steckte sie die Zunge ganz tief in den Hals (Untersucht sie jetzt seine Mandeln?, überlegte die Charlotte), vergrub die Finger in seinen Haaren und schubste ihn schließlich spielerisch wieder weg. »Planänderung«, schmachtete sie ihm mit einem unschuldigen Augenaufschlag zu. »Du kommst nachher dran. Jetzt möchte ich erst mal mit diesen beiden hübschen Damen reden.«

»Kein Wort über den Bunker und die Morde«, zischte der Leo der Charlotte zu, während die Renate ihren Toyboy in der Mangel hatte.

»Jetzt erzähl mal«, forderte die Renate die Charlotte schließlich auf. »Leichen pflastern schon wieder deinen Weg. Wie machst du das nur?« Die Charlotte lachte laut auf. Der Leo hingegen konnte nur mehr frustriert die Augen verdrehen.

Lässig lehnte sich die Renate an seine Schulter. Dabei verrutschte ihr Mantel ein Stück, und der Leo starrte direkt auf die chirurgisch feingetunten Brüste der Renate. Die Charlotte und die Andrea prusteten lautstark los, als der Leo rot wurde. Nach Tagen wie den vergangenen tat es richtig gut, zur Abwechslung auch mal wieder ein bisschen harmlosen Spaß zu haben. »Die Flora hat mir vorhin am Telefon davon erzählt.«

»Die Flora?« Die Charlotte war ernsthaft erstaunt. Wieso telefonierte ihre kleine Schwester mit der Renate?

»Ja, sie hat mich zu ihrer Geburtstagsfeier nächste Woche eingeladen. Ich war auch überrascht, aber sie hat gemeint, dass der Noah sich auch freuen würde, wenn er mich mal wiedersehen könnte. Stimmt schon, ich hatte in den letzten Wochen nicht viel Zeit für ihn, das muss ich jetzt wiedergutmachen.«

»Wie schaffst du das nur?«, meinte die Charlotte kopfschüttelnd. »Er hat mit deinem Mann geschlafen und ihn erpresst. Nicht falsch verstehen, ich finde es ja toll und bin heilfroh, dass du dich seiner so annimmst. Ich weiß nur nicht, ob ich das auch könnte.«

Die Renate musterte ihre Freundin. »Mach dich nicht immer schlechter, als du bist, Charlotte Nöhrer ohne ›e‹. Du hast den jungen Streuner sogar in deiner Familie aufgenommen, dabei hattest du ja auch ganz schöne Scherereien wegen ihm. Und inzwischen ist er bei euch daheim, als ob ihr immer schon seine Familie gewesen wärt. Nur die Flora, die ist für ihn, glaube ich, ein bisschen mehr als eine Schwester.«

Das überraschte die Andrea: »Ach, ist dir das auch schon aufgefallen?«

»Aufgefallen? Was denn?«, fragte die Charlotte. Sie kannte sich überhaupt nicht mehr aus.

»Na, dass der Noah an deinem kleinen Schwesterherz Gefallen gefunden hat.«

»So ein Blödsinn! Erstens ist die Flora mit dem Luca zusammen, und zweitens ist der Noah doch schwul.«

Die Andrea strich ihrer Freundin zärtlich über die Wange. »Du bist süß und naiv – und ein bisschen vergesslich. Ich hab dir schon im Sommer gesagt, dass er ganz sicher nicht schwul ist. Bi vielleicht, aber bestimmt nicht stockschwul. Hast du denn gar keine Antenne für so was? Schau ihn dir doch nur mal an, wenn die Flora mit dem Luca etwas alleine unternimmt. Dann schleicht er immer wie ein geprügelter Hund durch den Hof. Dass er sich als Stricher verdingt hat, hatte nichts mit seinen sexuellen Vorlieben zu tun. Es war seine einzige Chance, irgendwie zu Geld zu kommen.«

Wie auch immer, auch zehn Minuten später war man noch nicht zu einer übereinstimmenden Meinung gekommen. Dem Leo war das nur recht, Hauptsache, die Mädels sprachen nicht mehr über die Morde. Allerdings hätte er die Renate nach den Vorfällen im Sommer besser kennen müssen. Die Obermayer-Witwe vergaß nämlich nie etwas. Und so musste sich die Charlotte bei ihrem mittlerweile vierten oder fünften Cocktail (sie hielt ja alkoholtechnisch kaum etwas aus, was zugegebenermaßen für eine Winzerin keine wirklich praktische Eigenschaft war) angestrengt konzentrieren, um der Renate in allen Details zu erzählen, was sich in den letzten Tagen so in Perchtoldsdorf abgespielt hatte. Der Leo hatte es mittlerweile aufgegeben, seine Cousine einzubremsen. Stattdessen ergab er sich dem Alkohol und hoffte, dass ihm die Wiener Kollegen in den nächsten Tagen nicht zu sehr auf den Sack gingen. Hoffen durfte man ja.

10

Allerdings erfüllte das Leben solche Hoffnungen nur sehr selten. Statt, wie ursprünglich geplant, den Inhalt des Bunkers langsam und Stück für Stück nach Wien zu transportieren, hatte jemand im Innenministerium entschieden, dass man sich das doch lieber alles vor Ort anschauen sollte. Die gute Nachricht für den Leo war, dass sich wenigstens der Keiffer selbst aus dem Spiel nahm. Er war nämlich der Meinung, diese Mordfälle seien Sache der lokalen Polizei – das erste und einzige Mal, dass der Leo uneingeschränkt einer Meinung mit ihm war. Bei den Mordopfern handelte es sich um Einheimische, noch dazu um »einfache« Winzer, und so etwas war, fand der Keiffer, ganz sicher kein Fall für ihn.

Die Kisten mit den alten Nazi-Waffen waren das Einzige, was der Keiffer sofort in die Hauptstadt mitnahm. Die wollte man dann doch nicht einfach so im Bunker herumliegen lassen. Das Gold wurde von einem Security-Dienst abtransportiert und in einem staatlichen Lager weggesperrt. Und damit waren die Wiener Kieberer auch schon wieder weg.

Eigentlich hätte der Leo nun allen Grund zur Freude haben müssen, aber nix da. Denn stattdessen rückten nun die Uni-Historiker an. Der Bunkereingang wurde versiegelt, und nur mehr autorisiertes Personal hatte von nun an Zutritt. Das Innenministerium heuerte eine externe Security-Firma an, die den Bunker rund um die Uhr bewachen sollte. Für die übrigen Sicherheitsmaßnahmen waren der Leo und sein Team zuständig. Im Endeffekt hieß das nichts anderes, als dass der Leo und sein Team nun Babysitter für die Historiker spielen durften, ohne sich jedoch selbst weiter im Bunker umsehen zu dürfen. Was den Leo naturgemäß maßlos ärgerte. Kindermädchen mochte er nun wirklich nicht spielen, aber was blieb ihm übrig? Wenn der Befehl direkt aus dem Innenministerium kam, gab es kein »aber«

und »oder«, da wurde gefälligst gespurt. Der Leo musste nun also veranlassen, dass alle möglichen Zufahrten zum Bunker für die nächsten Wochen gesperrt wurden. Auch die Wanderwege, die durch die Weinhügel zum Bunker führten, wurden abgeriegelt. Man sollte annehmen, dass das alles zu einem großen Aufschrei im Ort führte, aber nix da. Es war Mitte November, das Wetter wurde schlechter und schlechter, und weder Einheimischen noch Ausflüglern stand der Sinn nach ausgedehnten Spaziergängen durch die Weinberge. Die paar Leute, die um diese Jahreszeit mit ihren Hunden hier herumliefen, nahmen die Absperrungen schulterzuckend zur Kenntnis und suchten sich andere Wege. Die Heide war nicht weit, und dort konnten sich die Hunde nach Herzenslust austoben. Warum die Wege durch die Rieden überhaupt abgesperrt waren, gab man nicht bekannt – lediglich, dass es sich um einen »Tatort« handele und die Spurensuche in diesem offenen Gelände einfach sehr kompliziert und langwierig sei.

Offiziell hatte man die Entdeckung des Bunkers nämlich noch immer nicht verlautbart. Die Historiker sollten sich zuerst einmal anschauen, welche supergeheimen Unterlagen im Bunker … gebunkert waren. Es musste ja einen Grund geben, warum ausgerechnet dieser Bunker nirgendwo in den Plänen verzeichnet war. Dachte man sich im Innenministerium halt.

Die Einzige, die in alles eingeweiht wurde, war die Marianne Zaitler. Was irgendwie auch klar war, denn schließlich fanden die Nachforschungen und Absperrungen auf ihrem Grund und Boden statt. Zudem hatte ihr der Leo ja auch erklären müssen, wo man die Leiche ihrer Schwiegermutter eigentlich gefunden hatte.

Über Nacht hatte sich die Marianne wieder einigermaßen von ihrem Nervenzusammenbruch erholt. Putzfrau Magda, die sich aufopfernd um die frischgebackene Witwe kümmerte, hatte ihr mit ein paar alten tschechischen Hausmitteln (zusätzlich zu den Medikamenten, die ihr der Dr. Oberhofer, der Onkel von der Charlotte und dem Leo, verschrieben hatte) eine ruhige Nacht beschert, und so war die Marianne am nächsten Tag bereit, sich den Fragen vom Leo zu stellen. Der Termin war am Nachmittag, nachdem der Leo die Forschertruppe des Innenministeriums zum Bunker gebracht und wie gewünscht die gesamte Umgebung abgeriegelt hatte. Die Charlotte begleitete den Leo, aber ausnahmsweise mal nicht, weil die Charlotte darauf bestanden hätte, sondern weil der Leo der Meinung war, dass weibliche Zuwendung dem Nervenkostüm der Marianne vielleicht zuträglich sei.

Die Charlotte hatte den halben Tag verschlafen. Es stand nichts im Kalender, die notwendigen Arbeiten auf dem Weingut hatte der Herr Papa übernommen. Also wieso nicht einmal ordentlich ausschlafen?

Als die WhatsApp vom Leo kam, in der er sie einlud, ihn zur Marianne zu begleiten, war sie überrascht. So kooperativ zeigte sich ihr Cousin bei Ermittlungen doch sonst nicht. Während der Shakespeare-Morde im Sommer hatte sie ihm noch jedes Detail aus der Nase ziehen müssen, immerhin hatte sie dann entscheidend zur Lösung des Falls beigetragen. Und jetzt begann er sogar, sie unaufgefordert in die Arbeit mit einzubeziehen? Als ehemalige Polizistin wusste die Charlotte, wie viel Überwindung ihn das gekostet haben musste.

Er holte sie am frühen Nachmittag mit dem Dienstwagen vom Weingut ab, und ein paar Minuten später rauschten sie auch schon beim Zaitler-Heurigen ein. Zuvor konnte er sich einen kleinen Seitenhieb aber nicht verkneifen. »Wenn du schon so gierig drauf bist, hier ständig zu ermitteln, wieso hast du den Job in Wien dann überhaupt aufgegeben? So mies hat es dort ja auch nicht sein können. Und sicher aufregender als bei uns heraußen.« Kurze Pause. »Na ja, wenigstens bevor du hier wieder aufgetaucht bist.«

Die Charlotte überlegte lange, was sie ihrem Cousin antworten sollte. Niemand in Perchtoldsdorf wusste, weshalb sie wirklich aus dem Polizeidienst ausgeschieden war. Ein wenig überraschend hatten auch die Kollegen in Wien dichtgehalten und über den Vorfall kein Sterbenswörtchen verloren. Gott sei Dank. Der Stachel saß noch immer tief. Vor allem, weil die ganze Sache so was von unnötig gewesen war. Eigentlich eine Geschichte, wie man sie sonst nur in schlechten Filmen oder in Schundromanen findet. Aber nichts, was jemandem in Wirklichkeit passierte. Sollte man glauben.

»Nicht jetzt, bitte«, antwortete die Charlotte ausweichend. »Reicht es nicht, dass ich dir einfach gerne ein wenig zur Hand gehe? Noch dazu völlig gratis?« Damit musste sich der Leo zufriedengeben. Wenn die Charlotte über irgendetwas nicht reden wollte, dann tat sie das auch nicht.

Die Marianne erwartete sie bereits. Sie war, wie es sich für eine frische Witwe gehörte, ganz in Schwarz gekleidet: schwarze Jeans, schwarze Bluse, die Haare hatte sie zu einem Pferdeschwanz am Hinterkopf zusammengebunden. Ihr blaues Auge war noch immer nicht ganz verheilt. Dafür spielte es jetzt alle Farben: Grün, Gelb, Lila.

»Kommt rein«, empfing sie die beiden emotionslos und führte die Charlotte und den Leo in eine der Gaststuben. Es war jene, in der sie Tage zuvor den SS-Dolch gefunden hatten. »Wein? Tee? Kaffee?«, fragte die Marianne.

Die beiden Nöhrers entschieden sich für Letzteres.

Die Marianne selbst goss sich eine Tasse Kamillentee auf. »Für die Nerven«, erklärte sie. »Ich will mich nicht mit zu vielen Medikamenten vollstopfen, und die Magda hat gemeint, dass Kamillentee gut für die Nerven ist.« Sie ließ sich auf eine der Heurigenbänke sinken. Ihr Teegeschirr klirrte, als sie es eine Spur zu ruckartig hinstellte.

Die Charlotte und der Leo nahmen ihr gegenüber Platz.

»Also, was wollt ihr noch von mir wissen?«

»Ich habe dir ja gestern schon erzählt, wo wir deine Schwiegermutter gefunden haben. Wir sind jetzt noch auf der Suche nach den passenden Schlüsseln für die Vorhängeschlösser am Bunker«, erklärte der Leo.

Die Marianne blickte ins Leere und nahm einen Schluck von

ihrem Tee, bevor sie antwortete: »Und ich habe dir gestern schon gesagt, dass ich von dem Bunker nichts gewusst habe. Wieso seid ihr überhaupt so sicher, dass der Robert oder mein Schwiegervater davon wussten? Nur weil er auf unserem Grund ist? Jeder wusste, dass wir die Hiatahütte dort seit Jahrzehnten nicht mehr benützen. In ganz Perchtoldsdorf gibt es nur mehr eine Handvoll dieser Hütten, die noch in Betrieb sind. Und das auch nur im Herbst für die Touristen. Unsere war da nicht dabei. Aber um deine Frage zu beantworten: Nein, ich habe keine Ahnung, wo die Schlüssel sein könnten.«

»Marianne«, sagte die Charlotte und legte besänftigend eine Hand auf ihre. »Die Schlüssel wären der letzte Beweis. Die Polizei weiß schon, dass dein Schwiegervater die Hertha umgebracht hat. Seine Fingerabdrücke waren auf der Flasche, mit der die Hertha erschlagen worden ist.« Vom Robert erzählte sie noch nichts, da war auch noch die letzte Spurenauswertung ausständig.

»Wieso ist es dann so wichtig, wem der Bunker gehört?« Da war Trotz in Mariannes Stimme.

»Diese Information ist wichtig für unsere Ermittlungen. Wenn der Bunker irgendwann jemand anderem gehört hat, ist derjenige natürlich auch verdächtig, in die ganze Geschichte verwickelt zu sein. Aber wenn der Herbert die Schlüssel hatte, dann ist der Fall klar. In den Katastern ist der Bunker ja ohnehin nicht eingetragen, und andere Dokumente gibt es nicht.«

Resignierend zeigte die Marianne auf eine unscheinbare Holztür. Darauf stand: »Privat«. »Dort geht es zur Wohnung vom Herbert. Schauts dort mal nach.«

Der Leo nahm das Angebot der Marianne gern an. So ersparte er sich wenigstens das mühsame Ansuchen um einen Durchsuchungsbeschluss. Die Charlotte folgte ihm, ein paar Schritte dahinter schlurfte schließlich auch die Marianne mit. Die Tür war nicht abgesperrt. Als der Leo sie öffnete, schlug ihm ein muffiger Geruch entgegen. »Wann hat der Herbert denn das letzte Mal gelüftet?«, fragte er.

Die Marianne zuckte mit den Schultern. »Keine Ahnung, wir

haben ja praktisch getrennte Leben geführt. Der Herbert hat niemand zu sich reingelassen. Selbst die Magda durfte nur einmal im Monat bei ihm putzen. Den Rest hat er selbst gemacht. Da war er sehr heikel.«

Der Leo ging voran und stand nun in einem kurzen Vorzimmerschlauch. Links und rechts führten jeweils zwei Türen in weitere Zimmer: Rechter Hand waren Wohn- und Schlafzimmer, linker Hand Badezimmer und ein kleiner Vorratsraum. Die Charlotte blickte sich um: Alles war tipptopp aufgeräumt, wenn auch mit einer feinen Staubschicht überzogen. »Wann hat die Magda denn das letzte Mal hier geputzt?«, fragte sie.

Die Marianne überlegte kurz und sagte dann: »Das muss fast einen Monat her sein. Der Herbert hat darauf bestanden, dass sie immer zur Monatsmitte seine Wohnung macht.«

Schau an, schau an, dachte die Charlotte. So blitzblank, wie hier alles war (abgesehen von der leichten Staubschicht der letzten Tage), musste der alte Zaitler ein Sauberkeitsfetischist gewesen sein. Selbst die Schuhe im Vorzimmer standen in Reih und Glied. An den Garderobenhaken hingen fein säuberlich auf Bügeln mehrere Trachtenjanker, und eine Handvoll Hüte reihte sich bestens geordnet auf einem schmalen Sideboard. Das war eben noch eine andere Generation gewesen. Da hatte in der Erziehung noch Zucht und Ordnung geherrscht.

Gleich neben der Eingangstür war ein Schlüsselbrett. Daran hing gut ein Dutzend verschiedener Schlüsselbunde. Das kannte die Charlotte nur zu gut: Auf einem Weingut benötigte man eine fast unüberschaubare Anzahl an Schlüsseln, und es war nahezu unmöglich, sie alle auf einem oder zwei Schlüsselbunden unterzubringen. Auch da hatte der alte Zaitler eine penible Genauigkeit an den Tag gelegt. Jeder einzelne Schlüssel war mit einer kleinen Plakette versehen, auf der notiert war, wozu er gehörte. Allerdings in Abkürzungen, von denen die meisten weder dem Leo noch der Charlotte etwas sagten. Auch die Marianne konnte da nicht weiterhelfen. »Wir haben unsere eigenen Schlüssel«, sagte sie entschuldigend.

Die Charlotte trat näher ans Schlüsselbrett. Bei genauerem Hinsehen war zu erkennen, dass fast alle Schlüssel mit Buchstaben-Codes beschriftet waren. Nur zwei trugen Zahlen, und das waren ganz eindeutig keine Haus- oder Scheunenschlüssel. Dafür waren sie zu klein und zu filigran.

»Schau dir mal die Nummern an«, sagte die Charlotte.

Der Leo nahm die beiden Schlüssel. »88/1 und 88/2«, murmelte er. »Der alte Depp!«

»Ja«, bestätigte die Charlotte. »88 – oder HH im Neonazi-Code, der achte Buchstabe im Alphabet. Das haben wir doch schon auf der Polizeischule gelernt.«

»Heil Hitler – mein Gott, der alte Zaitler war tatsächlich ein verkappter Nazi. Dass er rechts gestanden ist, war ja allgemein bekannt. Aber so ganz, ganz rechts?« Der Leo nahm ein kleines Plastiksäckchen aus der Cargotasche seiner Diensthose, darin befanden sich die beiden geknackten Vorhängeschlösser des Bunkers. Er fischte die zwei Schlösser heraus. Die Marianne stand nervös daneben und knetete ihre Finger. Gleich beim ersten Versuch vom Leo machte es leise »klick«, beim zweiten Versuch ebenso. Die Schlüssel mit der Aufschrift »88/1« und »88/2« glitten perfekt in die Vorhängeschlösser.

Zufrieden nickte der Leo. »Gut«, sagte er schließlich, »Marianne, ich muss die beiden Schlüssel konfiszieren.«

»Ja, ja, natürlich«, antwortete sie abwesend. Ihr Blick war glasig. Offenbar hatte sie vorhin geschwindelt, als sie meinte, sie wollte nicht zu viele Medikamente nehmen. Die Charlotte hätte gewettet, dass sie voll mit Beruhigungsmitteln war.

In diesem Moment läutete Leos Diensthandy. Er sah aufs Display, entschuldigte sich und verließ die Wohnung vom alten Zaitler. Die Charlotte nahm die Marianne an der Hand und führte sie zurück in die Gaststube.

»Es ist … es ist einfach ein Alptraum«, schluchzte die Marianne schließlich. Die Charlotte nahm sie in den Arm, und die Zaitler-Witwe vergrub ihr Gesicht an der Schulter der Charlotte. Dann begann sie hemmungslos zu schluchzen.

»Schon gut, schon gut.« Etwas Besseres fiel der Charlotte auf die Schnelle nicht ein. Sie tätschelte der Marianne beruhigend den Rücken, ließ das aber gleich wieder bleiben, als sie merkte, wie lächerlich diese Geste eigentlich war. Stattdessen drückte sie die Witwe fester an sich. Mit einer Hand streckte sie sich nach einem Stapel Servietten, der auf dem Heurigentisch lag. Was gar nicht so einfach war, denn die zierliche Marianne wog im aufgelösten Zustand viel mehr, als man vermuten durfte. Schließlich erreichten die Fingerspitzen der Charlotte den Stapel doch, und sie schob der Marianne eine Serviette zwischen das Gesicht und ihre Schulter.

Die Witwe schnäuzte sich lautstark und nuschelte ein verheultes »Danke«.

»Also, es ist so …«, sagte der Leo, als er wieder in die Gaststube trat. Sogleich schnitt ihm die Charlotte mit einer hastigen Handbewegung das Wort ab. Er blieb aber entschlossen, auch nachdem er sich ein Bild der Situation gemacht hatte. Die heulende Witwe in den Armen seiner Cousine … Aber da mussten sie jetzt durch, er und die Marianne auch.

Deshalb schüttelte er als Antwort den Kopf, nahm am Tisch Platz und begann ein zweites Mal: »Also, es ist so, Marianne.«

Die Angesprochene löste sich aus der Umarmung der Charlotte, nahm eine weitere Serviette und wischte sich die Tränen aus den Augen. Trotzig sah sie den Leo an. »Was ist also so?«

»Nun, wir wissen jetzt definitiv, wer den Robert auf dem Gewissen hat. Man hat mich eben verständigt. Das war der Anruf vorhin.«

Die Marianne schluckte. »Wer war es?«

»Dein Schwiegervater. Er hat nicht nur die Hertha, sondern auch den Robert umgebracht.«

Die Marianne kippte rücklings nach hinten, die Charlotte konnte sie gerade noch auffangen, ehe sie mit dem Kopf auf dem Steinboden aufschlug.

»Hättest du damit nicht noch ein paar Minuten warten können?«, fuhr sie ihren Cousin an. Dann rief sie nach der Magda.

Die Putzfrau – in Wirklichkeit Mädchen für alles im Haushalt Zaitler – half der Charlotte, die Marianne auf ihr Schlafzimmer zu bringen. »Ich werde mich um sie kümmern«, versprach sie der Charlotte. »Findest du den Weg hinaus?«

Die Charlotte nickte und sah sich die Magda mal genauer an. Soweit sie wusste, kam sie aus Tschechien. Der Akzent war aber nur hörbar, wenn man ganz genau aufpasste. Sie musste Mitte dreißig sein, also eine Spur älter als die Charlotte, aber jünger als die Marianne. Und sie sah blendend aus. Auch wenn sie versuchte, ihre äußerlichen Vorzüge unter einem Hauskleid aus den Siebzigern zu verstecken – es erinnerte die Charlotte an jenes, das die Hertha Zaitler zum Zeitpunkt ihres Todes getragen hatte. Selbst ungeschminkt und von der Hausarbeit verschwitzt glänzten ihre Augen fast schon spektakulär. Ihre Bewegungen waren grazil und elegant, sogar als sie die Marianne zu zweit auf ihr Zimmer schleppten.

Sie war vor ein paar Jahren bei den Zaitlers aufgetaucht und hatte seitdem ein ähnlich stilles Leben geführt wie zuvor die Hertha. Die Zaitler-Familie war kein gesunder Ort für Frauen … gewesen. Aber das hatte sich nun ja radikal geändert. Vielleicht konnten die Marianne und auch die Magda jetzt ein bisschen befreiter aufleben und sich auch etwas mehr in der Öffentlichkeit sehen lassen. Die Charlotte wünschte es den beiden von ganzem Herzen.

»Wie geht es ihr?«, wurde sie vom Leo in der Gaststube empfangen.

»Nicht gut, aber die Magda kümmert sich um sie. Nachdem sie das gestern schon geschafft hat, wird sie es heute auch hinbekommen.«

»Soll ich unseren Onkel noch mal anrufen?«

»Nein, sie hat genug Beruhigungsmittel. Ich hoffe, das war es jetzt mit Hiobsbotschaften für die Arme.«

»Ich wüsste nicht, was noch kommen sollte«, antwortete der Leo kleinlaut.

»Erzähl, was haben deine Kollegen herausgefunden?«

Bevor der Leo aber von seinem Telefonat berichten konnte, stießen sie bei der Heurigeneinfahrt auf einen weiteren Besucher.

»Herr Gemeinderat«, meinte die Charlotte verwundert, »was suchen Sie denn hier?« Sie hatte keine Ahnung, wieso es den Hagen Adefris ausgerechnet jetzt hierher verschlagen hatte. Er war der Vorsitzende des örtlichen Ablegers der ÖHP, der Österreichischen Heimatpartei, einer sehr, sehr, sehr rechtslastigen Partei, wie der Name schon erahnen ließ.

»Ich wüsste nicht, was Sie das angeht«, brummte der Angesprochene. Er war groß, trug Vollbart und musste schon auf die sechzig zugehen. Als strammer Nationalkonservativer wollte er mit Leuten wie der Charlotte naturgemäß nichts zu tun haben. Schwule und Lesben waren für jemanden wie ihn schlimmer als Weihwasser für den Teufel.

»Na, na, Herr Adefris«, mischte sich der Leo ein. Auch er hatte wenig für den alten Adefris übrig, und so eine schroffe Antwort wäre nun wirklich nicht notwendig gewesen.

»Herr Inspektor«, schnaubte der Adefris, »mir war nicht bewusst, dass wir in einem Polizeistaat leben, wo man sich nicht mehr frei bewegen kann.«

»Noch nicht«, murmelte die Charlotte und sagte dann etwas lauter: »Wenn es nach Ihnen und Ihren Freunden geht, dann wäre das aber wohl schon bald der Fall.«

Als Antwort kam nur ein gehässiges Lächeln. Der Gemeinderat drängte sich ohne ein weiteres Wort an den beiden vorbei und verschwand im Haus der Familie Zaitler.

Den fragenden Blick der Charlotte konnte der Leo nur mit einem Schulterzucken beantworten. »Was soll ich tun? Er hat ja recht. Das ist Gott sei Dank noch ein freies Land, und er kann machen, was er will. Wahrscheinlich war er mit dem alten Zaitler befreundet. Immerhin wissen wir ja jetzt, wessen Geistes Kind der Zaitler war, und da ist es nur mehr ein kurzer Sprung zum Adefris und zu seinen Kumpanen. Vielleicht will er der Marianne sein Beileid aussprechen?«

»Die Arme«, stellte die Charlotte mit einem Blick zum Zaitler-Haus fest. »Gerade ist sie den einen Arsch losgeworden, schon kommt der nächste daher.«

Auf dem Weg zum Auto erzählte der Leo endlich von seinem Telefonat. Wie er vermutet hatte, war die zweite Blutlache im Bunker jene vom Mord am Robert. Auch er war mit einer Flasche vom Weingut Goldmann erschlagen worden. Sowohl die Glassplitter als auch der Inhalt der Flasche passten dazu. Damit war es nun bestätigt: Die Familie Zaitler hatte sich gegenseitig ausgelöscht. Der Vater hatte seine Frau und den Sohn umgebracht. Der Sohn den Vater. Die einzige Überlebende war die Marianne. Ansonsten gab es schon lange keine Familienangehörigen mehr.

Sie saßen bereits im Wagen vom Leo, da meinte die Charlotte schließlich: »Ich glaub, ich brauch jetzt einen Schnaps.«

»Wir könnten ja beim …«

»Nein!«, unterbrach sie den Leo. »Das war doch nur bildlich gemeint. Stell dir nur mal vor, der Robert hätte seinen Vater nicht umgebracht. Vielleicht hätte der dann früher oder später auch noch die Marianne getötet.«

»Na schau, das könnte ich ihr ja noch erzählen. Dann hätten wir am Ende auch noch den Job vom alten Zaitler erledigt.«

»Hirsch!«, herrschte ihn die Charlotte an und boxte ihm kumpelhaft in den Oberarm. »Sie wird schon selber draufkommen, was für ein Glück sie hatte. Oder auch nicht. Was noch besser wäre. Vielleicht denkt sie gar nicht daran.«

»Wo soll ich dich denn rauswerfen?«

»Oben beim Weingut, bitte.« Der Leo tat wie ihm geheißen.

Als die Charlotte die Küche betrat, fand sie dort bereits die Flora, den Luca, den Noah und die Omama vor. Auf dem Tisch stand die Flasche vom Goldmann-Wein, die die Charlotte am Vortag aus dem Bunker hatte mitgehen lassen. Anscheinend hatte die Flora die Omama zur Rede gestellt.

Die Omama war wegen des miesen Wetters bereits einen Tag früher als geplant von ihrer Seniorentour durchs Weinviertel zurückgekehrt. Im Seniorenbus hatte es eine Meuterei gegeben, als der Reiseveranstalter trotz des Dauerregens Freiluft-Exkursionen durchziehen wollte. Den Zorn einer Busladung voll resoluter Senioren wollte man sich am besten gar nicht vorstellen …

Wie auch immer, die Omama hatte sich ihre Rückkehr anders ausgemalt. Sie saß in ihrem angestammten Eck der Sitzbank und schmollte.

»Ah, jetzt weiß ich endlich, wo die Flora ihren Gesichtsausdruck herhat«, sagte die Charlotte, um die angespannte Stimmung ein wenig aufzulockern.

»Haha, sehr lustig«, grollte die Flora.

Die Charlotte nahm neben der Omama Platz und legte den Arm um die Großmutter. Die Flora hatte ja recht. Die Omama sollte nun endlich mit der Wahrheit rausrücken. Auch wenn die möglicherweise kein gutes Licht auf die Familie warf. »Erzähl schon, Omama. Was ist damals passiert? Wer waren die Goldmanns?«

»Wo habt ihr die Flasche überhaupt her?«, fragte die Omama im Gegenzug trotzig.

Die Charlotte überlegte kurz, dann sagte sie: »Ach, was soll's. Dir können wir's ja erzählen. Verrat es aber bitte nicht gleich deinen Busenfreundinnen, wenn's irgendwie geht. Das ist alles streng geheim. Wenn mir der Leo draufkommt, dann gute Nacht.«

Die Augen der Omama blitzten. »Soso, ein Geheimnis.«

»Ja, ein Geheimnis. Pass auf.« Dann erzählte die Charlotte vom Fund des Tunnelsystems und des Bunkers. Und dass man die Hertha Zaitler dort tot gefunden hatte. Sie vertraute ihrer Omama allerdings nicht an, dass sich der alte und der junge Zaitler gegenseitig umgebracht hatten. Darum hatte der Leo sie ausdrücklich gebeten, denn mit diesem Skandal wollte man noch nicht an die Öffentlichkeit gehen.

»Omama«, flehte die Flora schließlich. »Ich weiß nichts von der Vergangenheit unserer Familie. Du hast nie etwas erzählt, und der Papa und die Mama auch nicht. Es wäre mir aber wichtig. Ich will wissen, was damals vorgefallen ist. Selbst wenn wir in die Sache verwickelt waren. Ich weiß nichts von meinem Uropa. Und ich kann verstehen, wenn du darüber schweigen willst, weil hier damals alle mit den Nazis gemeinsame Sache gemacht haben …«

»Gemeinsame Sache, ha!«, fuhr ihr die Omama ungewohnt scharf ins Wort. »Du hast wirklich keine Ahnung, mein Kind. Aber«, dabei rollte der Omama eine Träne über die Wange, »das ist nicht deine Schuld.« Die Omama atmete einmal tief durch. »Die Nazis haben meinen Vater damals umgebracht. So, jetzt ist es heraußen. Ich hoffe, ihr seid jetzt zufrieden.« Damit stürmte sie aus der Küche. Die Enkelkinder blieben alleine zurück. Stumm, erschüttert und ziemlich entsetzt.

11

Die Charlotte hatte sich kurz überlegt, ob sie ihren Schock über die Ermordung des Uropas am Abend in der Turmbar oder doch lieber in der Motte wegtrinken sollte. Am Ende entschied sie sich für eine dritte Möglichkeit: ausnahmsweise mal früh zu Bett gehen. Nach der Geschichte mit der Omama waren sie noch kurz beisammengesessen, aber niemand hatte ein Wort herausgebracht.

Der Luca war der Erste, der seine Sprache wiederfand. Er verkündete der Runde, er gehe jetzt seine Sachen packen. Er und der Bianchi-Papa würden ja am nächsten Tag wieder in Richtung Heimat aufbrechen. Die Herbstferien dauerten zwar noch ein paar Tage, aber der Signore hatte noch einige wichtige Termine und wurde in der Heimat erwartet. Den Geburtstag der Flora wollte der Luca sich aber nicht entgehen lassen und deshalb am nächsten Wochenende noch mal für ein paar Tage raufkommen. Dann eben mit dem Flieger und ohne den Signore. Gemeinsam mit der Flora verzog er sich, wohl zum »Abschiedfeiern«. Der Noah schnappte sich die Jackie und ging noch eine Runde mit dem Leihhund, und die Charlotte und die Andrea zogen sich ebenfalls in ihre Wohnung zurück.

Am nächsten Tag war die Welt noch trüber. Eine dicke Wolkendecke hing über Perchtoldsdorf, und die Luft roch bereits nach dem ersten Schnee. Ungewöhnlich früh, in den letzten Jahren hatte es zumeist erst zwischen Weihnachten und Neujahr geschneit – wenn überhaupt. Kein Vergleich zur Kindheit der Charlotte, als es manchmal schon im Oktober Schnee runtergehauen hatte wie blöd und weiße Weihnachten die Regel und nicht – wie heute – die Ausnahme waren. In den letzten Jahren war es sogar vorgekommen, dass es an Heiligabend fünfzehn Grad plus hatte. Wie zum Hohn folgte dann ein paar Tage darauf der totale Temperatursturz, und zu Silvester fror man sich bei minus zehn Grad und wenigstens knöchelhohem Schnee den Arsch ab. Gut, aber so weit war es heuer noch nicht. Die Hoffnung auf frühen Schnee starb bekanntlich zuletzt.

Nach einem schnellen Frühstück schnappte sich die Andrea ein paar Akten und fuhr mit dem Auto ins Büro nach Wien.

»Ich dachte, dein Chef ist die ganze Woche nicht da?«, fragte die Charlotte erstaunt.

»Eh«, antwortete die Andrea. »Aber ich bekomme hier einfach keine Arbeit weiter. Entweder du verdrehst mir den Kopf, oder wir stolpern über einen Nazi-Bunker. Keine Sorge, ich bin am Nachmittag wieder da.« Sie gab ihrer Freundin einen Kuss auf die Nasenspitze und zischte ab.

»Na super«, maulte die Charlotte leise. Für den Rest des Tages hatte sie noch keinen Plan. Zum Glück hupte es ein paar Minuten später vor dem Einfahrtstor. Eigentlich erwartete die Charlotte niemanden. Gespannt öffnete sie das Tor und machte große Augen, als da der Baumeister mit seinem Arbeitstrupp stand.

»Ja, Herr Holzinger, was machen Sie denn schon hier?«

»Grüß Sie! Wir legen heute schon los, wenn's recht ist!«

»Äh … das haben wir doch gar nicht so abgemacht.«

Der Baumeister verdrehte die Augen. »Frau Nöhrer, hat Ihnen Ihr Vater nichts gesagt?«

»Was soll er mir gesagt haben?«

»Na, wir haben eben ausgemacht, dass wir heute schon beginnen. Das Wetter ausnützen, solange es noch nicht schneit und vor allem der Boden noch nicht durchgefroren ist.«

Natürlich hatte ihr Vater das erzählt. Aber dann war gestern Abend die Geschichte mit der Omama dazwischengekommen, und die Charlotte hatte schlicht und ergreifend vergessen, dass die Arbeiten schon heute begannen. Irgendwie hatte sie einfach zu viel um die Ohren. Vielleicht sollte sie sich den Vorschlag der Andrea doch zu Herzen nehmen und tatsächlich die Kalenderfunktion ihres Handys benutzen.

Egal, ihr sollte es nur recht sein. Sie wies den Bauarbeitern den Weg rund um das Weingut. Einen kleineren Bagger musste sie schweren Herzens im Innenhof ranlassen. Zum Glück würde das in ein paar Monaten niemand mehr sehen.

Nachdem die schwere Gerätschaft auf der Rückseite des Weinguts die Arbeit aufgenommen und man begonnen hatte, Erde auszuheben, führte sie die restlichen fünf Bauarbeiter zum Weinkeller im Innenhof. Die Arbeiter schulterten ihre Spitzhacken, brachten Schlagbohrer und restliches Werkzeug. Dann ließ die Charlotte die Bautrupps allein.

Der Baumeister hechelte zu Beginn zwischen den Baustellen hin und her, ehe er sich zu Mittag vom Acker machte. In etwa gleichzeitig mit den japanischen Gästen, die sich während des Hiataeinzugs bei der Charlotte einquartiert hatten. Ein Reisebus holte die gut zwei Dutzend Japaner ab. Die Mama und der Papa hatten sich noch einmal in ihre Tracht geschmissen, um sich standesgemäß zu verabschieden. Von den Morden hatten die Japaner glücklicherweise nichts mitbekommen, über einen Dolmetscher bedankten sie sich artig bei der ganzen Familie Nöhrer für den wunderbaren Aufenthalt und versprachen, das Weingut in der Heimat weiterzuempfehlen. Die Frau Mama steckte jedem der scheidenden Gäste eine Visitenkarte zu und sagte dem Dolmetscher: »Das nächste Mal bitte über unsere Homepage buchen. Das ist günstiger!«

Aha, dachte die Charlotte schmunzelnd, jetzt habe ich auch schon die Mama angesteckt. Weil natürlich war es über die Homepage nicht unbedingt günstiger für die Gäste, aber der Familie Nöhrer blieb mehr Geld.

Nachdem die Japaner weg waren, radelte die Charlotte in den Ort hinunter, um dem Leo einen Besuch abzustatten. Der hatte aber keinerlei Neuigkeiten zu berichten. Woher auch? Die Morde waren im Großen und Ganzen geklärt. Nachdem sowohl Täter als auch Opfer das Zeitliche gesegnet hatten, war die Motivfrage sekundär. Dafür erzählte sie ihm vom ermordeten Uropa, und das traf dann auch den hartgesottenen

Polizisten ins Mark. Bislang hatte man über die Nazi-Zeit nur durch die Schule oder das Fernsehen etwas erfahren. Dass die eigene Familie betroffen war, machte das Ganze auf einmal viel tragischer und – natürlich – persönlicher. Sie gingen miteinander mittagessen zum Chinesen ums Eck und rätselten, was damals wohl vorgefallen war.

»Das weiß nur die Omama, und ich glaube nicht, dass sie uns noch mehr erzählen wird. Die Geschichte nimmt sie noch immer mit. Es wäre wohl auch keine gute Idee, sie weiter damit zu quälen«, meinte die Charlotte, ihre Frühlingsrolle kauend.

»Ich werde mal im Innenministerium nachfragen, vielleicht gibt's da ein paar Aufzeichnungen«, versprach der Leo, dem sein Menü M4 (Acht Schätze mit gebratenem Jasminreis) heute überhaupt nicht schmecken wollte.

»Was anderes«, meinte die Charlotte schließlich. »Hast du schon eine Idee, wie der alte Zaitler den Robert bei mir im Hof abgelegt hat?«

Da musste der Leo seine Cousine allerdings enttäuschen. »Das war jetzt, ehrlich gestanden, auch nicht unsere oberste Priorität. Wir hatten drei Leichen, und die Morde ließen sich eindeutig zuordnen. Damit war in diesem Fall alles erledigt. Tut mir leid, aber wir sind personell ohnehin schon dünn besetzt. Was würde es ändern, wenn wir herausfinden, wie der alte Zaitler die Leiche vom Robert zu euch gebracht hat?«

Die Charlotte musste ihm recht geben, auch wenn es sie ärgerte, dass sie das Geheimnis nicht lösen konnte. Zudem war da dieses ungute Gefühl, dass man sich unbehelligt Zugang zu ihrem Grundstück und dem Innenhof verschaffen konnte und sie keine Ahnung hatte, auf welche Weise.

Am frühen Nachmittag radelte sie bedrückt hoch zum Weingut, wo die Bauarbeiter noch immer fleißig bei der Arbeit waren. Sie kontrollierte zunächst die Baustelle im Hof. Dort hatte man die alten Stromleitungen gekappt. Es gab keine Baupläne mehr, und niemand wusste, wo die Stromleitungen hinunter in den Weinkeller genau verliefen. Die Gefahr, einen Stromschlag zu bekommen, war einfach zu groß. Aber die Arbeiter waren auf solche Eventualitäten vorbereitet gewesen und arbeiteten nun einfach mit einem mobilen Stromgenerator. Der Platz unter der alten Kastanie sah aus wie ein verwahrloster Flohmarkt. Die Arbeiter hatten das Presshaus vollständig ausgeräumt. Nun stapelten sich unter dem Baum alte Tische, Bänke und allerlei historische Gerätschaften, mit denen vor Jahrzehnten noch Wein gemacht worden war.

»Was machen wir damit?«, fragte der Herr Papa, der sich mittlerweile zu ihr gesellt hatte.

»Aufheben. Herrichten. Nachher wieder reinstellen. Wenn das wirklich ein Showkeller werden soll, dann muss er auch möglichst authentisch aussehen. Wenigstens heroben im Presshaus. Das gefällt den Leuten sicher. Unten im Weinkeller selbst … da habe ich schon ein paar Ideen. Ich habe mich im Internet umgeschaut. Du glaubst ja gar nicht, was man da alles anstellen kann …«

»Sag bloß, du willst da unten etwa Stahltanks reinstellen?«, fragte der Papa entsetzt.

»Bist du wahnsinnig?«, antwortete die Charlotte empört. »Lass mich doch erst ausreden. Ich meinte, was man da alles anstellen kann, wenn man nicht vorhat, dort unten auch wirklich Wein zu produzieren. Nein, nein. Da unten bleibt alles aus Holz. Wir werden aber ein paar von unseren neueren Fässern runterstellen müssen. Die alten sind sicher komplett hinüber. Ich glaube nicht, dass man da noch viel retten kann. Übrigens meinte ich vorhin ein paar technische Spielereien. Akustische Täuschungen und so. Dazu viel indirektes Licht und so weiter.«

»Aha!«

»Du verstehst nur Bahnhof, stimmt's?«

»Ja, aber du wirst es mir schon erklären.«

»Hast du nicht einen Spezi, der Tischler ist?«, fragte die Charlotte.

»Ja, der Harald Stummvoll.« Der Herr Papa blickte skeptisch auf die Ansammlung alter Möbelstücke aus dem Presshaus.

Die Tische, Bänke und Regale sahen wirklich jämmerlich aus. »Ich werde ihn mal anrufen. Er soll raufkommen und sich das anschauen. Ich weiß nicht, ob er das selber machen kann. Aber vielleicht kennt er jemanden, der auf solche Restaurierungen spezialisiert ist.«

»Tu das!«, erwiderte die Charlotte freudig, drückte ihm ein Küsschen auf die Wange und machte sich auf den Weg zur anderen Baustelle. Der Herr Papa folgte ihr. Kurz darauf standen sie vor einem großen Loch im Boden hinter dem Weingut.

»Hallo, Frau Nöhrer!«, rief der Baggerfahrer, der seine Arbeit unterbrach, nachdem er sie erblickt hatte. »Es geht ganz gut voran, wir sind schon durchgebrochen.«

»Das sehe ich«, sagte die Charlotte mit einem Schaudern. Vor ihr tat sich ein etwa fünf mal fünf Meter großes Loch im Boden auf. Und plötzlich war sie sich nicht mehr so sicher, ob ihre Idee tatsächlich so toll war. Neben dem Loch türmten sich Erdhaufen, und von der vorherigen Weingartenidylle war nicht mehr viel übrig.

Der Baggerfahrer schien den skeptischen Blick seiner Auftraggeberin bemerkt zu haben. »Keine Sorge, gnä' Frau, das wird schon wieder. Klar, sieht jetzt natürlich fürchterlich aus. Aber wenn wir mal fertig sind, wird alles picobello! Versprochen!«

Abwesend nickte die Charlotte, weil sie sich derzeit einfach nicht vorstellen konnte, wie dieser Sauhaufen jemals wieder »picobello« aussehen sollte.

»Was ist denn das da?«, fragte ihr Vater plötzlich. Er zeigte auf ein Loch hinter einem der – wie man jetzt bei Tageslicht sehen konnte – komplett verfaulten Weinfässer.

»Das«, sagte die Omama, die, in eine dicke Wolldecke gehüllt, wie ein Geist neben ihrem Sohn und ihrer Enkelin aufgetaucht war, »ist der Ort, an dem wir im Krieg die Familie Goldmann versteckt hatten.«

Die Charlotte sah ihre Omama verständnislos an. »Was …? Wie …?«

Die Omama sah auf ihre Uhr. »Warten wir noch auf die Flora. Das geht sie genauso an wie dich und deinen Papa. Und sie ist es ja auch, die schon die ganze Zeit über die Geschichte hören will.«

Die Charlotte war noch immer fassungslos. Durch das Loch konnte man sehen, dass sich hinter einem der Fässer ein kleiner Raum auftat. Im Zwielicht glaubte sie, darin zwei alte Feldbetten zu erkennen. Dahinter schien sich ein unterirdischer Gang anzuschließen – so einer wie jener, den die Jackie in den Weinbergen entdeckt hatte und der zum geheimen Nazi-Bunker führte.

»Sollen wir die Polizei verständigen?«, fragte die Charlotte schließlich, nur um irgendetwas zu sagen.

Die Omama schüttelte den Kopf. »Wozu? Ist schon so lange her, und alle Beteiligten sind mittlerweile tot. Ich hätte mir gewünscht, dass die ganze Geschichte begraben bleibt, aber nachdem du dir die Sache mit dem Weinkeller eingebildet hattest …«

»Aber du hast nie etwas dagegen gesagt!«, protestierte die Charlotte.

Die Omama schlurfte zur Enkeltochter und nahm ihr Gesicht in beide Hände. »Charlotte, ich kenne dich doch. Wenn du dir mal etwas in den Kopf gesetzt hast … Und vielleicht wollte ich ja unbewusst auch, dass die Sache doch endlich ans Tageslicht kommt. Du musst nur verstehen, wie weh mir das tut. Du hast ja keine Ahnung, wie es ist, ohne Vater aufzuwachsen. Ich hatte das alles verdrängt, tief in mir vergraben. Aber jetzt ist die Wunde wieder offen, und in Wirklichkeit ist es auch gut und richtig so. Ihr habt ein Recht, zu wissen, was damals passiert ist. Die Leute – unsere Generation – haben viel zu lange darüber geschwiegen.«

»Charlotte …«, meldete sich der Herr Papa zaghaft zu Wort.

»Ja?«

»Vielleicht sollten wir doch den Leo rufen.«

»Wieso?«

»Na, jetzt wissen wir wenigstens, wie die Leiche vom Robert in den Hof gebracht wurde.«

»Meinst du …?«

»Ja, das Tunnelsystem reicht wohl bis hierher.«

»Dein Vater hat recht«, schaltete sich die Omama ein. »Ich habe euch letztens nur die halbe Wahrheit erzählt. Ich wusste schon, dass es von unserem Weinkeller aus einen Zugang zu den Tunneln gibt. Niemand weiß, wie alt sie sind. Aber ich glaube, dass sie aus der Zeit der letzten Türkenbelagerung stammen. Ich habe sie nie groß erforscht, da habe ich euch schon die Wahrheit erzählt. Aber, wie gesagt, ich wusste immer, dass es sie gibt.«

Die Charlotte seufzte. »Na gut, wenn wir eh auf die Flora warten müssen, können wir inzwischen auch den Leo anrufen.« Sie erklärte ihrem Cousin am Telefon die Situation, und ein paar Minuten später rückte der Leo auch schon an – allein.

»Das hat ja mit dem Fall nicht direkt etwas zu tun«, meinte er. »Da reicht es, wenn ich mir erst mal selber ein Bild mache.« Gemeinsam mit der Charlotte ging er durch das Presshaus hinunter in den Weinkeller.

Von oben kam inzwischen nur mehr gedämpftes Licht, es dämmerte bereits. Die Charlotte hatte die Bauarbeiter nach Hause geschickt. Sie und der Leo wollten sich die Baustelle und den Fund hinter dem alten Weinfass in Ruhe und ohne neugierige Blicke ansehen.

»Ich glaube, ich schmeiße die Schule«, hörten sie von oben die Flora fluchen. »Die ganzen coolen Sachen passieren immer, während ich dort herumsitze und ihr ungestört herumschnüffeln könnt.« Sie lugte von oben über den Rand des Lochs zu ihrer Schwester und dem Cousin hinunter.

»Ach, gib doch einen Frieden und wirf mir lieber eine Taschenlampe runter«, fauchte die Charlotte zurück. War ja wirklich unglaublich, wie zickig die junge Dame sein konnte.

Unglaublicherweise tat die Flora, worum die Charlotte sie gebeten hatte. Sie verschwand im Haus und kam kurz darauf mit einer großen Stabtaschenlampe zurück, die sie durch das Loch hinunterfallen ließ. Der Leo fing sie auf und leuchtete den Raum aus.

»Dort drüben ist der Raum«, wies die Flora die beiden von oben an.

Der Leo beleuchtete ein mannsgroßes Weinfass zu seiner linken Seite. Es war genauso vermodert wie die anderen Fässer und eindeutig im Weg. Genau dahinter befand sich das Loch in der Ziegelmauer, durch das man in den Geheimraum gelangte.

»Wie sollen wir da vorbeikommen?«, fragte er. Die Weinfässer standen eins am anderen. Keine Chance, sich da irgendwie durchzuzwängen.

»Klopf vorne drauf«, meinte die Omama von oben.

Fragend blickte der Leo hinauf. »Ich glaube nicht, dass da noch jemand zu Hause ist.« Dann tat er doch, was ihm die Omama geheißen hatte.

»Fester!«, rief die Omama.

Der Leo klopfte fester, und plötzlich sprang die vordere Wand des Weinfasses auf. Der Leo leuchtete hinein. »Eine Geheimtür?«, stellte er erstaunt fest.

»Ja, in dem Fass war nie Wein drin«, erklärte die Omama. »Kommt rauf, es wird schon dunkel. Ich erzähle euch jetzt, was damals passiert ist. Ihr könnt euch den Rest ja morgen genauer anschauen.«

Bevor es aber so weit war, galt es noch, sich vom Luca und dem Signore Bianchi zu verabschieden. Dem Papa standen fast Tränen in den Augen, dass er seinen neuen BFF schon wieder ziehen lassen musste. Bei der Flora und dem Luca fiel der Abschied weniger emotional aus. Bestimmt, weil der Luca nächste Woche sowieso wiederkam, redete sich die Charlotte ein.

Nachdem der Porsche Panamera den Parkplatz des Weinguts verlassen hatte, versammelte sich die gesamte Familie in der Küche.

»Ich hätte euch das alles schon viel früher erzählen sollen. Aber es tut bis heute weh, wenn ich an diese Zeit denke«, begann die Omama. »Also: War meine Familie rebellisch? Haben wir uns offen gegen die Nazis gestellt? Nein, tut mir leid. So heldenhaft – oder verrückt – waren wir nicht. Im Gegensatz zu anderen Familien hier im Ort waren wir aber auch keine Kollaborateure. Wenn es das ist, wovor du Angst gehabt hast, Flora. Es hat halt jeder versucht, über die Runden zu kommen, so gut er konnte. Wir hatten damals schon unseren Weinbaubetrieb, und trotz des Kriegs ist das Geschäft ganz leidlich gegangen. Mit dem Heurigen hat man damals nichts verdienen können, aber die Nazis haben uns den Wein in großen Mengen abgenommen. Die waren da nicht anders als andere Diktatoren: Wasser predigen und Wein saufen, im wahrsten Sinn des Wortes. Wenn ihr so wollt, haben wir die Nazis damit schon unterstützt. Ich glaube aber nicht, dass es irgendwas geändert hätte, wenn wir ihnen keinen Wein verkauft hätten. Nein, ganz sicher nicht.«

Der Blick der Omama wurde glasig. In Gedanken reiste sie gerade in die frühen 1940er Jahre zurück. »Dafür müssen wir uns heute auch nicht schämen. Nein, was geschehen ist, war etwas anderes. Die Familie Goldmann, das waren zum Katholizismus konvertierte Juden und gute Freunde unserer Familie. Mein Papa – euer Uropa – hat versucht, sie zu schützen. Und wurde deshalb von den Nazis umgebracht. So wie danach die ganze Familie Goldmann. Deshalb wollte ich so lange nicht über sie reden. Als die Flora mir die Flasche Goldmann-Wein gezeigt hat, sind die ganzen alten Erinnerungen wieder erwacht.«

»Mein Gott!«, flüsterte die Flora erschrocken.

Reflexartig wollte sie der Noah beschützend in den Arm nehmen, überlegte es sich aber anders und zog den Arm wieder zurück. Er wurde rot im Gesicht und legte die Hände vor sich in den Schoß.

Die schluchzende Omama wurde von der Charlotte in den Arm genommen. Ich sollte mir ein T-Shirt mit dem Aufdruck »Trostspenderin« machen lassen, überlegte die Charlotte dabei.

Stille senkte sich über die Küche, die erst nach ein paar Minuten von der Omama unterbrochen wurde. »Ihr wollt also hören, wie mein Vater damals ums Leben gekommen ist? Also gut, dann will ich euch die Geschichte erzählen. So gut ich mich halt noch erinnern kann. Ich war damals ja gerade erst fünf oder sechs Jahre alt.«

12

3. November 1941

Der Winter hatte für ostösterreichische Verhältnisse besonders früh und vor allem hart Einzug gehalten. Ein guter Meter Schnee lag unten im Ort. Hinauf in Richtung Gießhübl – also auch am Weingut Nöhrer – war es fast die doppelte Menge. Die Menschen ächzten unter den Schneemassen, fast noch mehr als unter dem Nazi-Joch. Daran hatte man sich bis zu einem gewissen Grad bereits gewöhnt. Einige hatten es ja sogar herbeigesehnt. Das waren auch die Profiteure dieser unsäglichen Zeit. Der Rest lebte größtenteils nach dem Motto: »Hände falten, Gosch'n halten.« Tausendjähriges Reich … wer's glaubte. Die Hoffnung starb – wie immer – zuletzt. Aber sie starb eben doch. Und mit ihr auch der Glaube an das Gute im Menschen.

Es war gegen neun Uhr abends, als es am Tor der Nöhrers läutete. Hektisch wurde an dem Seil gezogen, das an einer eisernen Glocke hing. Immer und immer wieder. Immer dringlicher. Immer hektischer. Ein Schneesturm, wie man ihn seit Jahren nicht mehr gesehen hatte, peitschte durch die Nacht. Ein Wetter, bei dem man normalerweise nicht einmal den Hund vor die Tür jagte.

»Papa, hast du gehört?«, fragte die kleine Lucia.

»Ja, meine Maus, habe ich«, antwortete Ludwig Nöhrer grantelnd. »Wer auch immer das ist, bei dem Wetter kann das nichts Gutes verheißen.« Er warf sich einen Mantel über, zog die dicken Stiefel an und ging hinaus. Vor der Tür atmete er einmal tief durch. Gegenüber bog sich die alte Kastanie unter der Schneelast, bedrohlich für das Presshaus und den Weinkeller, der direkt darunter tief in die Erde reichte. Ludwig schüttelte den Kopf. Er würde noch ein paar Äste stutzen müssen, bevor der Schnee zu schmelzen begann und das zusätzliche Gewicht vielleicht den ganzen Baum entwurzelte und umwarf. Schon länger dachte er darüber nach, den alten Baum einfach umzusägen. Schön war er ja, aber er stand im Weg. An Tagen wie diesen war er sogar eine echte Gefahr für den ganzen Hof. Dass der Baum noch stand, war einzig und allein der kleinen Lucia zu verdanken, die ihren Papa angefleht hatte, die alte Kastanie nicht zu fällen.

Heftig schnaufend stapfte Ludwig durch den hohen Schnee im Innenhof zum großen Einfahrtstor. Es gab zwar keine elektrische Beleuchtung, aber der viele Schnee sorgte dafür, dass das wenige vorhandene Licht von den winzigen Schneekristallen wieder und wieder reflektiert wurde. Es war nicht dunkler als während der Dämmerung.

Beim Tor angekommen, öffnete er die kleine Luke in Augenhöhe. Vor dem Tor standen drei dick vermummte Gestalten. Ihre Gesichter waren nicht zu erkennen, sie hatten sich die Mützen tief ins Gesicht gezogen und ihre Schals um den Mund gewickelt. Mehr als die Nasenspitzen waren nicht zu sehen. Auf den Schultern trugen sie Rucksäcke. Ludwig Nöhrer hatte keine Ahnung, wer das war. Aber unter seiner rauen Schale hämmerte ein gutes Herz, und bei dem eisigen Wetter wollte er niemanden vor der Tür stehen lassen. In dunklen Zeiten wie diesen war es wichtig, dass wenigstens irgendwo ein kleines Licht die Hoffnungslosigkeit erhellte. Früher oder später würde aus vielen kleinen Lichtern vielleicht ein großes Feuer entstehen und das unsägliche Nazi-Pack verschlingen. Wie gesagt: Die Hoffnung starb zuletzt.

Ludwig Nöhrer zog einen dicken Schlüsselbund aus der Jackentasche, sperrte das große Tor auf und ließ die drei Fremden ein.

»Wer seid ihr denn?«, fragte er, als die drei Gestalten entkräftet durch das Tor stolperten.

Einer der drei unangekündigten Besucher zog den Schal vom Gesicht, und Ludwig rief: »Manuel! Manuel Goldmann! Was treibt euch denn bei diesem Wetter hierher?« Verwirrt sah Ludwig Nöhrer den befreundeten Weinbauern an.

»Keine Zeit«, keuchte Manuel Goldmann. »Schnell, mach das Tor zu. Sie sind hinter uns her!«

Ludwig Nöhrer warf das Tor ins Schloss. Das Geräusch wurde vom Schneesturm geschluckt. Manuel Goldmann musste nicht näher ausführen, wen er mit »sie« meinte. Ludwig begrüßte die beiden anderen Besucher mit einer Umarmung: Manuels Ehefrau Margarete und Elfi Goldmann, die knapp zwanzigjährige Tochter der beiden.

»Kommt herein. Wir haben Glühwein am Herd stehen, der wird euch wärmen. Dann könnt ihr erzählen, was passiert ist.«

In der Küchenstube staunte die kleine Lucia nicht schlecht, was für Gäste sich bei diesem Wetter und spätnachts noch eingefunden hatten. Die Goldmanns waren seit Jahren mit den Nöhrers befreundet. Einige ihrer Weingärten grenzten aneinander, und so war man sich über die Jahre immer wieder gegenseitig zur Hand gegangen. Zwischen den beiden Familien hatte es niemals Neid oder Streit gegeben. Jeder produzierte seine Spezialitäten und konnte davon gut leben. Die kleine Lucia war ein gern gesehener Gast bei den Goldmanns, die – anders als die Nöhrers – zwei Hunde besaßen, welche die kleine Lucia innig liebte.

Die Familie Goldmann legte ihre schneenassen Sachen zum Trocknen in der Nähe des warmen Küchenherds ab, in dem, wie immer im Winter, praktisch den ganzen Tag lang ein kleines Feuer loderte. Als Erika Nöhrer, die Frau von Ludwig, die Küche betrat, hielt sie sich erschrocken die Hand vor den offenen Mund. Ihr war die Situation sofort klar.

»Nein, nicht jetzt auch ihr«, stöhnte sie. Tränen quollen aus ihren Augen.

»Doch, jetzt auch wir«, antwortete Manuel Goldmann erschöpft. »Der Wolfram hat uns die Nazi-Bande auf den Hals gehetzt. Wir sind von einem unserer Arbeiter gerade noch gewarnt worden und konnten uns rechtzeitig absetzen. Wir haben nur das Notwendigste mitgenommen.« Dabei deutete er auf die drei großen Rucksäcke.

»Aber … aber wieso?«, fragte Erika.

»Wartet einen Augenblick«, mischte sich Ludwig ein. »Luci, bitte sei so gut und geh auf dein Zimmer. Es ist Schlafenszeit.« Er wollte nicht, dass das Kind aus erster Hand erfuhr, zu welchen Gräueltaten das Regime auch in ihrem kleinen, verschlafenen Ort in der Lage war.

Die Kleine überlegte, sich zu weigern, ins Bett zu gehen, sah aber den Ernst in den Gesichtern der Erwachsenen. Artig ging sie zur Familie Goldmann und schüttelte jedem zum Abschied die Hand. Mama und Papa bekamen einen Gutenachtkuss, dann lief sie die Treppen in den ersten Stock hinauf. Ihr zweijähriger Bruder Ferdinand lag da schon lange in Morpheus' Armen.

Dann gewann jedoch die Neugier die Oberhand. Also ließ Lucia die Tür zu ihrem Zimmer extra laut ins Schloss fallen und schlich sich dann auf Zehenspitzen wieder zurück zur Treppe, wo sie dem Rest des Gesprächs lauschte.

»Der Wolfram, soso«, murmelte Ludwig Nöhrer.

»Der Wolfram Zaitler … Aber wieso denn? Der ist doch nur eine kleine Nummer hier im Ort«, sagte Erika Nöhrer verstört.

»Ach, da gibt es viele Gründe«, antwortete Margarete Goldmann.

Manuel Goldmann atmete tief durch, nahm einen Schluck vom Glühwein und sagte: »Er will einen Teil unserer Weinberge haben. Und nur einen Spottpreis dafür zahlen. Ich habe ihm gesagt, dass er das vergessen kann. Dann hat er mir gedroht, dass er die Nazis auf uns hetzen wird.«

»Mit welcher Begründung?«, fragte Erika Nöhrer.

»Weil wir Juden sind. Also, gewesen sind. Was auch immer …«

»Aber ihr seid doch jeden Sonntag beim Gottesdienst. Ich dachte, ihr seid Katholiken?«, sagte Erika. Jetzt konnte sie sich das alles überhaupt nicht mehr erklären.

»Konvertierte Katholiken, ja. Meine Familie ist während des Ersten Weltkriegs konvertiert. Nach außen hin zumindest.

Meine Eltern hatten einen gewissen Weitblick und ahnten, was uns in Zukunft drohen könnte.«

»Und das weiß der Wolfram?«

Manuel Goldmann seufzte. »Ja, anscheinend ist der ganzen Mischpoche nicht zu trauen. Ein Onkel oder Großonkel von ihm war damals der zuständige Pfarrer. Der Wolfram Zaitler hat mir ganz stolz erzählt, dass es der ihm im Vollrausch einmal gesteckt hat.«

»Und jetzt droht er dir, euch bei den Nazis zu verraten?«

»Ich fürchte, das hat er bereits getan. Ich hatte nämlich noch einen zweiten Besuch von ihm. Da hat er noch einmal probiert, mich umzustimmen. Ich bin wieder hart geblieben und habe ihn schließlich hinausgeworfen. Und dann ...«

»Und dann«, sagte nun Elfi Goldmann, die ihren Glühwein bislang nicht angerührt hatte, »bin ich ihm über den Weg gelaufen. Das war im August, und ich war gerade am Heimweg aus den Weingärten.« Ihre Stimme stockte, schließlich fasste sie sich und sah ihren Gastgebern fest in die Augen. Doch als sie sprach, zitterte ihr die Stimme: »Er hat sich auf mich gestürzt und mich vergewaltigt. Und jetzt bin ich schwanger.«

Der Familie Nöhrer stand das Entsetzen ins Gesicht geschrieben. Erika Nöhrer ging um den Tisch herum und nahm Elfi in den Arm.

»Darf ich?«, fragte sie sanft. Elfi nickte. Erika ließ ihre Hand über den Bauch von Elfi gleiten, und tatsächlich war da eine sanfte Rundung zu spüren.

»Und das habt ihr nicht gemeldet?«, fragte Ludwig Nöhrer.

Manuel Goldmann schüttelte den Kopf. »Nein, wem denn? Die Polizei arbeitet mit den Nazis zusammen, und der Wolfram ist ein ortsbekannter Kollaborateur. Er hat mir dann noch einen dritten Besuch abgestattet, das war heute. Und der ist der Grund, wieso wir jetzt bei dir sind.«

»Was wollte er denn?«

»Er hat erst jetzt mitbekommen, dass die Elfi schwanger ist. Und wollte wissen, ob das Kind von ihm ist.«

»Das hat er dir so auf den Kopf zugesagt?«

Manuel Goldmann lächelte sarkastisch. »Was hätte ich denn tun sollen? Wie gesagt, er hat eindeutig die Oberhand. Natürlich hätte ich ihn am liebsten erwürgt für das, was er meiner Tochter angetan hat. Aber das hätte nur dazu geführt, dass man uns umbringt. Also haben wir ihm die Tatsachen vor Augen geführt.«

»Und seine Reaktion?«

»Er wollte natürlich, dass die Elfi das Kind wegmacht. Für einen anständigen Arier wie ihn ist es ja unmöglich, ein Kind mit einer Jüdin zu zeugen.«

»Aber sich an ihr vergehen, das konnte er?«, sagte die Erika zornig.

»Ach, wir sind doch wie Vieh für diese Menschen. Einmal Jude, immer Jude. Auch wenn es in Wirklichkeit nur darum geht, an unser Hab und Gut zu kommen.« Resignation in der Stimme von Manuel Goldmann. Margarete weinte leise vor sich hin, nur Elfi hielt sich aufrecht. Kraftvoll saß sie da, als hätte sie Stahl in sich. Ihr Blick war voller Leben und mit Feuer erfüllt.

»Abtreibung kommt für mich nicht in Frage«, nahm Elfi Goldmann schließlich den Gesprächsfaden wieder auf. »Das habe ich ihm offen ins Gesicht gesagt. Ich glaube, er hätte mich in diesem Moment am liebsten erschlagen, aber das hat er sich dann doch nicht getraut. Der Zaitler Wolfram ist ja eigentlich ein feiger Hund, der die dreckige Arbeit lieber andere machen lässt.«

Manuel Goldmann übernahm wieder das Wort: »Der Wolfram hat ein paarmal auf den Tisch gehauen, herumgebrüllt und ist dann gegangen. In der Tür hat er sich nochmals umgedreht und gemeint, das würden wir bereuen. Das sei unser letzter Fehler gewesen. Ich habe ihn noch ausgelacht, aber nur, weil es eh schon egal war. Einer unserer Arbeiter hatte den Streit mitbekommen und ist dem Wolfram gefolgt. Er hat gesehen, dass er im Ort schnurstracks in die Zentrale der Nazis gegangen ist.

Daraufhin haben wir unsere wichtigsten Sachen gepackt und alles andere liegen und stehen gelassen.«

»Wieso seid ihr nicht mit dem Auto geflohen?«

»Mit dem Lieferwagen? Da hätte man uns doch sofort erwischt. Bei dem Wetter ist mit einem Auto außerdem sowieso kein Durchkommen. Nein, wir konnten uns nur zu Fuß davonschleichen.«

»Was wollt ihr jetzt machen?«, fragte Erika.

Manuel und Margarete Goldmann sahen sich an. Sie nickte, dann sagte er: »Wir wollen nach Amerika. Dafür müssen wir aber zuerst England erreichen.«

»Wie wollt ihr das anstellen?«

»Wir haben Freunde in Wien mit guten Verbindungen, und die haben einen Notfallplan. Ein paar anständige Menschen gibt es hier ja wenigstens noch. Bevor wir diese Freunde kontaktieren können, müssen wir aber erst ein paar Tage untertauchen. Sie haben schon Juden aus Nazi-Deutschland rausgeschmuggelt. Es ist gefährlich, und nicht alle haben den Transport überlebt, aber immer noch besser, als hier auf unser Schicksal zu warten.«

Ludwig Nöhrer nickte verständnisvoll.

Dann fuhr Manuel Goldmann fort: »Ich wollte euch da ursprünglich nicht mit reinziehen. Aber der Schneesturm hat uns überrascht. Bei dem Wetter verrecken wir schon auf dem Weg nach Wien hinein. Ihr seid die Einzigen hier im Ort, denen wir uneingeschränkt vertrauen. Deshalb unsere Bitte: Können wir uns bei euch verstecken?«

Ein tiefer Schnaufer von Ludwig Nöhrer, dann: »Sie werden hier sicher nach euch suchen, das ist dir klar, oder? Der ganze Ort weiß, dass wir befreundet sind. Es ist nur ein Glück, dass der Schneesturm eure Spuren inzwischen verwischt hat. Das könnte uns die nötige Zeit verschaffen. Kommt mit!«, forderte er seine Gäste auf. Die Goldmanns nahmen ihre Sachen auf, dann führte Ludwig Nöhrer sie in den Innenhof. Der Sturm war inzwischen noch stärker geworden. »Das ist gut«, meinte er mit einem Blick in den tief verhangenen Himmel. »Bei dem

Wetter werden auch die Nazis nicht rauswollen, um euch zu suchen.« Er führte die Goldmanns zum Presshaus unter der Kastanie. Manuel Goldmann blickte skeptisch auf den Eingang.

»Ist das nicht ein bisschen offensichtlich?«, fragte er zweifelnd.

»Wartet nur ab«, sagte Ludwig Nöhrer mit einem verschwörerischen Lächeln. Bevor sie in den dunklen Weinkeller hinabstiegen, entschuldigte sich Elfi für einen kurzen Moment. Sie musste die Toilette im hinteren Eck des Innenhofs aufsuchen. Selbst in dem frühen Stadium ihrer Schwangerschaft war der Weg durch den meterhohen Schnee beschwerlich. Als sie nach fünf Minuten zurückkam, konnten sie endlich alle in den Weinkeller hinuntersteigen. Margarete Goldmann waren diese fünf Minuten wie fünf Stunden vorgekommen. Immer wieder hatte sie sich umgesehen, ganz so, als ob ihre Häscher bereits im Innenhof wären. Angestrengt versuchte sie, über das Brausen des Sturms verräterische Geräusche wahrzunehmen, aber da war nichts. Noch nicht.

Ludwig Nöhrer drehte das Licht im Presshaus an, ein zweiter Schalter ließ die Beleuchtung im Gang aufflammen, der in den Weinkeller selbst führte. Er schritt voran, hinter ihm die Familie Goldmann und dahinter Erika Nöhrer.

»Ludwig«, sagte Manuel Goldmann kopfschüttelnd, »ich möchte nicht undankbar erscheinen, aber ich halte das hier für kein gutes Versteck. Hier werden sie doch als Erstes suchen.«

»Hier schon«, gestand Ludwig Nöhrer. »Aber nicht da.« Damit klopfte er an die Vorderfront eines großen Weinfasses. Ein dumpfer Hall, dann sprang das fast mannshohe Fass auf. Erschrocken traten die Goldmanns einen Schritt zurück, aber da ergoss sich kein Schwall Wein. Ludwig Nöhrer grinste: »Bitte schön! Ein Notfallraum, den meine Eltern schon während des letzten Kriegs angelegt haben. Er mündet direkt in das Tunnelsystem, das sich durch unsere Weinberge zieht.«

»Das von der letzten Türkenbelagerung …«

»Ja, genau das. Ich fürchte nur, dass ihr nicht durch die Tunnel flüchten könnt. Einige sind eingestürzt, und ich habe keine Ahnung, wo man da herauskommt. Aber, und das ist am wichtigsten, es herrscht immer ein leichter Luftzug. Ihr bekommt also immer genug Luft. Wir bringen euch Wasser und etwas zu essen, damit solltet ihr ein paar Tage durchhalten, bis die Luft rein ist. Wie ihr seht, stehen sogar noch zwei alte Betten herum. Erika wird euch gleich noch ein paar Decken bringen. Kerzen habe ich hier, Streichhölzer auch. Der Geruch sollte nicht auffallen, könnte ja auch von mir sein, wenn ich den Keller kontrolliere. Das ist alles, was ich euch anbieten kann.«

Zum ersten Mal huschte so etwas wie Hoffnung über die Gesichter der Familie Goldmann. Margarete fiel ihrem Mann um den Hals, Elfi schüttelte Ludwig Nöhrer die Hand und flüsterte ein leises »Danke schön«.

Eine halbe Stunde später hatte sich die Familie Goldmann in ihrem Versteck so gut es ging eingerichtet. Jetzt hieß es abwarten. Etwas anderes blieb auch der Familie Nöhrer nicht übrig. Sie hatten ihr Schicksal nun nicht mehr selbst in der Hand. Alles hing davon ab, was Wolfram Zaitler nach seinem Rauswurf vom Weingut der Goldmanns tatsächlich getan hatte. Vielleicht waren es ja auch nur leere Drohungen gewesen. Wolfram Zaitler war als »Häferl« bekannt, einer, der seinen Worten selten Taten folgen ließ. Er war immer schon ein Mitläufer gewesen, wie er im Buche stand. Bisher. Aber wer wusste schon, was er den Nazis unten im Ort wirklich erzählt hatte?

Wie gesagt, die Hoffnung stirbt zuletzt. Aber meistens stirbt sie eben doch. Wie in diesem Fall.

Am nächsten Morgen hatte sich der Schneesturm gelegt. Noch bevor die Sonne ganz aufgegangen war, stand der Suchtrupp schon vor dem Weingut der Nöhrers und verlangte Einlass. Wolfram Zaitler hatte seinen Worten diesmal also wirklich Taten folgen lassen. Er war sich auch nicht zu schade gewesen, die SS persönlich zum Weingut der Familie Nöhrer zu führen, nachdem man das Goldmann-Weingut verlassen vorgefunden hatte. Mit den Gewehrkolben wurde an das Eingangstor getrommelt, bis Ludwig Nöhrer verschlafen und nur mit einem dicken Wintermantel über seinem Pyjama durch den Schnee geschlurft kam, um ihnen zu öffnen. Bevor er das schwere Tor aufzog, warf er noch einen Kontrollblick über den Innenhof – der Schneesturm hatte wie gehofft alle Spuren der Goldmanns verwischt. Er atmete tief durch. Ganz ruhig bleiben, sie wissen nichts, gar nichts, sagte er sich. Dann zog er das Holztor auf.

Insgesamt waren die SSler mit sieben Mann angerückt, bis auf Zaitler alle in ihren knackigen schwarzen Uniformen. Bei dem Suchtrupp befand sich auch noch ein weiterer Weinbauer aus dem Ort. Das überraschte Ludwig Nöhrer, denn Martin Urban hatte er bislang nicht auf der Rechnung gehabt. Das Weingut Urban gehörte zu den kleineren in Perchtoldsdorf, und die Familie war bislang nicht unangenehm aufgefallen. Jetzt aber stand der unscheinbare Weinbauer vor seinem Tor und präsentierte stolz eine Hakenkreuz-Armbinde. Wie man sich doch in einem Menschen täuschen konnte, stellte Ludwig Nöhrer verbittert fest. Urban schien nicht nur ein Mitläufer, sondern der Verbindungsmann zur Gestapo-Hauptstelle in Wien zu sein. Das allein gab Ludwig Nöhrer zu denken, denn normalerweise gab sich die Gestapo mit so etwas wie der Jagd nach einer jüdischen Familie gar nicht mehr ab. Die Anwesenheit eines solchen Verbindungsmanns verhieß nichts Gutes. Auf der anderen Seite war der Anführer der SSler lediglich ein Oberscharführer, also kein sonderlich hoher Rang. Was wurde hier eigentlich gespielt?

Urban plusterte sich vor ihm auf. »Ludwig, wo sind die Goldmanns?«

Ludwig Nöhrer zuckte mit den Schultern. »Keine Ahnung. Habt ihr schon auf ihrem Weingut nachgeschaut?«

»Ludwig, mach es uns nicht schwerer, als es ohnehin schon ist.«

»Schwerer, haha«, sagte Ludwig trocken. Sein Lachen war ohne einen Anflug von Humor.

»Lass uns rein!«

»Bitte, bitte. Ich habe ja nichts zu verbergen.« Bislang war Ludwig Nöhrer, zu seiner eigenen Überraschung, völlig ruhig geblieben. Er hoffte nur, dass Erika und Lucia nicht aufwachten. Die bevorstehende Hausdurchsuchung wollte er daher so schnell wie möglich hinter sich bringen.

Die SSler, Urban und Zaitler drängten sich an Ludwig Nöhrer vorbei. Im Innenhof lag gut ein halber Meter Schnee. Wo der Wind besonders stark geweht hatte, erreichten die Schneewehen eine Höhe von fast zwei Metern. Die einzigen Spuren waren jene von Ludwig Nöhrer, die vom Haus zum Tor führten.

»Menninger, hol die Hunde!«, befahl der SS-Oberscharführer. Ludwig Nöhrer begann zu schwitzen. Wie gut konnten die Bluthunde der Nazis Spuren verfolgen? Würde der Schnee sie irgendwie aufhalten? Der angesprochene Sturmmann stapfte durch den Schnee zurück vor das Weingut. Ums Eck parkte der geländegängige Wagen, mit dem der Trupp gekommen war. Wenige Augenblicke später hörte er schon das Kläffen und Knurren mehrerer Hunde, und kurz darauf stand Menninger mit drei Schäferhunden und einer Tasche in der Hand wieder im Hof. Der Oberscharführer schnappte sich die Tasche und zog mehrere Kleidungsstücke hervor.

»Die haben wir bei den Goldmanns eingesammelt«, erklärte Wolfram Zaitler unaufgefordert und mit so viel Stolz in der Stimme, dass man meinen konnte, es wäre seine Idee gewesen. Was mit Sicherheit nicht der Fall gewesen war.

Die Hunde nahmen die Witterung auf und machten sich daran, den ganzen Innenhof abzusuchen. Beängstigend lautlos und hoch konzentriert gingen die Tiere ihrer Arbeit nach – fast wie der sogenannte »Führer«, wenn es darum ging, den Menschen unter seinem Joch das Leben zur Hölle zu machen.

Ludwig Nöhrer rührte sich nicht vom Fleck. Still und äußerlich teilnahmslos verfolgte er das Geschehen. Innerlich betete er, dass die Hunde nichts fanden und die Gestapo schnell wieder abziehen würde. Zehn Minuten später schlug der erste Hund an. Er hatte vor der Toilette eine Spur gefunden.

»Ludwig?«, meinte Martin Urban mit fragendem Blick.

Ludwig Nöhrer versuchte weiter, seine Ruhe zu bewahren. »Das ist das Klo. Ihr könnt gerne reinschauen, ob sich da wer versteckt.«

»Niemand da«, vermeldete Menninger, nachdem er die Tür zum stillen Örtchen aufgerissen und die Senkgrube mit einer Taschenlampe ausgeleuchtet hatte.

»Aber es war jemand da. Gebt dem Hund nochmals die Kleidungsstücke zum Schnüffeln«, ordnete der Oberscharführer an. Ludwig Nöhrer betrachtete ihn genauer: groß, schlank, fast schon hager. Schütteres schwarzes Haar und ein dünnes Schnauzbärtchen, das wohl an den angehimmelten Führer erinnern sollte, die Uniform sorgfältig gebügelt. Ein unguter Mensch, der mit dem Einmarsch der Nazis vor ein paar Jahren wohl endlich seine Bestimmung gefunden hatte.

Menninger hielt dem Schäferhund der Reihe nach verschiedene Kleidungsstücke hin. Bei einem Männerhemd schlug er nicht an, auch nicht bei der Arbeitsschürze, die wohl Margarete Goldmann gehört haben musste. Dafür aber bei einem kurzen Kleidchen von Elfi.

»Das ist es, Oberscharführer Kukacka«, sagte Menninger zu seinem Vorgesetzten.

Kukacka, schwarze Haare – ein echter Arier eben, dachte sich Ludwig Nöhrer. Einzig der Ernst der Lage verhinderte, dass er lauthals loslachte.

Kukacka wandte sich an Ludwig Nöhrer: »Letzte Chance, Nöhrer. Wo haben Sie die Goldmanns versteckt?«

»Ich habe sie nicht versteckt«, beharrte Ludwig Nöhrer.

»Und wie erklären Sie sich dann, dass unsere Hunde hier Spuren von Elfriede Goldmann gefunden haben?«

Ludwig Nöhrer zuckte mit den Schultern. »Die Goldmanns sind mit uns befreundet. Sie haben uns gestern Nachmittag besucht, aber nur kurz. Wahrscheinlich war die Elfi da auf der Toilette. Was weiß ich, ich schnüffle ja nicht jedem hinterher«, schloss er seine Antwort mit einer Spitze gegen den SS-Führer.

»Sollten Sie aber«, erklärte Kukacka, an dem der Zynismus abperlte wie Wasser von einem Ölfleck, seelenruhig. In Richtung von Wolfram Zaitler sagte er: »Sie kennen die Bagage hier am besten. Wo sollen wir anfangen zu suchen? Im Haus? Im Schuppen?«

Wolfram Zaitler sah sich um. Er genoss das Schauspiel sichtlich. Endlich konnte er es einem der »Großen« reinreiben. Jahrelang hatte man ihn anrennen lassen, nie war er zum Zug gekommen, wenn es um das Pachten eines weiteren Weinbergs gegangen war. Im Weinbauverein war er geduldet, mehr aber auch nicht. Und jetzt hatte seine große Stunde geschlagen. Jetzt würde sich alles ändern.

»Nein, nicht im Haus. So dumm ist nicht einmal der Ludwig.« Dabei grinste er den Angesprochenen breit an. »Probieren wir es im Weinkeller dort drüben.« Bei Ludwig Nöhrer löste sich ein Schweißtropfen von der Stirn. »Nervös, Nöhrer?«, fragte Kukacka süffisant.

»Nein, dazu gibt's keinen Grund. Aber ich bin krank und sollte eigentlich im Bett liegen.«

»Aha.« Es war klar, dass Kukacka Ludwig Nöhrer nicht ein Wort glaubte.

Obwohl der Weinkeller nicht versperrt war, traten die SS-Leute die Holztür zum Presshaus ein. Mit Verrätern und ihrem Eigentum wurde nie zimperlich umgegangen. In dem engen Vorraum wurden die Hunde wieder an die Leine gelegt, und Wolfram Zaitler führte den Trupp hinunter bis in den Weinkeller. Ludwig Nöhrer musste hinter Kukacka gehen, dahinter folgten die anderen. An Flucht war nicht zu denken.

Im Weinkeller angelangt, wurde einer der Hunde von der Leine gelassen. Das Tier schnupperte am Boden. Wie ein Metalldetektor wischte die Schnauze von links nach rechts, wieder nach links, wieder nach rechts. Als der Schäferhund schließlich vor dem hohlen Weinfass stehen blieb und anschlug, schickte Ludwig Nöhrer – ansonsten ein völlig unreligiöser Mensch – ein Stoßgebet gen Himmel.

»Im Weinfass?«, fragte Kukacka verdutzt. Auch der Rest der Mannschaft sah verwirrt aus. Noch einmal fasste Ludwig Nöhrer ein wenig Mut. Vielleicht hatten die Goldmanns den Lärm mitbekommen und waren durch die Tunnel geflohen?

Urban untersuchte nun das Weinfass genauer. Er schnüffelte zuvor wie der Hund und klopfte das Fass leise und vorsichtig ab. »Da ist kein Wein drinnen, das Fass ist leer«, stellte er schließlich fest und klopfte stärker gegen die Front des Fasses. Das Geräusch war die letzte Bestätigung.

»Nöhrer?«, forderte ihn Kukacka auf. Aber Ludwig Nöhrer stand da wie angewurzelt. Der Schweiß rann ihm in Strömen über die Stirn und die Wangen.

Urban klopfte noch fester gegen das Fass. »Kommt raus. Wir wissen, dass ihr da drin seid!«, rief er und schlug mit der Faust nochmals gegen das Fass. Mit einem leisen Klick sprang die Vorderseite auf und gab den Weg zur Geheimkammer frei.

»Huber, Winkler. Bitte kümmern Sie sich um Herrn Nöhrer. Wir wollen nicht, dass er umkippt, wo er doch so schwer krank ist.« Kukackas Stimme troff vor Süffisanz. Huber und Winkler nahmen Ludwig Nöhrer in ihre Mitte, aber der hatte mittlerweile jeden Widerstand aufgegeben. Mit dem Kinn auf der Brust beobachtete er aus fast geschlossenen Augen, wie ein doch eigentlich wunderbarer Plan innerhalb von Minuten von der Gestapo zunichtegemacht wurde.

Kukacka und Zaitler stiegen in das Fass. Der Oberscharführer hatte eine schwere Taschenlampe angemacht, in der anderen Hand hielt er eine Pistole.

»Ausgeflogen!«, rief Zaitler einen Moment später zurück in den Weinkeller. »Aber sie waren hier. Da sind noch Matratzen, Essen und Wasser. Und man kann riechen, dass erst vor Kurzem eine Kerze ausgeblasen wurde.«

»Nein, halt!«, hörte man jetzt die Stimme von Kukacka. »Hier geht es weiter. Da führt ein Gang tiefer in die Erde.«

Ludwig Nöhrer hielt den Atem an. Hatten die Goldmanns flüchten können?

»Wir haben sie!«, rief kurz darauf Wolfram Zaitler. »Ha, sie sitzen wie die Ratten in der Falle.«

Eine Minute später stieg die Familie Goldmann durch das Fass in den Weinkeller, gefolgt von Kukacka mit der gezückten Pistole und einem über das ganze Gesicht strahlenden Wolfram Zaitler. »Wollten durch irgendwelche Tunnel flüchten, aber da haben sie sich den Falschen ausgesucht. Der war nämlich nach ein paar Metern eingestürzt, und sie konnten nicht mehr weiter.«

»Was soll das alles? Wir haben niemandem etwas getan!« Das war Manuel Goldmann, der angesichts der aussichtslosen Lage einen allerletzten, verzweifelten Versuch startete.

»Wenn ihr nichts getan habt, wieso habt ihr euch dann versteckt?«, fragte Kukacka trocken zurück. Er genoss das Schauspiel mindestens ebenso sehr wie Wolfram Zaitler.

»Sie sollten vielleicht nicht alles glauben, was Ihnen der Wolfram so erzählt. Es hat schon seinen Grund, wieso ihn hier im Ort niemand ausstehen kann.«

»Außerdem vergreift er sich gerne an jungen, wehrlosen Mädchen«, mischte sich nun die Elfi ein und strich sich provokant über die sanfte Rundung ihres Bauches.

»Du dreckige …«, schrie Zaitler und wollte sich auf das Mädchen stürzen.

Da kam ihm aber Ludwig Nöhrer in die Quere. Er hatte sich von den beiden Sturmtrupplern losgerissen und warf sich zwischen Zaitler und Elfi Goldmann. Ein Schuss ertönte, dann ein Schrei: »Papa!«

Mit einem Bauchschuss sank Ludwig Nöhrer zu Boden. Bevor ihn die Dunkelheit verschluckte, sah er noch, wie seine kleine Lucia über die Treppen auf ihn zustürzte. Keiner im Raum wagte es, das Mädchen aufzuhalten. Sie warf sich auf ihren sterbenden Vater. Umarmte ihn, krallte sich an ihm fest. Heulte, schluchzte, begriff die Welt nicht mehr. »Vergiss … niemals«, hauchte Ludwig Nöhrer ihr noch ins Ohr, dann war sein Leben aufgebraucht.

»Schafft das Judenpack weg«, sagte Kukacka schließlich, während er seine Pistole wegsteckte. Manuel, Margarete und Elfi Goldmann wurden abgeführt. Lucia und ihren toten Vater ließ man allein im Weinkeller zurück. Es sollte noch gut eine halbe Stunde dauern, bis Erika Nöhrer den Weg in den Weinkeller fand und dort ihren toten Mann und die völlig aufgelöste Tochter entdeckte. Danach wartete man wochenlang jeden Tag darauf, dass die Gestapo auch die Nöhrers abholte.

Erst nach Weihnachten wurden sie von Martin Urban informiert, dass die Familie Goldmann wegen Staatsverrats ins KZ Mauthausen gebracht worden sei. Gegen die Familie Nöhrer werde es keine weiteren Untersuchungen geben. Der Tod von Ludwig Nöhrer sei Sühne genug. »Ich habe mich für euch eingesetzt«, meinte Urban mit hörbarem Stolz. Erika und Lucia Nöhrer zogen sich mit dem kleinen Ferdinand daraufhin komplett aus dem Gemeindeleben zurück. Erikas Bruder half ab dem nächsten Frühjahr auf dem Weingut mit, das man auf keinen Fall verlieren wollte. Erst nach Ende des Kriegs begann sich die Situation langsam wieder zu normalisieren. Vor allem, nachdem ein Großteil der Kollaborateure von den Alliierten zur Rechenschaft gezogen worden war. Bei der Familie Urban war das verhältnismäßig einfach. Martin war als offizieller Verbindungsmann zum Gestapo-Hauptbüro in Wien geführt gewesen. Außer ihm gab es nur noch seine Großmutter, die bereits mit einem Bein im Grab stand. Martin Urban landete jahrelang im Gefängnis, nach seinem Tod in den sechziger Jahren gab es keine Erben. Das Weingut wurde aufgelassen, die Weinberge unter den anderen Weinhauern aufgeteilt oder stillgelegt.

Bei der Familie Zaitler lief die Geschichte anders. Nach der Festnahme der Goldmanns nahm Wolfram Zaitler endlich den – wie er meinte – ihm gebührenden Rang im Gemeindeleben ein. Plötzlich lief sein Weinbetrieb wie am Schnürchen, nicht zuletzt weil ihm die Liegenschaften der Goldmanns überschrieben worden waren. Damit stieg er zu einem der größten

Weinbauern im Ort auf. Nach dieser Demonstration seines politischen Einflusses wurden ihm sowieso alle Wünsche erfüllt. Niemand wollte sich mit jemandem anlegen, der einem auf Fingerschnippen die SS oder die Gestapo auf den Hals jagen konnte. War er dadurch auch beliebter? Natürlich nicht, aber Angst ist ein nicht zu unterschätzender Faktor. Ebenso wie Zeit. Über die Jahre und Jahrzehnte gerieten die Verbrechen der Familie Zaitler aus dem Blick. Als der Krieg zu Ende war, hatte man die Familie Goldmann bereits vergessen. Oder wenigstens gründlich verdrängt. Übrig blieb aber der Einfluss der Familie Zaitler. Wolfram Zaitler hatte überall seine Vertrauten installiert, fast wie ein Mini-Führer. Alles natürlich streng inoffiziell und *off the records*, denn offiziell hatte er nie einen Posten in der NSDAP bekleidet, weshalb man ihm nach dem Ende des Kriegs auch keinen Strick daraus drehen konnte. Nach der Amnestie von 1948 war er als »Minderbelasteter« aus dem Schneider.

Seine Vertrauten, die er überall untergebracht hatte und die ihm ihren Wohlstand verdankten, deckten ihn auch nach Kriegsende, und so kam die Familie Zaitler mehr oder weniger ungeschoren davon. Eine Schmach, über die in der Familie Nöhrer nie wieder gesprochen wurde. Erika und Lucia waren heilfroh, dass wenigstens sie mit dem Leben davongekommen waren. Nach dem Krieg machten sie daher kein großes Aufsehen mehr. Was hätte das noch groß geändert? Erika starb, als Lucia gerade mal zwanzig Jahre alt war.

Zum Glück hatte die kleine Lucia das Weinhauer-Gen des Vaters geerbt. Die Mutter hatte zwar nach der Tragödie das Weingut mit ihrem Bruder weitergeführt, aber nur, um ihren Kindern eine Zukunftsperspektive zu bieten. Eigentlich war mit dem Mord an ihrem Mann auch ihr Interesse am Weinbau erloschen. Es schien fast, als hätte sie nur darauf gewartet, dass Lucia endlich den Betrieb übernehmen konnte, bevor ihr Wille zum Leben erlosch und sie einer eigentlich harmlosen Wintergrippe zum Opfer fiel. In stiller Übereinkunft hatten Mutter und Tochter den Weinkeller, in dem sich die Tragödie abgespielt hatte, verfallen lassen. Keine der beiden hatte die Kraft oder den Willen gehabt, diesen Ort jemals wieder zu betreten. Lediglich das eingetretene Tor zum Presshaus hatte man notdürftig reparieren lassen, danach war der Mantel des Schweigens über den Weinkeller gebreitet worden.

Ferdinand Nöhrer hatte das Weingut ohnehin nie interessiert. Der kleine Bruder von Lucia zog mit der Volljährigkeit so schnell wie möglich hinunter in den Ort und wurde Polizist. So wie sein Enkel Leo ein paar Jahrzehnte später …

13

»Jetzt wisst ihr auch, wieso der Weinkeller so verfallen ist«, schloss die Omama ihre Erzählung.

»Ja, und auch, wie der Herbert Zaitler die Leiche von seinem Sohn bei uns im Hof abladen konnte«, sagte die Charlotte nachdenklich.

»Wie bitte?«, fragte die Omama verständnislos. Sie wusste ja bislang noch gar nicht, dass der Robert von seinem eigenen Vater umgebracht und in den Hof der Nöhrers gelegt worden war. Der Leo und die Charlotte weihten sie ein, und auch die Flora und der Noah machten große Augen, als sie vom wahren Ausmaß der Zaitler'schen Familientragödie erfuhren.

Der Leo lehnte sich zurück und bat die Charlotte um ein Getränk. »Etwas mit Alkohol, bitte. Ich glaub, den brauch ich jetzt.«

Die Charlotte holte eine Flasche von ihrem Schüttelwein. Auch die Omama ließ sich ein Glas einschenken. Jetzt war es endlich heraußen, was sie jahrzehntelang mit sich herumgeschleppt hatte. Die Charlotte konnte – und wollte – sich gar nicht vorstellen, wie es für die Omama gewesen sein musste, zuzusehen, wie die Nazis ihren Vater kaltblütig erschossen. Nur, weil er eine junge Frau vor einem gierigen und brutalen Mann schützen wollte.

»Immerhin haben wir jetzt wieder einen Grund, in den Bunker zu gehen«, sagte der Leo schließlich.

»Wieso?«, wollte die Charlotte wissen.

»Weil wir nochmals Spuren sichern müssen«, antwortete der Leo augenzwinkernd. »Du hast recht. Der Herbert muss seinen Sohn durch die unterirdischen Gänge geschleppt und hier im Innenhof abgeladen haben. Sein Vater hat ihm sicher die Geschichte von damals erzählt und wohl kein Detail ausgespart.«

»Aber der Tunnel war verschüttet«, meinte die Omama, »deshalb konnten die Goldmanns ja nicht flüchten.«

»1941, ja. Aber heute? Jetzt ist es schon zu finster, und ich habe auch keine Lust mehr, heute da noch einmal runterzusteigen. Aber ich bin mir sicher, dass der Tunnel inzwischen nicht mehr verschüttet ist. Der Herbert muss seine Tat genau geplant haben. Er war ja ein kräftiger Typ, da kann es keine große Aufgabe gewesen sein, den Tunnel wieder freizubekommen. Dafür sprechen auch die Werkzeuge, die wir im Bunker gefunden haben. Er hat ja auch mit aller Gewalt ein Loch in die Rückwand des Bunkers gestemmt, um Zugang zum Tunnelsystem zu bekommen. Und er hatte Jahrzehnte Zeit, um das Tunnelsystem in aller Ruhe zu erkunden. Er wusste also genau, was er tat. Und vor allem, wie.«

»Und was bringt uns das?«, fragte die Charlotte.

»Ich will mir die Akten ansehen, die dort im Bunker gelagert sind. Ich weiß, dass es keine offiziellen Überschreibungsurkunden für das Weingut Goldmann gibt. Der Name wurde von den Nazis komplett ausradiert. So, als hätte es die Familie nie gegeben.«

»Oder es war der Wolfram Zaitler«, warf die Flora ein, um auch etwas zum Gespräch beizutragen.

»Was rückblickend keinen Unterschied macht«, schnaufte der Leo. »Nein, ich will wissen, ob es noch irgendwelche Aufzeichnungen gibt. Außer den Weinflaschen und der Erzählung von der Omama ist da ja nichts, was beweist, dass die Familie jemals existiert hat.«

»Hast du jemals wieder was von den Goldmanns gehört?«, wandte sich die Charlotte an die Omama. Die schüttelte den Kopf.

»Nein, aber nachdem sie ins KZ gebracht worden sind, bin ich davon ausgegangen, dass sie alle umgekommen sind. Sonst wären sie doch nach dem Krieg zurückgekommen.«

»Was ist denn hier los? Ist schon wieder jemand gestorben?«, erklang es von der Küchentür. Dort stand die Andrea, wieder mit einem Packen Akten unter dem Arm. Die betrübte Stimmung in der ansonsten so lebendigen und einladenden Küche hatte sie auf dem falschen Fuß erwischt.

»Wenn du wüsstest …«, antwortete die Charlotte. Aus jedem ihrer Worte troff Erschöpfung.

Daraufhin zerstreute sich die Familienversammlung. Die Charlotte hakte sich bei ihrer Freundin ein und führte sie in die gemeinsame Wohnung. Dort brachte sie die Andrea auf den letzten Stand der Dinge. Der Blondine erging es nicht anders als zuvor ihr selbst. In der Schule hatte jeder von den Nazi-Grausamkeiten gehört – manche, wenn auch nicht alle, hatten sogar etwas daraus gelernt. Es war aber etwas ganz anderes, wenn man plötzlich im eigenen Umfeld damit konfrontiert wurde. Ungewöhnlich früh erloschen an diesem Abend die letzten Lichter am Weingut Nöhrer.

Am nächsten Morgen schien das Leben wieder etwas fröhlicher. Die Sonne hatte sich bereits früh durch die Nebeldecke gekämpft, und schon um acht Uhr stand der Leo mitsamt der Spurensicherung im Innenhof. Die Bauarbeiter wurden derweil von der Frau Mama mit einem ausgiebigen Frühstück versorgt. Zusammen stiegen der Leo und die Charlotte hinter der Spurensicherung in den Weinkeller hinunter. Dank der Bauarbeiten gab es im Weinkeller selbst nichts mehr zu sichern. Da war zu viel Erdreich heruntergerieselt und altes Mauerwerk ohne Rücksicht auf Verluste zerstört worden. Der Leo hatte es aber sowieso viel mehr auf das Fake-Weinfass und vor allem den Raum dahinter abgesehen. Die Spurensicherer stellten große Scheinwerfer auf, und im taghellen Licht konnten sie sich endlich ein eigenes Bild davon machen, welche Tragödie sich hier vor Jahrzehnten abgespielt haben musste. Der Raum war vielleicht fünfundzwanzig Quadratmeter groß. Die Omama hatte ihnen noch erzählt, dass er zur Zeit des Ersten Weltkriegs ausgehoben worden war, damals war die Familie aber glücklicherweise nie in die Situation gekommen, ihn auch wirklich benützen zu müssen. Zwei alte Feldbetten rosteten friedlich vor sich hin. Die Matratzen waren von Würmern und Nagetieren zerfressen. Eine halb heruntergebrannte Kerze lag auf dem Boden, daneben leere Flaschen, in denen sich früher wohl Wasser befunden haben musste. An der Hinterseite des Raums gab es eine notdürftig zusammengeschusterte Holztür – ganz ähnlich jener, die aus dem Tunnelsystem in den Nazi-Bunker führte. Die Spurensicherung nahm Fingerabdrücke und überließ dann dem Leo und der Charlotte das Feld. Die Charlotte machte fleißig Fotos mit ihrem neuen Handy, sie wollte alles festhalten. Wozu genau, wusste sie noch nicht, aber ihr war bewusst, dass es wichtig für sie war. Niemals durfte in Vergessenheit geraten, welche Tragödie sich hier abgespielt hatte. Und wie froh sie letztlich war, dass ihre Familie damals auf der anderen, der »guten« Seite gestanden war.

Der Leo stieß die Tür vorsichtig auf. Sofort schlug ihm ein starker Luftzug ins Gesicht. »Hier ist nichts mehr verschüttet«, meinte er ernst und zückte seine Taschenlampe. Sie folgten dem Tunnel zehn Meter weit, dann kamen sie an die Stelle, wo die Flucht der Goldmanns geendet haben dürfte. Links und rechts lagen noch kleine Erdhügel, den Rest musste der Herbert Zaitler weggeschafft haben. Sie gingen weiter und fanden ein paar Meter weiter eine Spitzhacke und eine Gartenschaufel. Beide relativ neu, jedenfalls nicht jahrzehntealt. Der Leo wies die Spurensicherer an, von den Werkzeugen ebenfalls Fingerabdrücke zu nehmen. Derweil stießen er und die Charlotte tiefer in das Tunnellabyrinth vor. Nach weiteren zwanzig Metern teilte sich der Tunnel in zwei Gänge. Sie nahmen auf gut Glück den linken und kamen nach kurzer Zeit zu einer nächsten Abzweigung.

»Das ist sinnlos«, meinte die Charlotte. »Wir verlaufen uns hier nur.«

Der Leo stimmte zu. Sie schlichen zurück zum Weinkeller. »Das sollen sich die Historiker anschauen, für uns ist das auch nicht so wichtig. Es gibt hundertprozentig eine Verbindung vom Bunker hierher. Wenn wir die Fingerabdrücke vom Herbert Zaitler an der Tür oder auf den Werkzeugen finden, ist das Beweis genug.«

Die Spurensicherer waren in ihrem Element. Jedes noch so kleine Härchen in der Geheimkammer wurde aufgesammelt, jeder Fußabdruck vermessen und fotografiert. Die Beamten arbeiteten so konzentriert, dass sie die Rückkehr ihres Chefs gar nicht bemerkten.

»Wann seid ihr hier fertig?«, fragte der Leo die Spurensicherer.

»Dauert sicher noch ein, zwei Stunden«, antwortete einer der weiß vermummten Männer.

»Braucht ihr mich?«

»Wie ein Loch im Knie, Leo. Ihr steht hier doch eh nur im Weg herum.«

»Hrmpf!« Die Charlotte klopfte ihrem Cousin auf die Schulter, hakte sich bei ihm ein und führte ihn wieder hinauf ins Freie. Neben dem strahlenden Sonnenschein wurden sie dort auch von der Andrea und der Jackie begrüßt.

»Gefunden, wonach ihr gesucht habt?«, fragte sie.

Der Leo nickte.

»Und jetzt?«

»Jetzt schauen wir hinüber zum Bunker.«

»Okay, bin dabei.«

Der Leo verdrehte die Augen, wusste aber, dass es sinnlos war, seiner Cousine oder ihrer Freundin etwas auszureden.

»Musst du heute nicht ins Büro?«, startete der Leo einen halbherzigen Versuch, wenigstens die Andrea loszuwerden.

»Nö«, antwortete die Angesprochene fröhlich. »Mein Chef ist noch in Frankfurt, ich habe gestern meine Arbeit erledigt, also bin ich frei und kann euch zur Hand gehen.«

»Ja, eh«, murmelte der Leo, öffnete den beiden dann aber doch galant die Türen zu seinem Dienstwagen.

Zehn Minuten später stellte der Leo den Wagen am Ende des Güterwegs ab, der zur Zaitler'schen Hiatahütte beziehungsweise dem dahinter versteckten Bunker führte. Obwohl das Gelände für die Öffentlichkeit gesperrt war, gab es hier keine offiziellen Polizeibänder oder Ähnliches. Die Gefahr, dass sich um diese Jahreszeit noch ein Spaziergänger hierher verirrte, war fast gleich null. Und für den Fall der Fälle waren ja auch noch ein paar Beamte vor Ort, die ungebetene Besucher freundlich, aber doch sehr bestimmt ihres Weges schickten.

Genau ein solcher Beamter baute sich nun vor dem Leo und den beiden Frauen auf. Der Leo zog seine Dienstmarke, was den Gorilla im schwarzen Designer-Maß-Kampfanzug allerdings nicht im Geringsten beeindruckte. Erst als der Leo ihm den Sachverhalt erklärt hatte, ließ sich der Gorilla wenigstens dazu bewegen, bei seinem Vorgesetzten nachzufragen. Nach einem kurzen Telefonat meinte der Gorilla wirsch: »Gehts scho weiter.« Sie bedankten sich artig und marschierten die letzten paar Meter zum Gebäude.

Der Eingang zum Hiatahaus stand sperrangelweit offen. Sie traten hindurch und fanden sich gleich darauf im Vorraum zum Nazi-Bunker wieder. Auch die nächste Tür war offen. Als sie auf den Metalltreppen standen, staunten sie nicht schlecht. Die Historiker hatten in der kurzen Zeit ganze Arbeit geleistet. Gut ein Dutzend Wissenschaftler wuselte zehn Meter unter ihnen durch den Bunker. Kisten waren geöffnet worden, Laptops surrten leise vor sich hin. Irgendwo hatte jemand ein Radio aufgestellt, und zum ersten Mal überhaupt tönte »Love Is in the Air« durch den Bunker.

»Wie gehen wir es an?«, wollte die Charlotte wissen.

Der Leo überlegte kurz. »Ich schaue mir ganz offiziell die Rückseite vom Bunker und das vom Zaitler reingehauene Loch an. Ihr kümmert euch um die Akten. Ich glaube nicht, dass die Typen da unten viel Kontakt zu jungen, hübschen Frauen haben. Die schauen aus wie echte Nerds. Lasst euren Charme ein bisschen spielen, Mädels. Entweder sie bekommen vor Schüchternheit keinen geraden Satz heraus, oder sie springen total auf euch an. Einen Versuch ist es auf jeden Fall wert.«

»Sexist!«, zischte die Charlotte, musste ihm aber recht geben.

Die Andrea hatte da weniger Probleme. Sie stöckelte gleich extratussig die Metalltreppen hinunter. Das Klick und Klack ihrer High Heels auf dem Metall ließ die Wissenschaftler von ihrer Arbeit hochblicken. Der Leo hatte recht gehabt. Sofort wurde die Arbeit unterbrochen, aller Augen waren auf die Andrea gerichtet. Kopfschüttelnd und genervt eilte die Charlotte ihrer Freundin nach, gefolgt von der hechelnden Jackie und einem zufrieden grinsenden Leo. Am Fuß der Treppe hatten sich die Wissenschaftler bereits eingefunden, um den unerwarteten Besuch zu begrüßen. Ein etwa sechzigjähriger Mann stellte sich als Professor Manfred Traxler, Leiter der Historikerkommission vor. Dabei nahm er den Leo nur am Rande wahr. Zu fasziniert war er von seinen weiblichen Gästen. Allen voran natürlich von der Andrea, die mit ihren Reizen so was von überhaupt nicht geizte, dass es der Charlotte schon mehr als nur ein bisschen peinlich war. Vollkommen geschehen war es um den Wissenschaftler, als sie ihm eröffnete, dass sie Juristin war. Schön und intelligent – was für eine Mischung! Die Charlotte verblasste daneben beinahe, was ihr aber durchaus recht war. So konnte sie sich wenigstens in Ruhe umsehen. Die Andrea setzte dann als zusätzliche Waffe noch die Jackie ein, denn: Wer konnte so einem herzigen Tier schon widerstehen?

Während die Andrea unverhohlen mit den Wissenschaftlern schäkerte, machte sich die Charlotte daran, die Inhalte der einzelnen Boxen zu durchsuchen. Wahllos zog sie einige Akten heraus, aber auf gut Glück war da nichts Brauchbares zu finden. Enttäuscht ging sie zur Andrea zurück. Die deutete den Blick ihrer Freundin richtig.

»Wissen Sie, Herr Professor«, flötete die Andrea mit einem Dackelblick, wie ihn nicht einmal die Jackie zusammenbrachte, »wir interessieren uns sehr für die Geschichte der Familie Goldmann. Meine Freundin hier ist ja auch Winzerin. Und obwohl diese Familie jahrzehntelang hier ansässig war, hat noch nie jemand etwas von ihr gehört«, log die Andrea, ohne auch nur im mindesten rot dabei zu werden.

»Die Familie Goldmann, jaja«, brummte der Professor. »Woher wissen Sie überhaupt von denen?«

Erwischt. Also fast.

Die Andrea schaltete schnell. »Sie sind doch damit vertraut, wie dieser Bunker entdeckt wurde?«

»Jaja, doch, schon. Zwei Passanten haben ihn zufällig gefunden. Wie man aber ›zufällig‹ hier hereinschneien kann, konnte oder wollte man mir bis heute nicht schlüssig erklären«, antwortete der Professor. Er war sichtlich verwirrt von dem Themenwechsel.

»Na, schauen Sie!« Die Andrea strahlte ihn an. »Da haben Sie ja richtig Glück. Das waren nämlich wir! Und weil wir neugierig waren, haben wir natürlich ein bisschen herumgestöbert.« Der Wissenschaftler wurde bleich. Amateure hatten sich an den wertvollen historischen Akten vergangen? »Nein, nein. Keine Angst, wir haben nichts kaputt gemacht oder mitgehen lassen«, beruhigte ihn die Andrea. »Aber wir haben ein paar interessante Weinflaschen gefunden. Eben von einem Weingut Goldmann, auf das wir uns einfach keinen Reim machen konnten.«

»Ach so«, atmete der Professor hörbar auf. »Also, die Familie Goldmann … Ja, die galt wirklich lange als verschollen. Und ihr Weingut als Legende. Ein paar ihrer Flaschen sind noch am Liebhabermarkt herumgeschwirrt und haben unfassbare Summen eingebracht. Übrigens völlig überbewertet, wenn Sie mich fragen. Das war ganz normaler Grüner Veltliner. Man wusste ja nicht einmal, ob es diese Winzerfamilie wirklich gegeben hat oder ob die Flaschen nur gute Fälschungen waren. Aber in Insiderkreisen kursierten halt schon immer Gerüchte über diese Familie. Und da reagiert der Markt dann eben. Sollte sich jetzt auch erledigt haben, nachdem wir noch ein paar Dutzend Flaschen gefunden haben. Man ahnte bislang schon, dass das Weingut hier in der Gegend gewesen war, wusste aber nichts Genaues. Erzählt wurde, dass die Familie von den Nazis ausgelöscht worden sei. Und bislang gab es auch überhaupt keine Aufzeichnungen darüber, was mit ihrem Weingut passiert ist. Aus den Weinbauern in dieser Gegend«, an dieser Stelle warf er der Charlotte einen verächtlichen Blick zu, »war überhaupt nichts herauszubringen. Wir hatten bisher keinerlei Ahnung, an wen die Goldmann-Grundstücke gegangen waren. Aus dem einfachen Grund, weil wir nicht einmal wussten, wo genau wir suchen sollten. Viel Geld für Recherchen hat es auch nicht gegeben, weil die Familie nicht wichtig genug war und es offenbar keine Erben gab. Und nur um die Neugierde von ein paar Önologen zu befriedigen … Egal. Wo immer man fragte, stieß man auf eine Mauer des Schweigens. Da muss jemand ganze Arbeit geleistet haben. Es war tatsächlich so, als hätten Familie und Weingut niemals existiert.«

»Sie haben jetzt ein paarmal ›bislang‹ gesagt, Herr Professor.« Aus der Stimme der Andrea floss süßester Honig.

»Ja, weil wir in diesem Bunker jetzt endlich auf die verschollenen – oder sagen wir besser: zur Seite geschafften – Unterlagen gestoßen sind!«, antwortete der Professor triumphierend.

»Och, dürfen wir die vielleicht sehen?«, bettelte die Andrea.

Der Professor zierte sich ein wenig, aber erlag letztlich doch ihrem Charme. Er kramte in seinen Unterlagen herum, setzte sich an einen Tisch und fuhr schließlich seinen Laptop hoch. Die Andrea und die Charlotte schauten ihm über die Schulter, während er eine Excel-Liste öffnete. Er steuerte die Zeile mit dem Namen »Goldmann« an, in der Spalte daneben standen ein paar Kürzel. Der Professor stand wieder auf, ging zu einer Kiste und zog einen Aktenordner hervor. Den legte er auf seinen Tisch, schlug ihn auf und sagte: »Hier, bitte schön.«

Der Ordner war ungewöhnlich dick. Viel zu viel, um ihn nur kurz zu überfliegen.

»Für einen Tag ausleihen ist wohl nicht drin?«, fragte die Andrea zweifelnd.

Und, das muss man dem Professor schon zugutehalten, in diesem Fall blieb er hart. »Ich kann Ihnen aber gerne erzählen, was wir darin gefunden haben.«

»Ja, bitte, das wäre wirklich hilfreich.«

Der Professor räusperte sich und begann zu erzählen. In diesem Ordner fanden sich die bisher fehlenden Dokumente, die beweisen, dass die Liegenschaften der Familie Goldmann im November 1941 der Familie Zaitler überschrieben worden waren. Es gab auch Aktenvermerke, die besagten, dass jegliche Erwähnung der Familie Goldmann aus den Gemeindearchiven gelöscht werden musste. Was zu einer Zeit, als es noch keine digitale Datenspeicherung gab, nicht allzu schwer war. Der Wunsch zur Löschung der Einträge war übrigens von Wolfram Zaitler gekommen, und man hatte ihn gerne erfüllt, weil er eine einflussreiche jüdische Familie ans Messer geliefert hatte.

Am interessantesten war aber jenes Gesprächsprotokoll, das die ganze Geschichte erst ins Laufen gebracht hatte. Es war auf den 3. November 1941 datiert, also unmittelbar bevor die Gestapo begonnen hatte, Jagd auf die Familie Goldmann zu machen.

14

Gesprächsprotokoll Wolfram Zaitler, Ortsgruppe Perchtoldsdorf, Adolf-Hitler-Platz 11. Anwesend: Wolfram Zaitler (Informant), Rüdiger Adefris (Kreisleiter), Luise Ulreich (Schriftführerin).

Rüdiger Adefris (kurz RA): Wolfram, schön, dich zu sehen. Was führt dich zu mir?

Wolfram Zaitler (kurz WZ): Ich möchte zu Protokoll geben, dass sich hier in Perchtoldsdorf noch eine jüdische Familie versteckt. Und sie hat sich eine besonders perfide Tarnung ausgedacht.

RA: Eine jüdische Familie? Soso. Wie kommst du darauf, dass uns das bislang entgangen ist? Und wie sieht diese »perfide« Tarnung aus?

WZ: Sie haben sich als Katholiken getarnt.

RA: Getarnt?

WZ: Sie sind konvertiert.

RA: Dann sind sie also keine Juden mehr?

WZ: Nein, doch! Hach, Rüdiger. Mach's mir doch nicht so schwer.

RA: Beruhig dich wieder, Wolfram. Um wen geht es überhaupt?

WZ: Um die Goldmanns.

RA: Die Goldmanns? Eine respektierte Familie hier im Ort. Was man von eurer Familie ja nicht unbedingt behaupten kann.

WZ: Mag schon sein, aber sie sind dennoch Verräter am deutschen Vaterland.

RA: Wie kommst du darauf, dass sie konvertierte Juden sind?

WZ: Stell dich nicht blöd, Rüdiger. Allein schon der Name.

RA: Der Name allein ist noch kein Verbrechen, lieber Wolfram.

WZ: Gut, aber ich weiß ganz sicher, dass sie erst von ein paar Jahren zum Christentum konvertiert sind.

RA: Woher?

WZ: Mein Onkel war der Pfarrer, der das erledigt hat.

RA: Und das hat er dir erzählt? Gilt für Pfarrer nicht auch eine Schweigepflicht? Wie bei Ärzten?

WZ: Jo, mei. War er halt bei uns und hatte ein bissl was über den Durst getrunken gehabt. Also, reicht dir das?

RA: Ich weiß nicht. Wenn sie eigentlich gar keine Juden mehr sind?

WZ: Pass bloß auf, du redest dich bald selbst in die Bredouille. Wenn das der Führer hört. Einmal Jude, immer Jude!

RA: Beruhige dich, Wolfram. Wieso kommst du mit dieser Information erst jetzt zu mir? Hat das vielleicht etwas damit zu tun, dass du seit Monaten erfolglos versuchst, die Goldmanns von einem Verkauf zu überzeugen?

WZ: Woher weißt du …?

RA: Wolfram, Wolfram. Wir haben die Gestapo. Ich würde meine Arbeit schlecht machen, wenn ich solche Sachen nicht wüsste.

WZ: Mag schon sein, dass es damit zu tun hat.

RA: Ist das alles?

WZ: Nein, ihr müsst sie deportieren. Vor allem die Elfi!

RA: Die Elfi? Was hast denn jetzt schon wieder angestellt?

WZ: Ich? Nichts! Sie, sie war's. Sie hat mich verführt. Fast dazu gezwungen!

RA: Die Elfi? Dich? Sei mir nicht böse, Wolfram, aber mich wundert's schon, dass dich deine eigene Frau angreift. Und da soll dich ein junges, hübsches Ding wie die Elfi verführt haben? Ich glaube eher, du hast dich an ihr vergangen.

WZ: Und wenn's so war? So eine Judenschlampe!

RA: Erzähl mir mal die ganze Geschichte.

WZ: Gibt nicht viel zu erzählen. Sie ist schwanger und behauptet, der Bastard sei von mir. Kann man ihr da nicht irgendwas anhängen?

RA: Rassenschande wäre möglich. Eine Jüdin und ein Kind von einem Arier? Geht nicht.

WZ: Na also! Aber ihr müsst schnell reagieren.

RA: Wieso? Welchen Blödsinn hast denn sonst noch angestellt?

WZ: Ich habe ihnen mit euch gedroht.

RA: Bist du von Sinnen? Da hättest sie ja gleich selbst zur Grenze begleiten können.

WZ: Tut mir leid, aber bei dem Wetter können sie ja eh nicht weit kommen.

RA: Das ist dein Glück. Vor morgen früh können wir aber auch nichts machen.

WZ: Dann schaut am besten gleich bei den Nöhrers nach. Das sind ja ihre besten Freunde. Dort werden sie sich bestimmt verstecken.

RA: Komm, Wolfram, das überlass bitte uns. Misch dich nicht weiter ein. Natürlich werden wir zunächst einmal bei den Goldmanns selbst vorbeischauen. Glaubst du, ich mache mich vor den Nöhrers zum Deppen, wenn die Goldmanns gar nicht geflohen sind?

WZ: Jaja, schon gut. Also, haben wir eine Abmachung?

RA: Moment, mein Bester. Du wirst bei der ganzen Sache schon dabei sein. Und wenn wir sie nicht erwischen, dann bist du dran. Nur dass das klar ist. Du hast sie ja quasi gewarnt.

WZ: [schluckt, wird bleich]

RA: Lass mich mal zusammenfassen: Du lieferst uns also im besten Fall die Goldmanns und willst im Gegenzug dafür ihre Liegenschaften. Was schaut da für uns außer einer deportierten jüdischen Familie mehr raus?

WZ: Wieso denn? Was soll ich denn noch tun?

RA: Ich hätte da schon eine Idee. In den oberen Etagen sind nämlich nicht alle so davon überzeugt, dass wir immer nur gewinnen werden.

WZ: Blasphemie!

RA: Ruhig, Zaitler! Manchmal muss man den Tatsachen mutig in die Augen schauen. Ist schon klar, dass das der normale Bürger nicht versteht. Aber dafür sind wir ja da. Wir denken und lenken. Natürlich werden wir gewinnen. Trotzdem muss man Vorkehrungen treffen.

WZ: Zum Beispiel?

RA: Wir sind schon länger auf der Suche nach einem geeigneten Platz für einen geheimen Bunker. Dort sollen ein paar Sachen eingelagert werden.

WZ: Und was hat das mit mir zu tun?

RA: Als ich von den Plänen gehört habe, ist mir gleich deine Hiatahütte eingefallen …

WZ: Und dann schafft ihr mir die Goldmanns vom Hals?

RA: Ja. So ist dir und mir geholfen. Du lieferst die Goldmanns aus, ich verschaffe den Obrigkeiten ihren versteckten Platz für einen Bunker. Und alle sind glücklich.

WZ: Heil Hitler!

RA: Heil Hitler!

15

Immerhin hatte die Charlotte das Gesprächsprotokoll im Bunker noch abfotografieren dürfen. Herausrücken wollten es die Historiker jedoch auf keinen Fall. Auch eine Kopie kam nicht in Frage. Viel mehr war dann aus dem Professor Traxler auch nicht mehr herauszubekommen. Mit Einsatz all ihres Charmes schaffte es die Andrea noch, ihm ein paar Informationen zu den Goldbarren zu entlocken. Man hatte nämlich noch zwei weitere Kisten mit Gold gefunden. Also eigentlich nur eine, denn die zweite war bereits komplett leer. Nur anhand chemischer Spuren hatte man festgestellt, dass auch in dieser Kiste Gold gelagert worden war. Also alles in allem ein außerordentlich wertvoller Goldschatz, mehrere Kisten voller Goldbarren waren ja nicht nix. Nach Ansicht der Historiker fehlten in der anderen Holzkiste rund ein Dutzend Goldbarren, die jemand in den letzten Jahren entwendet haben musste. Diese und das Gold aus der leeren Kiste. Das konnte wohl nur der alte Zaitler gewesen sein, denn nach derzeitigem Stand der Ermittlungen hatte ja maximal noch der Robert Zutritt gehabt. Und der war einfach zu dumm, um das Gold unauffällig zu Geld zu machen und unters Volk zu bringen. Das wäre der Marianne auf jeden Fall aufgefallen, und die hatte in dieser Richtung nichts anklingen lassen. Was der alte Zaitler mit dem ganzen Gold angefangen hatte, wusste wohl nur er selbst. Von Schulden war bei der Familie Zaitler nichts bekannt, großartige Neuanschaffungen hatte der alte Zaitler in den letzten Jahren allerdings auch nicht gemacht. Er war noch immer mit seinem dreißig Jahre alten Traktor in die Weinberge gefahren.

Und dann war da noch die Familie Adefris, wie der Charlotte auffiel. Schon merkwürdig, dass sie diesen Namen in den alten Nazi-Unterlagen gefunden hatte, nachdem sie kurz davor dem Sohn (oder dem Enkel?) begegnet war, just als dieser bei der letzten verbliebenen Zaitler-Überlebenden einen Besuch machte. Fehlte nur noch, dass die Familie Adefris auch in die ganze Sache verwickelt war. Unmöglich wäre es nicht. Während die Zaitlers wohl nur Kollaborateure waren, waren die Adefris bekennende Nazis gewesen. Immerhin hatte dieser Rüdiger Adefris sogar eine höhere Nazi-Stelle im Ort bekleidet. Die Charlotte hatte bislang nicht viel mit dem rechten Gemeinderat zu tun gehabt, aber sie wusste, dass die Familie – Vater, Mutter und eine ganze Horde erwachsener Kinder – in einer Villa im teuersten Teil von Perchtoldsdorf lebte. Was sie nicht wusste, war, was der alte Adefris beruflich eigentlich so trieb – abgesehen von seiner Stellung als Gemeinderat. Aber davon konnte man sich keine Villa im Sonnberg-Viertel bei der Heide leisten.

Der Professor begleitete die Charlotte und die Andrea schließlich persönlich aus dem Bunker – wohl auch, um sicherzugehen, dass die beiden Frauen nicht doch noch etwas mitgehen ließen. Der Leo hingegen ließ den Professor freundlich, aber bestimmt abblitzen. Er wollte sich noch weiter im Bunker umsehen und den dahinterliegenden Tunnel genauer erforschen.

Einer der Historiker war sofort Feuer und Flamme für diese Idee, und der Leo hatte nichts dagegen, dass er sich ihm anschloss. Ganz wohl war ihm bei dem Gedanken, völlig allein durch das unterirdische Labyrinth zu irren, nämlich nicht.

»Na super«, sagte die Charlotte, als sie wieder im Freien standen und sich der Professor Traxler von ihnen verabschiedet hatte. »Jetzt stehen wir ohne Chauffeur da, und ich hab natürlich keinen Schlüssel für den Wagen vom Leo.«

»Mein Gott, ist das so schlimm?«, stöhnte die Andrea. »Das Wetter passt, die Jackie braucht sowieso ein bisschen Auslauf, da können wir uns doch einen Spaziergang gönnen.«

»Und wohin?«

»Na, zum nächsten Heurigen«, erwiderte die Andrea lachend. »Es ist ja noch immer Martini, und ich habe Lust auf ein Gansl. Mal in aller Ruhe, ganz ohne Stress und nur wir zwei. Einfach nur genießen.«

Der Charlotte blieb nichts anderes übrig, als zuzustimmen. Es war kurz vor Mittag, und sie hatte für den Rest des Tages sowieso nichts Dringendes vor. An der frischen Luft konnte sie wenigstens über den eigenartigen Dreifachmord nachdenken. Auch wenn alles aufgeklärt war – die Charlotte blieb irgendwie unruhig. Bis auf den Mord an der Hertha passte das alles hinten und vorn nicht zusammen. Wieso sollten sich der Senior und der Junior gegenseitig umbringen? Noch dazu so perfekt getimt? Und welche Rolle spielte der Nazi-Bunker bei der ganzen Angelegenheit? Was hatte die Familie Adefris damit zu tun? Und die Familie Goldmann? Jahrzehntelang hatte man nichts von ihnen gehört, und plötzlich stieß man bei jeder Gelegenheit auf die Familie, selbst innerhalb der eigenen Verwandtschaft. Aber auch als sie eine halbe Stunde später beim Wurzinger-Heurigen aufschlugen, konnte sich die Charlotte noch immer keinen Reim darauf machen. Erst das Gansl mit Rotkraut und Erdäpfelknödeln lenkte sie schließlich hinreichend ab und ließ ihre Laune ordentlich steigen. Die Jackie freute sich über ein paar Knochen, und die alte Frau Wurzinger setzte sich nach vollendetem Festmahl zu den beiden jüngeren Frauen, um sie nach ihrer Meinung zum Gansl zu fragen.

»Weißt du, Gerti«, sagte die Charlotte, ihren letzten Bissen mampfend, »abgesehen vom Gansl von der Omama ist deines mit Abstand das beste hier im Ort. Und – aber das darfst der Omama nie, nie, nie verraten: Deine Erdäpfelknödel sind sogar besser als ihre.«

»Danke, Schätzchen!« Die Gerti Wurzinger freute sich, kniff der Charlotte in die Wange und ließ eine Kellnerin noch zwei Stück Apfelstrudel auftischen.

»Nein!«, meinte die Charlotte abwehrend. »Ich platze so schon.«

»Papperlapapp!«, antwortete die Gerti Wurzinger, schob der Charlotte und der Andrea die Teller hin und wartete, bis beide auch noch den Apfelstrudel verputzt hatten. Dann ließ sie noch drei Schnapserl kommen, stieß mit den beiden an und leerte ihren Obstler auf ex.

»So, Charlotte«, sagte die Gerti schließlich. »Weiß man eigentlich schon, wer den Robert Zaitler umgebracht hat?«

Ach, daher wehte also der Wind, darum der Extra-Apfelstrudel und der Schnaps …

Schweren Herzens schüttelte die Charlotte den Kopf. Sie durfte nichts sagen, denn die Polizei war mit den Details zum Mord am Robert nach wie vor nicht an die Öffentlichkeit gegangen. Da arbeitete die Pressestelle der Polizei noch an der genauen Formulierung. Man hatte zwar Beweise dafür, wer wen umgebracht hatte, aber ein wasserdichtes Tatmotiv hatte man noch nicht gefunden. Auch wenn der alte Zaitler nicht viele Fans im Ort hatte, so eine Familientragödie wollte man der Öffentlichkeit doch schonend und mit den richtigen Erklärungen beibringen. Nicht zuletzt wegen der Marianne, auf deren Schultern jetzt so eine große Last ruhte.

Dass die Gerti Wurzinger noch nichts Genaues wusste, war aber immerhin ein Indiz dafür, dass die Omama tatsächlich Stillschweigen gewahrt hatte. Normalerweise war die Gerti in Sachen Stille Post einer der Dreh- und Angelpunkte im Ort – gemeinsam mit der Omama und der Trude.

Die Charlotte ließ sich von der Gerti noch die Hand tätscheln, ehe die alte Frau ohne die gewünschte Antwort davonwatschelte. »Es war einen Versuch wert«, sagte sie im Weggehen und zwinkerte den beiden zu.

»Taxi oder zu Fuß?«, fragte die Andrea, als sie den Heurigen verlassen hatten. Die Sonne stand mittlerweile schon recht tief, und es waren Wolken aufgezogen.

Die Charlotte strich sich über die leichte Rundung ihres Bauchs, unter der eine halbe Gans begraben lag. »Ach, auch schon egal. Gehen wir zu Fuß, irgendwie muss ich die Gans ja wieder wegtrainieren.«

Eine Dreiviertelstunde später trafen sie verschwitzt am Weingut ein. Die Sonne verschwand gerade hinter den Hügeln des Wienerwalds. Im Innenhof herrschte eine ungewöhnliche Ruhe, die nur einen Moment später durch ein lautstarkes »Jawohl!« zerrissen wurde. Die Charlotte und die Andrea sahen sich verwirrt an und liefen los. Der Jubelschrei war vom alten Weinkeller her gekommen.

Die Tür zum Presshaus stand wegen der Renovierungsarbeiten sperrangelweit offen. Sie stürmten hinunter und kamen gerade rechtzeitig, als der Leo und sein Begleiter durch das große Weinfass in den Weinkeller traten.

»Leo?«, fragte die Charlotte erstaunt.

»Da schaust, gell?«, sagte der Angesprochene freudig strahlend.

»Wie kommst du denn hierher?«

»Na, wie wohl? So wie der alte Zaitler dir letzte Woche den Robert vor die Tür gelegt hat. Der Berti und ich«, dabei zeigte er auf seinen Forschungskumpan, »haben uns mit Taschenlampe und Kompass vom Bunker bis hierher durchgekämpft. Es waren zwar ein paar falsche Abzweigungen dabei, aber wie du siehst, haben wir es doch geschafft.«

Die Charlotte prustete lauthals los, und auch die Andrea konnte sich nicht zurückhalten. Die Jackie bellte aufgeregt, weil sie sich überhaupt nicht mehr auskannte. Der Lärm führte dazu, dass sich am Loch in der Decke des Weinkellers innerhalb weniger Augenblicke die restliche Nöhrer-Familie einfand.

»Leo!«, rief die Mama entsetzt, »Wie schaust du denn aus?«

»Wie ein Minenarbeiter«, erklärte die Charlotte.

Tatsächlich war der Leo von Kopf bis Fuß dreckig, und »Berti« schaute nicht viel sauberer aus. Bei ihm sah man es auch noch besser, denn er hatte in seiner Aufregung über das unerwartete Abenteuer ganz darauf vergessen, seinen weißen Kittel auszuziehen. Vielleicht hatte er aber auch einfach nicht damit gerechnet, wie es unter Tage so aussah. Der Kittel war jedenfalls ein Fall für den Restmüll.

»Kommts mal rauf«, meinte die Omama. »Ihr könnt euch drinnen aufwärmen und ein bisschen sauber machen.«

»Aber die Schuhe ziehts mir draußen aus«, merkte die Mama rasch an. »Das Haus ist heute erst frisch geputzt worden.«

Zehn Minuten später saßen der Leo und der Berti, vom schlimmsten Schmutz befreit und nur in Socken und Unterhosen, in der Küche. Die Omama hatte beiden einen Glühwein gemacht und sie mit einer Mehlspeise beglückt. Schon wieder Apfelstrudel, dachte die Charlotte, die sich nach wie vor fühlte, als hätte sie einen Stein im Magen. Die beiden Männer verschlangen den Strudel und orderten umgehend Nachschub an Glühwein. Dann erzählte der Leo, wie sie sich stundenlang durch das Tunnellabyrinth gekämpft hatten. Dabei hatten sich die beiden ein wenig angefreundet, denn der Leo sprach vom »Berti« nur mehr in den höchsten Tönen.

Der »Berti« war eigentlich der Herbert Langer, ein frischgebackener Magister der Geschichte und in seinen Träumen immer schon so etwas wie ein Mini-Indiana-Jones. Er erklärte, dass die Tunnel mit an Sicherheit grenzender Wahrscheinlichkeit aus der Zeit der letzten Türkenbelagerung stammten. Darauf ließen alte Werkzeuge und auch das eine oder andere Skelett schließen, auf die sie im Zuge ihrer Erkundungstour gestoßen waren. Allerdings schien nur mehr der Teil, der sich durch die Weinberge zog, intakt zu sein. Sie hatten etliche verschüttete Abzweigungen gefunden, die laut Kompass allesamt in Richtung Herzogsburg und Pfarrkirche führen mussten. Sie waren entweder vor Jahrhunderten schon mit voller Absicht zum Einsturz gebracht worden. Oder, das wäre laut Berti die einzige andere Erklärung, das Erdreich war zum Ortszentrum hin instabiler. Dafür müsste man aber einen Geologen kontaktieren.

Auf ihrer Erkundungstour hatten sie noch eine Handvoll anderer Ausgänge gefunden, allesamt gut versteckt in den Ausläufern des Wienerwalds. Der hier im Weinkeller der Nöhrers war aber der Ausgang, der am nächsten zur »Zivilisation« lag.

Als die beiden ihre Erzählung abgeschlossen hatten, forderte der Leo per Funk einen Streifenwagen an, der ihn und den Berti abholen und zum Bunker zurückbringen sollte. Bei der Verabschiedung sah er den fragenden Blick seiner Cousine.

»Heute Abend noch Turmbar?«, fragte er leise.

Die Charlotte schüttelte den Kopf. »Nein, nicht nach dem, was wir heute erfahren haben und ich dir noch erzählen muss. Mir ist eher nach etwas Erdigerem. Motte.«

Der Leo nickte und deutete mit den Augen fragend auf den Berti.

»Kannst mitbringen«, sagte sie.

Um zweiundzwanzig Uhr fielen die Charlotte und die Andrea in der Motte ein, dem zweiten »Ausgehlokal« in Perchtoldsdorf. Weniger als einen Steinwurf von der Turmbar entfernt und doch komplett anders. Während in der Bar teure Cocktails konsumiert wurden, floss in der Motte das Bier in Strömen. Statt trendiger House-Musik liefen hier noch immer AC/DC, Guns N' Roses und Konsorten. So, als hätten die neunziger Jahre niemals geendet. Traditionell war um diese Uhrzeit in der Motte noch nicht viel los, das Lokal füllte sich selten vor Mitternacht. Dafür ging es dann umso lauter zu.

Dementsprechend überrascht und froh war der Rudi, Besitzer und Chefkellner in Personalunion, als kurz nach den beiden Frauen auch noch der Leo mit dem Berti einritt.

»Gott sei Dank für euren Besuch«, stöhnte der Rudi der Charlotte ins Ohr, während er ihr einen Begrüßungskuss auf die Wange gab.

»Was ist denn los?«, fragte die Charlotte überrascht. »Du schaust ja ganz fertig aus.«

Der Rudi deutete auf eine Frau, die zusammengekauert am hintersten Ende der Theke saß. Vom Eingang aus konnte die Charlotte nicht erkennen, wer das war. Die Frau machte einen verzweifelten Eindruck. Sie umfasste krampfhaft ihr Krügel Bier und hatte die Stirn auf den Rand des Glases gestützt.

»Die Magda ist völlig aufgelöst und liegt mir seit zwei Stunden in den Ohren. Und weil sonst niemand da ist, kann ich ihr auch nicht entkommen.«

»Was ist denn passiert?«

»Frag sie doch selbst. Sie erzählt's dir sicher gerne. Was darf's für euch sein?«

Die vier bestellten Bier und setzten sich dann zur Magda. Die Putzfrau der Familie Zaitler war tatsächlich völlig aufgelöst. Das wenige Make-up war total verschmiert und verlieh ihr den typischen Waschbären-Look. Selbst so sah sie allerdings noch hinreißend aus. Oder vielleicht gerade wegen dieses melancholischen Anflugs, wie die Charlotte insgeheim feststellte.

»Oh, hallo«, sagte die Magda mit schwacher Stimme, als sie bemerkte, dass sie Gesellschaft bekommen hatte.

»Ich frag jetzt nicht, wie es dir geht«, begann die Charlotte. Immerhin, sie hatte bei ihrem letzten Fall ihre Lektion gelernt. Wäre das hier ein Hollywoodfilm gewesen, hätte sie eigentlich »Alles in Ordnung?« fragen müssen. Das war ein Standardsatz, der – davon war die Charlotte felsenfest überzeugt – in jedem Filmskript gesetzlich vorgeschrieben war. Egal, wie unpassend die Situation auch sein mochte. Die Charlotte hingegen fuhr fort: »Was ist denn passiert?«

Lange Sekunden des Schweigens. Die Magda schaute tief in ihr Glas und leerte es dann in einem Zug.

Respekt, dachte sich die Charlotte. Die Magda hatte da eben fast ein ganzes Krügel mir nichts, dir nichts runtergekippt. Und das war ganz sicher nicht ihr erstes gewesen, nachdem sie laut dem Rudi schon seit zwei Stunden hier saß.

Die Magda knallte das Glas auf die Theke und bestellte Nachschub. Erst als sie den Schaum vom nächsten Bier weggeschlürft hatte, wandte sie sich der Charlotte zu.

»Ich steh auf der Straße«, sagte sie. »Die Marianne hat mich rausgeworfen.«

Die Charlotte konnte nicht glauben, was sie da eben gehört hatte. »Aber, aber … wieso?«

»Sie wirft mir vor, dass ich sie bestohlen hätte.«

»So ein Blödsinn.«

Wieder Schweigen, dann: »Nein, kein Blödsinn.«

»Magda!«

»Warte, warte. Es ist nicht so, wie es sich anhört. Die Marianne wirft mir vor, dass ich Geld gestohlen hätte. Habe ich aber nicht.«

»Was dann?«

»Einen Brief.«

»Einen Brief? Komm, erzähl mal von vorne, ich kenn mich jetzt überhaupt nicht mehr aus.«

Das tat die Magda. Sie begann wirklich ganz von vorne. »Ich glaube, die Marianne hat mich in Wirklichkeit rausgeschmissen, weil ich zu viele Familiengeheimnisse kenne. Der Herbert hat mir im Suff mehr erzählt, als er mit dem Rest der Familie überhaupt geredet hat.« Dann schilderte sie, wie der alte Zaitler sie damals in Znaim, gleich hinter der österreichisch-tschechischen Grenze, aufgegabelt hatte. Die Magda hatte dort in einem Bordell gearbeitet, und der alte Zaitler war einer ihrer Stammgäste gewesen. »Da war die Hertha noch am Leben. Aber zwischen den beiden ist schon längst nichts mehr gelaufen, deshalb ist er alle zwei Wochen nach Znaim gefahren. Er hat darauf bestanden, dass er immer von mir bedient wird. Ich weiß nicht, wieso, aber er hatte an mir einfach einen Narren gefressen. Ein-, zweimal hat er sogar einen Freund mitgehabt. Ihr werdet nicht glauben, wer das war: der alte Adefris. Der sonst immer so auf Familienglück und Tradition macht. So ein Arsch.«

Bei diesen Bordellbesuchen war natürlich auch der Alkohol in Strömen geflossen. Und dabei hatte sich die Zunge vom alten Zaitler gelockert. Er hatte der Magda anvertraut, er säße auf einem Goldschatz. Es war eine Ausnahme gewesen, dass er das erwähnte, sonst hatte er davon nicht geredet. Und der Magda war das immer ein bisschen komisch vorgekommen, denn mit Gold hatte er nie bezahlt.

Später hatte ihr der alte Zaitler verraten, dass das auch gar nicht möglich war, weil es sich ja um Nazi-Goldbarren handelte. Wenn er Geld brauchte – und er ging damit grundsätzlich sparsam um, außer fürs Puff –, dann nahm er einen Goldbarren und ließ ihn einschmelzen. In Tschechien am Schwarzmarkt. Da wurden keine großen Fragen gestellt. So war er überhaupt erst auf das Bordell in Znaim gekommen. Die Geschichte und die Aussicht auf mehr Geld – so ehrlich war die Magda – ließen sie aufhorchen, und sie kümmerte sich noch intensiver um ihren Stammgast. Wutanfälle hatte der Zaitler in dieser Zeit keine. Wenigstens keine, die er an ihr ausgelassen hätte. Ein bisschen ein Perverser war er schon, meinte die Magda, aber das war immer im Rahmen geblieben. Für die passende Summe erfüllte sie ihm auch seine etwas eigenartigeren Wünsche.

Nach einem Jahr hatte sich ihr Verhältnis geändert. Der Zaitler wollte die ganze Sache persönlicher gestalten, was in einem Bordell nur leidlich möglich war. Und so hatte er ihr, etwa ein Jahr bevor die Hertha Zaitler verschwand, ein Angebot gemacht. Sie sollte ihren Job im Bordell aufgeben und zu ihm nach Österreich kommen.

»Zuerst habe ich ihn ausgelacht. Warum sollte ich nach Österreich kommen? Nur damit ich dort erst recht wieder in einem Bordell arbeitete? Aber das wollte er gar nicht. Er wollte, dass ich nur für ihn da war.«

»Seine private Hure? Sorry, wenn ich das so sage.«

»Passt schon. Du hast ja recht. Ja, so in der Art. Offiziell als Putzfrau. Kost und Logis inkludiert, und ab und zu, wenn die Hertha nicht da war, sollte ich halt meinen Arsch hinhalten. Sorry für den Ausdruck«, sagte sie lachend.

Niemand hatte dabei Verdacht geschöpft. Eine tschechische Putzfrau – noch dazu regulär angestellt! – war ja jetzt wirklich nicht außer der Norm. Auch wenn sie eine auffällig hübsche Person war. Und die Magda erledigte ihre Hausarbeiten zur vollen Zufriedenheit der ganzen Familie Zaitler.

Dann tauchte plötzlich wie aus dem Nichts die Marianne auf. Der Robert hatte sie in seiner Stammdisco am Stadtrand von Wien aufgegabelt und war ihr Hals über Kopf verfallen. Aber nicht nur der Robert, auch der Herbert hatte immer wieder ein Auge auf die Schwiegertochter in spe geworfen. Zwischen dem Robert und dem Herbert stimmte die Chemie schon lange nicht mehr, das hatte die Magda schon kurz nach ihrer Ankunft in Perchtoldsdorf gespürt. Es war einzig und allein der Hertha zu verdanken, dass die beiden nicht viel öfter lautstark aneinandergekracht waren. Der Robert hatte vor seiner Mama sowieso Respekt, und auch der Herbert bemühte sich, in ihrer Anwesenheit sein Temperament halbwegs zu zügeln. Der schwelende Streit zwischen Vater und Sohn war dennoch für alle zu spüren.

Kurz vor der Hochzeit vom Robert und von der Marianne hatte die Magda, die da gerade rund ein Jahr bei den Zaitlers war, die Hertha völlig aufgelöst im Schlafzimmer vorgefunden.

»Ich wollte sie trösten, aber sie stieß mich nur weg. Sie meinte, ich sollte mich doch ruhig weiter um den Herbert kümmern und sie gefälligst in Ruhe lassen«, berichtete die Magda. »Sie war ihm – oder besser uns – auf die Schliche gekommen. So hart das auch klingen mag, aber mir war das relativ egal. Ich wurde bezahlt und machte meine Arbeit gut, nicht nur die im Bett. Ein paar Tage nach der Hochzeit vom Robert ist es dann zwischen der Hertha und dem Herbert zu einem Streit gekommen. Die Marianne und der Robert waren da gerade auf Flitterwochen, und so mussten sich die beiden nicht extra verstellen. Da sind richtig die Fetzen geflogen.«

»Um was ist es dabei gegangen?«

»Anscheinend um das Weingut oder irgendwelche Grundstücke. Auf jeden Fall nicht darum, dass sich der Herbert daheim seine private Hure hielt. Ich habe nur ein paar Wortfetzen mitbekommen. Die Hertha hat was von einem Brief gesagt, den der Herbert ihr verschwiegen habe. Daraufhin hat es geklatscht, die Hertha ist aus dem Schlafzimmer gerannt gekommen und hat sich dabei die Wange gehalten.«

»So ein Arsch«, murmelte die Charlotte. Die Magda nickte.

»Wie auch immer. Ein paar Tage danach war die Hertha plötzlich weg. Ich habe geglaubt, dass sie einfach abgehauen ist. Was ich nur zu gut verstanden hätte. Dass der Herbert seine eigene Frau umbringt, für so arg hätte ich ihn nicht gehalten.«

»Ich bis letzten Sommer auch nicht«, stimmte ihr die Charlotte zu.

»Der Robert und die Marianne waren natürlich total fertig, als die Hertha plötzlich weg war. Aber nach einem Jahr hatte sich die Situation wieder normalisiert. So waren die Zaitler-Männer eben – aus den Augen, aus dem Sinn. In erster Linie zählten nur sie selbst. Der Herbert ist mir aber trotz der Abwesenheit der Hertha nicht mehr nachgestiegen als zuvor.«

»Nicht? Jetzt hätte er es doch in aller Öffentlichkeit machen können. Gab doch keinen Grund mehr, sich zu verstecken.«

»Nein, ihm ging es ja nicht um Liebe. Mir auch nicht. Das hat also schon so gepasst. Ich glaube, es hatte damit zu tun, dass er, nachdem die Hertha weg war, auch ein Auge auf die Marianne geworfen hatte. Inzwischen ganz ohne Genierer, wenigstens wenn der Robert nicht anwesend war. Er hat sie begrapscht, eindeutige Anspielungen gemacht und so weiter.«

»Und sie hat sich das gefallen lassen?«

Die Magda überlegte. »Ja, nein. Ich weiß nicht, ist schwer zu sagen. Die Marianne ist ja zehn Jahre älter als der Robert und, wenn wir uns ehrlich sind, fragten sich doch alle, was eine wie sie mit dem Robert überhaupt will. Der Robert war ja ganz lieb, aber strohdumm. Und Sinn fürs Geschäft hatte er auch keinen. Auf jeden Fall hatte ich manchmal den Eindruck, dass sie sich sogar ganz gern vom Herbert begrapschen ließ.« Sie überlegte kurz. »›Gern‹ ist vielleicht der falsche Ausdruck. Aber es kam mir vor, als hätte sie seine Avancen fast ein bisschen herausgefordert.«

»Ist da auch mehr gegangen?«

»Ich habe nur einmal gesehen, wie sie aus seinem Schlafzimmer gekommen ist. Da hielt sie sich ihr Gewand verschämt vor die Brust, und ich glaube, sie hat geheult.«

»Wieso hat sie das nie gemeldet?«, fragte die Charlotte entsetzt.

Die Magda zuckte kühl mit den Schultern und nahm einen Schluck von ihrem Bier. »Wie gesagt, das war alles Sache der Familie. Solange ich nicht darunter leiden musste, war es mir egal. In Wirklichkeit war es mir ja sogar ganz recht, so hatte ich wenigstens meine Ruhe vor ihm. Wahnsinnig appetitlich war der Sex mit dem Herbert ja nicht, und jünger wurde er auch nicht. Hauptsache, das Geld hat gestimmt.«

»Ist zwischen dir und ihm gar nichts mehr gelaufen?«

»Doch, doch«, meinte die Magda. »Vor allem, wenn er schwer betrunken war. Dann ist er auch wieder gesprächiger geworden. Er hat mir von einem geheimnisvollen Nazi-Bunker erzählt, den er und zuvor sein Vater seit dem Ende des Weltkriegs angeblich bewacht haben. Wenn ich ihm ein wenig die Eier kraulte, und das meine ich jetzt wörtlich, protzte er sogar noch mehr. Dort hätte er auch seinen Goldschatz versteckt.«

»Hat er dir verraten, wo der Bunker ist?«

Die Magda schüttelte den Kopf. »Nein. Egal, wie viel er getrunken hatte, da verplapperte er sich nie. ›Das ist nur für die Familie bestimmt. Und für den Adefris‹, sagte er dann immer. War mir im Endeffekt auch egal. Ich war mir nicht einmal sicher, ob das mit dem Bunker überhaupt wirklich stimmte. Wie gesagt: Hauptsache, ich bekam mein Geld und hatte halbwegs meine Ruhe.«

»Was hat das jetzt alles mit dem Brief zu tun, den du geklaut hast?«

»Dazu komme ich als Nächstes. Das war wieder bei einem unserer immer seltener werdenden Sex-Dates. Auch da war der Herbert stockbetrunken. Er faselte etwas von einem Brief, was bei mir gleich die Alarmglocken schrillen ließ. Darum war es ja auch bei seinem Streit mit der Hertha vor einigen Jahren gegangen. Aber er wollte wieder nix Genaues verraten. Nur ›Scheiß-Juden‹ hat er gesagt, und: ›Tun so, als ob ihnen noch immer alles gehört.‹ Mir hat das keine Ruhe mehr gelassen.

Nachdem er ja jetzt tot ist, dachte ich mir, dass ich das ausnützen sollte.«

»Und du hast den Brief gesucht.«

»Genau. Hätte eigentlich nicht auffallen dürfen, nachdem ich sowieso immer das ganze Haus putze.«

»Wie ist dir die Marianne denn draufgekommen?«

»Seitdem der Robert und der Herbert tot sind, ist sie ein bisschen paranoid geworden. Hat mir immer öfter hinterherspioniert. Zwar möglichst unauffällig, aber trotzdem … Vielleicht wollte sie auch nur nicht alleine sein. Kann ich irgendwie verstehen. Wenn auf einmal deine ganze Familie ausgelöscht ist. Selbst wenn sie dich nicht immer gut behandelt haben. Ich hab die Wohnung vom Herbert auch deswegen geputzt, weil ich dachte, dass sie mir da ein bisschen Ruhe gibt.«

»Hat sie aber nicht.«

»Am Anfang schon. Deshalb habe ich auch damit begonnen, seine Kästen und Laden zu durchsuchen. Den Brief habe ich genau in dem Moment gefunden, als plötzlich die Marianne hinter mir gestanden ist.«

»Wo war er denn versteckt?«

»In seiner Sockenlade. Ganz hinten.«

»Kein sicheres Versteck.«

»War ja auch nur ein Brief.«

»Was hat die Marianne gesagt?«

»Zuerst einmal: Sie hat zum Glück nichts von dem Brief bemerkt. Den habe ich ganz schnell in meiner Putzschürze verschwinden lassen. Ich habe mich zu ihr umgedreht, und sie hatte schon wieder ganz rote, verheulte Augen. Dann hat sie mich beschuldigt, dass ich die Sachen vom Herbert durchsuche, um Geld zu stehlen. Natürlich habe ich ihr gesagt, dass das Blödsinn sei. Ich wollte nur ordentlich und bis in die letzten Ecken putzen. Praktisch als letzten Dienst für den Herbert. Aber das hat sie mir nicht abgenommen. Sie hat mich angebrüllt und gesagt, dass ich verschwinden soll. Ich durfte nur noch meinen Koffer packen, und das war's. Gerade dass sie mich nicht mit einem Fußtritt hinausbefördert hat. Und jetzt steh ich vor der Tür.«

»Und war's der Brief wenigstens wert? Wieso hast du ihn ihr nicht einfach gezeigt? Dann wäre die Sache wohl gegessen gewesen. Wegen eines Briefs würde sie dich ja wohl nicht rauswerfen.«

»Wegen diesem Brief wahrscheinlich schon«, sagte die Magda trocken und schob der Charlotte den Stein des Anstoßes über den Tresen zu.

Der Brief steckte in einem gelben, ausgebleichten Kuvert. Auf der Rückseite stand der Absender: Trude Wagner, dazu die Adresse eines Wiener Postfachs.

Der Leo nahm ihr das Kuvert aus der Hand und sah sich die Briefmarke und den Poststempel genauer an.

Die Charlotte schnappte ihm das Kuvert wieder weg. »Hey, den hat die Magda mir gegeben!« Sie fingerte den Brief aus dem Kuvert, hinter ihr drängten sich die Andrea, der Leo und der Berti, um ebenfalls mitlesen zu können. Das Papier war doppelt gefaltet und an den Ecken zerknittert, einige Buchstaben waren verwischt. Er musste unzählige Male gelesen worden sein. Man konnte es daran sehen, wie abgegriffen er war. Hätte man Buchstaben oder ganze Worte weglesen können, so hätte die Charlotte jetzt wohl nur ein leeres Blatt Papier in der Hand gehalten. So taten sich vor ihr jedoch abermals historische Abgründe auf. Der Inhalt des Briefs war für die aktuelle Situation so explosiv wie eine unter Druck stehende Flasche von ihrem Schüttelwein. Jetzt konnte sie verstehen, wieso der alte Zaitler nicht gewollt hatte, dass er jemals an das Licht der Öffentlichkeit kam. Und wieso es deswegen auch zu einem Streit zwischen ihm und seiner Frau gekommen war.

16

Sehr geehrter Herr Zaitler, lieber Herbert!

Du wirst diese Zeilen wohl voller Überraschung in Händen halten und dich zunächst einmal gar nicht auskennen. Ich möchte dich bitten, den Brief nicht gleich wegzuwerfen, sondern ihn in Ruhe zu Ende zu lesen, darüber nachzudenken und mir dann eine Antwort zu schreiben.

Zunächst möchte ich mich für das unerwartete »du« entschuldigen, aber unter Geschwistern sollte das wohl kein Problem sein. Geschwister? Ja, es tut mir leid, dass ich gleich mit der Tür ins Haus falle. Ich habe mir wochen-, nein monatelang den Kopf darüber zerbrochen, wie ich es dir am besten beibringe. Schlussendlich habe ich mich entschieden, den direkten Weg zu wählen.

Mir ist klar, dass du gar nicht weißt, worum es hier überhaupt geht. Deshalb lass mich ein wenig ausholen. Dein Vater, Wolfram Zaitler, hat während des Zweiten Weltkriegs mit meiner Mutter, Elfriede Goldmann, ein Kind gezeugt – mich, Trude Goldmann. Dein – nein UNSER Vater hat dann dafür gesorgt, dass meine Mutter und meine Großeltern nach Mauthausen deportiert wurden. Meine Großeltern haben das nicht überlebt, sie sind nach wenigen Monaten ums Leben gekommen. Wie durch ein Wunder hat aber meine Mutter überlebt. Sie hat mich unter unmenschlichsten Umständen im Lager zur Welt gebracht, und ihre unbändige Liebe zu mir – obwohl ich ein Kind war, das einer Vergewaltigung entsprungen war – hat ihr den Willen gegeben, die unsäglichen Leiden im Konzentrationslager zu überstehen. Wie du dir vorstellen kannst, war ich ein äußerst schwächliches Kind. Irgendwie sind wir aber beide bis zur Befreiung durch die Alliierten am Leben geblieben.

Meine Mutter hat trotz aller Leiden, die sie durchmachen

musste, nie den Glauben an das Gute im Menschen verloren. Nach dem Kriegsende hat sie es aber dennoch nicht übers Herz gebracht, in ihre alte Heimat zurückzukehren. Wir gingen nach Wien, wo ich in der jüdischen Gemeinde eine herzliche Aufnahme fand und mich von da an normal entwickeln konnte. So normal es unter den gegebenen Umständen eben ging. Meine Mutter hat aber nie verwunden, dass sie ihres alten Lebens beraubt worden war. Sie stellte Nachforschungen an und fand heraus, dass unsere Grundstücke, unsere Weinberge nun eurer Familie gehörten. Einmal fuhr sie sogar nach Perchtoldsdorf, um wenigstens ein letztes Mal ihr Elternhaus zu sehen. Aber das gab es nicht mehr, es war abgerissen worden. An seiner Stelle stand nun ein Wohnhaus, ich glaube, ein Gemeindebau. Ganz nah an den Weinbergen, die immer das Ein und Alles meiner Mutter waren. Was sie am Ende gebrochen hat, war nicht die Vergewaltigung durch unseren Vater gewesen und auch nicht die Demütigung und Folter durch die Nazis. Es war der Anblick des alten Grundstücks ihrer Familie, das nicht mehr wiederzuerkennen war. Die Planierraupen hatten die letzten Erinnerungen an ihre Kindheit einfach platt gewalzt, stattdessen stand da ein grauer Betonblock. Ich weiß noch, wie sie tagelang in unserer Wohnung in Wien saß und heulte. Danach war sie nie wieder dieselbe. Sie zog sich mehr und mehr zurück, bis sie 1968 an einem Herzinfarkt starb. Natürlich haben wir euch nie eine Todesanzeige geschickt. Warum auch? Ich sage das jetzt ohne jegliche Verbitterung, denn ich selbst habe ja keinen Bezug zu unserem alten Weingut: Ihr wart die Nutznießer unseres Leids, unser Vater war sogar der Auslöser dafür.

Warum melde ich mich nun also, Jahrzehnte nach dem ganzen Unglück, bei dir? Die Vergangenheit mag vergeben sein, aber eben nicht vergessen. Wie meine Mutter, so glaube auch ich trotz allem an das Gute im Menschen. Vielleicht deshalb, weil ich das Glück hatte, Mauthausen zu überleben und mich nicht daran zu erinnern. Ich will keine Rache, ich will nur Gerechtigkeit und das, was mir zusteht. Wenigstens einen Teil davon.

Gar nicht so sehr wegen mir – wie gesagt, ich habe ja keinen Bezug zu unseren alten Liegenschaften –, sondern wegen meiner Tochter. Ja, ich habe eine Tochter. Wenigstens sie soll etwas von dem ihr zustehenden Erbe bekommen. Für mich persönlich ist es wirklich nicht wichtig, ich bin glücklich mit meinem Leben in Wien. Aber unsere kleine Mary fragt ständig nach der Vergangenheit. Natürlich habe ich ihr dann von dem verlorenen Weingut erzählt. Sie ist mittlerweile erwachsen und hat ihren eigenen Weg in dieser Welt gefunden. Dennoch möchte ich, dass sie etwas von ihrem kulturellen (und ja, auch von ihrem finanziellen) Erbe bekommt.

Meine Nachforschungen haben ergeben, dass du unser Weingut zu einem leidlich gut gehenden Betrieb gemacht hast und selbst Vater eines Sohnes bist. Ich appelliere an deine Menschlichkeit, dass du deine Nichte, denn das ist die Mary ja, an unser aller Weingut teilhaben lässt. Ich überlasse es dir, in welcher Form du das machen willst. Mehr verlange ich nicht von dir. Wenn das erledigt ist, bist du uns für immer los – so du das dann willst. Bitte zeige mir, dass du aus den Fehlern unseres Vaters gelernt hast. Ich weiß, dass genug da ist, und vielleicht hast du ja den Anstand, den unser Vater nie hatte. Am Ende ist Familie eben doch Familie. Und ob es uns beiden passt oder nicht, wir sind Geschwister und sollten uns auch dementsprechend verhalten.

Bitte schicke deine Antwort innerhalb der nächsten zwei Wochen an das auf dem Kuvert angegebene Postfach. Ich bin gerne bereit, mich mit dir zu treffen, damit wir uns besser kennenlernen können. Bislang kenne ich dich ja nur aus Berichten des Detektivs, den ich auf dich ansetzen musste. Dafür entschuldige ich mich nochmals, aber es war für mich die einzige Möglichkeit, mehr über meine Familie herauszufinden.

Ich bin mir sicher, dass in dir ein gutes Herz steckt, und freue mich auf deine Antwort.

Deine Schwester Trude

17

Die Charlotte las den Brief noch mal und dann noch mal. Und dann noch einmal. Nur zur Sicherheit.

»Ich glaube, da hat sich die gute Trude ganz schön in ihrem Halbbruder geirrt«, meinte sie schließlich, irritiert über so viel Naivität, wie sie die Trude Wagner, geborene Goldmann, in dem Brief an den Tag legte.

»Der alte Zaitler und etwas aus der Geschichte gelernt? Ein gutes Herz? Mein Gott, die Frau muss wirklich an das Gute im Menschen glauben. Wahrscheinlich, weil sie den Zaitler niemals persönlich kennengelernt hat«, sagte der Leo.

»Ob der Zaitler geantwortet hat?«

Der Leo überlegte. »Kann ich mir nicht vorstellen. Der ist auf seinen Sachen draufgesessen wie sonst nur Dagobert Duck. Freiwillig hätte der nie etwas rausgerückt.«

»Und zu restituieren war nix, es gibt schließlich keine Beweise, dass die Weinberge jemals den Goldmanns gehört haben.«

»Gab keine Beweise«, verbesserte sie der Leo, wobei er das Wort »gab« extra betonte. »Mit dem Fund des Nazi-Bunkers haben wir diese Beweise jetzt.« Er wandte sich an die Magda. »Ich muss den Brief konfiszieren.«

»Mach nur«, antwortete die Haushälterin mit einer wegwerfenden Handbewegung. Während die Charlotte und der Leo noch die Köpfe zusammensteckten, nahm der Berti neben der Magda Platz. Er hatte sie schon die ganze Zeit über fasziniert angeschaut. Eigentlich sogar angestarrt. Gut, als Wissenschaftler – normalerweise in einem kleinen Kämmerchen eingesperrt – bekam man solche Schönheiten offenbar nicht so oft zu Gesicht, stellte die Andrea schmunzelnd fest. Und der Magda konnte etwas Ablenkung sowieso nicht schaden.

»Ich werde morgen die Marianne besuchen. Vielleicht kann

ich ihr das mit der Magda wieder ausreden«, erklärte die Charlotte entschlossen.

»Und ich schicke den Brief morgen ans Innenministerium. Vielleicht können die ja was herausfinden. Wenn es wirklich noch eine Erbin gibt …«

»… dann muss die unbedingt ausfindig gemacht werden«, schloss die Andrea. Sie hatte sich vom Berti und von der Magda abgewandt, denn die beiden wollten ganz offensichtlich etwas Zeit zu zweit haben.

Als die Charlotte und die Andrea am nächsten Tag bei der Marianne vorstellig wurden, hatte das Wetter wieder einmal umgeschlagen. Ein eisiger Wind blies ihnen um die Ohren, während sie vor der Heurigen-Einfahrt darauf warteten, dass ihnen die letzte Mohikanerin des Zaitler-Stamms öffnete. Es dauerte eine scheinbare Ewigkeit, bis das Einfahrtstor langsam aufgezogen wurde. Die Marianne schaute mit nur einem Auge um die Türkante. Erst als sie ihre Besucherinnen erkannte, zog sie das Tor ganz auf. Ihr verletztes Auge war inzwischen halbwegs abgeschwollen, aber nach wie vor bunt wie ein Regenbogen.

»Kommt rein«, sagte sie leise. »Was kann ich für euch tun?«

»Wir wollten mit dir über die Magda reden.«

»Ach, die Magda. Hat sich schon rumgesprochen, dass ich sie rausgeworfen habe?«

»Könnte man so sagen«, antwortete die Charlotte vorsichtig. Sie wollte, wenigstens vorerst, nicht all ihr Wissen gleich preisgeben.

»Wusstest du, dass sie eine Hure ist? Von meinem Schwiegervater bezahlt, dass sie es ihm besorgt, wann immer er es wollte? Und kaum war er tot, hat sie seine Sachen durchstöbert, um auch noch das letzte Geld abzustauben.«

In diesem Moment war der Charlotte klar, dass ihr Vorhaben vergebene Liebesmüh war. Die Marianne würde sich nicht von den lauteren Absichten der Magda überzeugen lassen. Sie nahmen wieder einmal im Schankraum der Zaitlers Platz und das Angebot der Marianne, ein Achterl vom Grünen Veltliner zu probieren, dankend an. Die Andrea fragte sich, wieso sich ihre Freundin das überhaupt antat. Hier war nichts zu machen. Völlig hoffnungslos.

»Dein blaues Auge«, wechselte die Charlotte unvermittelt das Thema, »ist das passiert, als der Herbert versucht hat, dich zu vergewaltigen?« Stille im Raum. Die Marianne hörte für einen Moment auf zu atmen. Dann stieß sie die Luft mit einem lauten Stoß aus, senkte den Blick und nickte.

»Wie oft?«, hakte die Charlotte nach.

»In den letzten Monaten immer öfter.«

»Und wieso hast du dem Robert nichts gesagt? Oder der Polizei?«

»Der Robert hätte den Herbert umgebracht«, schluchzte die Witwe.

»Hat er im Endeffekt ja eh«, stellte die Andrea trocken fest.

»Ja, aber ich wollte das nie. Er hat es wohl zuletzt geahnt und dann … dann … seinen Vater umgebracht. Genau das, was ich verhindern wollte.«

»Und wieso bist du nicht zur Polizei gegangen?«

»Weil ich Angst vorm Herbert hatte. Was, wenn man ihn nicht eingesperrt hätte? Liest du nie Zeitung? Wie oft kommen Vergewaltiger ungeschoren oder mit einer lächerlichen Strafe davon?« Da hatte die Marianne allerdings nicht unrecht, musste die Charlotte eingestehen. »Und jetzt ist es auch schon egal. Er ist doch schon tot. Und mein Robert auch. Ich bin die Letzte, die noch übrig ist, und ich weiß nicht, wie ich das alles weiterführen soll.«

Die drei Frauen nippten an ihren Weingläsern. So richtig schmecken wollte der Wein keiner von ihnen. Und weil es eh schon egal war, hatte die Charlotte noch eine Hiobsbotschaft für die Witwe – so wie sie es am Vorabend noch mit dem Leo abgesprochen hatte. Hatte ja keinen Sinn, das weiter rauszuzögern.

»Marianne, was euer Weingut angeht …«

»Ja?«

»Es scheint noch eine Erbin zu geben. Die Polizei hat etwas herausgefunden. Der Herbert hatte eine Halbschwester – Trude Wagner. Bislang war man davon ausgegangen, dass sie im Weltkrieg in einem Konzentrationslager ermordet wurde. Aber sie hat überlebt. Und sie hat eine Tochter.«

»Wie bitte?«, fragte die Marianne fassungslos.

»Ja, eine Tochter. Wir wissen noch nichts Genaues über sie, geschweige denn ob sie überhaupt wirklich existiert. Vielleicht hat Trude auch nur gelogen, um deinen Schwiegervater unter Druck zu setzen. Das wird jetzt untersucht. Trude ist die Tochter von Elfi Goldmann. Der Familie Goldmann gehörte hier in Perchtoldsdorf früher ein Weingut.« Nun erzählte die Charlotte der Marianne die ganze Geschichte. Sie fasste sich dabei so kurz wie möglich, aber doch so, dass die Marianne einen ausreichenden Überblick erhielt.

Als die Charlotte geendet hatte, leerte die Marianne ihr Achterl in einem Zug. »Das heißt, ich muss mich vielleicht doch nicht alleine um das alles hier kümmern?«, fragte sie schließlich, mit neuem Leben erfüllt.

Die Charlotte war überrascht, dass die Marianne die Nachricht so gelassen, ja sogar positiv aufnahm. Normalerweise waren die Leute nicht so erfreut, wenn sie ein großes Erbe plötzlich und unerwartet teilen mussten.

»Wenn wir diese Trude und ihre Tochter finden und sich herausstellt, dass sie tatsächlich von der Familie Goldmann abstammen – ja. Bis dahin ist es aber ein weiter Weg. Wie ich dir schon erzählt habe, sind alle Dokumente vernichtet worden.«

»Aber jetzt sind ja im Bunker die Umschreibungsurkunden aufgetaucht, oder?«, fragte die Marianne hoffnungsvoll.

»Ja, aber selbst die müssen erst verifiziert werden. Und, wie gesagt, dann muss man auch noch diese beiden Frauen finden.«

Die Marianne strahlte über das ganze Gesicht. So fröhlich hatte die Charlotte die Witwe in den letzten Tagen nie gesehen.

Und weil die Charlotte nicht aus ihrer Haut konnte, machte sie am Ende noch einen Alleingang.

»Wir feiern nächstes Wochenende bei uns oben den sechzehnten Geburtstag von der Flora. Es sind jede Menge Leute aus dem Ort eingeladen. Willst du vielleicht auch vorbeischauen? Könnte dir nicht schaden, wieder einmal unter Leute zu kommen.«

Die Marianne sagte nach einer kurzen Bedenkpause vorsichtig zu. »Vorausgesetzt, es passiert nicht noch irgendein Unglück, gerne.«

»Ich wüsste nicht, was jetzt noch passieren sollte«, meinte die Charlotte. »Sind ja eh schon alle tot«, fügte sie fast unhörbar hinzu. Dann fiel ihr noch etwas ein. »Was hat denn letztens der alte Adefris von dir gewollt?«

Die Marianne machte noch einen Schluck, bevor sie antwortete: »Ach, der war doch Stammgast bei uns. Ein alter Freund vom Herbert. Keine Ahnung, woher sich die kannten. Saßen oft beisammen, haben die Köpfe zusammengesteckt und Geheimnisse gewälzt.«

»Das war keine Antwort auf meine Frage.«

Die Marianne fummelte nervös an ihrer Schürze herum: »Er hat mir kondoliert«, erklärte sie kurz.

»Und weiter?«

»Was, und weiter?«

»Marianne! Wir wissen, dass die Adefris-Familie schon im Weltkrieg mit deiner Familie, also mit den Zaitlers, zu tun gehabt hat. Also: Was wollte der Adefris hier?«

Lange Pause, dann: »Er hat etwas von Gold gefaselt und ob ich wüsste, wo der Herbert seinen Teil versteckt hat.«

»Und?«

»Was, und? Keine Ahnung! Ich weiß nichts von Gold. Unser Betrieb ist immer gerade so über die Runden gekommen. Da war keine Rede von einem Goldschatz oder von großen Ausgaben. Auf dem bisschen, was wir hatten, ist der Herbert gesessen wie Smaug auf dem Schatz von Erebor.«

»Worauf?«, fragte die Charlotte ahnungslos.

»Das ist aus dem ›Hobbit‹«, erklärte die Andrea, was bei der Charlotte für noch mehr ratlose Blicke sorgte. »Vergiss es«, sagte die Andrea schließlich resigniert.

Nach einer weiteren halben Stunde und noch einem Achtel Veltliner verabschiedeten sie sich und machten sich auf den Heimweg.

Als sie am späten Vormittag daheim einrauschten, kam die Flora gerade erst an den Frühstückstisch.

»Lange Nacht?«, fragte die Charlotte amüsiert.

»Heute ist erster Ferientag!«, schnauzte die Flora verschlafen zurück.

»Mein Gott, heute sind wir aber wieder empfindlich«, erwiderte die Charlotte, schnappte sich ihr Kaffeehäferl und trollte sich in ihre Wohnung. Kaum hatte sie sich an ihren Schreibtisch gesetzt, piepste ihr Telefon.

»Schau an.« Sie pfiff durch die Zähne.

»Was denn?«, fragte die Andrea. Sie hatte sich aufs Bett gelegt und las ein Buch.

»Eine Nachricht von der Marianne. Sie will sich heute Abend mit uns in der Turmbar treffen.«

»Das ging aber schnell.«

»Ja, überrascht mich auch. Aber die Nachricht von einer potenziellen Erbin, die ihr die Arbeit erleichtern könnte, hat ihr wohl wirklich neues Leben eingehaucht.«

»Also von mir aus gerne«, meinte die Andrea. »Ist ja nicht so, dass wir in letzter Zeit oft ausgegangen wären.«

»Doofkopf!«

»Selber!«

»Okay, ich sage ihr zu. Passt uns neun Uhr?«

»Mach lieber zehn. Ich will nicht schon wieder alleine in einer Bar herumhängen. Nur für den Fall, dass sich wieder jemand bei dir ausheulen will. Dann hab ich wenigstens anderweitig Ansprache.«

Um kurz vor zehn Uhr betraten die beiden aufgemascherlt, als wären sie auf Aufriss unterwegs, die Turmbar. Das Geschäft lief bereits leidlich gut. Die Charlotte hatte gehofft, dass sie heute vielleicht auch die Renate treffen würde, aber die Sugar-Mama vom Mario war diesmal verhindert, wie der enttäuschte Barbesitzer ihr nach der Begrüßung erklärte. Eine Veranstaltung im Burgtheater, die bis weit nach Mitternacht dauerte.

Die Charlotte und die Andrea bestellten ihre Getränke. Kaum waren die serviert, schneite auch schon die Marianne zur Tür herein. Sie sah sich unsicher um. Sie war nie eine großartige Nachtschwärmerin gewesen. Dass die Bar noch lange nicht voll war, machte es ihr etwas leichter. Stolz hob sie den Kopf und schritt mit einem überraschend eleganten Hüftschwung zur Bar. Der Mario nahm ihr den Mantel ab, sprach ihr sein Beileid aus und lud sie auf das erste Getränk des Abends ein.

Die Charlotte war überrascht, wie hübsch sie sich herausputzen konnte. In den letzten Jahren hatte sie die Marianne immer nur als eher graue Maus kennengelernt. Schon hübsch, ja, aber nichts Atemberaubendes. Es schien fast so, als hätte allein die Anwesenheit vom Herbert Zaitler alle weiblichen Wesen um ihn herum verwelken lassen. War ja bei der Hertha Zaitler nicht anders gewesen. Jetzt schien die Marianne langsam aufzublühen. Natürlich würde es dauern, bis sie den Verlust vom Robert ganz verkraftet hatte, aber allein dass ihr Peiniger nicht mehr unter den Lebenden weilte, war für die knapp vierzig Jahre alte Marianne eine Erlösung. Sie trug ausgebleichte Jeans, eine schwarze Bluse und hatte sich – merkbar ungeschickt, aber bemüht – geschminkt. Von dem Regenbogenauge war, wenigstens im Zwielicht der Bar, nichts zu sehen. Dunkelrote High Heels machten sie um ein paar Zentimeter größer, als sie normalerweise war.

Die Charlotte bot ihr den Platz an der Bar neben sich an. Die Marianne ließ sich erschöpft auf den Barhocker fallen. Die Überwindung, die Bar zu betreten, war eine größere Anstrengung gewesen, als es zuerst den Anschein gehabt hatte.

Vom Fußmarsch allein konnte sie nicht so erledigt sein, denn der Zaitler-Heurige war gerade mal fünf Gehminuten von der Turmbar entfernt.

»Alles in Ordnung?«, fragte die Charlotte und hatte damit doch noch den Hollywood-Standardsatz an die Frau gebracht.

Die Marianne nickte. »Jaja, alles okay. Es ist für mich nur … ungewohnt. Ich weiß nicht, wann ich das letzte Mal alleine fort war. Seit dem Tod vom Robert und vom Herbert habe ich mich ja nur mehr daheim eingesperrt. Und davor war ich abends auch meistens daheim. Ich weiß nicht, wie die Leute auf mich reagieren.«

»Da musst du dir keine Sorgen machen«, beruhigte sie die Charlotte. »Um den Robert tut's den meisten sicher leid. Aber der Herbert … Ich glaube nicht, dass dem viele eine Träne nachweinen. Die meisten werden Mitleid mit dir haben, da musst du durch. Aber das vergeht bald wieder. Die Leute vergessen so schnell.«

Die Marianne nickte. Nach dem ersten Cocktail wurde sie langsam entspannter. Die drei unterhielten sich über Weinbau und schließlich über den neuesten Tratsch im Ort. Da hatte die Marianne einiges aufzuholen. Sie war wohl auch eine der Letzten, die noch nichts vom Noah gehört hatten. Was durchaus verwunderlich war, weil der alte Zaitler ja sogar in die Geschichte mit dem Noah verwickelt gewesen war. Aber vielleicht war es ihm einfach zu peinlich gewesen, daheim etwas über einen Prater-Stricher zu erzählen. Gegen Mitternacht war die Bar schließlich bummvoll. Die Stimmung war ausgelassen, der Alkohol floss in Strömen, und auch die Flora und der Noah gesellten sich zu ihnen. Artig stellte sich der Noah bei der Marianne vor, und die Flora wiederholte die Einladung zu ihrer Geburtstagsfeier, die schon am Vormittag von der Charlotte ausgesprochen worden war. Ein wirklich feiner Abend, bis kurz nach Mitternacht plötzlich ein zuckendes Blaulicht durch die kleinen Milchglasfenster der Bar zu sehen war. Ein Blaulicht war jetzt noch kein Grund zur Beunruhigung. Als dann aber noch ein zweites, drittes, viertes und fünftes Blaulicht am Fenster vorbeirasten, stürmten die Gäste der Turmbar vor die Tür. Im Freien konnte man nun auch die Sirenen hören, die brutal durch die ruhige Nacht schnitten.

»Fünf Feuerwehrzüge?«, fragte die Charlotte. »Gegen die Einbahn? Was ist da los?«

Im nächsten Moment kamen schon die nächsten Blaulichter auf sie zugerast. Diesmal war es die Polizei. Im ersten Wagen konnte die Charlotte den Leo erkennen. Er saß selbst am Steuer, der »Junior« neben ihm – festgekrallt an jeder erdenklichen Griffmöglichkeit, um nicht aus dem Sitz geschleudert zu werden. Hinter dem Leo folgten noch zwei weitere Streifenwagen.

»Was ist da los?«, fragte nun die Andrea. Aber natürlich bekam auch sie keine Antwort. Die Einsatzfahrzeuge fuhren in Richtung Heide und Weinberge. Eine ungute Vorahnung überkam die Charlotte. Sie ging über die Straße, um einen besseren Blick über die Häuserzeile zu haben. Doch das reichte noch immer nicht. Direkt gegenüber der Turmbar war der Eingang zum Zellpark, einer großen Grünanlage mitten im Ort. Die Charlotte lief den Schotterweg entlang, bis sie endlich über die Dächer der Häuser schauen konnte. Die Andrea und die Marianne folgten ihr auf dem Fuß.

»Oh, *shit*!«, fluchte die Charlotte, als sie den orangefarbenen Schein in der Ferne sah. Sie ging noch ein paar Schritte weiter in den Park, und langsam erhoben sich die Weinhügel über den Häusern.

»Ist das …?«, stotterte die Andrea.

»Ja, ich wüsste nicht, was dort in der Gegend sonst in Flammen stehen könnte. Die Weinreben sind es sicher nicht.«

Irgendjemand hatte das Hiatahaus der Zaitlers angezündet. Und damit wohl auch den Bunker und all seinen Inhalt.

»Komm!«, forderte die Charlotte die Andrea auf.

Sie rannten zum Marktplatz, wo sie ihr Auto geparkt hatten. Ein paar Minuten später erreichten sie den Güterweg, der zum Hiatahaus führte. Der Weg war mit einem Polizeiband abgesperrt, zwei Beamte sorgten dafür, dass keine Schaulustigen durchkamen. Die Charlotte parkte ihren Wagen zwischen zwei Weinrebenreihen und stieg aus. Zuerst wollten die beiden Beamten sie nicht durchlassen. Als sie erkannten, dass es sich um die resolute Cousine ihres Chefs handelte, stöhnten sie laut auf und holten sich über Funk neue Befehle.

»Na, geht doch«, schnaubte die Charlotte, als sie von den beiden schließlich durchgelassen wurden. »Jaja, wir sind eh vorsichtig«, fügte sie hinzu und stapfte dann den schmalen, asphaltierten Weg in die Weingärten hinauf.

Bis zum Hiatahaus der Zaitlers war es noch fast ein halber Kilometer. Aber nach weiteren dreihundert Metern war endgültig Schluss. Dort parkten die Autos der Polizei. Lediglich die Feuerwehr durfte noch näher an den Brandherd. Sie fanden den Leo, der an die Motorhaube seines Dienstwagens gelehnt stand und mit leerem Blick auf die lodernden Flammen blickte.

»Wie schaut's aus?«, fragte die Charlotte.

»Oh, hallo. Dachte mir schon, dass es nicht lange dauert, bis du hier auftauchst«, begrüßte der Leo sie. »Keine Ahnung, wie es ausschaut. Das Hiatahaus ist nicht mehr zu retten, unten im Bunker brennt's auch noch wie wild. Zieht ja von allen Seiten rein. Ich glaube, der Sog vom Tunnelsystem ist das große Problem.«

»Wie geht's den Wissenschaftlern?«

»Die sind alle okay. Das Feuer ist ja erst in der Nacht ausgebrochen. Da waren die alle schon im Hotel. Aber einen der Sicherheitsleute hat's erwischt.«

»Wie das?«

Der Leo atmete tief durch. »Wir haben es ganz offensichtlich mit Brandstiftung zu tun. Der Sicherheitstyp ist niedergeschlagen worden, dann hat man ihn vor dem Eingang zum Hiatahaus liegen gelassen. Als das Feuer das Haus erreichte, hat es ihn auch erwischt. Seine Leiche haben die Feuerwehrleute gleich als Erstes gefunden und geborgen. Da war aber nichts mehr zu machen.«

»Aber wer hätte Interesse, den Bunker anzuzünden?«

»Keine Ahnung, die Zaitlers sind ja alle tot. Bis auf die Marianne.«

»Die war mit uns den ganzen Abend in der Turmbar. Außerdem bezweifle ich, dass sie die Kraft hätte, so einen Gorilla zu überwältigen.«

»Eh. Das waren Profis. Oder ein Profi. Wir haben nur bislang überhaupt keine Spuren in der Umgebung gefunden. Kein Fluchtauto, keine Fußabdrücke, nichts. Der Boden ist durch die Temperaturen schon ganz gut gefroren; wenn man da vorsichtig ist, gibt's nichts zu finden. Alles andere hat dann die Feuerwehr erledigt, weil die Brandlöschung natürlich Vorrang hat. Wenn es überhaupt irgendwelche Spuren gegeben hat, dann sind die jetzt auch zerstört. Wie das Feuer gelegt wurde, werden wir wohl erst morgen oder übermorgen genau wissen, wenn die Feuerwehr ihre Arbeit erledigt hat. Die sind jetzt mit schwerem Spezialgerät drinnen im Bunker. Mit denen möchte ich nicht tauschen, das muss die Hölle sein.«

Der Leo bot der Charlotte und der Andrea eine Zigarette an. Viel mehr, als aus sicherer Entfernung dem Kampf der Feuerwehr zuzusehen, konnten sie jetzt sowieso nicht tun.

Eine Viertelstunde später führte ein Beamter den Professor Traxler zum Leo.

»Herr Professor!«, begrüßte ihn der Leo.

Der Professor war völlig aufgelöst. Man hatte ihn offenbar direkt aus dem Bett geholt. Sein Bart und seine Haare waren zerzaust, zu einer Jeans trug er noch sein Pyjamahemd. Immerhin hatte er sich noch die Zeit genommen, feste Stiefel und eine Daunenjacke anzuziehen.

»Was ist hier los?«, schrie er, ein ganz klein wenig hysterisch.

»Bleiben Sie ruhig, Herr Professor, bleiben Sie ruhig.«

»Wie soll ich denn ruhig bleiben?«, zeterte der Traxler. »Das Feuer zerstört meine ganzen Forschungsergebnisse und unwiederbringliche historische Dokumente!«

»Wie bitte?«, fragte der Leo verwirrt.

»Na, wir haben ja noch alle Dokumente und Aufzeichnungen da unten. Und unsere Computer und anderen Geräte.«

»Sie haben doch bestimmt Sicherungskopien von allem gemacht? Oder wenigstens die ersten Ergebnisse und Scans an Ihr Institut geschickt?«, fragte die Charlotte entsetzt. Ihr schwante ganz Übles.

Der Professor schwieg. Aber das Schweigen sprach Bände.

»Nein! Sagen Sie nicht, dass Sie …«

»Doch«, antwortete der Professor genervt. »Wer konnte denn ahnen, dass der Bunker in Flammen aufgeht? Ein Bunker ist doch eigentlich der sicherste Ort überhaupt! Und ich wollte die Dokumente zuerst selbst untersuchen, bevor ich sie an meine Kollegen weitergebe. Wäre ja noch schöner, wenn ich hier die ganze Arbeit erledige, und die anderen heimsen dann die Lorbeeren ein. Haben Sie eine Ahnung, wie es in der wissenschaftlichen Community so zugeht? Das ist wie bei den Hyänen«, schloss der Traxler schrill.

»Alter Schwede!« Die Charlotte fuhr sich mit der Hand an die Stirn. »Komm, wir gehen«, sagte sie zur Andrea. Über die Schulter rief sie dem Leo noch zu, dass er sie auf dem Laufenden halten solle.

Der Leo nickte abwesend. Er hatte alle Hände voll zu tun, den Professor davon abzuhalten, sich ins Flammenmeer zu stürzen, um wenigstens einen Bruchteil seiner Forschungsarbeit zu retten.

Die beiden Frauen fuhren zurück in den Ort. Die schaulustige Meute hatte sich inzwischen wieder in die Turmbar getrollt. Das Feuer war zwar spektakulär, aber im Freien war es arschkalt. Und weil man aus dieser Entfernung sowieso nichts Genaues erkennen konnte, hatte man sich alsbald wieder dem von innen wärmenden Alkohol zugewandt. Die Charlotte und die Andrea trafen die Marianne, den Noah und die Flora an ihren Plätzen an der Bar. Sie erzählten, was sich oben in den Weinbergen abspielte. Die Marianne wurde bleich wie eine Wand und brach in Tränen aus.

»Heißt das, dass die ganzen Dokumente zerstört wurden?«, schluchzte sie.

»Ja, wahrscheinlich. Genauer werden wir es in den nächsten Tagen wissen, aber ich würde mir nicht zu viele Hoffnungen machen. Das war das reinste Inferno, da wird kein Blatt Papier übrig bleiben.«

»Aber die mögliche Erbin, von der du mir erzählt hast?«

Die Charlotte dachte nach. Da hatte die Marianne einen wunden Punkt getroffen. Wenn wirklich sämtliche Dokumente im Bunker dem Feuer zum Opfer gefallen waren und der Traxler keine Sicherungskopien angelegt hatte, würde das bedeuten, dass alle offiziellen Erinnerungen an die Familie Goldmann nun tatsächlich vernichtet waren. Alles, was dann noch existierte, war der Brief von Trude Wagner/Goldmann, und selbst wenn ihre Behauptungen der Wahrheit entsprachen, so gab es doch keine offiziellen Beweise dafür. Es war echt zum Heulen. Wer auch immer es darauf angelegt hatte, hatte es nun geschafft, die Familie Goldmann endgültig aus den Annalen der Geschichte zu löschen.

Gegen drei in der Früh boten die Charlotte und die Andrea der Marianne an, sie noch nach Hause zu begleiten.

Sie lehnte dankend ab. »Die paar Meter schaffe ich alleine auch noch.«

Statt auf einen letzten Absacker in die Motte fuhren auch die Charlotte und die Andrea nach Hause. Die Flora und der Noah hängten sich bei ihnen an.

18

Am Sonntag schliefen sich alle einmal ordentlich aus. Vor allem die Charlotte war von den Geschehnissen der Woche ziemlich mitgenommen. Drei Tote, mit dem Security-Menschen sogar vier, ein jahrhundertealtes Tunnelsystem entdeckt, dann noch der geheime Nazi-Bunker, das Geheimnis um die mysteriöse Familie Goldmann aufgedeckt – und am Ende waren doch alle Beweise zum Teufel. Das alles verfolgte die Charlotte bis tief in ihre Träume. Sie schlief schlecht, träumte von mannsgroßen Maulwürfen, die rund um ihr Weingut riesige Erdhügel aufwarfen, von jahrzehntealten Weinflaschen, die plötzlich statt Trauben an ihren Weinreben wuchsen, Goldbarren, die auf sie runterprasselten und sie fast erschlugen. Sie wälzte sich von einer Seite zur anderen, murmelte und quasselte im Schlaf, bis es der Andrea reichte und sie sich mit Polster und Decke auf die Couch verzog.

Das Mittagessen war eine ungewohnt ruhige Angelegenheit. Die Omama hatte sich alle Mühe gegeben und einen traumhaften Schweinsbraten mit Erdäpfelknödeln und Sauerkraut hingezaubert, aber keinem aus der jungen Generation war groß nach Reden oder Essen. Der Papa und die Mama kannten ihre Tochter gut genug, um zu wissen, dass es sinnlos war, nachzubohren. Das Essen wurde schweigend verschlungen, danach legte sich die Charlotte wieder aufs Ohr. Am Nachmittag wurde sie durch das Piepsen ihres Handys kurz geweckt. Eine Nachricht vom Leo. Aber darin stand nur, dass der Brand inzwischen gelöscht war und man jetzt erst beginnen konnte, einen Überblick über das Ausmaß des Schadens zu gewinnen. Auch die Spurensicherer konnten sich erst jetzt an die Arbeit machen. Sie drückte die Nachricht weg, schloss die Augen und schlief bis zum nächsten Morgen durch. Die einzigen Spuren, die noch gesichert werden konnten, waren die des Brandstifters. Der

Inhalt des Bunkers war wohl zum Teufel. Und war damit mit jahrzehntelanger Verspätung den eigentlichen Besitzern gefolgt.

Am Montagmorgen sah die Welt schon wieder etwas freundlicher aus. Die Wolken hatten sich verzogen, die Sonne lachte vom Himmel, und die Temperaturen kratzten knapp an der zweistelligen Marke. In etwas mehr als einer Woche würde die Familie Nöhrer wieder für knapp drei Wochen den Heurigenbetrieb aufnehmen, es stand also jede Menge Arbeit an. Die Charlotte ließ es sich nicht nehmen, die Bestandsaufnahme im Lagerhaus selbst zu machen. Die Andrea musste sowieso wieder in der Rechtsanwaltskanzlei antanzen, nachdem der Dr. Mühlberger von seiner Dienstreise zurück und das gemütliche Homeoffice damit wieder passé war.

Auch die Jackie musste wieder an ihr eigentliches Herrchen retourniert werden. Am härtesten war der Abschied von dem Hund für den Noah, der sich in der vergangenen Woche rührend um das Tier gekümmert hatte und jetzt einen neu gewonnenen Freund ziehen lassen musste. Der Abschied in der Früh war fast so herzzerreißend wie in einem alten Hollywoodschinken, wenn die Verlobte ihren Geliebten am Bahnhof verabschiedete und dem Zug bis zum Ende des Bahnsteigs nachlief, ehe dieser in Richtung Front und Krieg davondampfte. Der Retriever hatte sich in der einen Woche auch ganz gut mit Frambi und Puschkin, den beiden Haus- und Hofkatzen, angefreundet. Zugegebenermaßen erst, nachdem ihm die beiden Killerkätzchen mit wenig freundschaftlichen Attacken auf seine Nase gezeigt hatten, wer die Herrinnen auf dem Weingut waren.

Während die Charlotte in Ruhe ihre Lagerbestandsaufnahme machte, rückte am Vormittag auch wieder der Bautrupp an. Nach Rücksprache mit dem Leo war die Baustelle wieder freigegeben worden. Die Spurensicherer hatten ihre Arbeit längst abgeschlossen, es gab also keinen Grund mehr, die Bauarbeiten weiter aufzuhalten. Mama und Papa Nöhrer hatten sich die Omama geschnappt und waren für ein paar Tage in eine Therme in die Steiermark gefahren. Die eigentlichen Vorbereitungen für den Heurigenbetrieb würden erst am Wochenende beginnen. Die Charlotte hatte also – abgesehen von der Flora und dem Noah – das Weingut für sich allein.

Zu Mittag lud sie die Bauarbeiter auf eine kalte Jause ein. Im Kühlraum hatten sich noch genug Reste vom Schweinsbraten gefunden, die aufgegessen gehörten. Frisches Brot war auch da, dazu gab's Grünen Veltliner und Mineralwasser. Auf Bier mussten die Bauarbeiter hier verzichten. Sie dankten der Charlotte die Mahlzeit am Nachmittag mit erhöhtem Tempo, bevor sie um fünf Uhr Feierabend machten. Abends schaute dann überraschend der Leo vorbei – mit drei Pizzen im Gepäck. Eine musste später aufgewärmt werden, denn die Andrea kam selten vor neun oder zehn Uhr von der Kanzlei heim.

Die Charlotte hatte den Leo verblüfft begrüßt. Mit Abendessen bei ihr anzutanzen war sonst ja eher nicht seine Art. In den letzten Wochen und Monaten hatte sich aber viel geändert. Die Charlotte, die sich davor jahrelang aus dem Familienleben (bis auf die nötigsten Feierlichkeiten) zurückgezogen hatte, war wieder voll integriert, und auch wenn dem Leo seine schnüffelnde Cousine nach außen hin zumeist auf die Nerven ging, schätzte er ihre Ermittlungsbeiträge insgeheim doch sehr. Sie war in der Vergangenheit ja selbst eine hervorragende Polizistin gewesen.

»Womit habe ich denn diese Ehre verdient?«, fragte sie erstaunt, als der Leo die drei großen Pizzakartons auf den Tisch stellte.

»Nach den Anstrengungen der letzten Tage habe ich mir gedacht, dass du Lust auf ein bisschen Abwechslung hast. Außerdem interessiert dich doch sicher, was wir über den Brand herausgefunden haben.«

»Hundert Punkte, mein Bester. Setz dich, ich hole uns Teller. Die Andrea kommt erst später, und die ›Kinder‹ sind irgendwo unterwegs. Keine Ahnung, was man Montagabend zu dieser Jahreszeit groß machen kann, aber sie werden es schon wissen.«

Der Leo gab ihr zu verstehen, dass sie sich die Teller und das

Besteck sparen konnte. Die Pizzen waren bereits vorgeschnitten, man konnte sie auch direkt aus den Kartons essen. Die Charlotte entkorkte eine Flasche Chianti, ein Mitbringsel vom Signore Bianchi, und setzte sich zum Leo an den Küchentisch.

»Also«, begann der Leo schmatzend, »wie wir schon in der Nacht auf Sonntag vermutet haben, hat es sich um Brandstiftung gehandelt. War wirklich ein hochprofessioneller Job. Brandbeschleuniger und Molotowcocktails. Im Bunker ist alles ausgebrannt, nix mehr übrig. Selbst das Metall ist teilweise geschmolzen, weil es so eine Hitze hatte. Von den Computern ist nichts mehr übrig, die Holzkisten mit den Akten sind nur mehr Staub und Asche. Selbst die paar alten Goldmann-Weinflaschen sind geschmolzen. Es muss da unten höllische Temperaturen gehabt haben. Dazu noch der Kamineffekt mit den Öffnungen oben und unten.«

»Das heißt, die Familie Goldmann ist nun tatsächlich aus allen Geschichtsbüchern gelöscht.«

Der Leo nickte, während er weiter an seiner Pizza mampfte. »Schaut ganz so aus. Ich habe zwar mit den Leuten im Innenministerium heute noch mal telefoniert, und sie wollen sich den Brief auch gerne anschauen, haben aber zugleich angemerkt, dass das jetzt gerade Priorität einhundertsechsundfünfzig hat.«

»Der Brief wird also irgendwo im Archiv verschwinden, und das war's dann.«

»Solange sich diese mysteriöse Erbin nicht von selbst meldet, ja.«

»Oder wir finden sie doch noch.«

»Charlotte, ich kann da jetzt gar nichts mehr machen. Aus unserer Sicht ist die Sache abgeschlossen. Natürlich, wir fahnden jetzt nach dem Brandstifter, aber – ganz ehrlich – die Chance, den zu finden, ist gleich null. Meiner Einschätzung nach war das ein Profi vom Balkan. Der ist sicher schon längst über alle Berge. Außerdem: Was willst du jetzt noch groß ermitteln? Wir haben drei Leichen und zwei Mörder – mit erdrückenden Beweisen. Der alte Zaitler hat seinen Sohn und Jahre zuvor seine eigene Frau umgebracht. Und der Robert hat seinen Vater umgebracht.«

»Ja, aber warum?« Das wollte der Charlotte noch immer nicht eingehen. Klar, Familienzwist und so weiter, aber sich gleich gegenseitig komplett auslöschen?

»Rekapitulieren wir, was wir wissen.«

»Oder glauben zu wissen«, meinte die Charlotte zweifelnd.

»Oder glauben zu wissen«, wiederholte der Leo und putzte sich den Mund mit einer Papierserviette ab. »Der Robert hat mit dem Nazi-Dolch die Lederträger der Pritsche angeschnitten. Als der alte Zaitler die dann ›tanzen‹ ließ, sind sie gerissen, und die Pritsche hat ihn erschlagen. Wir wissen, dass es zwischen Vater und Sohn immer wieder Streitereien wegen einer möglichen Neuausrichtung des Heurigen gegeben hat. Deshalb hat dir der alte Zaitler schließlich auch die Leiche seines Sohns mit dem wirren Geschreibsel vor die Haustür gelegt. Er war überzeugt, dass du dem Robert diesen Floh ins Ohr gesetzt hast. Deshalb auch ›Das hast du zu verantworten‹ oder was auch immer er damals auf den Zettel geschrieben hat.«

»Und die Hertha?«

»Eifersuchtsdrama? Sie ist ihm ja wegen der Magda auf die Schliche gekommen. Kann für sie nicht lustig gewesen sein, dass er seine exklusive Privathure bei ihnen daheim am Weingut aufnimmt.«

»Ja, und dann ist da noch die Geschichte mit dem Brief von der Trude Wagner. Da wissen wir von der Magda, dass es da auch einen Streit zwischen den beiden gegeben hat. Bleibt nur die Frage, auf wessen Seite die Hertha da gestanden hat? So wie ich sie einschätze, wollte sie wohl auf den Herbert einreden, dass er sich mit der Trude trifft und vielleicht sogar auf ihren Vorschlag eingeht.«

»Ja«, der Leo nickte, »das könnte natürlich der endgültige Auslöser für den Mord gewesen sein. Wenn ihm die Hertha im Nacken saß … Was auch immer der Auslöser war, er hat sie in den Bunker gelockt, um sie dort zu erschlagen. So ähnlich ist es wohl auch mit dem Robert abgelaufen. Ich möchte gar nicht wissen, was in dem Jungen vorgegangen sein muss, als er kurz vor seinem eigenen Tod noch die Leiche der vermisst geglaubten Mutter gesehen hat.«

»Wenn er sie gesehen hat«, warf die Charlotte mit einigem Zweifel ein.

»Muss wohl so gewesen sein«, erwiderte der Leo. »Die Spurensicherer haben auf der Treppe keine Blutspuren gefunden. Es gab auch an seinem Körper keine Hämatome, die von einem Sturz über die Treppe gezeugt hätten. Nein, der alte Zaitler hat den Robert direkt neben seiner Mutter umgebracht. Was für ein Arschloch.«

»Aber wie ist der Robert an den Dolch gekommen? Hat man seine Fingerabdrücke irgendwo im Bunker gefunden? Er muss in seiner Todesnacht zum ersten Mal im Bunker gewesen sein, weil den Mord an seiner Mutter hätte er wohl gemeldet, wenn er die Leiche früher entdeckt hätte.«

»Das ist der einzige Schwachpunkt an der ganzen Geschichte. Während man die Fingerabdrücke vom Herbert so gut wie überall gefunden hat, gibt es vom Robert nichts. Vor allem nicht auf der Schatulle mit den restlichen Dolchen. Dort waren allerdings auch keine Abdrücke vom alten Zaitler. Dem Robert seine Fingerabdrücke haben sich nur am Stiegengeländer gefunden. Ansonsten sieht es so aus, als wäre er zuvor tatsächlich nie im Bunker gewesen.«

»Aber wie ist der Robert dann an den Dolch gekommen?«

»Ja, das ist die große Frage. Ich weiß es nicht.«

»Meinst du, dass der alte Zaitler den Bunker auch vor seinem Sohn geheim gehalten hat?«

»Ich denke schon. Er wird schon selbst gewusst haben, dass beim Sohnemann der Lift nicht bis hinauf ins Penthouse gefahren ist. Er hatte wohl Angst, dass der Robert etwas ausplapperte.«

»Und dass ihm dann jemand sein Gold stehlen könnte.«

»Genau.«

»Vielleicht hat der Robert irgendwie Wind von dem Bunker und vom Geld bekommen und hat seinen Vater zur Rede gestellt? Die Geschichte ist eskaliert, und so haben beide für sich beschlossen, den jeweils anderen umzubringen.«

»Auch möglich. Wir werden es wohl nie genau wissen«, meinte der Leo.

»Aber wie ist der alte Zaitler überhaupt in den Besitz des Bunkers gekommen?«

»Also das ist nun wirklich kein Rätsel. Du hast mir doch selbst das Gesprächsprotokoll vom Wolfram Zaitler bei der Gestapo überlassen. Die Nazis haben ihn quasi angeworben, um den Bunker auf seinem Grund und Boden errichten zu können. Um kein Aufsehen zu erregen, postierte man dort keine uniformierten Nazis – deshalb war ja auch das Hiatahaus die Tarnung für den wirklichen Eingang. Die Familie Zaitler hatte dann wahrscheinlich die ehrenvolle Aufgabe, auf den Bunker aufzupassen. Als der Krieg vorbei war, haben sie sich den Bunker mitsamt seinem Inhalt einfach unter den Nagel gerissen. Wusste ja niemand davon. Außer dem Rüdiger Adefris …«

»… der wohl etwas mit unserem verehrten Gemeinderat zu tun haben muss«, überlegte die Charlotte laut. »Ich meine, so einen Nachnamen gibt's nicht oft, schon gar nicht hier bei uns.«

»Was ihn natürlich auch verdächtig macht. Der ist uns doch auch bei der Marianne über den Weg gelaufen.«

»Was für ein Zufall, gell?«, merkte die Charlotte sarkastisch an. »Was meinst du, was er dort wirklich wollte?«

Der Leo überlegte kurz: »Kann sich eigentlich nur ums Gold drehen. Da war doch eine ganze Kiste leer? Vielleicht haben sich die der alte Zaitler und der Adefris aufgeteilt, und nachdem der Zaitler tot war, wollte sich der Adefris einfach den Rest krallen.«

»Was aber dafürsprechen würde, dass der Adefris keinen Schlüssel zum Bunker hatte und vielleicht nicht einmal wusste, wo genau der war. Er war wohl vom Zaitler abhängig, dass der ihn mit Goldbarren fütterte.«

»War ja grundsätzlich genug da, dass Generationen von der Kohle leben konnten.«

»Würde auch erklären, wieso die Adefris-Bagage so nobel wohnt«, bemerkte die Charlotte. »Oder habt ihr herausgefunden, was die so machen?«

»Ich hab's mir mal angeschaut, aber bin nicht wirklich schlau daraus geworden. Das gibt es Fonds und Stiftungen und so weiter. Aber eine Firma oder einen richtigen Job habe ich nicht gefunden«, erklärte der Leo.

»Aber wieso hat der Zaitler den Adefris überhaupt an dem Gold teilhaben lassen?«

»›Unsere Ehre ist Treue‹«, rezitierte der Leo mit verstellt tiefer Stimme. »Die zwei waren vom selben Schlag, da hat man sich wahrscheinlich geholfen. Oder der Adefris hatte noch aus der Nazi-Zeit was gegen den Zaitler und dessen Familie in der Hand. Am Ende sind beide finanziell gut ausgestiegen.«

»Du meinst, dass der alte Zaitler lieber mit dem Adefris geteilt hat als mit seinem eigenen Sohn?«

»Schaut zumindest ganz danach aus. Offenbar war der Neid in der Familie stärker ausgeprägt.«

»Aber früher oder später hätte der alte Zaitler dem Robert ja doch Bescheid geben müssen«, erklärte die Charlotte.

»Stimmt schon. Ich schätze, das wollte er bis knapp vor seinem Tod hinauszögern. Dann hätte ihm ja egal sein können, was der Robert damit anstellt.«

»Wahnsinn. So viel Misstrauen innerhalb der eigenen Familie.« Die Charlotte schüttelte verständnislos den Kopf. »Haben wir außer unseren Vermutungen irgendetwas Handfestes, was den Adefris mit den Morden in Verbindung bringt?«

Der Leo verneinte.

Die beiden schwiegen für ein paar Minuten. Die Charlotte hatte inzwischen ihre Pizza aufgegessen und musste erst mal alles sacken lassen – ihre Hypothesen und das Essen.

»Mir geht die Familie Goldmann trotzdem nicht aus dem Kopf«, flüsterte sie schließlich.

»Wie gesagt, ich kann offiziell nichts mehr machen. Aber das heißt ja nicht, dass du dich nicht hinter die Sache klemmen kannst«, meinte der Leo mit einem schelmischen Lächeln.

»Ich wüsste nicht, wo ich anfangen soll«, sagte die Charlotte niedergeschlagen. »Ja, wir haben den Brief, aber da steht nur ein Name und ein Postfach. Die Post wird mir darüber keine Auskunft geben.«

»Wir haben immerhin einen Namen. Damit können wir ja mal anfangen.«

Zögerlich nahm die Charlotte ihr Handy. Sie öffnete eine Telefonbuch-App und gab »Trude Wagner« ein. Überraschenderweise gab es für Wien und Umgebung keinen einzigen Treffer. Eigentlich hätte sie bei so einem Allerweltsnamen eher mit zu vielen Ergebnissen gerechnet.

»Ich kann mal die Informationen zum Postfach ausheben lassen«, sagte der Leo nachdenklich.

»Ich dachte, du kannst da nichts mehr machen?«, fragte die Charlotte überrascht.

»So was kann ich schon machen. Hängt ja irgendwie mit unseren Morden zusammen. Vielleicht lässt sich so etwas herausfinden. Aber mach dir keine großen Hoffnungen.«

»Was anderes«, sagte die Charlotte nachdenklich. »Weißt du noch, wann genau die Hertha verschwunden ist?«

»Nicht mehr auswendig. Ist es wichtig?«

»Ich weiß nicht, nur so ein Gefühl.«

»Warte mal.« Der Leo nahm sein Handy und rief in der Dienststelle an. Er ließ einen seiner Mitarbeiter die Akte der Hertha Zaitler ausheben. Nach ein paar Minuten hatte er alle Informationen.

»Sie wurde im August 2015 als vermisst gemeldet. Hilft dir das weiter?«

»Nicht wirklich«, musste die Charlotte zugeben. »Laut Magdas Erzählungen muss der Brief von Trude Wagner zwei Jahre davor angekommen sein. Wieso ist es dann erst so spät zum Streit zwischen Hertha und Herbert gekommen?«

»Wahrscheinlich hat die Hertha den Brief irgendwann gefunden. Der alte Zaitler ist damit sicher nicht hausieren gegangen. Der wollte das totschweigen. Tut mir leid«, sagte der Leo mitfühlend. »Die Geschichte lässt dich einfach nicht los, oder?«

»Nein, ich finde, dass hier alles viel zu gut zusammenpasst. Es ist zu perfekt. Aber da steckt noch mehr dahinter. Muss noch mehr dahinterstecken.«

Der Leo stand auf. »Das überlasse ich dir. Ich kann mich offiziell da nicht mehr einmischen. Aber ich versuche, etwas über das Postfach herauszufinden.«

»Danke, du bist ein Schatz.« Sie gab ihrem Cousin ein Küsschen auf die Wange und begleitete ihn hinaus vors Weingut, wo er seinen Wagen abgestellt hatte. Im selben Augenblick parkte sich die Andrea ein paar Meter daneben ein. Sie begrüßte und verabschiedete sich gleich wieder vom Leo und fiel dann mit unglaublichem Heißhunger in der Küche über die eiskalte Pizza her.

»Ich hätte sie auch noch ein paar Minuten ins Backrohr stellen können«, stellte die Charlotte lachend fest.

»Passt schon.« Die Andrea war kaum zu verstehen, wenn sie mit vollem Mund redete. »Ich habe heute noch gar nichts gegessen. Der Dr. Mühlberger hat mich mit Arbeit eingedeckt, das kannst du dir gar nicht vorstellen. Was wollte der Leo eigentlich hier?«

Die Charlotte erzählte ihrer Freundin von der Unterhaltung mit dem Leo.

Nachdem die Andrea ihre Pizza verputzt hatte, lehnte sie sich zurück, beide Hände auf dem Bauch und rülpste genüsslich. »Sorry«, kicherte sie, »Schnaps?«

»Gute Idee«, fand die Charlotte. Sie stöberte in einem Küchenkasten herum und fand schließlich, wonach sie gesucht hatte. »Hier! Selbst gemachter Nussschnaps von der Omama. Heilt quasi alles.« Sie goss die zähe dunkelbraune Flüssigkeit in zwei Schnapsgläser. »Prost!« Dann wurde das Zeug ex hinuntergeschüttet.

»Wegen der Trude Wagner«, meinte die Andrea schließlich.

»Ja?«

»Vielleicht kann uns der Dr. Mühlberger helfen. Er hat in den letzten Jahren ziemlich viele Angelegenheiten für die israelitische Kultusgemeinde übernommen und verfügt dementsprechend über gute Kontakte. Vielleicht kann man uns ja dort weiterhelfen.«

»Keine schlechte Idee. Ja, sprich ihn doch mal darauf an. Wenn da nur nicht diese blöde Konvertierungsgeschichte wäre. Die Goldmanns sind ja schon Jahre vor ihrer Deportierung zum Katholizismus konvertiert.«

»Stimmt schon, aber denk doch mal an den Brief von Trude. Da schrieb sie doch, dass ihnen nach der Rückkehr nach Wien von der jüdischen Gemeinde geholfen wurde. Kann doch sein, dass sie wieder ihren ursprünglichen Glauben angenommen haben? Ich kann mir vorstellen, dass sie nach ihren Leid in Mauthausen mit offenen Armen empfangen wurden. Immerhin waren die Goldmanns ursprünglich ja eine jüdische Familie.«

»Du meinst, dass sie froh waren, ihre verlorenen Schäfchen wiederzuhaben.«

»›Schäfchen‹ würde ich bei der katholischen Fraktion sagen, aber … Ja, so in etwa.«

Sie ließen den Abend in aller Ruhe ausklingen – zur Abwechslung ohne weiteren Alkohol oder Ausgehen. Die Ruhe auf dem Gut war herrlich und wurde erst gegen Mitternacht etwas gestört, als die Flora und der Noah heimkamen. Beide leicht illuminiert, wie nur schwer zu überhören war. Die Andrea beobachtete die beiden vom Fenster aus, wie sie Arm in Arm über den Innenhof torkelten. Sie musste lächeln. Der Luca würde in Zukunft einen noch schwereren Stand haben.

19

Zwei Tage später meldete sich der Leo wieder bei seiner Cousine. Allerdings hatte er keine guten Nachrichten. Das Postfach war im Juni 2013 von Trude Wagner eröffnet und vier Monate später wieder abgemeldet worden. Das waren auch schon alle Daten, die vorlagen. So war das eben mit Postfächern. Die Charlotte bedankte sich dennoch beim Leo, verschwieg ihm aber, dass sie durch die Andrea noch eine andere Fährte verfolgte. Wenigstens ihre Freundin hatte gute Nachrichten. Nachmittags meldete sie sich aufgeregt am Telefon.

»Wir haben einen Termin!«, schoss es aus ihr heraus.

»Was für einen Termin?«, fragte die Charlotte, die nicht ganz folgen konnte.

»Na, einen Termin bei der Israelitischen Kultusgemeinde. Der Dr. Mühlberger hatte gestern ein Abendessen mit dem Präsidenten der Kultusgemeinde und hat ihm dabei unser Problem geschildert. Der Präsident hat sofort zugesagt und würde sich noch heute Abend mit uns treffen.«

»Cool! Wo denn?«

»Setz dich mal.«

»Wieso?«

»Weil du es nicht glauben wirst.« Daraufhin nannte die Andrea den Namen des angesagtesten und – natürlich – teuersten Restaurants in Wien. Da musste die Charlotte tatsächlich schlucken.

»Wie sollen wir uns das leisten? Oder lädt uns der Präsident ein?«

»Nein, der nicht. Aber mein Chef. Als Dankeschön, dass wir auf die Jackie aufgepasst haben. Geht alles auf Spesen.« Die Andrea lachte ins Telefon. »Außerdem ist er wahnsinnig stolz darauf, dass sein Hund den Tunnel und den Bunker gefunden hat.«

»Hast du ihm etwa alles erzählt?«

»Musste ich. Sonst hätte er uns ja auch nicht geholfen. Aber keine Sorge, der hält dicht. Er will nur auf dem Laufenden gehalten werden, falls wir noch was rausfinden.«

»Na gut, damit kann ich leben.«

Sie verabredeten sich für neunzehn Uhr in der Wiener Innenstadt, ganz in der Nähe der Anwaltskanzlei, wo die Andrea ihr Praktikum absolvierte. Das Luxusrestaurant war im ziemlich überschaubaren Stadtzentrum locker in ein paar Minuten zu Fuß zu erreichen. Um halb acht wollte man sich dort mit Arie Eck, dem Präsidenten der Israelitischen Kultusgemeinde in Wien, treffen. Die Zeit bis dorthin nutzten die beiden zu einem Bummel über die Kärntnerstraße. Die Adventbeleuchtung hing bereits, auch wenn sie noch nicht eingeschaltet war. Die Charlotte war schon längere Zeit nicht mehr in der Innenstadt gewesen und war überrascht, wie viele Touristen die zur Fußgängerzone umgestaltete Prachtstraße bevölkerten. Vor allem Japaner wuselten in Hundertschaften über das teuerste Pflaster Wiens. Sie folgten ihren Fremdenführern wie Kühe beim Almabtrieb. Wenn man unachtsam die Hand hochhielt, konnte es leicht passieren, dass man sofort einen Rattenschwanz an Japanern hinter sich hatte, die darauf warteten, dass man ihnen die nächste Sehenswürdigkeit erklärte. Dabei gab es überraschend wenig zu erklären. Zwischen Oper und Stephansplatz war die Straße in erster Linie mit Outlets der üblichen Verdächtigen gefüllt. Hier ein Schweizer Uhrenhersteller, da ein skandinavischer Fetzentandler. Daneben ein spanischer und zwischendurch die unvermeidlichen Touristenshops mit Mozartkugeln und »No Kangaroos in Austria«-T-Shirts. Auf der Straße selbst musste man einen Slalomlauf zwischen Ticketkeilern in Mozart-Kostümen hinlegen.

Nach ein paar Minuten hatte die Charlotte genug. Es war ja wirklich kein Spaß, wenn man nicht einen Schritt machen konnte, ohne irgendjemandem auf die Zehen zu steigen. Sie bogen in eine der kleinen Seitengassen ab und mäanderten auf diesem Weg durch ein Netz anderer Gassen zu ihrem Ziel. Eigentlich pervers, denn in diesen kleinen Gässchen lagen die wahren Schätze der Inneren Stadt versteckt. Aber dahin verirrten sich die Touristengruppen nur äußerst selten.

Das Restaurant, in dem sie sich mit Arie Eck treffen wollten, gehörte zu einem der zahlreichen Luxushotels an der Ringstraße. An noch mehr Japanern und Amerikanern vorbei drängten sie sich durch den Eingang der Nobelherberge. Das Restaurant befand sich im obersten Stock. Obwohl beide in feinen Abendkleidern unterwegs waren – das von der Andrea war typischerweise aufreizend kurz –, ernteten sie von den livrierten Hotelangestellten missbilligende Blicke. Jaja, die Leute wussten schon ganz genau, wer hier Gast war und wer nicht. Händchenhaltende Frauen, die sich noch dazu recht ungeniert in der Eingangshalle küssten, fielen natürlich doppelt auf. Einer der Hotelpagen, ein junges Bürschchen, das wohl im ersten Jahr seiner Ausbildung war, stellte sich den beiden todesmutig in den Weg, als sie eng umschlungen in den mit Gold ausgelegten Aufzug steigen wollten.

»Meine Damen«, begann er, »ich bin mir nicht sicher, ob Sie hier richtig sind.«

»Doch, doch«, entgegnete die Charlotte. »Wir wollen zu …«

»Gnä' Frau, ich will gar nicht wissen, zu wem Sie wollen. Wir sind ein sehr diskretes Haus«, unterbrach sie der Page. Er lehnte sich zu ihr und meinte im Flüsterton: »Aber ich kann mich nicht erinnern, Sie hier schon einmal gesehen zu haben. Wenn es um die – wie soll ich sagen? – weibliche Abendbegleitung geht, haben wir unsere eigenen, ähm, Vertragspartnerinnen, wenn Sie mich verstehen. Und Sie, das weiß ich ganz genau, gehören nicht dazu.«

Die Charlotte war baff. Glaubte der junge Bursche tatsächlich, dass sie Escortgirls waren, die sich ein reicher Hotelgast aufs Zimmer gerufen hatte? Der Andrea war das überhaupt nicht peinlich. Sie lachte lauthals, drehte sich um und trat in den Aufzug, der inzwischen im Erdgeschoss angekommen war.

Die Charlotte folgte, und nach einer kurzen Schrecksekunde trat auch der Page in den Aufzug.

»Meine Damen, wirklich. Machen Sie hier doch bitte kein Aufsehen.«

»Ein Aufsehen machen maximal Sie, mein Bester«, antwortete die Andrea kokett. »Wir sind hier mit jemandem verabredet, das ist schon richtig. Aber nicht, weswegen Sie glauben. Wir wollen einfach nur schön zu Abend essen. Sagt Ihnen der Dr. Mühlberger etwas?«

Der Page nickte eifrig. »Hören Sie, es ist ja schön und gut, und was der Dr. Mühlberger, einer unserer besten Gäste, so in seiner Freizeit treibt, geht mich wirklich nichts an. Aber Sie …«

Der Aufzug war im obersten Stockwerk angekommen. Die Andrea ließ sich nicht aufhalten, sie schritt mit der Charlotte an der Hand aus dem Aufzug. Sie orientierte sich kurz, folgte dann dem Gang nach links und stand wenig später vor dem Restauranteingang. Der Page hechelte ihnen noch immer hinterher. Der Grad seiner Aufregung stieg mit jedem Meter, den sie sich dem Restaurant näherten. Mit einem breiten Lächeln stellte sich die Andrea bei der Empfangsdame, hier wohl Maître d' genannt, vor. Die ging ihre Liste durch, schnappte sich zwei beängstigend dünne Menükarten und führte die Andrea und die Charlotte zu einem Tisch am großen Panoramafenster mit Blick auf die Ringstraße. Arie Eck erwartete die beiden bereits. Der Page war ihnen sogar bis zum Tisch gefolgt, was ihm einen bitterbösen Blick der Empfangsdame einbrachte. Erst als er den prominenten Gast am reservierten Tisch erkannte, gab er sich geschlagen und trollte sich.

»Hat Kevin Sie etwa belästigt?«, fragte die Empfangsdame mit einem zuckersüßen Grinsen, das ihre Haifischzähne nicht verdecken konnte. Man bekam fast den Eindruck, dass sie nur auf eine Chance wartete, um den Burschen zu maßregeln.

»Um Gottes willen, nein! Alles in Ordnung«, erwiderte die Andrea. »Er war vielleicht ein bisschen übermotiviert und hat uns wohl verwechselt. Überhaupt kein Problem.«

»Na gut«, antwortete die Empfangsdame enttäuscht. Und jetzt war sich die Charlotte sicher, dass sie auf einen Fehler von »Kevin« gehofft hatte, um ihn verpfeifen zu können. Na ja, auch ein Hotel war arbeitstechnisch wohl eine Schlangengrube. Im Endeffekt konnte es der Charlotte egal sein. Sie waren, wo sie hinwollten.

Artig stellten sie sich bei Arie Eck vor und bedankten sich, dass er so kurzfristig Zeit für sie gefunden hatte. Eck war etwa fünfzig Jahre alt, Brillen-, Glatzen- und Anzugträger. Ein wenig übergewichtig, aber gerade so, dass er einen gemütlichen Eindruck machte. Seine Augen waren wach und lachten – im Gegensatz zur Empfangsdame – auch, wenn es sein Mund tat. Zunächst interessierte er sich dafür, was seine weiblichen Gegenüber so trieben. Als die Charlotte erwähnte, dass sie Winzerin sei, leuchteten seine Augen gleich noch mehr. Über die Andrea wusste er durch den Dr. Mühlberger bereits Bescheid, stellte aber galant fest, dass er nicht mit so einer hübschen Erscheinung gerechnet hatte. Seltsamerweise klang das aus seinem Mund auch überhaupt nicht sexistisch oder als wollte er sie anbaggern.

Nach einem Aperitif und der ersten Vorspeise ging es dann endlich zur Sache.

»Sie wollen Informationen über eine Familie Goldmann, wie mir der Dr. Mühlberger verraten hat?«, begann Eck den interessanten Teil des Gesprächs.

»Genau«, antwortete die Charlotte. Dann erzählte sie Eck, was sie über die Vorfälle während des Zweiten Weltkriegs auf ihrem Weingut herausgefunden hatte. Die Mordgeschichten versuchte sie, so gut es ging, auszulassen oder wenigstens herunterzuspielen. Sonst wären sie wohl am nächsten Morgen noch im Restaurant gesessen. Obwohl, auch kein schlechter Gedanke eigentlich. Der Sonnenaufgang sah von hier oben sicher superspektakulär aus. Die Charlotte schüttelte kurz den Kopf und fuhr dann fort. Sie erwähnte noch, dass sie der Meinung war, die Nachkommen der Goldmanns spielten in dieser fürchterlichen

Familientragödie der Zaitlers irgendwie eine Rolle. Welche, diesem Rätsel wollte sie auf die Spur kommen.

Eck hörte interessiert zu und fragte schließlich: »Und wieso interessiert Sie das so sehr? Sie haben mir doch erzählt, dass Sie Winzerin sind.«

Mist, dachte die Charlotte, auch das noch. Also kam sie nicht umhin, ihm einen kurzen Abriss ihres Lebens, vor allem der letzten acht, neun Monate, zu geben. Während dieser Erzählung kamen die Suppe, der Gruß aus der Küche, und als die Charlotte endlich fertig war, hatten sie auch schon ihre Hauptspeise verputzt. Dazu hatten mittlerweile zwei Flaschen Brunello ihr Leben lassen müssen. Immerhin erzählte es sich dermaßen beschwingt etwas leichter. Eck zeigte sich angemessen beeindruckt von den kriminalistischen Leistungen der Charlotte und der Andrea und begann nun seinerseits zu erzählen.

»Unser gemeinsamer Freund, der Dr. Mühlberger, hat mich ja vorgewarnt, was Sie von mir wissen wollen. Also habe ich mich heute ein wenig auf unser Gespräch vorbereitet. Die Geschichte der Familie Goldmann ist gleichermaßen interessant wie tragisch – und typisch für die damalige Zeit. Ich kann Ihnen Folgendes erzählen …«

Eck musste nicht allzu weit ausholen. Er hatte die gesamte Geschichte der Familie Goldmann nämlich nicht gekannt. Da hatte er zuvor ein bisschen geflunkert. Ihm hatten einige Puzzleteile gefehlt, aber die hatte ihm jetzt die Charlotte geliefert. In den Archiven der Israelitischen Kultusgemeinde existierte die Familie Goldmann nämlich erst ab dem Jahr 1949, als Elfi Goldmann mit ihrer Tochter nach Wien zurückgekehrt war. Elfi war von den Vorgängen im Konzentrationslager traumatisiert und wollte oder konnte nicht viel über ihre Vergangenheit erzählen. Sie erwähnte nur ein paar Eckpunkte, unter anderem aber auch, dass ihre Eltern vor der Nazi-Besatzung »sicherheitshalber« zum Katholizismus konvertiert waren. Allerdings war die Elfi selbst nie getauft worden und konnte deshalb problemlos in die jüdische Gemeinde in Wien eingegliedert werden. Selbstredend, dass auch ihre Tochter Trude, die ja im Konzentrationslager zur Welt gekommen war, nicht getauft war. Wie durch ein Wunder hatten die beiden überlebt, die Eltern hingegen waren dem Martyrium im Konzentrationslager zum Opfer gefallen.

Nach der Befreiung durch die Alliierten war die Elfi mit ihrem Kind ein paar Jahre durch den Osten Österreichs gewandert, immer auf der Suche nach Arbeit und einem Platz zum Schlafen. Die Vertreibung aus ihrer Heimat hatte ihr aber dermaßen zugesetzt, dass sie es nirgendwo lange aushielt. Erst als es für die Trude Zeit war, zur Schule zu gehen, hatte die Elfi all ihren Mut zusammengenommen und war nach Wien gegangen, wo sie auf Hilfe durch die Kultusgemeinde hoffte. Die war damals wie der Rest Österreichs noch mitten im Wiederaufbau und zählte nach der grausamen »Säuberung« durch die Nazis natürlich längst nicht so viele Mitglieder wie vor dem Krieg. Man nahm die beiden also mit offenen Armen auf. In der Folge besuchte die Trude eine eben erst wiedereröffnete jüdische Volksschule, während sich die Elfi als Kindermädchen und Putzfrau verdingte, bis sie 1968 an einem Herzinfarkt starb. Da war die Trude bereits über zwanzig Jahre alt und lebte längst ihr eigenes Leben. Das Verhältnis zur Mutter war nie besonders eng gewesen, dafür war die Elfi schlicht psychisch zu instabil. Sie hatte sich zwar aufopfernd um ihre Tochter gekümmert, war aber nach den Erlebnissen im Krieg nie in der Lage gewesen, ihrem Kind auch die mütterliche Nähe und Geborgenheit zu geben, die es gebraucht hätte.

Nichtsdestotrotz blieb die Trude in der jüdischen Gemeinde aktiv. Bis sie ihren zukünftigen Ehemann kennenlernte. Nach ihrer Hochzeit begann sie, sich mehr und mehr aus dem jüdischen Gemeindeleben zurückzuziehen, und war fortan in erster Linie für ihren Mann da. »Vielleicht versuchte sie, sich die Nähe zu holen, die sie von ihrer Mutter nie bekommen hatte«, meinte Eck an dieser Stelle.

1975 heiratete Trude Goldmann auf jeden Fall Wolfgang Wagner, fünf Jahre später kam eine Tochter zur Welt. In den folgenden Jahren näherte sich Trude dann wieder mehr an die jüdische Gemeinde an. Es schien ihr wichtig zu sein, dass ihre Tochter von Beginn an in der jüdischen Tradition und im jüdischen Glauben aufwuchs.

»War der Vater auch Jude?«, unterbrach die Charlotte Ecks Erzählung.

»Nein. Er war Atheist und ein bekannter Künstler. Aber er dürfte seine Trude sehr geliebt haben, und es fiel ihm schwer, ihr einen Wunsch abzuschlagen. Er kannte natürlich die tragische Familiengeschichte und hatte kein Problem damit, dass seine Tochter religiös erzogen wurde – solange er selber nicht in diese Sache hineingeriet. Ich habe ihn kein einziges Mal bei uns im Tempel oder bei Festen gesehen. Aber das ist schon in Ordnung. Wir zwingen niemanden dazu.«

»Warten Sie mal«, fiel ihm nun die Andrea ins Wort. »Meinen Sie, *der* Wolfgang Wagner war der Mann von Trude Goldmann? Der berühmte Maler?«

Eck nickte. »Ja, genau der.«

»Sie haben bislang immer nur von einer Tochter gesprochen. Wissen Sie vielleicht den Namen der Tochter?«

»Das hat sich ja alles vor meiner Zeit als Präsident der Kultusgemeinde abgespielt. Ich habe aber mit einigen Kollegen gesprochen, die damals schon aktiv waren. Sie haben mir von einer ›Mary‹ erzählt. Nach ihrer Bat Mitzwa hat sie sich, wie zuvor ihre Mutter, aus der Gemeinde zurückgezogen. Es dürfte sie mehr zu ihrem Vater gezogen haben, wie mir erzählt wurde.«

»Mary! Das stimmt mit dem Namen im Brief überein«, sagte die Charlotte.

Die Andrea meinte nachdenklich: »Ist das nicht ein etwas ungewöhnlicher Name? Ich meine, Mary, das ist ja englisch. Das hat mich schon gestört, als wir den Brief zum ersten Mal gelesen haben.«

Eck nickte zustimmend. »Dazu müssen Sie wissen, dass Elfi Goldmann sich während ihrer … nennen wir es Wanderjahre, auch immer wieder bei englischen und US-Truppen als Putzfrau verdingt hatte. Da muss sie wohl das eine oder andere aufgeschnappt haben. Vielleicht deshalb? Aber ich war ja mit meiner Erzählung noch nicht fertig. Ich hatte den gleichen Gedanken wie Sie. Mary kam mir trotz allem auch eigenartig vor, deshalb habe ich noch ein bisschen tiefer in unserem Archiv gewühlt. Und siehe da: Mary war nur der Spitzname. Der richtige Name der Tochter ist Marianne.«

Die Charlotte und die Andrea sahen sich entsetzt an. »Marianne?«, fragten sie unisono. Und bestellten eine Runde Schnaps.

20

Eck kannte sich nicht mehr aus, trank aber trotzdem den Schnaps mit.

»Was ist so besonders am Namen Marianne?«, fragte er schließlich, nachdem seine beiden Gegenüber nicht von selbst mit der Sprache rausrücken wollten.

»Nun, die letzte Überlebende der Familie Zaitler heißt ebenfalls Marianne. Und sie erbt jetzt das gesamte Weingut und was sonst noch zu erben ist«, erklärte die Charlotte. »Natürlich nur, wenn man diese Goldmann Marianne nicht findet. Bislang hat sie sich jedenfalls nicht gerührt. Was irgendwie klar wäre, wenn es sich dabei um ein und dieselbe Person handelt.«

Die Andrea hatte sich nach dem Schnaps zurückgelehnt und die Augen geschlossen. Nicht, weil sie so müde gewesen wäre, sondern weil sie die Sache kurz durchdenken wollte. Schließlich öffnete sie die Augen wieder und sagte: »Lass uns jetzt keine voreiligen Schlüsse ziehen, Charly. Marianne ist kein so ungewöhnlicher Name. Außerdem, überleg doch mal: Wie sie sich gefreut hat, als wir ihr von der potenziellen Erbin erzählt haben, die sich die Arbeit mit ihr teilen könnte. Schau sie dir doch einmal an! Die Marianne ist ja alleine völlig hilflos. Kein Vergleich zu einer so toughen Winzerin wie dir«, schloss sie lächelnd und gab ihr einen Kuss auf die Wange.

Der Charlotte ließ das aber keine Ruhe. »Ja, sie hat sich gefreut, und ein paar Stunden später ist der Bunker in Flammen aufgegangen. Und damit alle Dokumente und Unterlagen. Das ist die eine Sache, die mir einfach nicht eingehen will. Der Brand passt überhaupt nicht dazu. Wieso sollte sie gerade die Unterlagen vernichten, die bestätigen würden, dass sie die rechtmäßige Erbin ist?«

In diese Überlegungen platzte der Kellner, der das Dessert auftischte. Auf einem Riesenteller, die Portion selbst war allerdings verschwindend klein und fast nur mit einer Lupe zu entdecken.

»Das mit der Marianne lässt sich ja leicht überprüfen. Wär doch interessant, wie ihr Mädchenname war, bevor sie den Robert geheiratet hat«, seufzte die Charlotte schließlich. »Entschuldigt mich einen Moment.« Sie stand auf, zog sich ihren Mantel über und ging auf die Raucherterrasse, die einen spektakulären Blick über die Dächer des nächtlichen Wiens bot. Sie rief den Leo an. Der hatte zwar keinen Dienst, nach einer kurzen Erklärung seiner Cousine setzte er sich aber ins Auto und fuhr sofort zur Dienststelle. Die Charlotte rauchte noch eine Zigarette und gesellte sich dann wieder zu den beiden anderen.

»Und?«, fragte die Andrea gespannt. »Wen hast denn angerufen?«

Die Charlotte schüttelte den Kopf und machte sich über ihre Nachspeise her. Nach lediglich vier Löffeln war das Bonsai-Dessert auch schon verspeist. Und weil es eh schon egal war, bestellte sie noch eine Runde Digestif für alle. Es ging mittlerweile auf Mitternacht zu, als sich der Leo per WhatsApp bei ihr meldete.

»Shit!«, fluchte die Charlotte, als sie die Nachricht gelesen hatte. Der Leo hatte ein paar einfache Nachforschungen zum Mädchennamen der Marianne Zaitler angestellt. Aber er musste seine Cousine enttäuschen. Die Marianne hatte Müller geheißen. Nicht Wagner und schon gar nicht Goldmann.

Die Andrea strich ihr zärtlich über die Wange. Bei der Charlotte war die ganze Luft draußen. Das hätte so gut zusammengepasst. Wobei das natürlich auch ein bisschen unappetitlich gewesen wäre. Denn das hätte ja geheißen, dass sie ihren eigenen Cousin geheiratet hatte. Und sich von ihrem eigenen Onkel hatte begrapschen lassen müssen. Die Charlotte schob diese Gedanken schnell zur Seite. Aber immerhin hatten sie jetzt wieder einen Namen, den sie verfolgen konnten. In Wirklichkeit sogar mehrere Namen: Trude und Marianne Wagner und auch den Vater Wolfgang Wagner, den berühmten Maler. Der würde sich ja wohl relativ leicht finden lassen.

»Ist Trude Wagner noch in der Gemeinde aktiv?«, wollte die Charlotte wissen.

Arie Eck atmete tief durch. »Nein, leider nicht mehr. Sie starb 2014. Danach riss auch der ohnehin nur spärliche Kontakt zum Rest der Familie ab.«

»Woran starb sie?«

»Wie soll ich es sagen? Sie nahm sich das Leben. Hinterließ keinen Abschiedsbrief, nichts.«

»Wie ist das passiert?«

»Eine Überdosis Schlafmittel. Angeblich hat ihr Mann sie tot daheim gefunden, nachdem er von einer abendlichen Vernissage nach Hause kam. Was für eine Tragödie.«

Am Ende ließ Arie Eck es sich nicht nehmen, die beiden doch auf den gesamten Abend einzuladen. »Dr. Mühlberger hat so viel für uns getan, manches auch unentgeltlich. Und es kommt auch nicht jeden Abend vor, dass ich mich über so charmante Gesellschaft freuen darf. Im Gegenzug verlange ich nur eines …«, erklärte Eck, nachdem er die Rechnung beglichen hatte.

Nicht schon wieder, dachte die Charlotte, aber da musste sie keine Angst haben. »Ich will von Ihnen auf dem Laufenden gehalten werden, wie sich diese Geschichte weiterentwickelt. Es würde mich interessieren, was aus Marianne Wagner geworden ist. Vielleicht kehrt sie ja doch noch in den Schoß unserer Gemeinde zurück.« Das war etwas, was sie Eck leicht versprechen konnte. Vielleicht sollte ich gleich einen Newsletter einrichten, überlegte sie. So viele Leute, die ich auf dem Laufenden halten soll … Aber es war ein vergleichsweise geringer Preis, den sie gerne zahlte. Hier ging es um Informationen, an die sie sonst nie im Leben rangekommen wäre.

Eck begleitete die beiden hinaus vors Hotel und machte sich selbst erst auf den Heimweg, als die beiden in einem Taxi saßen.

»Was schreibst du da?«, fragte die Charlotte die Andrea.

Sie saßen im Fond einer schwarzen Mercedes-Limousine, und die Charlotte hatte ihren Kopf an die Schulter ihrer Freundin gelehnt. Müde war sie, ging aber noch nicht zur Ruh. Schloss auch nicht die Augen zu. Das ging ja erst daheim. »Valerie, die will nie abends in ihr Bett«, murmelte sie noch einen alten Reim aus ihrer Kindheit, und dann fielen ihr doch die Augen zu.

Die Andrea schmunzelte, tippte aber weiter unbeirrt auf ihrem Handy herum. Nach fünf Minuten hatte sie gefunden, wonach sie suchte – den aktuellen Aufenthaltsort von Wolfgang Wagner. Sie schrieb noch ein kurzes Mail an den Dr. Mühlberger und entschuldigte sich für den nächsten Tag, dann legte sie ihren Arm um die Schultern der schlafenden Charlotte. Sie lehnte sich zurück, lächelte entspannt und freute sich, wie schön das Leben doch sein konnte.

Daheim angekommen, war es mühsam, die Charlotte ins Haus und ins Bett zu bekommen. So richtig aufwachen wollte sie nicht mehr, aber irgendwie schaffte es die Andrea, sie bis ins Schlafzimmer zu schleppen. Dafür war die Charlotte am nächsten Morgen schon um sieben Uhr fit wie ein Turnschuh, während die Andrea noch ihren Schönheitsschlaf genoss und erst eine Stunde später aus den Federn kam.

Als die Andrea sich in der Küche ihren Kaffee einschenkte, war die Charlotte schon wieder draußen und begutachtete den Fortschritt an der Baustelle. Die Erdaushebungen waren fürs Erste beendet, und der Baumeister schaute vorbei, um die weitere Vorgehensweise zu besprechen. Die Andrea gesellte sich mit ihrem Häferl dampfenden Kaffees zu den beiden, die ihre Köpfe über einem ausgebreiteten Bauplan zusammengesteckt hatten. Sie warf einen Blick über die Schulter der Charlotte, konnte aber mit den ganzen Zahlen und Linien überhaupt nichts anfangen.

»Ah, auch schon aufgestanden!«, wurde sie von der Charlotte begrüßt.

»Du hast gut reden«, erwiderte die Andrea. »Was glaubst du

denn, wer dich gestern Nacht aus dem Taxi bis aufs Zimmer geschleppt hat?«

»Kinkerlitzchen«, winkte die Charlotte ab. »Schau dir mal den Plan an. Der Herr Ingenieur hat wirklich ganze Arbeit geleistet.«

Die Andrea sah sich den Plan nochmals an, konnte aber wieder nur mit den Schultern zucken. Die Charlotte verdrehte theatralisch die Augen und erklärte ihr dann, was mit dem Weinkeller geplant war. Er würde in drei Richtungen um jeweils drei Meter vergrößert werden, deshalb auch das riesige Loch innerhalb der Mauern des Weinguts. Nur dort, wo das Versteck der Familie Goldmann gewesen war, wollte man nach Möglichkeit alles so wie früher belassen. Natürlich elektrisch ausgeleuchtet, geputzt und restauriert. Auch das falsche Fass sollte renoviert oder durch ein neues ersetzt werden. »Ich möchte dort eine Art Mini-Museum errichten. Oder wenigstens eine Gedenkstätte. Unsere Gäste sollen ruhig wissen, was sich damals hier abgespielt hat. Die Feldbetten, den Tisch, die Stühle und Decken – das wird alles so hergerichtet, wie es damals ausgesehen haben muss. Vielleicht können wir die Familie Goldmann so noch nachträglich ehren.«

Auch sonst hatten der Baumeister und die Charlotte große Pläne für den Weinkeller. Er sollte nicht nur Schauraum und Vinothek werden, sondern auch durchaus funktionell sein. Dafür würde es in einer Ecke einen kleinen, unauffälligen Lastenaufzug geben, der direkt an der Innenseite der Hofmauer ins Freie mündete. Da sich der Weinkeller etliche Meter tief unter der Erde befand, gab es noch genug Platz, um zwischen Presshaus und dem eigentlichen Weinkeller einen kleinen Verkaufsraum zu errichten. Der sollte circa acht mal acht Meter groß werden und würde durch den Abgang vom Presshaus auf halber Strecke zu betreten sein. Die Gewölbe des Weinkellers wollte man so anlegen, dass sie eine ganz spezielle Geräuschtäuschung ermöglichten: Wenn man an einem Ende des Weinkellers etwas sagte, würden die Schallwellen so geleitet werden, dass man sie am anderen Ende so hörte, als ob der Sprecher direkt neben einem stünde. Klang spektakulär, war architektonisch aber nicht mehr als ein Taschenspielertrick. Der Schmäh war sogar schon im Mittelalter in einigen Kirchen angewandt worden – sorgte aber selbst heute noch immer für großes Erstaunen. Das teuerste Feature aber war die partielle Glasdecke, von der die Charlotte träumte. Ein etwa zwei mal zwei Meter großes Fenster sollte eingezogen werden, das neugierige Blicke von oben anziehen sollte. Diese Glasdecke musste natürlich thermisch ganz speziell abgedichtet werden und sich bei starkem Sonnenschein selbst abdunkeln können, damit der Wein im Keller nicht in Mitleidenschaft gezogen wurde. Showkeller hin oder her – hier sollte echter Wein gelagert werden, der bei Verkostungen ausgeschenkt wurde. Er musste also genauso sorgsam gelagert werden wie der Wein, der für den Verkauf bestimmt war. Außerdem musste die Scheibe natürlich auch trittsicher sein.

»Stell dir das mal vor«, schwärmte die Charlotte, »wie cool das abends oder nachts ausschauen wird: Unten Kerzenschein, und von oben kann man sich das alles anschauen. Oder: Unten alles finster, und man blickt bei klarem Wetter vom Keller hinauf auf den Sternenhimmel.«

»Und das wird alles noch heuer fertig?« Der Zweifel in der Stimme der Andrea war nicht zu überhören.

»Nein, natürlich nicht. Wenn alles gut geht, können sie noch ein paar Tage arbeiten, dann wird es zu kalt. Aber immerhin schaut der Abgang vom Presshaus schon ganz gut aus. Da ist wirklich viel weitergegangen.« Tatsächlich war der Abgang kaum mehr wiederzuerkennen. Die ersten paar Meter waren bereits halbwegs restauriert. Der Schlamm, das Moos und der Schimmel waren abgeklopft worden, an der einen oder anderen Stelle hatte man neue Ziegel in die Wand eingefügt, und das sah alles schon ganz ordentlich aus. Genau auf halber Strecke zwischen Presshaus und Weinkeller hatten die Arbeiter bereits begonnen, einen kurzen Seitengang durch die Mauer in das dahinterliegende Erdreich zu graben. Hier sollte der Verkaufsraum angelegt werden. Da er sich noch unter dem Innenhof des Weinguts befand, konnte der Raum nicht mit den schweren Maschinen ausgehoben werden. Die Mama – und auch der Papa – hätte wohl einen Herzinfarkt bekommen, wenn auf einmal Bagger auf den erst im Frühjahr frisch verlegten Terrakottaboden auffahren und ein Riesenloch im Hof graben würden. Der Baumeister war jedoch frohen Mutes, dass man mit diesen Grobarbeiten fertig werden würde, bevor die Bauarbeiten wegen des Wintereinbruchs unterbrochen werden mussten. »Da herunten können wir außerdem länger arbeiten. Wir sind hier schon so tief unter der Erde, dass es nicht mehr friert. Wenn es sein muss, können wir also auch bis Weihnachten weiterbuddeln. Aber das wird nicht nötig sein. Elektrische Leitungen, Wasser und Fliesen – das machen wir alles sowieso erst im Frühjahr«, hatte der Baumeister erklärt.

»Hast du Lust auf einen Ausflug?«, fragte die Andrea schließlich.

»Wohin denn?«, fragte die Charlotte überrascht. Eigentlich hatte sie gar keine Lust, die Baustelle zu verlassen. Hier entstand gerade eines ihrer Lieblingsprojekte. Am liebsten hätte sie sich eine Spitzhacke genommen und mitgegraben.

»Klosterneuburg.«

»Was machen wir dort?«

»Wirst schon sehen.«

Die Charlotte ließ sich schließlich breitschlagen, mitzukommen. Nachdem sie nicht wusste, wohin genau es ging, ließ sie die Andrea ans Steuer. Die gab eine Adresse ins Navi-Gerät ein, und los ging es. Donnerstagvormittags war der Verkehr quer durch Wien glücklicherweise nicht so schlimm. Fünfundvierzig Minuten später stellte die Andrea den Wagen auf dem Parkplatz eines feudalen Senioren- und Pflegeheims ab.

»Ich wusste gar nicht, dass du pflegebedürftige Familie hast«, meinte die Charlotte erschrocken, als sie ausstiegen.

»Hab ich auch nicht, Dummerchen«, erwiderte die Andrea. »Aber die Marianne Wagner. Während du gestern im Auto deinen Rausch ausgeschlafen hast, habe ich mich im Internet auf die Suche nach ihrem berühmten Malervater gemacht. War wirklich nicht so schwer. Er soll seit Jahren hier in diesem Heim logieren.«

An der Rezeption knallte die Andrea auf ganz wichtig ihre Anwaltsvisitenkarte auf die Theke. Freundlicher fragte sie dann, ob es möglich wäre, mit Wolfgang Wagner zu sprechen. Es handle sich um eine Familienangelegenheit. Was ja nicht einmal gelogen war – aus einem gewissen Blickwinkel halt. Die Rezeptionistin musterte die Andrea und die Charlotte. Schließlich sagte sie: »Zimmer 12. Nehmen Sie den Aufzug in den ersten Stock, dann links aussteigen und bis zum Ende des Gangs gehen. Viel Glück.«

»Viel Glück?«, murmelte die Charlotte erstaunt. Als sie das Zimmer erreichten, löste sich dieses Rätsel allerdings von selbst auf. Wolfgang Wagner lag schlafend und an Schläuche angeschlossen in einem Krankenbett. Die beiden standen ratlos vor dem Bett, bis nach ein paar Minuten eine Krankenschwester nach dem Rechten sah.

»Was ist mit ihm los?«, fragte die Charlotte leise.

»Und wer sind Sie?«, blaffte die Krankenschwester zurück.

Die Andrea zeigte wieder ihre Visitenkarte und wiederholte ihre kleine Schummelei von vorhin, dass es sich um eine Familienangelegenheit drehe.

»Dann sollten Sie doch wissen, dass Herr Wagner bereits 2014 einen Schlaganfall hatte. Kurz nachdem sich seine Frau das Leben genommen hatte«, erklärte die immer noch misstrauische Krankenschwester.

So herablassend wollte sich die Andrea von der Pflegerin auf keinen Fall behandeln lassen.

»Woher sollte ich das wissen? Wie gesagt, es geht um eine Familiensache. Wir vertreten eine Verwandte, die nach langer Zeit wieder Kontakt mit ihrer Familie aufnehmen will«, herrschte sie die Krankenschwester an, die locker einen Kopf kleiner war als die Blondine in ihren Stilettos.

»Ach, meldet sich das Fräulein Tochter wieder einmal?«

»Wie meinen Sie?«, fragte die Andrea verdattert. Die Antwort der Krankenschwester hatte sie auf dem falschen Fuß erwischt.

»Na, die Frau Tochter. Die sich nie um ihren Vater kümmert.«

»Reden Sie von Marianne Wagner?«

»Von wem denn sonst? Wenigstens ist unserem Haus nichts von einer anderen Tochter bekannt.«

»Kann schon sein. So etwas unterliegt aber natürlich meiner Schweigepflicht. Was soll die Frau Wagner denn angestellt haben?«

»Wie kommen Sie darauf, dass sie etwas angestellt hat?«, fragte die Krankenschwester gereizt.

»Ihr Tonfall lässt darauf schließen.«

»Wie war noch mal Ihr Name? Sherlock Holmes?«

Okay, die war wirklich eine harte Nuss. Und nicht auf den Mund gefallen. Wenn sie hier etwas herausfinden wollten, musste sie es anders angehen. Die Charlotte bemühte sich, die Situation zu entspannen.

»Wollen wir das vielleicht bei einer Tasse Kaffee besprechen?«, schlug sie vor.

Zu ihrer Überraschung willigte die Krankenschwester sofort ein. Sie führte die beiden in die Cafeteria des Heims, die in einem anderen Trakt untergebracht war. Im Sommer konnte man hier auch im Freien sitzen, zu dieser Jahreszeit musste man mit dem Wintergarten vorliebnehmen. Aber auch der bot einen schönen Ausblick auf die zum Heim gehörende Parkanlage.

Nachdem die Krankenschwester ihren Kaffee zur Hälfte geleert hatte, taute sie langsam auf. Sie entschuldigte sich für ihre schlechte Laune, gegen Schluss einer Vierundzwanzig-Stunden-Schicht war sie mit ihren Kräften am Ende. Wie die Charlotte aus dem, was sie sagte, herauszuhören glaubte, hatte die Krankenschwester außerdem ein ganz spezielles Verhältnis zu Wolfgang Wagner.

Schließlich stellte sie sich als Maggy Wirt vor. Sie betreute Wolfgang Wagner, seitdem er nach seinem Schlaganfall hierher verlegt worden war. In all den Jahren hatte sie nicht einmal erlebt, dass ihn seine Tochter besucht hätte. Wolfgang Wagner hatte den Schlaganfall schwer geschädigt überlebt. Seitdem war er halbseitig gelähmt und konnte kaum mehr sprechen. Dennoch zeigte er einen unglaublichen Überlebenswillen.

Aus seiner Vergangenheit war nicht mehr viel übrig. Ein paar Bilder, die in seinem Zimmer hingen, ein altes Familienfoto – das war's.

Die Charlotte wollte wissen, wer für seinen Aufenthalt in diesem sicher nicht ganz billigen Pflegeheim aufkam. Die Kosten, so die Krankenschwester, wurden von einer Stiftung übernommen, die Wagner bereits vor seinem Schlaganfall eingerichtet hatte. Daraufhin outete sich die Krankenschwester als großer Fan des Malers und philosophierte über den Wert der Bilder, die Wagner in seiner Karriere gemalt hatte.

»Die Menschen sind ja so grausam. Kaum hatte er den Schlaganfall erlitten und es wurde klar, dass er nie wieder malen konnte, schoss der Wert der Bilder in die Höhe. Noch mehr wert werden sie wohl, wenn er einmal stirbt. Was leider bald passieren könnte. Er ist zwar ein echter Kämpfer, aber in den letzten Wochen hat sich sein Zustand zusehends verschlechtert. Sie haben ja selbst gesehen, dass er nur mehr von den Maschinen am Leben gehalten wird.«

»Und was ist mit der Tochter, Marianne Wagner?«, bohrte die Charlotte nach.

»Ja, die Tochter. Gute Frage. Ich kann es Ihnen nicht genau sagen. Sie hat sich nach dem Schlaganfall darum gekümmert, dass die Kosten für das Heim über die Stiftung abgewickelt werden. Dann ist sie nach Amerika ausgewandert.«

Gut, das war dann wohl der endgültige Todesstoß für Charlottes Mariannen-Theorie.

»Nie wieder etwas von ihr gehört?«, fragte sie die Krankenschwester dennoch.

»Ab und zu kommen Briefe, vielleicht ein oder zwei Mal im Jahr. Die lese ich Wolfgang vor, und ich glaube, er bekommt auch mit, was ich ihm vorlese. Das ist in den letzten Jahren aber immer schwieriger geworden. Inzwischen hat er nur mehr sehr selten wache Phasen.«

»Wann ist denn Mariannes letzter Brief gekommen?«

Die Krankenschwester überlegte. »Das ist sicher schon ein Jahr her. Sie hat ihm darin sogar geschrieben, dass sie sich jetzt eine ganze Weile nicht mehr melden könne. Ihre Arbeit in Amerika beanspruche sie zu sehr.«

»Wissen Sie sicher, dass die Briefe aus Amerika gekommen sind?«

»Ja, ganz sicher. Hat mich ja auch interessiert. Aber es sind amerikanische Briefmarken und Poststempel drauf.«

»Dürften wir die Briefe einmal sehen?«

Die Krankenschwester war einverstanden und führte die beiden zurück auf das Zimmer von Wolfgang Wagner. Der schlief noch immer, und während die Krankenschwester die Briefe suchte, hatte die Charlotte Zeit, sich genauer im Zimmer umzusehen. Ein halbes Dutzend seiner Gemälde hingen an den Wänden. Sie beschrieb sie für sich selbst als moderne Kunst, aber sonderlich viel verstand sie von Malerei nicht. Die Gemälde waren bunt, bestanden in erster Linie aus – für die Charlotte – wirren Linien und geometrischen Formen. Personen oder Landschaften suchte man vergeblich. Was aber auch egal war. Jeder Mensch hatte andere Vorlieben, und offenbar gab es genug Leute, die sich dieses Gekritzel daheim gerne an die Wand hängten.

Auf dem Tischchen neben dem Krankenbett stand ein Familienfoto. Es zeigte einen jüngeren Wolfgang Wagner mit seiner Frau Trude und Tochter Marianne. Das Mädchen auf dem Foto war vielleicht zehn Jahre alt. Das Gesicht kam der Charlotte bekannt vor, aber das mochte auch daran liegen, dass es gewisse Ähnlichkeiten mit dem Gesicht der Mutter gleich daneben hatte. Das Foto war in Schwarz-Weiß, Augenfarben waren also nicht zu erkennen. Nur, dass Mutter und Tochter dunkles, gelocktes Haar hatten. Von dem zehnjährigen Gesicht auf jenes der mehr als vierzigjährigen Marianne zu schließen war schlicht unmöglich.

»Hier sind sie!«, rief die Krankenschwester. Sie hielt einen Pack Briefe in der Hand. Die Charlotte nahm wahllos ein paar aus dem Stapel. Tatsächlich waren die Briefmarken und Stempel amerikanisch.

»Weiß man eigentlich, wohin in die USA die Tochter ausgewandert ist?«, fragte sie schließlich.

Die Krankenschwester überlegte. »Das wurde nie wirklich kommuniziert. In ihren Briefen schreibt sie aber meist über die Westküste. San Francisco, glaube ich.«

Interessant, stellte die Charlotte fest, denn die Briefe waren allesamt in New York aufgegeben. Immer auf demselben Postamt. Was natürlich auch damit zu tun haben konnte, dass die Marianne Wagner in ihren Briefen über die Westküste gelogen hatte. Oder sie ihre Briefe immer auf Geschäftsreisen in New York aufgegeben hatte. Oder, oder, oder …

Die Charlotte las sich ein paar der Briefe durch. Sie waren allesamt handgeschrieben und dennoch alles andere als persönlich, so wie man es sich zwischen einem Kind und seinem Vater erwarten sollte. Marianne Wagner erzählte in ihren Briefen viel Allgemeines, aber nichts Spezielles über das Leben in den USA. Die Charlotte fand nicht einmal Anspielungen auf den Beruf dieser Marianne.

Als sie wieder im Auto saßen, seufzte die Charlotte: »Nächste Sackgasse. Ich glaube, das war's dann wirklich.«

»Warte noch einen Moment«, meinte die Andrea. »Wir können die Marianne ja mal googeln. Schauen wir doch, was dabei rauskommt.«

»Wenn du meinst …« Aber so wirklich dran glauben wollte die Charlotte nicht. Womit sie auch recht behielt. Für »Marianne Wagner« spuckte Google nicht weniger als vierhunderttausend Einträge aus. Etliche davon auch in den USA, wo man den Namen wohl »Mary-Ann Wägner« aussprach. Was auch schon egal war. Schweigend fuhren sie heim aufs Weingut.

21

Am Freitag war die Charlotte an der Reihe, Chauffeur zu spielen. Der Luca kam am Flughafen an, und die Flora wollte ihn auf gar keinen Fall mit dem Taxi fahren lassen. Sie bestand darauf, dass sie ihn persönlich abholte. Auf jeden Fall brauchte sie dafür ihre große Schwester.

»Schlechtes Gewissen?«, fragte die Andrea beim Frühstück spitz.

Die Flora warf ihr Blicke scharf wie Rasiermesser zu. »Weswegen sollte ich ein schlechtes Gewissen haben?«

»Ich weiß nicht? Vielleicht wegen dem Noah?«, antwortete die Andrea zuckersüß.

»Blöde Kuh!«, schnauzte die Flora sie daraufhin an, was die Andrea aber kaltließ. Die Reaktion der Kleinen war nur der Beweis, dass sie mit ihrer Annahme richtiglag. Während sie und die Charlotte die ganze Woche über einer im Endeffekt sinnlosen Fährte nach der anderen nachgejagt waren, hatten sich die Flora und der Noah kaum auf dem Anwesen blicken lassen. Trotzdem war es der Andrea nicht entgangen, dass die beiden immer gemeinsam nach Hause gekommen waren, gerne erst spätnachts. Natürlich konnte das auch damit zu tun haben, dass die Flora sich nach wie vor ein bisschen wie ein Schutzengel für den Noah fühlte und ihn in der Perchtoldsdorfer Jugend einführen wollte. Aber wenn die Andrea ihr Instinkt nicht täuschte – und das tat er in solchen Fällen nur sehr selten –, dann lief da inzwischen mehr. Sie war schon sehr gespannt darauf, wie die Kleine das dem Luca beibringen wollte. Schonend – oder einfach an den Kopf werfen? Oder, und darauf war die Andrea wirklich gespannt, würde sie den Luca vorerst noch als Gschichtl weiterlaufen lassen? Floras Reaktion auf die Ankunft des Italieners ließ sie eher Letzteres vermuten. So viel Kaltblütigkeit hatte sie der Flora bisher eigentlich gar nicht zugetraut. Wie wohl der Noah mit dieser Situation umgehen würde?

Mit der Charlotte brauchte sie darüber gar nicht erst reden. Die hatte ihr schon beim ersten Mal nicht geglaubt, dass sich da was zwischen der Flora und dem Noah anbahnte. Die große Schwester würde es wohl erst glauben, wenn sie die beiden knutschend erwischte.

Ein Blick in das Gesicht vom Noah reichte, um zu wissen, dass ihm die Ankunft vom Luca alles andere als recht war. Er saß mit einer Miene wie sieben Tage Regenwetter am Frühstückstisch, als die Flora ihren Tanz wegen der Flughafenfahrt aufführte. »Soll er doch ein Taxi nehmen«, murmelte er in seinen Kakao hinein. Gerade in so einer Lautstärke, dass es außer der neben ihm sitzenden Flora fast keiner mitbekam.

Die Charlotte war mit ihren Gedanken sowieso bei ihrem Weinkellerumbau, und die Eltern und die Omama würden erst im Lauf des Nachmittags von ihrem Kurzurlaub in der Therme zurückkehren. Erst als die Flora die Charlotte geradezu anbettelte, ob sie sie nicht »bitte, bitte, biiiiittteeee« zum Flughafen fahren könnte, wurde die Charlotte aus ihren Tagträumen gerissen. Nach dem üblichen Geplänkel der beiden Schwestern willigte sie – natürlich – ein. Nach dem Mittagessen schnappte sie sich die Flora, und sie brachen zum Flughafen auf. Womit nur mehr die Andrea und der Noah auf dem Weingut zurückblieben.

Die Entscheidung, ob sie mit dem Noah über die ganze Geschichte sprechen sollte, wurde ihr praktischerweise vom Noah selbst abgenommen. »Zigarette?«, fragte er sie, nachdem die beiden Schwestern losgefahren waren.

»Ob ich eine will oder ob ich eine habe?«, entgegnete die Andrea.

»Ob ich von dir eine schnorren kann«, sagte der Noah leise.

Sie gingen in den Hof und setzten sich auf eine Bank neben dem Presshaus unter der Kastanie. Hier waren sie etwas vor dem schneidend kalten Wind geschützt. Der Geruch von

Schnee lag bereits in der Luft. Es schien so, als würde es heuer endlich wieder einmal schon im November schneien. Schweigend rauchten sie die erste Zigarette. Dann sprudelte es aus dem Noah heraus.

»Die Flora. Und der Luca. Und … ich weiß nicht, was ich jetzt machen soll.«

»Wieso? Die beiden sind doch schon länger zusammen. Was ist so neu an der Situation?«, fragte die Andrea unschuldig. Wenn er ihren Rat haben wollte, musste er schon mit der ganzen Wahrheit rausrücken.

»Ja, eh.« Der Noah zierte sich. »Aber in letzter Zeit … Wie soll ich sagen? Die Flora und ich, wir sind uns halt nähergekommen. Und ich weiß jetzt echt nicht, wie ich mich verhalten soll.«

»Wie weit ist es denn schon gekommen?«

Der Noah zuckte mit den Schultern. »Noch nicht so arg. Herumgeschmust haben wir halt. Eh erst gestern zum ersten Mal.«

»Aber das hat sich schon länger angekündigt, habe ich recht?«

Der Noah überlegte. »Ja, wahrscheinlich. Ich hatte das nicht vor, ehrlich! Bis vor Kurzem war die Flora für mich ja wie eine Schwester. Und den Luca, den habe ich eigentlich auch ganz gern. Ich weiß echt nicht, was da in mich gefahren ist.«

»Wohl eher in euch. Klingt nicht so, als hätte sich die Flora gesträubt, mit dir herumzumachen.«

Darauf sagte der Noah nichts, sondern nahm sich noch eine Zigarette aus dem Päckchen der Andrea.

»Und wie soll's jetzt weitergehen?«, fragte er nach einer Weile.

»Willst du darauf wirklich eine Antwort?«

Schweigen.

»Schau, Noah. Ich habe keine Ahnung, was die Flora wirklich will. Mein Gott, wahrscheinlich weiß sie es selbst nicht. Der Luca ist halt ihre erste große Liebe. Bei der kann man aber drauf wetten, dass sie nicht ewig halten wird. Noch dazu, wo der Luca eine halbe Ewigkeit entfernt lebt. Er wird einmal das Geschäft seiner Eltern übernehmen, also gibt's eher keine Chance, dass er hierherziehen wird. Die Flora wird sich das Weingut mit der Charlotte teilen, also hat auch sie wohl keine Lust, nach Italien zu ziehen. Ihr zwei habt auch schon eine Menge miteinander erlebt, das schweißt natürlich zusammen. Ich würde einfach abwarten. Die Flora muss sich selbst darüber klar werden, was sie will. Lass ihr Zeit und gib ihr Raum. Ich glaube, dass die nächsten Tage für sie schwer genug werden, wenn sie zwischen dir und dem Luca steht. So ein Liebesdreieck ist weder so romantisch noch so aufregend, wie es in Filmen oft gezeigt wird. So was ist einfach nur anstrengend, und am Ende gibt es eigentlich immer nur Verlierer.«

»Sprichst du aus Erfahrung?«

Jetzt war es die Andrea, die kurz schwieg. »Vielleicht. Wie gesagt: Am Ende sind meistens alle irgendwie geschädigt, da gibt es einfach keinen Sieger. Deshalb würde ich jetzt kein großes Tamtam machen. Die Flora wird, wenn ihr wirklich etwas an dir liegt, nicht die ganze Zeit mit dem Luca herumschmusen. Wenigstens nicht, solange du dabei bist. Der Luca vertschüsst sich Sonntagabend eh wieder nach Italien, dann hast du die Flora für dich. Und ihr könnt euch darüber klar werden, wie es weitergehen soll. Soweit ich weiß, ist der nächste Besuch von Luca erst für die Weihnachtsferien geplant. Ihr habt also mehr als einen Monat Zeit.«

Der Noah dachte über die Ausführungen der Andrea nach.

»Oder war das gestern nur eine besoffene Geschichte?«, hakte die Andrea nach.

»Nein«, antwortete der Noah wie aus der Pistole geschossen. »Wir haben überhaupt nichts getrunken. Wir sind nur zusammengesessen, und ich habe ihr über mein Leben erzählt.«

»Dann hatte sie vielleicht nur Mitleid mit dir? Ich weiß, das ist eine harte Ansage, aber es kann ja durchaus sein.«

Der Noah hatte ein paar Tränen in den Augen. »Ich glaube nicht. Dafür ist die Flora nicht der Typ.«

»Da hast du auch wieder recht. Soll ich vielleicht mal mit ihr reden?«

»Das wäre keine gute Idee, glaube ich. Erzähl ihr bitte auch nicht, dass ich mit dir über unsere Geschichte geredet habe.«

»Kein Problem.«

»Auch der Charlotte nicht!«

»Versprochen.«

Daraufhin rauchten sie noch eine Zigarette.

Die Andrea überlegte, wie sie den Noah auf andere Gedanken bringen konnte. Eine SMS ihres Chefs brachte sie schließlich auf eine Idee.

»Komm, lass uns fahren«, sagte sie.

»Wohin denn?«

»Überraschung!«

Zwanzig Minuten später parkten sie sich vor dem Tierschutzhaus Vösendorf ein.

»Was machen wir hier?«, fragte der Noah erstaunt.

»Wir besorgen dir eine neue Freundin. Oder einen Freund. Was auch immer du haben willst«, grinste die Andrea und schleppte den Noah ins Tierschutzhaus.

Nach gut einer Stunde hatte sich der Noah entschieden. Was ganz und gar nicht einfach gewesen war. Sollte er sich eines ausgewachsenen Hundes annehmen? Oder doch lieber einen der unzähligen Welpen aussuchen? Und was würden die Charlotte und ihre Eltern dazu sagen? Letztlich war er ja doch nur Gast auf ihrem Hof, konnte er da jetzt plötzlich mit einem Hund auftauchen?

Darüber solle er sich nicht den Kopf zerbrechen, beruhigte ihn die Andrea. Sie habe das Ganze eh schon mit der Charlotte besprochen. Was natürlich eine glatte Lüge war, aber sie würde ihre Freundin schon von der Sache überzeugen. Der Noah hatte mit der Jackie bewiesen, dass er sich gut um ein Tier kümmern konnte.

Letztendlich entschied sich der Noah für einen Labradorwelpen. Das Tier war mit seinen Brüdern und Schwestern auf einem

Autobahnparkplatz ausgesetzt worden. Während die anderen Tiere des Wurfs bereits ein neues Zuhause gefunden hatten, wartete »Balu« noch auf ein neues Herrchen oder Frauchen. Balu war rabenschwarz und hatte große, aufgeweckte Augen. Er war vermutlich der Schwächste seines Wurfs gewesen, denn für sein geschätztes Alter von acht oder neun Wochen war er noch relativ klein. Der Noah und der Balu schienen vom ersten Moment an einen Narren aneinander gefressen zu haben. »Zwei Streuner, die sich gefunden haben«, hörte die Andrea die Charlotte bereits in ihrem Kopf unken.

Die Handvoll Hund krabbelte dem Noah sofort in den Pulli-Ausschnitt, um sich an seiner Brust zu wärmen. Damit hatte Balu das Herz vom Noah endgültig gewonnen. Gleich in der Nähe des Tierschutzheims war ein Supermarkt für Tierbedarf, wo sie die notwendigsten Dinge einkauften. Die Andrea spendierte Hundefutter, Leine und ein Hundesofa. Schließlich war das alles ja auch ihre Idee gewesen. Dann ging es nach Hause.

Die Charlotte war inzwischen mit der Flora und dem Luca vom Flughafen zurückgekommen. Als der Noah Balu zum ersten Mal im Hof frei laufen ließ, gab es natürlich ein gewaltiges Hallo. Die Charlotte war so überrascht, dass sie gar nicht erst dazu kam, sich über den neuen Mitbewohner aufzuregen.

Als sie ihre Sprache endlich wiedergefunden hatte, stand die Andrea auch schon neben ihr, legte den Arm fest um sie und flüsterte in ihr Ohr: »Einfach noch ein weiterer Streuner …«

Die Charlotte schaute ihrer Freundin in die Augen und verzichtete auf jeglichen Protest. Der Noah hatte sowieso nur Augen für seinen neuen Hund. Immerhin gab er dem Luca freundlich die Hand – es schien, als würde Andreas Plan aufgehen. Der Noah war abgelenkt, und aus dem Augenwinkel sah sie, wie die Flora tief durchatmete, nachdem sich die beiden Burschen kameradschaftlich begrüßt hatten.

Weniger erfreut waren naturgemäß Puschkin und Frambi. Der Balu hatte in seinem kurzen Leben noch überhaupt keine Erfahrungen mit Katzen gemacht, was sich in den ersten Minuten am Nöhrer-Weingut schnell ändern sollte. Die beiden Katzen waren sofort aus einem ihrer unzähligen Verstecke im Hof gekommen und begutachteten den sabbernden und wild herumspringenden Neuankömmling zunächst skeptisch aus der Distanz. Als der Hund die beiden Katzen entdeckte – jö, Spielkameraden! –, hechelte er sofort zu ihnen. Die Freude der Katzen war begrenzt. Immerhin ließen sie sich kurz beschnuppern, bevor sie dem Balu eine erste Warnung mittels Kratzer auf der Nase verpassten. Dann drehten sie sich stolz um und verschwanden hinter der Kastanie.

Der Balu kam mit eingezogenem Schwanz und winselnd zurück. »Das wird schon«, beruhigte die Andrea den Noah, der von der unfreundlichen Begrüßung durch die beiden Katzen leicht geschockt war. Der Noah nahm den Welpen hoch, worauf sich Balu sofort zusammenkauerte und wenig später einschlief. Zu viel Aufregung für einen Tag.

Am frühen Abend kamen die Eltern und die Omama von ihrem Kurzurlaub zurück. Sie zeigten sich von dem tierischen Neuzugang zwar überrascht, aber auch durchaus angetan. Vor allem sah der Herr Papa im Balu gleich die Möglichkeit, endlich einen Wachhund für das Weingut zu haben. Und damit war die Sache auch endgültig geregelt. Wobei – eigentlich hatte eh keiner damit gerechnet, dass man den Balu einfach zurück ins Tierheim bringen würde. So hartherzig war in dieser Familie wirklich niemand.

Der Noah war mit dem Balu mehr als beschäftigt, sodass er der Flora und dem Luca nicht in die Quere kam. Trotzdem herrschte da eine neue Distanz zwischen der Flora und ihrem Italo-Lover. Dem Luca fiel das zunächst nicht so auf, er war von der Anreise noch zu geschlaucht. Die Andrea konnte aber sehr wohl sehen, dass die Flora seinen Annäherungsversuchen immer wieder aus dem Weg ging. Wenigstens solange der Noah in der Nähe war. Was die beiden dann auf dem Zimmer aufführten – das war letztlich Sache der beiden.

Am nächsten Tag herrschte schon in den frühen Morgenstunden reges Treiben im Hof der Nöhrers. Die Eltern hatten der Flora eine große Feier zu ihrem sechzehnten Geburtstag angekündigt und Wort gehalten. Der Flora war das eigentlich gar nicht so recht, sie hatte in aller Ruhe nur mit ihren Freundinnen und Freunden feiern wollen. Aber dafür war ein anderes Mal ja auch noch Zeit. Sie wusste, wie wichtig ihrer Mutter dieser Tag war, und spielte brav mit. Zwar konnte sie mit einem Großteil der Gäste nicht viel anfangen, aber die Feier war bis zu einem gewissen Grad ein gesellschaftlicher Anlass für den gesamten Ort. Als zukünftige Mitbesitzerin des Weinguts konnte es bestimmt nicht schaden, dabei ein freundliches Gesicht zu machen. Außerdem: Geschenke, Geschenke, Geschenke! Die Flora mochte zwar recht geschäftstüchtig sein – wie sie im Sommer am Weinstand bei den Festspielen bewiesen hatte –, aber sie war auch noch immer ein halbes Kind. Fand halt die Charlotte. Und wer freute sich nicht über einen Haufen Geschenke zum Geburtstag? Außerdem hatten die Eltern ja auch Leute eingeladen, auf die sich die Kleine durchaus freute. Sie hatte lediglich darauf bestanden, dass bei diesem hochoffiziellen Anlass ihre echten Freunde ausgespart wurden. Mit denen wollte sie wirklich lieber allein und ungestört feiern.

Bis Mittag waren im Hof drei große Partyzelte in die Höhe gewachsen, Heizpilze sorgten dafür, dass die Gäste nicht frieren mussten. Der Herr Papa hatte es sich nicht nehmen lassen, als Wintergriller für das leibliche Wohl der Gäste zu sorgen. Dazu gab es noch ein kaltes Buffet, das allein schon durch die niedrigen Außentemperaturen frisch gehalten wurde. Zwei der Gaststuben im Haus waren leer geräumt worden und dienten als eine Art Ballsaal. Eine Coverband würde hier für gute Stimmung sorgen.

Gegen zwei Uhr trudelten die ersten Gäste ein. Eine Stunde später war der Hof gesteckt voll. Rund hundertfünfzig Leute hatten sich eingefunden, um auf den sechzehnten Geburtstag der Tochter eines der größten Weinbauern in der Gegend anzustoßen. Die Flora ließ das Ganze mit großer Würde über sich ergehen.

Natürlich waren auch die Vertreter der verschiedenen politischen Couleurs zum Fest gebeten worden. Der konservative Bürgermeister ließ sich so eine Gelegenheit, sich unters Wahlvolk zu mischen, sowieso nicht entgehen. Dazu kamen aber auch noch die Gina Blauensteiner von der Umweltpartei, die nach den letzten Wahlerfolgen wie zum Hohn nicht mit dem Umweltressort betraut worden war, sondern sich um kulturelle Belange kümmern durfte. Der neoliberale Schnösel war natürlich auch gekommen, und von den Sozialisten hatte sich ein in Ehren ergrauter Altmarxist eingefunden. Der hatte im tiefkonservativen Ort eigentlich nur deshalb kein schweres Leben, weil er einfach zu gemütlich und zu gutmütig war, um die Bevölkerung in ideologische Diskussionen zu verwickeln. Viel lieber sprach er über das langsame Dahinsiechen des lokalen Fußballclubs. Es fehlte einzig der Hagen Adefris von der Heimatpartei. Der hatte zwar der Form halber auch eine Einladung erhalten, aber der Herr Papa und die Frau Mama hatten schon vor dem Absenden der offiziellen Karte gewusst, dass der rechte Recke nicht kommen – und wahrscheinlich nicht einmal absagen – würde. Genauso war es, was die Charlotte schade fand. Nicht, dass ihr der Adefris selbst so abging, aber sie hätte ihm gerne wegen des Nazi-Bunkers und des alten Zaitler ein wenig auf den Zahn gefühlt. Sie wurde das Gefühl nicht los, dass er irgendwie in die ganze Sache verstrickt war.

Der Herr Papa hielt eine wirklich berührende Rede. »Er übt wohl schon für die Rede, wenn die Kleine mal heiratet«, mutmaßte die Charlotte, die sich mit der Andrea und dem Noah in eine Ecke des größeren Partyzelts zurückgezogen hatte.

Auf dem mit einem weißen Tuch gedeckten Stehtisch vor ihnen standen verschiedene Flaschen mit Nöhrer-Weinen. Und, natürlich, auch eine Flasche vom »Schüttelwein«. Passend zum Anlass hatten sich die beiden Frauen wieder in ihre Dirndl geschmissen. Der Noah war leger in Jeans und Poloshirt gekleidet.

Darüber trug er, wie die beiden anderen auch, eine Strickweste. Dank der überall verteilten Heizpilze reichte das vollauf. Durch die Arbeit auf dem Gut hatte sich der Noah in den letzten Monaten körperlich merkbar verändert. Sein hagerer Körper hatte den einen oder anderen Muskel zugelegt, die blasse Haut hatte nun einen gesunden Teint, und die schwarzen Haare waren auf Schulterlänge geschnitten. Der unsägliche Undercut auf der linken Seite war inzwischen auch nachgewachsen. Nach einigen Wochen bei den Nöhrers hatte er sich auch freiwillig eines Großteils seines metallenen Gesichtsschmucks entledigt, lediglich ein Nasen- und ein Ohrenring waren übrig geblieben. Und, wenn sich die Charlotte nicht täuschte – aber so genau hatte sie da noch nicht hingeschaut –, das Zungenpiercing war auch noch da (die Flora hätte ihr das natürlich bestätigen können, aber daran wollte die große Schwester ja nach wie vor nicht glauben). Alles nichts Aufregendes in der heutigen Zeit. Seine traurige Vergangenheit war dem Noah praktisch nicht mehr anzusehen.

Nach dem Herrn Papa ließen es sich auch der Bürgermeister und Pfarrer Kraus nicht nehmen, noch ein paar Worte über die »immer fleißige« und »immer brave« (an dieser Stelle verschluckte sich die Charlotte an einem Schluck Wein) Flora zu verlieren. Die Rede des Pfarrers war besonders beschwingt, was aber nicht zuletzt damit zu tun hatte, dass Kraus dafür bekannt war, einem edlen (oder auch weniger edlen) Tropfen nicht abgeneigt zu sein. Gerüchteweise hatte er sogar schon einmal seinen Führerschein abgeben müssen. Wie auch immer, auch diese Ansprachen gingen vorüber, und der »gemütliche« Teil des Nachmittags konnte beginnen.

Nachdem das Buffet eröffnet war und der Herr Papa sich an seinem riesigen Kugelgriller platziert hatte, tanzte noch ein letzter Gast an. Einer, über den sich die Charlotte besonders freute: die Renate Obermayer. Die Kultur- und Eventmanagerin konnte einfach nicht anders, als einen spektakulären Auftritt hinzulegen. Die »lustige Witwe« verstand es, sich unvergesslich in Szene zu setzen und die Augen aller auf sich zu ziehen. Wenn es einen Menschen gab, auf den der Spruch »Die Party ist, wo ich bin« zutraf, dann war es die Renate.

»Ist ihr nicht kalt?«, fragte die Andrea schaudernd, als die Renate beim Zelt hereingestöckelt kam. Sie war im kleinen Schwarzen gekommen. Darüber trug sie nur einen transparenten Seidenmantel. Ihre Füße steckten in einem Paar High Heels, die allein so viel kosteten wie die beiden Dirndl von der Charlotte und der Andrea zusammen.

Ihr Auftritt verfehlte sein Ziel nicht. Die anwesenden Frauen zogen ihre Männer ein Stück näher zu sich, die Singles in der Gästeschar zogen Nummern, wer als Erster einen Anbratversuch starten durfte. Die Renate zeigte aber allen die kalte Schulter und stöckelte schnurstracks auf die Charlotte, die Andrea und den Noah zu. Als Erstes umarmte sie den Jungen und steckte ihm unauffällig ein Kuvert zu, schließlich fungierte sie als eine Art Patentante für den Noah. Die Zeit, die sie nicht persönlich mit ihm verbringen konnte, galt sie einfach in Bargeld ab, und damit hatte niemand ein Problem. Der Noah konnte es brauchen, und so ermöglichte die Renate ihm ein klein wenig Eigenständigkeit. Für die Weihnachtsferien hatte sie außerdem versprochen, mit ihm in den Süden auf Urlaub zu fahren – es würde sein erster Urlaub überhaupt sein. Danach fiel sie der Charlotte und der Andrea um den Hals. Der Noah entschuldigte sich kurz, er wolle der Renate noch eine Überraschung zeigen. Diese entpuppte sich natürlich als Balu. Im Handumdrehen hatte der kleine Herzensbrecher die sexy Witwe erobert. Unter der kühlen und arroganten Schale war die Renate nämlich in Wirklichkeit eine ganz Weiche.

In der warmen Gaststube hatte die Coverband jetzt ihre Arbeit aufgenommen. Die Musik wurde über Lautsprecher auch in die Partyzelte übertragen, und die ersten Koteletts und Würstel kamen vom Grill. Der Herr Papa stand dick eingepackt im Freien, weit weg von jedem Heizpilz, und freute sich wie ein Kind, endlich einmal im Winter grillen zu dürfen. Fehlte nur noch der Schnee, aber man konnte eben nicht alles haben. Die Anschaffung des Riesengrillers war seine Idee gewesen. Das Gerät hatte einen Durchmesser von über einem Meter und hätte schon im Sommer geliefert werden sollen. Produktionsschwierigkeiten hatten dazu geführt, dass der Grill in Kompaniegröße erst im Herbst eingetroffen war. Damit war dieser Anlass nun die offizielle Einweihung des Geräts. Ab dem Frühjahr würde der Grill dann auch seinen normalen Dienst im Rahmen des Heurigen antreten.

Die Charlotte und die Andrea mischten sich unters Volk, während die Renate mit dem Noah ihre Runden drehte. Seit dem Sommer hatte sie ja auch schon den einen oder anderen Perchtoldsdorfer Würdenträger kennengelernt. Ganz abgesehen davon war sie ein Naturtalent darin, Leute in ein Gespräch zu verwickeln. Sie war eben eine sehr extrovertierte Persönlichkeit, was in der Eventbranche ganz sicher nicht von Nachteil war. Wenn man einen Haufen Narzissten zu managen hatte, war es schon ganz gut, selbst ein anerkanntes Alphatier zu sein.

Der Balu hatte inzwischen den Platz gewechselt und schmiegte sich nun in die Armbeuge der Renate. Die Flora und der Luca wurden ebenfalls herumgereicht wie sonst nur ein Pokal. Artig nahm die Kleine dabei ihre Geschenke – zumeist in Kuvertform – entgegen und reichte sie umgehend an den Luca weiter, der sie auf dem Geschenketisch ablegte. Von trauter Innigkeit war zwischen den beiden nicht mehr viel zu merken, was dem Luca aber nach wie vor nicht besonders aufzufallen schien. Er hechelte seiner Flora hinterher und tat, was sie ihm anschaffte.

Nach einiger Zeit trafen die Charlotte, die Andrea und die Renate wieder aufeinander.

»Die Welt ist wirklich klein!«, stellte die Renate aufgeregt fest.

»Wieso?«, wollte die Charlotte wissen.

»Na, ich hab gerade eine ehemalige Schulkollegin gesehen. Glaube ich zumindest.«

»Aha, wen denn?«, erwiderte die Charlotte interessiert.

»Die da drüben!« Dabei zeigte die Renate auf eine Frau in einem dunkelroten Dirndl mit grüner Strickjacke, die im Partyzelt nebenan saß.

»Die Marianne?«, sagte die Charlotte überrascht.

»Ja, genau!«

»Aber ist die nicht ein bisschen jünger als du?«

»Schon, wir waren ja auch nicht in derselben Klasse. Sie ging aber an dieselbe Schule wie ich. Ich glaube, drei oder vier Jahrgänge unter mir. Wir haben gemeinsam den Theaterkurs in der Schule besucht. War gar nicht unbegabt, die Kleine.«

»Interessant«, murmelte die Charlotte. »Warst du schon bei ihr?«

»Nein, ich wollte euch vorher noch den Balu geben. Ich kann den Noah nicht finden und brauche meine Hände frei.«

»Wofür denn?«

Die Renate grinste. »Na, um mir ein Glas von deinem Schüttelwein zu holen.«

Kurz darauf sahen sie die Renate mit einem Glas des Rosé Sparkling in der Hand auf die Marianne zustöckeln, mit einem breiten Lächeln im Gesicht. Die Charlotte und die Andrea konnten nicht hören, was die beiden redeten, sie sahen lediglich, was sich zwischen den beiden abspielte.

Als die Renate sich vor der Marianne aufbaute, sah die sie fragend an. Dann bewegte sich der Mund von der Renate, sie legte den Kopf zur Seite. Aber die Marianne schüttelte nur den Kopf. Als die Renate eindringlicher auf sie einredete, nahm sich die Marianne ihr Handtäschchen, drängte sich durch die Menschenmenge und ließ die verdatterte Renate stehen. So eine Abfuhr bekam sie nur selten.

»Eigenartig, normalerweise habe ich ein hervorragendes Personengedächtnis«, meinte die Renate, nachdem sie wieder bei ihren Freundinnen stand.

»Also doch nicht deine Marianne?«, fragte die Charlotte.

»Ich war mir sicher, dass sie es ist. Ich war ja früher gut mit ihr befreundet, in der Oberstufe hat der Altersunterschied nicht mehr so viel ausgemacht.«

»Wie hat denn deine Marianne mit Nachnamen geheißen?«

»Wagner«, sagte die Renate. »Wieso?«

22

»Wagner? Marianne Wagner? Bist du dir sicher?«, fragte die Charlotte aufgeregt nach.

»Ja, natürlich. Ich hätte schwören können, dass sie es ist. Muss mich wohl getäuscht haben. Die Frau hat völlig verschnupft reagiert, als ich sie angesprochen habe. Wie heißt sie denn wirklich?«

»Das ist eine gute Frage«, meinte die Charlotte nachdenklich.

Die Andrea sprang ein: »Sie heißt Marianne Zaitler, geborene Müller.«

»Was soll's? Hab ich mich halt wirklich geirrt. Man möchte es nicht glauben, aber das soll vorkommen. So, wo ist denn eigentlich das Geburtstagskind? Ich hab da noch ein Kuvert, das ich unbedingt loswerden muss.« Damit war für die Renate die Geschichte erledigt. Sie lebte tatsächlich nur im Hier und Jetzt.

Für die Charlotte war die Sache allerdings noch nicht erledigt. Ganz im Gegenteil.

»Warte mal«, sagte sie. »Die Flora läuft dir nicht davon. Erzähl mir lieber mal von deiner Marianne Wagner.«

Die Renate hielt inne und schaute der Charlotte tief in die Augen. »Hat das was mit euren Morden zu tun?«

Die Charlotte nickte. »Ja, könnte durchaus sein.«

»Na gut. Mal schauen, woran ich mich noch erinnern kann.« Was im Endeffekt eine Menge war. Die Renate hatte die Oberstufe an einem noblen Privatgymnasium in der Wiener Innenstadt besucht. »Meine Eltern hatten jahrelang darauf gespart. Sie wollten mir wenigstens für die letzten vier Schuljahre die bestmögliche Ausbildung ermöglichen«, erklärte die Renate. »Soweit ich weiß, war die Marianne schon ab der ersten Klasse dort. Ihr Vater war ja ein bekannter Maler, da spielte Geld nicht so eine große Rolle.« Die beiden Mädchen lernten sich im Freifach Theater kennen, gleich in der zweiten Schulwoche. Die Renate war gerade frisch an die Schule gekommen und in die fünfte Klasse gewechselt. Die Marianne war – soweit sich die Renate noch erinnern konnte – in die zweite oder dritte Klasse gegangen. Im Freifach Theater wurden alle Jahrgänge wild durcheinandergemischt. Die beiden hatten von Anfang an einen guten Draht zueinander. In späteren Jahren trafen sie sich, trotz des Altersunterschieds, auch außerhalb der Schule immer wieder. »Wie gesagt, ich war ganz gut befreundet mit ihr. Und ich gönnte ihr damals jeden Schilling, den sie von ihrem Vater bekam.«

»Wieso?«, wollte die Charlotte wissen.

»An einem Abend, ich glaube, es war das erste Mal, dass sie ausgehen durfte, hat sie mir ihre Familiengeschichte erzählt. Da hatte sie vielleicht ein oder zwei Pfirsichspritzer intus, aber das reichte für eine Fünfzehnjährige schon. Furchtbar, wenn praktisch die ganze Verwandtschaft im Weltkrieg oder kurz danach ausgelöscht worden ist. Wenn sie davon erzählte, auch später noch, hatte sie immer ein gewisses Feuer in den Augen.«

»War sie talentiert?«

»Du meinst, schauspielerisch? Ja, ich denke schon. Auf jeden Fall hat sie in den alljährlichen Schulaufführungen immer eine der größeren Rollen gespielt. Im Gegensatz zu mir«, die Renate lachte, »ich war immer schon begabter, wenn es darum ging, Karrieren anderer zu managen. Und sonst? Soweit ich mich erinnern kann, hat die Marianne auch gerne gemalt. Kein Wunder, wenn dein Vater ein bekannter Maler ist. Da habe ich aber keine Ahnung, wie begabt sie war. Sie hat mir nie eines ihrer Bilder gezeigt.«

»Wie lange hattest du eigentlich Kontakt zu ihr?«

Die Renate sah tief in ihr Glas und überlegte. »Nur bis zu meiner Matura. Danach war es leider vorbei. Ich habe noch ab und zu versucht, mit ihr zu telefonieren, aber sie hat den Kontakt einfach abgebrochen. Im Nachhinein gesehen, nicht verwunderlich. Ich war in der Schule eigentlich ihre einzige

Freundin, und das mehr aus Zufall. Zu allen anderen verhielt sie sich sehr distanziert. Wahrscheinlich war es ihr ganz recht, dass ich dann aus der Schule weg war. Vielleicht hatte sie mich davor einfach nicht verletzen wollen. Als wir uns dann nicht mehr in der Schule sahen ... Damals gab es ja noch keine Computer oder Handys. Da konnte man ganz gut einfach aus dem Leben eines anderen verschwinden. Und ich hatte auch keinen Bock – oder einfach nur zu viel Stolz –, mich vor ihre Tür hinzustellen und zu fragen, was los ist. Ich hatte ja genug andere Freunde. Die Uni nahm mich ordentlich in Anspruch, und dann habe ich auch relativ bald den Norbert kennengelernt. Den Rest meiner Geschichte kennt ihr ja. Und jetzt muss ich wirklich die Flora suchen gehen.«

Sie stieß mit ihren Freundinnen kurz an und verschwand dann im Menschengewühl.

»Was denkst du?«, fragte die Andrea schließlich.

»Dass mir zu viele Mariannen im Kopf herumspuken. Irgendwie passen sie zusammen, irgendwie nicht. Unsere Marianne ist Katholikin, das wissen wir, weil sie ja bei uns in der Kirche geheiratet hat. Die andere Marianne ist Jüdin, das wissen wir von Arie Eck. Die eine lebt angeblich in den USA, die andere bei uns. Und irgendwo oder irgendwie gibt es da eine Verbindung, aber ich weiß einfach nicht, welche.« Sie schüttelte den Kopf, um ihn freizubekommen. »Ich glaube, ich brauche mehr Alkohol.«

»Willst du vielleicht mal die Marianne suchen und fragen, was sie zur Renate gesagt hat?«

Die Charlotte wollte nicht. Sie kannte die Antwort auch so, die Marianne würde alles abstreiten. »Nein, lass uns lieber feiern. Scheint ja doch eine ganz nette Party zu werden.«

Eine Stunde später hatte sie der inzwischen schon mehr als nur leicht illuminierte Pfarrer in ein anstrengendes Gespräch verwickelt. Nicht, dass er versucht hätte, sie anzubraten – nein, Gott bewahre! –, aber seine Erzählungen gerieten vom Hundertsten ins Tausendste, und er redete ohne Unterbrechung.

Wenn er einen einmal in Beschlag genommen hatte, gab es kaum ein Entkommen. Die Charlotte nutzte eine winzig kleine Trinkpause von Kraus für einen abrupten Themenwechsel. Die Marianne ließ ihr nach wie vor keine Ruhe.

»Sagen Sie, Sie haben doch die Marianne und den Robert Zaitler getraut, nicht wahr?«, fragte sie unschuldig.

»Ja, natürlich. Ist schon ein paar Jahre her, aber ich kann mich noch ganz genau erinnern. Sehr hübsches Paar, sehr hübsch. Sie zwar ein bisschen älter als er, aber eine ganz feine Frau.«

»Die beiden mussten doch bei Ihnen sicher auch einen Trauvorbereitungskurs machen.«

»Natürlich!«, schallte der Pfarrer ein bisschen zu laut für Charlottes Geschmack. »Haben keinen einzigen Termin verpasst. Immer sehr aufmerksam. Da hat schon der Vater vom Robert drauf geschaut. Gute Katholiken, allesamt.«

Die Charlotte verkniff sich, darauf hinzuweisen, dass der alte Zaitler seinen eigenen Sohn und die Ehefrau umgebracht hatte. Und ein alter Nazi war. Von wegen guter Katholik! Aber darum ging es ja jetzt nicht.

»Hat es denn bei der Marianne keine Probleme gegeben? Wegen ihrem Glauben oder so?«, bohrte sie beiläufig nach.

»Wieso Probleme mit ihrem Glauben?« Der Pfarrer schien empört. Aber da war eine kurze Pause gewesen, eine Unsicherheit, bevor er geantwortet hatte. Und für das Gefühl der Charlotte war die Antwort auch zu heftig ausgefallen. Hatte da jemand was zu verbergen?

»Nun, ich dachte ja nur. Hätte doch sein können, dass die Marianne nicht immer Katholikin war?« Immerhin hatte sie es geschafft, den wortgewaltigen Pfarrer zum Schweigen zu bringen. Wenigstens für einen Moment.

»Ich weiß nicht, wie du darauf kommst, Charlotte. Oder was dich das auch nur im Entferntesten angeht. Die Marianne Zaitler ist jeden Sonntag in der Kirche. Dich habe ich dort schon sehr lange nicht mehr gesehen. Vielleicht solltest du dich ein wenig mehr um dich selbst kümmern, anstatt deine Nase in das

Privatleben von anderen zu stecken.« Damit drehte er sich um und stapfte davon.

»Bumm, der hat's dir aber gegeben«, meinte die Andrea kichernd. Sie hatte sich das Schauspiel aus sicherer Entfernung angesehen.

Die Charlotte ignorierte die Spitze ihrer Freundin. »Ich brauch den Leo. Und zwar schnell.«

Nach kurzem Suchen hatten sie ihn gefunden. »Hast du einen Moment Zeit für mich?«, sagte sie und stieß ihn an. Unwillig wandte sich der Leo von seiner Gesprächspartnerin ab. Er war ja nach wie vor Single. Eine Riesenparty wie diese hier war für den Leo natürlich eine optimale Gelegenheit, sich nette Gesellschaft für den Abend und die restliche Nacht aufzugabeln. Diesmal musste ihm die Charlotte jedoch einen Strich durch die Rechnung machen.

»Gibt's heute vielleicht ein Planquadrat? Praktischerweise hier in der Nähe?«, fragte sie ihn.

»Bist du irr? Da müsste ich ja dem halben Gemeinderat den Führerschein abnehmen!«, antwortete der Leo. »Stell dich nicht so an, du weißt doch, wie so etwas läuft.«

»Schade«, erwiderte sie zuckersüß. »Könntest du dann vielleicht ein klitzekleines Privatplanquadrat für mich machen?«

»Was soll denn der Blödsinn?«

Die Charlotte beugte sich zu ihm und flüsterte ihm ihren Plan ins Ohr.

»Irgendwann wirst du noch mein beruflicher Tod sein«, seufzte der Leo, gab aber schließlich nach. Auch er war nach wie vor daran interessiert, den Fall endgültig zu lösen. Die Andrea verständigte den Noah, und von da an stand der Pfarrer unter genauer Beobachtung.

Als er sich nach Mitternacht schließlich auf den Heimweg machte, saß die Charlotte schon mit dem Leo im Streifenwagen. Sie fuhren los und postierten sich am Marktplatz, nur wenige Meter vom Pfarrheim entfernt, in dem der Kraus lebte. Als der Pfarrer in seinem alten Toyota auf den Marktplatz einbog, schwenkte der Leo bereits seine rote Leuchtkelle und deutete ihm an, rechts ranzufahren.

Natürlich war der über alle Maßen empört. Nur wenige Schritte vor der eigenen Wohnung noch abgefangen zu werden!

»Herr Nöhrer! Leo! Also wirklich, was soll das bitte?« Sein Ton war scharf, zugleich aber auch flehend und ein wenig lallend. Er hatte ja bereits einmal seinen Führerschein abgeben müssen. Ein zweites Mal würde eine lange, lange Fahrpause bedeuten.

Der Leo blieb eiskalt, auch wenn er sich sehr bemühen musste, nicht laut loszuprusten. »Schönen guten Abend. Führerschein und Fahrzeugpapiere, bitte schön.«

»Leo!«, fuhr ihn der Kraus an, »Du kennst mich doch!« Aber der Leo blieb hart. Nach einigen Protesten zückte der Pfarrer schließlich seine Geldbörse und reichte dem Leo die geforderten Dokumente durch die geöffnete Fahrerscheibe. Die Charlotte musste schmunzeln, während sie dem Leo aus dem Streifenwagen zusah, wie er seine Scharade staubtrocken durchzog. Er schritt um das Auto herum, notierte ein kaputtes Rücklicht und auch die defekte Nummerntafelbeleuchtung. Das absolute Highlight folgte aber erst.

»Aussteigen bitte, ich möchte mit Ihnen jetzt eine Alkoholkontrolle durchführen.«

»Leo!« Jetzt platzte dem Pfarrer der Kragen. »Du weißt doch haargenau, wo ich herkomme. Wir haben uns doch beim Fest unterhalten.«

»Kein Problem.« Der Leo blieb hochprofessionell. »Wenn Sie die Alkoholkontrolle verweigern, muss ich Sie mit auf die Dienststelle nehmen. Dort wird dann der Amtsarzt in der Früh eine Blutprobe nehmen. Ist ja nicht weit. Praktisch gleich ums Eck. Wenn Sie also die nächsten Stunden bei uns in Verwahrung verbringen wollen …«

»Leo! Es reicht!«, kreischte der Kraus. Seine Wangen waren hochrot, genau wie seine Nase. Letztere aber noch vom übermäßigen Alkoholkonsum.

Nun schritt die Charlotte ein. »Ja, es reicht tatsächlich«, sagte sie. Sie war aus dem Wagen gestiegen und hatte sich neben ihren Cousin gepflanzt.

»Endlich eine Stimme der Vernunft.« Der Pfarrer atmete tief durch.

»Das werden wir erst sehen, Herr Kraus«, antwortete die Charlotte kühl. »Ich würde gerne noch unser Gespräch von vorhin beenden.«

Der Pfarrer sah die Charlotte mit wütend zusammengekniffenen Augen an. »Was wird das denn jetzt? Wollt ihr mich erpressen?«

»Nanana, wer wird denn gleich solche Worte in den Mund nehmen?«, sagte die Charlotte. »Ich biete Ihnen lediglich an, den Wagen für Sie vorm Pfarrheim abzustellen. Und dann könnten Sie mich noch auf etwas zu trinken einladen. Und dabei können wir vielleicht noch einmal über die Marianne Zaitler sprechen.«

Wütend und schnaubend blickte das Erpressungsopfer (und seien wir uns ehrlich – genau um das handelte es sich ja) zwischen der Charlotte und dem Leo hin und her. Beide lächelten unschuldig, aber der Leo hatte noch immer die Dokumente des Pfarrers in der Hand. Endlich gab sich der Kirchenmann geschlagen. Er stieg aus, reichte der Charlotte seine Autoschlüssel und stapfte in Richtung des Pfarrheims davon. Die Charlotte fuhr die letzten paar Meter, hinter ihr folgte der Leo zu Fuß.

Zu dritt stiegen sie die Stufen in den ersten Stock des Pfarrheims hinauf, wo sich die Wohnung des Pfarrers befand. Die Charlotte war noch nie hier gewesen. Irgendwie hatte sie sich die Wohnung eines Geistlichen anders vorgestellt. Hier sah alles normal aus. Im einen Eck ein Fernseher, davor eine DVD-Box von »Game of Thrones«, gegenüber eine alte, abgesessene Couch. Eine Wand war mit Bücherregalen verbaut. Der Priester führte sie in eine Küche. Dort gab es eine kleine Sitzecke, wo ein Laptop leise vor sich hin summte. Die Küche war ordentlich aufgeräumt, was aber wohl eher ein Verdienst der Bedienerin war, die die meisten Diener Gottes nach wie vor hatten. Von der guten Seele des Haushalts war nichts zu sehen. So wie es um diese Uhrzeit auch sein sollte – jedoch nicht in jeder Pfarrerswohnung auch der Fall war.

»Was wollt ihr genau wissen?«, fragte der Kraus schließlich. Inzwischen schon mehr erschöpft als angefressen.

Die Charlotte nahm unaufgefordert auf einem Stuhl neben ihm Platz. Mit Verwunderung stellte sie fest, dass am Laptop bereits der Desktopbildschirm zu sehen war, obwohl der Pfarrer noch gar nichts gemacht hatte.

»Lassen Sie Ihren Laptop immer ungeschützt herumstehen? Kein Passwort?«, fragte sie.

»Ich weiß nicht, was dich das angeht. Also, was willst du wissen?«

»Wie gesagt, ich würde gerne wissen, wie es um den Glauben der Marianne Zaitler bestellt ist. Oder, besser gesagt, war. Sie war nicht immer Katholikin, oder?«

»Woher soll ich das wissen?«

»Ich bin mir sicher, dass es eine Datenbank oder ein Archiv oder so was gibt, wo man das nachschauen kann«, meinte die Charlotte. »Die Kirche ist ja nicht so altmodisch, wie sie in Glaubensfragen immer tut. Da geht das meiste doch schon online, oder?« Der Pfarrer schwieg. Erst als der Leo mit Führer- und Zulassungsschein winkte, begann er, auf seinem Laptop herumzutippen.

»Jaja, schon gut. Ich kann das nachschauen, wenn ihr darauf besteht.«

»Tun wir«, antwortete die Charlotte fröhlich.

Während der Pfarrer tippte, sah sie sich in der Küche um. Auch hier war das letzte Mal vor zwanzig oder dreißig Jahren renoviert worden. In einer Ecke hing ein Kreuz, aber das war's auch schon mit dem Religiösen. Ansonsten sah sie nur einen Stapel Zeitungen und Wochenzeitschriften. Nichts deutete darauf hin, dass hier ein Geistlicher lebte.

Nach fünf Minuten klappte der Pfarrer seinen Laptop zu. »Also gut«, schnaufte er. »Die Marianne Zaitler ist im Jahr 2014, noch als Marianne Müller, vom Judentum zum Katholizismus konvertiert. Passiert selten, aber doch immer wieder mal. Ist aber nicht hier in Perchtoldsdorf passiert, sondern in Wien. Reicht euch das?«

Die Charlotte nickte. »Nur eins noch: Ist da wirklich von einer Marianne Müller die Rede? Nicht vielleicht von einer Marianne Wagner? Oder Goldmann?«

Verwirrt sah sie der Pfarrer an. »Ja, natürlich, ich kann ja lesen.« Er klappte den Laptop nochmals auf und drehte ihn so, dass die Charlotte und der Leo selbst lesen konnten. »Hier bitte: Marianne Müller. Darf ich jetzt endlich schlafen gehen?«

Die Charlotte und der Leo verabschiedeten sich, entschuldigten sich höflichkeitshalber für die Umstände, die sie dem Pfarrer gemacht hatten, und versprachen, in Zukunft öfters beim Sonntagsgottesdienst vorbeizuschauen. Natürlich unter der Voraussetzung, dass es ihre Zeit auch zuließ. Eine kleine Spitze konnte sich der Leo dennoch nicht verkneifen: Er erinnerte den Pfarrer daran, sich um das kaputte Rücklicht und die Nummerntafelbeleuchtung zu kümmern. Das werde er in den nächsten Tagen kontrollieren. Erst als sie im schmalen Stiegenhaus des Pfarrheims standen, händigte er dem Pfarrer auch seine Dokumente aus.

»Schon gut, schon gut. Schleichts euch endlich!«, fauchte der Kraus ganz und gar ungeistlich.

Kichernd wie Schulkinder nach einem Streich trampelten die beiden die Stiegen hinunter. Im Freien sah der Leo seine Cousine fragend an.

»Ich weiß, was du denkst«, sagte die Charlotte. »Ich glaube aber trotzdem, dass wir es hier mit ein und derselben Marianne zu tun haben. Sie hat halt ihre Spuren gut verwischt.«

»Und wie wurde Marianne Wagner zu Marianne Müller?«, fragte der Leo skeptisch.

»Na ja, ich würde sagen, durch Namensänderung. Sie hatte ja auch kein Problem damit, ihren Glauben zu ändern. Und dann Sachen zu machen, an die ich gar nicht denken möchte. Den eigenen Cousin heiraten, brrrr.« Die Charlotte schüttelte sich.

»Und das alles nur, um späte Rache an der Familie Zaitler zu nehmen?«

»Wieso nicht?«

Ja wirklich, wieso nicht? Blieb halt noch immer das Problem, dass die Marianne Müller und die Marianne Wagner auf dem Papier zwei unterschiedliche Personen waren. Doch die Charlotte fühlte, dass sie der Lösung ganz nahe waren. Deshalb begleitete sie den Leo aufs Kommissariat. Dort überprüften sie nochmals intensiv die Marianne Zaitler, angeblich geborene Müller. Aber da war nichts zu finden. Auffällig war jedoch, dass alle Eintragungen über Marianne Müller erst im Jahr 2014 begannen. Davor schien diese Frau nicht existiert zu haben.

»Und was, wenn die Geschichte mit den USA doch nicht erfunden war?«, überlegte die Charlotte laut, wobei sie auf ihrer Unterlippe kaute.

»Welche Geschichte mit den USA?«, fragte der Leo. Daraufhin klärte ihn die Charlotte über ihren Besuch beim schwerkranken Wolfgang Wagner auf.

»Sie könnte ihren Namen in den USA geändert haben. Geht dort viel leichter als bei uns. Bis zu einem gewissen Grad war sie bei uns in der jüdischen Gemeinde verankert. Da ist es nicht so weit hergeholt, dass sie Kontakte zur jüdischen Gemeinde in den USA gehabt haben könnte. Vielleicht haben die ihr bei der ganzen Sache geholfen? Würde auch die Briefe mit den US-Stempeln erklären, wenn sie tatsächlich ab und zu dort war«, mutmaßte die Charlotte. Mittlerweile ging es auf drei Uhr früh zu.

Der Leo nickte zustimmend. »So könnte es funktioniert haben. Ich fürchte nur, dass deine Spurensuche jetzt endgültig zu Ende ist. Ohne dringenden Tatverdacht werden wir aus den USA in diesem Fall keine Auskunft bekommen. Datenschutz und so, du weißt schon. Und die Zaitler-Morde sind ja offiziell aufgeklärt. Charlotte, ich fürchte, hier ist wirklich Schluss. Was erwartest du dir denn überhaupt noch davon? Selbst wenn die beiden Mariannen ein und dieselbe Person wären – wir haben eindeutige Beweise, dass sich die zwei Mannsbilder gegenseitig umgebracht haben.«

Ja, was erwartete sie eigentlich? Für sie war inzwischen klar, dass die Marianne die beiden Männer gegenseitig aufgestachelt hatte, um späte Rache für das Schicksal ihrer Familie zu nehmen. Da aber eine Anstiftung zum Mord hineinzuinterpretieren? Sie musste dem Leo zustimmen, sie war geschlagen. Natürlich könnte sie sich nochmals an Arie Eck wenden, aber der hatte ihnen ohnehin schon mehr als erhofft geholfen. Außerdem war es fraglich, ob seine Kontakte so weit reichten. Die Namensänderung musste im Bundesstaat New York erfolgt sein, wie sie aus den Poststempeln der Briefe an Wolfgang Wagner schlussfolgerte. Wenn die Marianne Wagner eine Homebase in den USA gehabt hatte, dann an der Ostküste, nicht in San Francisco, wie sie in ihren Briefen glauben machen wollte. Wahrscheinlich hatte sie ihren Namen an einem dortigen Gericht ändern lassen oder wie auch immer das in den USA funktionierte. Aber darüber wollte sie sich jetzt nicht mehr den Kopf zerbrechen. Der Aufwand, das nachzuverfolgen, und das zu erwartende Ergebnis – nämlich keine Auskunft – standen einfach nicht mehr in einem vernünftigen Verhältnis zueinander. Seinen Namen zu ändern war schließlich kein Verbrechen.

»Ja, hier ist Schluss. Du hast recht«, seufzte die Charlotte schließlich. »Bringst du mich noch heim?« Der Leo chauffierte seine Cousine hinauf zum Weingut, wo die Party noch immer lief. Selbst die Omama war noch auf den Beinen, und vielleicht noch gut zwei Dutzend Gäste. Der Charlotte war nicht mehr nach Feiern zumute.

Sie wurde von einer besorgten Andrea empfangen. Nach einer kurzen Erklärung strich ihr die Andrea sanft über den Rücken, küsste leicht ihr Ohrläppchen und flüsterte ihr etwas ins Ohr. Die Augen der Charlotte wurden groß. Die Andrea schnappte ihre Hand, und sie verschwanden in ihrer Wohnung. Das Licht ging allerdings erst eine Stunde später aus.

23

Die nächste Woche verging wie im Flug. Die Charlotte hatte alle Hände voll zu tun, ihren Heurigen für das anstehende »Ausg'steckt is« vorzubereiten. Zugleich musste sie mit dem Baumeister noch die Umbaupläne für den Weinkeller verfeinern und finalisieren. Der Herr Papa ließ es sich nicht nehmen, auch noch ein- oder zweimal seinen Senf dazuzugeben, war im Großen und Ganzen aber mit den Plänen zufrieden. Zusätzlich hatte sich für die Charlotte noch eine zweite Baustelle aufgetan, wie man so sagt. Der Deal mit dem Baumeister hatte ja auch die Anschaffung einer Punschhütte für den Adventmarkt inkludiert. Die musste auch noch diese Woche aufgestellt werden. Bereits am kommenden Samstag war es so weit und der Weihnachtsmarkt am Kirchenhügel würde seine Pforten öffnen. Der Herr Papa hatte, wie versprochen, über seine dunklen Quellen die notwendige Bewilligung für die Punschhütte besorgt. Nachdem es inzwischen zu kalt war, um den Weinkellerumbau noch vernünftig voranzutreiben, wurden die Arbeiter kurzerhand in den Ort hinunterverlegt, wo sie sich um den Aufbau der Holzhütte kümmerten. Der Charlotte schwirrte der Kopf, denn die Eröffnung des Adventmarktes fiel genau mit dem ersten Tag ihres eigenen Heurigenbetriebs zusammen. Sie musste also, wie im Sommer während der Festspiele, auf die Schnelle wieder ein paar fähige Aushilfen finden, um beide Lokale personell besetzen zu können.

Die Frau Mama und die Omama waren ab Wochenmitte damit beschäftigt, die ersten Speisen vorzubereiten – in erster Linie Mehlspeisen und ein paar Kilo Schweins- und Kümmelbraten, die sich auch hervorragend als kalter Aufschnitt eigneten. Die Flora genoss die restlichen Herbstferien, nachdem sie sich vom Luca am Flughafen ohne allzu großen Herzschmerz verabschiedet hatte. Da war es dann auch dem armen Italiener gedämmert, dass etwas mit ihr und der Beziehung zu ihm nicht mehr ganz in Ordnung war. Den Noah ließ das alles recht kalt, er war voll und ganz mit dem Balu beschäftigt. Die Andrea war in der Kanzlei bis oben mit Arbeit eingedeckt und kam selten vor Mitternacht heim. Dann fiel sie todmüde neben der Charlotte ins Bett, und so blieb kaum Zeit, die Ereignisse der letzten Wochen noch einmal in Ruhe zu bereden.

Trotz der vielen Arbeit wollte der Charlotte die Geschichte mit der Marianne nicht aus dem Kopf gehen. Welche Rolle hatte sie in dieser Familientragödie wirklich gespielt? Erst am Freitag, einen Tag bevor der Heurige und die Punschhütte öffneten, kam die Charlotte für ein paar Momente zum Verschnaufen.

Die Andrea war zum ersten Mal in dieser Woche schon am Nachmittag heimgekommen, mit einem breiten Grinser, den die Charlotte zunächst nicht richtig deuten konnte. Erst als die Andrea sie ein E-Mail lesen ließ, hellte sich auch ihre Miene auf.

»Ein Abschluss dieser unseligen Geschichte. Wenigstens für dich«, meinte die Andrea ernst, nachdem die Charlotte das Mail gelesen hatte.

»Nicht nur«, murmelte die Angesprochene. »Fahren wir zur Marianne.«

»Was bringt uns das jetzt noch?«, fragte die Andrea genervt.

»Weil ich wissen will, wieso.«

Die Andrea zuckte mit den Schultern und trabte ihrer Freundin hinterher. Wenn sich die Charlotte mal was in den Kopf gesetzt hatte, war es sinnlos, zu versuchen, sie umzustimmen.

Eine Viertelstunde später standen sie vor dem großen Einfahrtstor des Zaitler-Heurigen. Nachdem die Marianne sie reingelassen hatte, stellte die Charlotte als Erstes fest, dass das blaue Auge der Witwe völlig verheilt war. Die Marianne bat die beiden in die Gaststube, wo sie sich sofort einen Joint anzündete. Die Charlotte sah der zierlichen Frau konsterniert zu. Es war offensichtlich nicht der erste Joint des Tages, denn der süßliche Hasch-Geruch lag dicht über der Gaststube. Wieso hatte sie bisher nichts davon mitbekommen? Andererseits hatte die Marianne sie und die Polizei seit Wochen an der Nase herumgeführt – wie eine richtig gute Schauspielerin, die sie in der Schule ja gewesen war. Ungefragt stellte die Marianne einen Doppler Grünen Veltliner und drei Gläser auf den Tisch.

»Und ihr wollt jetzt wissen, wieso das ganze Theater?«, begann die Marianne – zur Überraschung der Charlotte – ganz von selbst.

»Nun ja, schon«, begann die Charlotte zögerlich. Sie konnte sich nicht erklären, wieso die Marianne den Grund ihres Kommens kannte. Die Witwe deutete den fragenden Blick der Charlotte richtig.

»Der Pfarrer war's«, sagte sie schließlich. »Er ist nach dem Sonntagsgottesdienst zu mir gekommen und hat mir gebeichtet, dass er dir und dem Leo von meinem Glaubenswechsel erzählt hat. Dann war für mich alles klar. Dazu kommt noch, dass mich die Renate erkannt hat. Das muss man sich mal vorstellen. Die einzige Schulfreundin, die ich je hatte. Aber in Wirklichkeit ist es egal, weil ich eigentlich nichts Strafbares gemacht habe.«

»Oder nichts, was man dir nachweisen kann. Bleibt trotzdem die Frage, wieso? Wieso hast du deine Familie dazu angestiftet, sich gegenseitig umzubringen?«

Die Marianne blies einen Rauchkringel in die Luft. »Ja, das ist wirklich die große Frage, nicht? Aber ihr habt ja sowieso so viel in meiner Vergangenheit herumgestöbert, da müsstet ihr das doch eigentlich wissen.«

»Wirklich nur Rache für das, was man deiner Familie im Krieg angetan hat?«

Die Marianne nickte. »Charlotte, du kannst dir nicht vorstellen, wie das ist, in so einem Umfeld aufzuwachsen.«

Die Charlotte ließ einen humorlosen Lacher hören. »Von welchem Umfeld sprichst du denn? Du bist doch in besten Verhältnissen aufgewachsen. Dein Vater war ein berühmter Künstler, du hattest eine liebende Mutter und bist auf die besten Schulen gegangen. Das kann ich also wirklich nicht gelten lassen.«

»Es ist mir aber nie ums Geld gegangen. Nur um Gerechtigkeit. Meine Mutter hat dem Herbert Zaitler damals sogar einen Brief geschrieben …«

»Diesen hier?«, meinte die Charlotte kühl. Sie schob eine Kopie des Briefs der Trude Wagner über den Tisch.

Die Marianne warf nur einen kurzen Blick darauf und nickte. »Gut, du weißt also, was meine Mutter vom Herbert wollte. Aber es kam nie eine Antwort zurück. Das hat meiner Mutter schließlich das Herz gebrochen. Sie hat sich das Leben genommen. Daraufhin erlitt mein Vater einen Schlaganfall. Ich würde also sagen, ja, es gab auch genug aktuelle Gründe, um Rache an dieser Familie zu nehmen. So schwierig war das ja nicht, sie waren sich untereinander sowieso alle spinnefeind.«

»Und die Hertha Zaitler? Was hat die dir getan?«

»Die Hertha? Gar nichts. Damit hatte ich auch nichts zu tun. Soweit ich es damals mitbekam, hatte sie den Brief meiner Mutter gefunden und den Herbert zur Rede gestellt. Sie wusste selbst nichts über die Vergangenheit der Familie, hatte ja auch nur eingeheiratet. So wie ich. Sie wollte wissen, ob sie tatsächlich auf so schändliche Weise zu ihrem Weingut gekommen waren. Die Hertha war ein guter Mensch. Ich glaube, sie hat dem Herbert gedroht, damit an die Öffentlichkeit zu gehen. Danach verschwand sie. Ihr wisst ja selbst, was er mit ihr gemacht hat.«

Die Charlotte nahm einen weiteren Zettel aus ihrer Jackentasche. Es war das Mail, das ihr die Andrea zuvor gegeben hatte. Auch diesen Zettel schob sie über den Tisch. »Und so hast du dir eine neue Identität zugelegt?«, meinte die Charlotte kühl.

Die Marianne überflog das Mail, in dem auch ein Foto von ihr enthalten war. »Damit hätte ich nicht gerechnet«, gestand sie schließlich mit Respekt in der Stimme. »Ist aber auch nichts Strafbares.«

»Nein, aber so hast du dein Verschwinden aus Österreich gedeckt. Sagt dir der Name Arie Eck etwas?«

»Natürlich.«

»Gut, er hat uns nämlich geholfen. Die Andrea hat ihn diese Woche nochmals ein bisschen gequält, und er hat schließlich seine Verbindungen nach New York spielen lassen. Sie hat ihm ein Foto von dir gegeben, das er an seine dortigen Kontakte geschickt hat. Hat gar nicht lange gedauert, bis dich jemand erkannt hat. Du bist nach dem Schlaganfall deines Vaters dorthin geflüchtet und …«

»… und habe bei einer befreundeten Familie Unterschlupf gefunden. Genau. Das war eine Familie, die meine Großmutter im KZ kennengelernt hatte. Sie haben ebenfalls überlebt und sind nach ihrer Befreiung sofort in die USA emigriert. Der Kontakt zu ihnen ist nie abgerissen.«

»So konntest du auch die gefakten Briefe an deinen Vater abschicken. Oder hast du sie später an deine Freunde in den USA geschickt, und die haben die Briefe dann für dich aufgegeben und zurück nach Österreich geschickt?«

Die Marianne senkte den Blick, mit einer wegwischenden Handbewegung erklärte sie dieses Thema für erledigt.

»Wie du willst, es macht ja tatsächlich keinen Unterschied«, sagte die Charlotte. »Was ich aber echt nicht glauben kann, ist, dass du deinen eigenen Cousin geheiratet hast. Und ich glaube, dass du mit deinem Onkel geschlafen hast. Keine Rede von Vergewaltigung. Du hast die beiden von Anfang gegeneinander ausgespielt, oder? Es war nur eine Frage des richtigen Timings, damit sich die beiden gegenseitig umbrachten.«

»Interessante Theorie«, erwiderte die Marianne kühl.

»Ja, interessant und ziemlich abstoßend. Ich erzähl dir jetzt, was du gemacht hast. Nachdem du in New York deine Identität geändert hattest, bist du zurück nach Wien. Du hast den Robert beobachtet – oder beobachten lassen, was weiß ich – und hast ihn dann in der Disco ganz gezielt aufgerissen. Das ist mir letztens schon komisch vorgekommen. Auf der einen Seite bist du keine große Freundin von Ausgehen, auf der anderen Seite hast du dir den Robert in einer Disco angelacht. Egal, der Robert war ein einfaches Opfer. So eine Frau wie du hat ihn vorher nämlich noch nie auch nur eines Blickes gewürdigt. Dass sich der alte Zaitler nach dem Mord an der Hertha immer mehr für dich interessierte, ist dir sicher auch nicht entgangen. Wahrscheinlich hast du das sogar forciert. Und weil es eh schon egal war, bist du nicht nur mit deinem Cousin, sondern auch mit deinem Onkel ins Bett gestiegen. Das blaue Auge, das hast du dir selbst verpasst. Das war der Tropfen, der für den Robert das Fass zum Überlaufen gebracht hat. Wahrscheinlich musstest du ihn sogar zurückhalten, dass er den Herbert nicht sofort umbringt. Damit wäre ja dein schöner Plan zunichte gewesen. Du hattest da eine viel bessere Idee – nämlich die mit der Pritsche beim Hiataeinzug. Sei ehrlich, Marianne, auf so etwas wäre der Robert doch nie gekommen. Hast du dem Herbert vielleicht auch noch eingeredet, dass er sie selbst tragen soll? Als Beweis seiner Männlichkeit?

Die Marianne zog an ihrem Joint, kommentierte die Theorie der Charlotte aber nicht.

Die Charlotte fuhr fort: »Beim Herbert brauchte es ohnehin nicht mehr viel, um ihn zum Morden zu bringen. Hatte er ja schon mal getan. Was war es, Marianne? Hast du ihm von einer absurden Idee vom Robert für den Heurigen erzählt? Oder war es was anderes?«

Die Marianne lachte laut auf. »Du bist großartig. Du denkst immer nur an dich und deine Ideen. Oder war es der Zettel, den der Herbert bei der Leiche vom Robert hinterließ?«

»War das auch deine Idee? Muss wohl so sein, denn von dem Zettel stand nichts in den Medien. Woher solltest du also sonst davon wissen?«

Diesmal blieb die Marianne stumm. Sie dämpfte ihre Zigarette aus, trank ein Achtel vom Veltliner auf ex und sagte: »Es war die Angst um seinen Bunker und sein Gold«, flüsterte sie verschwörerisch. »Nur die Andeutung, dass der Robert etwas von seinem großen Geheimnis wissen könnte, war genug. Natürlich musste der Herbert dafür ein bisschen betrunken sein. Aber das war eh kein Problem. Seitdem du ihn im Sommer so blamiert hast, war er praktisch ständig besoffen.«

»Und woher wusstest du von dem Bunker? Deine Familie

konnte davon nichts gewusst haben, der wurde ja erst nach ihrer Deportation errichtet.«

Die Marianne sah ihr Gegenüber mit einem herablassenden Blick an. »Mein Gott, glaubst du echt, der Alte hat nur der Magda im Bett Geheimnisse verraten, wenn er besoffen war? Aber die Magda, die hat ja nix im Hirn. Die war damit zufrieden, dass sie hier leben konnte. Ich habe mir über seine Andeutungen mehr Gedanken gemacht. Und bin zur selben Schlussfolgerung gekommen wie du und der Leo, als ihr die Bunkerschlüssel gesucht habt. War nicht so schwer, ihm bei seinen geheimen Ausflügen in den Weinberg zu folgen. Außerdem ist auch der Adefris bei uns ständig ein und aus gegangen. Sich den alten Sack anzulachen war ein Leichtes. Der hat gesungen wie eine Lerche, hat mir alles über seinen Deal mit dem Herbert wegen des Goldes erzählt. Der Herbert hatte ihn aber in der Hand, weil nur er die Schlüssel zum Bunker hatte. Ich habe ja gehofft, dass ihr vielleicht den Adefris ins Visier nehmt, aber dafür ist der wohl zu blöd. Oder zu ehrlich oder was auch immer. Diese Alt- und Jungnazis sind ja alle nicht die Hellsten.«

Die Charlotte war fassungslos. »Du bist sogar mit dem alten Nazi ins Bett gestiegen?«

Die Marianne zuckte teilnahmslos mit den Schultern. »Einer mehr oder weniger, wen schert das schon? In der Nacht sind alle Katzen gleich. Und vergiss nicht: In meinen Adern fließt dieses Blut auch. Meine Mutter ist eine halbe Zaitler. Anscheinend habe ich von der Familie auch ein paar Gene mitbekommen.«

»Der SS-Dolch – den hast du genommen?«

»Um ihn dem Robert zu schenken. So als kleine Fügung des Schicksals? Kann schon sein.«

Die Charlotte war fassungslos über so viel Kaltblütigkeit. »Okay, was ich nicht verstehe: Wie und warum ist der Bunker abgefackelt worden? An dem Abend warst du ja praktischerweise mit uns unterwegs. Perfektes Alibi, quasi.«

Wieder lachte die Marianne überheblich. »In meiner Zeit in New York habe ich nicht nur KZ-Überlebende kennengelernt, meine Liebe. Da waren auch ganz andere Leute dabei. Tschetschenen, Slowaken, Leute vom Balkan. Mir war damals schon klar, dass es ganz praktisch sein könnte, wenn man auch zu solchen Leuten gute Kontakte pflegt. Was habe ich gelacht, als du dich an dem Tag mit mir getroffen hast.«

»Ja, haben wir das nicht alle …«, meinte die Andrea betroffen.

»Du hast also einen Profi für den Brand und mich und die Andrea als Alibi engagiert?« Die Charlotte war entsetzt.

»Das hast jetzt du gesagt.« Das verdammte Grinsen auf dem Gesicht der Marianne wurde immer breiter. Sie stand auf und holte aus einer Lade eine Packung Tabletten, nahm zwei davon und schluckte sie mit Wein hinunter. Ihre Augen wurden glasig.

»Aber warum? Die Dokumente dort hätten doch bewiesen, dass du ein Recht auf das Weingut hattest.«

»Und? Als Witwe habe ich genauso ein Recht darauf. Vielleicht wollte ich die Vergangenheit auch endlich mal Vergangenheit sein lassen. Stell dir außerdem mal den Stress vor, wenn der Leo all das geschlussfolgert hätte, wie du das gerade getan hast. Dann hätte ich alles erklären müssen.« Sie kicherte hysterisch.

»Weil du schon erreicht hattest, was du erreichen wolltest? Und weil es egal war, ob du es als Marianne Zaitler, Müller oder Wagner bekommst? Oder weil du doch Angst hattest, dass die Polizei dir etwas anhängen könnte, wenn herauskommt, welches Spiel du gespielt hast?«

Wieder Schweigen von der Marianne.

»Oder ging es um das Gold? Da bin ich dir in die Quere gekommen, gell? Du hattest nicht damit gerechnet, dass jemand ausgerechnet jetzt den Bunker finden würde.«

»Wenn sich alles so abgespielt hat, wie du meinst, dann wäre das für mich natürlich äußerst … unangenehm gewesen. Jahrzehntelang liegt der Bunker unbemerkt dort im Weingarten, und dann müsst ihr über ihn stolpern.«

»Weil es auch dein Erbrecht war?«

»Weil es eine gewisse Entschädigung für die Vergangenheit gewesen wäre. Also, natürlich rein hypothetisch. Weil ich habe ja nichts gemacht.« Wieder ein hysterisches Kichern. Der Alkohol und die Tabletten machten die Marianne immer wirrer.

»Auch wenn es Nazi-Gold war?«

»Was glaubst du denn, wo die das herhatten?«, schnauzte die Marianne zurück, diesmal in voller Klarheit. Es war auch das erste Mal, dass sie eine echte emotionale Reaktion zeigte. »Hast du in der Schule nicht aufgepasst? Oder absichtlich weggehört? Was glaubst du denn, wo das ganze Nazi-Gold herkam? Der Großteil kam von uns! In den Konzentrationslagern haben sie uns Juden sogar die Goldzähne gezogen. Blutgold, alles Blutgold.«

Die Charlotte hatte genug. Bevor sie sich mit der Andrea verabschiedete, hatte sie aber noch etwas für die Marianne. Sie zog eine Weinflasche aus ihrer Tasche und knallte sie vor der Marianne auf den Tisch. Es war eine Flasche vom Goldmann-Wein aus dem Bunker.

»Da hast. Es ist die letzte Flasche, die noch übrig ist. *Das* wäre dein Erbrecht gewesen. Aber du hast ja lieber alles kaputtgemacht.« Die Charlotte drehte sich um und ging, die Andrea hinter ihr her.

Die Marianne blieb reglos zurück. Als sie das Eingangstor erreichten, kam die Marianne wie von der Tarantel gestochen angerannt. Ihre Stimme überschlug sich, als sie den beiden zubrüllte: »Ja, ich habe den Herbert gevögelt. Und den Robert. Und es war scheiße. Ich musste mich danach jedes Mal übergeben. Ich habe heimlich die Pille genommen, damit mir der Robert oder der Herbert nicht auch noch so einen Zaitler-Balg anhängen. Das hätte mir noch gefehlt. Aber das Gefühl, ihre Familie ausgelöscht zu haben, war es wert. Das könnt ihr mir glauben.« Die Marianne hatte etwas in der Hand. Sie holte aus und warf den Gegenstand. Die Entfernung war zu groß. Der Gegenstand knallte zwei Meter neben der Charlotte an die Wand. Sie blickte kühl auf die Überreste am Boden. Es war die Goldmann-Flasche. Sie drehte sich um und sagte leise: »Du tust mir einfach nur leid, Marianne.«

»Ich scheiß auf dein Mitleid. Du hast ja wirklich keine Ahnung. Und gerade du kommst mir mit Tradition. Gerade du, die alles verändert und neu macht.«

»Nein, ich habe wirklich keine Ahnung, du hast recht. Mein Urgroßvater ist nur gestorben, weil er deine Großmutter und deine ungeborene Mutter schützen wollte. Aber was weiß ich schon von Verlusten?« Damit öffnete sie das schwere Tor und ging Hand in Hand mit der Andrea hinaus. Als das Tor zufiel, warf sie noch einen letzten Blick in den Hof. Dort war die Marianne auf den Boden gesunken, das Gesicht in den Händen. Sie heulte.

Die Charlotte sah auf die Uhr. Es war schon fast neun am Abend. »Gehen wir noch was trinken. Die Turmbar ist eh gleich ums Eck.«

Als sie die Bar betraten, ließ die Charlotte den ganzen Graus und Ekel hinter sich. Erst das Gespräch mit der Marianne hatte für sie wirklich zu einem Abschluss geführt. Vermutlich würde sie der Zaitler-Witwe niemals mehr ins Gesicht schauen können.

Es begann zu schneien. Der Ort versank in einer Stille, für die nur eine dicke Schneedecke auf den Straßen, Gassen und Gehsteigen sorgen konnte.

Epilog

Über Nacht hatte der Schnee ganz Perchtoldsdorf in einen dicken weißen Mantel gehüllt. Seit Jahren hatte es so früh im Winter nicht mehr so viel Schnee gegeben. Den Kindern war es nur recht. Schlitten und Bobs wurden aus den Kellern und Garagen geholt, und im Begrischpark, zwischen Sportplatz und Herzogsburg, wurde gerodelt, was das Zeug hielt, und im Schnee getobt. Ein paar ganz Verwegene schnallten sich sogar Ski an, um den fünfzig Meter langen Hang pulverschneetechnisch zu entjungfern. Der Himmel war grau, es sollte sich noch weiter eintrüben und in den nächsten Stunden noch mehr Schnee geben. In diesem Moment war das allen aber völlig egal.

Der Schneeräumungsdienst war – wie jedes Jahr – mit dem ersten Schnee völlig überfordert. Erst gegen Mittag waren die wichtigsten Straßen vom Gröbsten geräumt. Das abgelegene Nöhrer-Weingut war überhaupt erst am Nachmittag wieder ohne Schneeketten erreichbar. Auf dem Marktplatz und dem unmittelbar anschließenden Kirchenvorplatz wurde am Nachmittag der Adventmarkt feierlich eröffnet. Sogar mit der Charlotte, die sich mit der Andrea und der Flora durch die Schneemassen gekämpft hatte und gerade noch rechtzeitig zur Eröffnung eintraf.

Hektisch wurden der Punsch- und der Glühweinkocher angeworfen. Dazu strichen sie wie verrückt Liptauer- und Leberaufstrichbrote. Natürlich alles von der Omama selbst gemacht. Als Aushilfen hatten sie keine Studentinnen, sondern ein paar Mädchen – oder besser junge Frauen – vom Flüchtlingsnetzwerk angeheuert. Es waren drei Syrerinnen. Es stimmte schon, was die Andrea über die Charlotte und Streuner gesagt hatte. Die Inaaya, die Bahia und die Alia waren fleißig, kompetent und überschlugen sich fast, um die Charlotte zu beeindrucken. Die paar Wochen als Aushilfe beim Punschstand waren zwar schön und gut, aber die drei wollten mehr. Und die Charlotte war gewillt, ihnen diese Chance zu geben …

Der halbe Ort hatte sich auf dem Kirchenhügel eingefunden, um dabei zu sein, wie die Vorweihnachtszeit nun auch offiziell eingeläutet wurde. Es herrschte reges Treiben, fast wie auf einem Wimmelbild in einem Kinderbuch. Die älteren Semester unter den Besuchern fühlten sich an ihre Kindheit erinnert, als die Weihnachtsmärkte noch jedes Jahr verschneit waren und man den Punsch oder die heiße Schokolade bei Minusgraden genießen konnte.

Der Noah kam mit dem Balu etwas später dazu. Der schwarze Labradorwelpe war völlig fertig, es war ja schließlich auch sein erster Schnee. Trotzdem wich er dem Noah nie mehr als ein paar Meter von der Seite. Der Hund wirkte zugleich als Kundenmagnet – jeder wollte ihn einmal streicheln und hochnehmen, was sich der Balu auch gerne gefallen ließ. Das Geschäft brummte, und die Charlotte dachte schon lange nicht mehr an die Marianne. Die Andrea schon.

»Das war gestern schon ziemlich eigenartig«, meinte sie.

»Hm?«, fragte die Charlotte abwesend. Sie war damit beschäftigt, Punsch auszuschenken.

»Na, dass die Marianne noch gar nichts vorbereitet hatte. Sie steckt doch auch ab heute aus.«

»Ach so. Jo mei, wahrscheinlich wird sie nicht aufsperren. Hatte ja genug andere Sachen zu tun«, fügte sie zweideutig hinzu. »Ganz ehrlich ist es mir auch völlig egal, was sie macht oder nicht macht.«

Damit war die Geschichte erledigt.

Als der Zaitler-Heurige auch am Sonntag und am Montag nicht öffnete und die Marianne weder auf Klingeln noch auf Anrufe reagierte, startete die Polizei eine Suchaktion nach der Witwe. Die Charlotte hatte den Leo mittlerweile natürlich in die Geheimnisse der Marianne eingeweiht, und der hatte sich mit dem Innenministerium in Verbindung gesetzt, weil es nun ja wenigstens eine kleine Spur in Sachen Brandstiftung im Bunker gab. Groß war die Hoffnung aber nicht, den Täter zu finden. Es gab so viele »Spezialisten«, die für so einen Auftrag in Frage kamen. Und solange man den Richtigen nicht gefunden hatte, gab es auch keine Möglichkeit, der Marianne irgendwas anzuhängen.

Am Dienstag wurde die Marianne dann schließlich gefunden. Ein Spaziergänger hatte ihre Leiche entdeckt. Die Marianne baumelte an einem Strick am Birnbaum neben dem ausgebrannten Bunker. Sie hatte sich das Leben genommen. Die Leiche war bereits tiefgefroren, als die Polizei am Schauplatz eintraf. Die Lippen waren blau, Schneekristalle überzogen die einst rosigen Wangen. Das schwarze Haar war von einer dünnen Schneedecke weiß gefärbt. An ihrer Brust hatte sie einen Zettel befestigt: »Charlotte, das hast ausnahmsweise nicht du zu verantworten. Leb wohl.«

Einen Tag später erschien ein Notar auf der Polizeiinspektion und überreichte dem Leo einen Brief. »Ich wurde angewiesen, Ihnen diesen Brief zu überbringen, falls der Frau Zaitler etwas zustößt«, erklärte er kurz und verschwand wieder.

Der Leo öffnete den Brief. Darin befand sich ein ausführliches Geständnis der Marianne. Über gut ein Dutzend Seiten breitete sie ihre ganze Geschichte aus. Wie sie den Robert mit voller Absicht in einer Disco abgeschleppt hatte, wie sie die Familienmitglieder gegeneinander ausgespielt hatte, wie sie zuvor ihren Namen und ihre Konfession geändert hatte. Wie sie den Bunker gefunden und einen SS-Dolch entwendet hatte, um ihn dem Robert zu schenken. Und auch, wen sie engagiert hatte, um den Bunker in Brand zu setzen. Es war zwar nur ein Codename, aber immerhin gab es eine Kontakttelefonnummer. Aber damit mussten sich die Kollegen im Innenministerium auseinandersetzen. Das war für den Leo und seine Landpolizisten dann doch eine Spur zu groß.

Nachdem alles Offizielle erledigt war, schlenderte er über den Marktplatz hinüber zum Punschstand der Charlotte. Sie las den Brief und gab ihn schließlich dem Leo zurück.

»Ich weiß nicht, was ich von ihr halten soll«, sagte sie schließlich. »Hatte sie den Selbstmord auch von Beginn an geplant?«

»Keine Ahnung. Sie war offensichtlich eine wirklich gute Schauspielerin. Sie hätte den Kontakt mit der Renate nie abbrechen sollen. Die hätte sie sicher groß herausgebracht. Aber wer kann schon in einen Menschen hineinschauen? Das Schicksal ihrer Familie war halt wirklich tragisch.«

»Noch tragischer ist es, wenn man auch nach Jahrzehnten nicht loslassen kann. Sie hätte den alten Zaitler auch auf andere Weise um seinen Besitz bringen können.«

»Offenbar sah sie keinen anderen Weg. Außerdem wollte sie nicht nur seinen Besitz. Sie wollte ihn und seine Familie komplett zerstören. Ihre Mutter hat es eh freundschaftlich versucht. Aber der alte Zaitler … So ein sturer Bock.«

»Und ein ewiger Nazi. Das darf man auch nicht vergessen.«

»Ja«, antwortete der Leo nachdenklich. »Würde mich interessieren, wie viele hier im Ort noch solche dunklen Geheimnisse haben.«

»Mehr, als dir lieb sein dürften, würde ich sagen«, meinte die Charlotte vieldeutig.

Tatsächlich dachte sie aber nur an einen: Hagen Adefris. Der stand übrigens gar nicht weit entfernt an einem der anderen Punschstände. Umringt von seinen Getreuen, die an seinen Lippen hingen und jedes seiner – unguten – Worte aufsogen. Wahlen standen vor der Tür, und der »Heimatliche« versprühte sein Gift schon, bevor der offizielle Startschuss für den Wahlkampf gegeben worden war.

Leider waren die Menschen für dieses Gift, diese einfachen Botschaften nur allzu anfällig. Die Charlotte hatte sich mit der Flora erst an diesem Morgen über ihr Geschichteprojekt unterhalten und dabei einige erstaunliche und zugleich erschreckende Sachen über die Nazi-Zeit in ihrem Heimatort erfahren. Von den damals achttausend Einwohnern waren nicht weniger als ein Viertel eingetragene Mitglieder bei der NSDAP gewesen. Wie viel von dieser Geisteshaltung schwang da heute noch mit? Ein Blick auf die jüngsten Wahlergebnisse zeigte: leider viel zu viel.

Die Charlotte schenkte ihrem Cousin ein Häferl Punsch ein. »Einer geht doch auch im Dienst, oder?«, sagte sie, um sich auf andere Gedanken zu bringen.

»Einer ist immer noch gegangen«, antwortete der Leo. Er stieß mit seiner Cousine an und deutete auch der Inaaya, einer der syrischen Aushilfen der Charlotte, mit einem Kopfnicken »Prost« zu.

Jetzt, an einem Wochentag und gegen Mittag, war noch nicht viel los auf dem Weihnachtsmarkt. Das würde sich in den nächsten Stunden noch ändern. Mit der Ruhe sollte es für die Charlotte und den Leo auch schon bald wieder vorbei sein. Denn dies ist

NOCH NICHT DAS ENDE!

War da nicht noch was?

Doch! Nämlich ein großes Dankeschön – und zwar zuallererst an Sie, geneigte Leserin und geneigter Leser, die Teil 1 meiner Charlotte-Nöhrer-Serie, »Tod in Perchtoldsdorf«, so fleißig gekauft haben, dass sich dieser »kleine Regionalkrimi« drei Monate lang in den Top 10 der österreichischen Bestsellerliste halten konnte. Damit hatte niemand gerechnet – ich am allerwenigsten.

Im selben Atemzug natürlich auch ein großes Dankeschön an all die unabhängigen Buchläden, die »Tod in Perchtoldsdorf« so schnell ins Herz geschlossen und in ihren Auslagen präsentiert haben. Stellvertretend für die vielen, vielen BuchhändlerInnen danke ich natürlich Christine Lützow vom Buchladen Perchtoldsdorf, die mich und mein Projekt vom ersten Moment an so großartig unterstützt hat, dass mir bis heute manchmal die Worte fehlen, wenn ich daran denke. Am Erscheinungstag war die halbe Buchhandlung mit meinem Buch »gebrandet«. Muss man sich mit einem unbekannten Autor auch erst mal trauen. Jetzt, ein Jahr später, wissen wir beide, dass sich das Risiko ausgezahlt hat … Ein großes Dankeschön auch an meine beiden Wiener »Heimatbuchhandlungen«, »Ortnerbücher« und »Erlkönig«.

Hier an dritter – aber in Wirklichkeit natürlich an erster – Stelle in der Dankesliste: meine Familie, die mich immer unterstützt hat und auch ganz brav zu (fast) allen Lesungen gekommen ist. Meine Kinder, Charlotte und Leo, haben inzwischen verstanden, dass sie in den Büchern »verewigt« sind, haben das aber glücklicherweise auch gleich wieder verdrängt. Gegen Ninjago, Star Wars und die Drei ??? kommt man halt auch als schreibender Papa nicht an.

Überhaupt war das ganze Jahr wie ein einziger Wirbelwind – nicht zuletzt durch Corona und die damit verbundenen Hindernisse für uns Künstler. An »normale« Lesungen in Buchhandlungen war nicht zu denken. Natürlich haben viele Autoren versucht, mittels Online-Lesungen ihr Publikum zu erreichen, aber ich glaube, das hat bei keinem so richtig funktioniert. Nicht einmal bei den ganz Großen unserer Branche, von Newcomern ganz zu schweigen. Also musste man kreativ werden.

In Wirklichkeit blieb nicht viel anderes übrig, als die warmen Monate für Freiluftlesungen zu nützen – und was lag da bei einem Weinkrimi näher, als beim Heurigen oder auf Weingütern zu lesen? Am besten gleich in Verbindung mit einer Weinverkostung. Wie praktisch, dass sich »Tod in Perchtoldsdorf« ja zu einem guten Teil auch um den neu kreierten »Schüttelwein« der Charlotte dreht. Und den hat es dann im wirklichen Leben gegeben, dank Georg Nigl, der der Charlotte und mir seinen »Nizzante« zur Verfügung stellte. Mit einem neuen Etikett versehen, bekam der Rosé Sparkling innerhalb kürzester Zeit ein faszinierendes Eigenleben. Und als die ersten Fans dann plötzlich bei Georg am Weingut anklopften und den Schüttelwein auch kaufen wollten … Wie heißt es so schön? Der Rest ist Geschichte. Danke auch an Sandra, die mit viel Liebe und Hingabe für Weihnachten eigene »Buch & Schüttelwein«-Boxen gestaltet hat! Georg Nigl und seine hervorragenden Bioweine findet man übrigens unter www.nigl.com.

Bedanken möchte ich mich aber auch bei einigen schreibenden KollegInnen, mit denen ich mich in der Coronazeit immer wieder austauschen durfte. Hier sei stellvertretend Andrea Nagele genannt, die u. a. mit ihren Grado-Krimis seit Jahren für Spannung sorgt und jederzeit ein offenes Ohr für Fragen und passende Ratschläge parat hat.

Ohne Verlag würden Sie dieses Buch jetzt natürlich nicht in Händen halten. Bei emons: kümmert sich gleich eine ganze Heerschar an MitarbeiterInnen um uns Autoren, und weil das inzwischen schon so viele sind und ich auf keine(n) einzige(n) vergessen will, hier einfach ein allgemeines Dankeschön an die komplette Mannschaft!

Womit ich elegant (?) den Bogen von Teil 1 zu Teil 2, dem Buch, das Sie jetzt gerade in Händen halten, geschlagen hätte. Ohne meine Lektorin Uta Rupprecht würde »Perchtoldsdorfer Schweigen« wohl ein wenig anders aussehen. Mit Adleraugen findet sie Ungereimtheiten, die ich dann ausbügeln kann/darf/ muss.

Was mich auch gleich zum nächsten Punkt bringt. In diesem Fall geht es ja auch um die Vergangenheit der Nöhrer-Familie und, ganz allgemein, Perchtoldsdorfs. In den ersten Versionen entstammten diese Rückblenden vollständig meiner Phantasie. Das ließ mir Frau Rupprecht dann (völlig zu Recht) nicht durchgehen. Und so wandte ich mich an Dr. Gregor Gatscher-Riedl, Historiker und Archivar der Gemeinde Perchtoldsdorf, der mich in einer Nacht-und-Nebel-Aktion in die (dunkle) Vergangenheit meiner Herkunftsgemeinde einführte. Ich habe versucht, seine Ausführungen so genau, wie es ein »leichter« Krimi zulässt, in die Handlung einfließen zu lassen. So gab es beispielsweise während der Nazi-Besatzung tatsächlich einen Adolf-Hitler-Platz in Perchtoldsdorf, und auch dass knapp ein Viertel der Bevölkerung damals bekennende NSDAP-Mitglieder waren, stimmt so. Für alle trotzdem eingebauten Fehler bin allein ich verantwortlich. Wer sich näher über diese Zeit informieren will, dem sei sein Buch »Jüdisches Leben in Perchtoldsdorf« ans Herz gelegt. Der geheime Nazi-Bunker und das Tunnelsystem in den Weinbergen sind natürlich reine Hirngespinste von mir. Also bitte: Nicht anfangen, in den wunderbaren Weinbergen nach Gold zu buddeln – die Winzer wären nicht sehr glücklich darüber.

Vielen Dank für die Aufmerksamkeit, und weil ich dieses Nachwort mitten in einem der zahllosen Lockdowns der unsäglichen Coronazeit geschrieben habe: Gesund bleiben!

Mehr Informationen, Fotos und Lesungstermine rund um die Charlotte-Nöhrer-Krimis finden Sie übrigens unter www.

facebook.com/ChristianSchleiferAutor. Auf Instagram einfach nach »christian_schleifer« suchen. Die Charlotte und ich freuen uns über neue Follower und »Likes«!